FIONA BARTON

Fiona Barton, née à Cambridge, est journaliste et a travaillé au *Daily Mail*, au *Daily Telegraph* et au *Mail on Sunday*. Elle a remporté le prix de « Reporter de l'année » aux British Press Awards. Elle vit aujourd'hui dans le sud-ouest de la France. *La Veuve* (2017) et *La Coupure* (2018) ont paru chez Fleuve Éditions. Traduit dans plus de 30 pays, son premier roman a connu un succès fulgurant. Fiona Barton compte désormais parmi les reines du genre.

LA VEUVE

FIONA BARTON

LA VEUVE

Traduit de l'anglais
par Séverine Quelet

Titre original :
THE WIDOW

Pocket, une marque d'Univers Poche,
est un éditeur qui s'engage pour la préservation
de son environnement et qui utilise du papier fabriqué
à partir de bois provenant de forêts gérées
de manière responsable.

© Bantam Press, an imprint
of Transworld Publishers, 2016.
All rights reserved.
© 2017, Fleuve Éditions, département d'Univers Poche,
pour la traduction française.
ISBN : 978-2-266-28661-9
Dépôt légal : septembre 2018

À Gary, Tom et Lucy,
sans qui rien n'aurait de sens.

Chapitre 1

Mercredi 9 juin 2010
La veuve

J'entends le gravier crisser sous ses pas tandis qu'elle remonte l'allée. Une démarche appuyée, des talons hauts qui claquent. Elle est presque à la porte, elle hésite, se lisse les cheveux. Jolie tenue. Une veste à gros boutons, une robe correcte en dessous et des lunettes remontées sur le sommet du crâne. Pas un témoin de Jéhovah ni une militante du parti travailliste. Une journaliste sûrement, mais pas du genre habituel. C'est la deuxième aujourd'hui – la quatrième de la semaine, et on n'est que mercredi. Je parie qu'elle va me sortir un : « Je suis navrée de vous déranger dans un moment aussi difficile. » C'est ce qu'ils disent tous, avec une expression contrite idiote. Comme s'ils s'en souciaient.

Je vais attendre de voir si elle sonne deux fois. L'homme de ce matin ne l'a pas fait. À l'évidence, se donner cette peine est d'un ennui mortel pour certains d'entre eux. Ils repartent sitôt le doigt retiré de la sonnette, redescendent l'allée d'un pas pressé, s'engouffrent dans leur voiture et filent. Ils pourront raconter à leur patron qu'ils ont toqué à la porte mais qu'il n'y avait personne. Pathétique.

Elle sonne deux fois. Puis elle frappe du poing : des coups forts et rapides. Comme la police. Elle me voit soulever le bord du voilage et me décoche un immense sourire, celui que ma mère appelle le sourire hollywoodien. Puis elle toque encore.

Lorsque j'ouvre la porte, elle me tend la bouteille de lait qui se trouvait sur le seuil et lance :

— Vous ne devriez pas laisser ça dehors, il va tourner. Puis-je entrer ? Vous faites chauffer de l'eau pour le thé ?

Je n'arrive pas à respirer, encore moins à parler. Elle me gratifie d'un nouveau sourire, la tête penchée sur le côté.

— Je m'appelle Kate. Kate Waters, je suis journaliste au *Daily Post*.

— Je m'app…

Je me tais brusquement, elle ne m'a rien demandé.

— Je sais qui vous êtes, madame Taylor, réplique-t-elle sans dire ce qui lui brûle en réalité les lèvres : *Vous êtes l'info*. Ne restons pas dehors.

Sur ces mots, elle se fraie je ne sais comment un chemin à l'intérieur de la maison.

Je suis trop sidérée par la tournure des événements pour protester et elle prend mon silence pour un consentement : la bouteille de lait à la main, elle se rend dans la cuisine pour préparer du thé. Je lui emboîte le pas – la pièce n'est pas très grande et on se gêne un peu tandis qu'elle s'active, remplissant la bouilloire et ouvrant mes placards, à la recherche des tasses et du sucrier. Je reste plantée là et je la laisse faire.

Elle jacasse à propos des meubles.

— Quelle cuisine agréable et bien rangée ! J'aimerais que la mienne soit pareille ! Est-ce que c'est vous qui l'avez installée ?

J'ai l'impression de papoter avec une amie. Je ne pensais pas que ce serait comme ça, de parler avec la presse. Je croyais que ça ressemblerait aux questions de la police. Que ce serait pénible, comme un interrogatoire. C'est ce que disait Glen, mon mari. Mais en fait ce n'est pas le cas.

Je réponds :

— Oui, nous avons choisi des portes blanches et des poignées rouges pour que ce soit propre et élégant.

Je suis chez moi, en train de discuter éléments de cuisine avec une journaliste. Glen en ferait une attaque.

— Par ici ? demande-t-elle, et je lui ouvre la porte du salon.

Je ne suis pas sûre de vouloir d'elle chez moi ; je ne sais pas très bien ce que je ressens. Mais me récrier maintenant serait grossier. Elle ne fait que bavarder en buvant le thé. C'est drôle, j'apprécie presque l'attention qu'elle me porte. Je me sens un peu seule dans cette maison maintenant que Glen est parti.

Et puis, elle prend les choses en main. C'est plutôt agréable d'avoir à nouveau quelqu'un qui s'occupe de moi. Je commençais à m'angoisser à l'idée de devoir gérer toute seule, mais Kate Waters dit qu'elle peut tout arranger.

Tout ce que j'ai à faire, c'est lui raconter ma vie, assure-t-elle.

Ma vie ? Elle ne veut pas vraiment savoir des choses sur moi. Elle n'a pas frappé à ma porte pour apprendre qui est Jane Taylor. Elle veut connaître la vérité sur lui. Sur Glen. Mon mari.

Voyez-vous, mon mari est décédé il y a trois semaines. Renversé par un bus devant le supermarché Sainsbury's. Une minute il était là, à m'agacer à propos des céréales que j'aurais dû acheter, l'instant d'après il était mort sur la chaussée. Traumatisme crânien. Clamsé, quoi qu'il en soit. Je suis restée immobile le regard baissé sur lui. Autour de moi, les gens couraient dans tous les sens en quête de couvertures et un peu de sang tachait le trottoir. Pas beaucoup, cependant. Il aurait été content. Il n'aimait pas le bazar.

Tout le monde s'est montré très gentil, on a cherché à me dissimuler son corps ; je ne pouvais tout de même pas leur avouer que j'étais heureuse qu'il soit mort. C'en était fini de ses bêtises.

CHAPITRE 2

Mercredi 9 juin 2010
La veuve

La police est venue à l'hôpital, bien entendu. L'inspecteur principal Bob Sparkes s'est même présenté aux urgences pour discuter de Glen.

Je ne leur ai rien raconté, ni à lui ni aux autres. Il n'y avait rien à dire, j'étais trop bouleversée pour parler. J'ai versé quelques larmes.

L'inspecteur principal Bob Sparkes fait partie de ma vie depuis si longtemps ; plus de trois ans maintenant. Mais je crois qu'il disparaîtra peut-être avec toi, Glen.

Je ne confie rien de tout cela à Kate Waters. Assise dans l'autre fauteuil du salon, les mains en coupe autour de sa tasse, elle tape du pied dans le vide.

— Jane, commence-t-elle – je remarque qu'elle ne me donne plus du madame Taylor. La semaine qui vient de s'écouler a dû être éprouvante pour vous. Et après tout ce que vous avez déjà enduré…

Je ne réponds pas, je me contente de fixer mes genoux. Elle n'a aucune idée de ce que j'ai enduré.

Personne ne le sait, pas vraiment. Je n'ai jamais pu en parler à qui que ce soit. Selon Glen, ça valait mieux.

Nous gardons le silence, puis elle tente une approche différente. Elle se lève et s'empare d'une photo de nous posée sur le manteau de la cheminée ; nous rions tous les deux aux éclats.

— Vous avez l'air si jeune, commente-t-elle. Était-ce avant votre mariage ?

J'acquiesce.

— Vous vous connaissiez depuis longtemps ? Vous étiez à l'école ensemble ?

— Non. Nous nous sommes rencontrés à un arrêt de bus. Il était très beau et il m'a fait rire. J'avais dix-sept ans, j'étais en apprentissage dans un salon de coiffure de Greenwich, et il travaillait dans une banque. Il était un peu plus âgé et portait un costume et de belles chaussures. Il était différent.

J'ai l'impression de raconter l'histoire d'un roman d'amour ; Kate Waters boit mes paroles, elle griffonne sur son calepin, me scrute par-dessus ses petites lunettes et hoche la tête comme si elle comprenait. Je ne suis pas dupe.

En fait, Glen ne semblait pas du genre romantique au début. On se voyait surtout dans le noir – au cinéma, à l'arrière de son Escort, au parc – et on ne parlait pas beaucoup. Mais je me souviens de la première fois où il m'a dit qu'il m'aimait. J'en ai eu des frissons partout, comme si chaque centimètre carré de ma peau s'éveillait. Je me suis sentie vivante pour la première fois. Je lui ai répondu que je l'aimais, moi aussi. Éperdument. Que je n'arrivais plus à manger ni à dormir tant je pensais à lui.

D'après ma mère, qui me voyait perdue dans mes rêveries à la maison, ce n'était que de la « fascination ». Je ne savais pas trop ce qu'elle entendait par là, mais j'avais envie d'être avec Glen tout le temps et, à l'époque, il me disait qu'il ressentait la même chose. Je crois que maman était un peu jalouse. Elle se reposait beaucoup sur moi. « Elle se repose trop sur toi, Janie, faisait remarquer Glen. Ce n'est pas sain d'aller partout avec sa fille. »

J'essayais de lui expliquer que maman avait peur de sortir toute seule mais Glen répondait qu'elle se montrait égoïste.

Il était si protecteur : au pub, il me choisissait une place loin du bar – « Je ne veux pas que le bruit t'importune » –, et commandait pour moi au restaurant pour que je découvre de nouveaux plats – « Tu vas adorer ça, Janie. Goûte ». Ce que je faisais, et parfois les nouveaux plats étaient délicieux. Parfois, non. Auquel cas je me taisais pour ne pas lui faire de peine. Il se murait dans le silence si je le contredisais. Je détestais ça. J'avais l'impression de l'avoir déçu.

Je n'étais jamais sortie avec quelqu'un comme Glen, quelqu'un qui savait ce qu'il voulait dans la vie. Les autres garçons… n'étaient que des garçons, après tout.

Deux ans plus tard, lorsque Glen a fait sa demande, il n'a pas mis le genou à terre. Il m'a serrée très fort dans ses bras et il a murmuré : « Tu m'appartiens, Janie. Nous nous appartenons l'un à l'autre… Marions-nous. »

Il était entré dans les bonnes grâces de maman alors. Il se présentait avec un bouquet de fleurs – « Un petit cadeau pour l'autre femme de ma vie », disait-il pour la faire glousser, et il lui parlait de *Coronation Street* ou de la famille royale et maman adorait ça. Elle disait que j'avais de la chance. Qu'il m'avait fait sortir de ma coquille. Qu'il ferait quelque chose de moi. Elle voyait qu'il prendrait soin de moi. Et il l'a fait.

— Comment était-il, à cette époque ? demande Kate Waters, le buste incliné en avant en signe d'encouragement.

À cette époque. Elle veut dire avant toute cette sale histoire.

— C'était un homme adorable. Très sensible. Il n'en faisait jamais assez pour moi. Il m'offrait tout le temps des fleurs et des cadeaux. Il disait que j'étais la seule et unique pour lui. J'étais sur un nuage. Je n'avais que dix-sept ans.

Ce que je lui raconte lui plaît. Elle note tout de son drôle de gribouillage et lève les yeux. J'essaie de ne pas pouffer. Je sens un rire hystérique monter en moi mais il sort comme un sanglot et elle tend la main pour me toucher le bras.

— Ne soyez pas bouleversée. C'est fini, maintenant.

Et c'est vrai. Plus de police, plus de Glen. Terminées, ses bêtises.

Je ne me rappelle plus à quel moment je me suis mise à appeler ça ses bêtises. Elles avaient débuté bien avant que je puisse les nommer. J'étais trop occupée à rendre notre mariage aussi parfait que possible, à commencer par la cérémonie à Charlton House.

Mes parents me trouvaient trop jeune à dix-neuf ans pour me marier, mais nous les avons convaincus. Enfin, Glen les a convaincus en réalité. Il était si déterminé, si dévoué, qu'au final papa a accepté et nous avons fêté ça avec une bouteille de lambrusco.

Ils ont dépensé une fortune pour ce mariage car j'étais leur fille unique et j'ai passé des heures à étudier les photos des magazines spécialisés avec maman en rêvant du plus beau jour de ma vie. Le plus beau jour de ma vie. Je m'y suis cramponnée pour en remplir mon existence. Glen ne s'en est jamais mêlé. « C'est ton domaine », plaisantait-il. Il disait ça d'un ton qui laissait entendre que lui aussi avait son domaine. Je croyais qu'il s'agissait de son travail ; il faisait bouillir la marmite. « Je sais que ça fait vieux jeu, Janie, mais je veux prendre soin de toi. Tu es encore très jeune et nous avons toute la vie devant nous. »

Il fourmillait de grandes idées qui paraissaient toutes plus exaltantes les unes que les autres quand il en parlait. Il allait devenir directeur de l'agence, puis démissionner pour monter son affaire. Être son propre patron et gagner plein d'argent. Je l'imaginais tout à fait dans un costume chic avec une secrétaire et une grosse voiture. Et moi, j'allais être présente pour lui. « Ne change jamais, Janie. Je t'aime telle que tu es », disait-il.

Nous avons donc acheté le pavillon du n° 12 et déménagé juste après la cérémonie. Nous y habitons encore des années plus tard.

La maison dispose d'un jardin sur l'avant, mais nous l'avons gravillonné pour « ne pas avoir à tondre », selon Glen. La pelouse me plaisait bien mais Glen aimait les choses soignées. C'était difficile au début, quand nous avons emménagé ensemble, parce que j'ai toujours été un peu désordonnée. Maman retrouvait tout le temps des assiettes sales et des chaussettes dépareillées au milieu des moutons de poussière sous mon lit à la maison. Glen en serait mort s'il avait vu ça.

Je le revois à présent serrer les dents et plisser les paupières le soir où il m'a surprise en train de balayer d'un coup de main les miettes de la table par terre après le dîner, tout au début. Je n'avais même pas conscience de mon geste, j'avais dû le faire des centaines de fois machinalement, mais je n'ai jamais recommencé. De ce côté-là, il m'aidait à m'améliorer : il m'apprenait comment bien accomplir les tâches domestiques pour que la maison reste propre et agréable. Il aimait qu'elle soit propre et agréable.

Les premiers temps, Glen me racontait tout de son travail à la banque. Les responsabilités qui lui incombaient, les subalternes qui se reposaient sur lui, les plaisanteries que les employés se faisaient entre eux, le patron qu'il ne supportait pas – « Il se croit supérieur à tout le monde, Janie » – et ses collègues. Joy et Liz, du bureau du fond ; Scott, l'un des guichetiers, qui avait une peau affreuse et rougissait pour un rien ; May, la stagiaire qui enchaînait boulette sur boulette. J'adorais l'écouter parler de son monde.

Je suppose que je lui racontais aussi mon travail mais on revenait très vite à la banque. « Coiffeur n'est pas le métier le plus exaltant qui soit, disait-il. Mais tu le fais très bien, Janie. Je suis fier de toi. »

Il cherchait à me donner une meilleure estime de moi-même. Et il y réussissait. C'était si sécurisant d'être aimée par Glen.

Kate Waters m'observe, elle fait à nouveau ce mouvement de la tête. Elle est douée, je le lui accorde. Je n'ai jamais parlé à un journaliste avant, sinon pour lui dire de ficher le camp, et j'en avais encore moins laissé entrer un chez moi. Ils se présentent à la porte depuis des années, avec plus ou moins de régularité, et aucun n'a pénétré à l'intérieur jusqu'à aujourd'hui. Glen y a veillé.

Mais il n'est pas là. Et Kate Waters semble différente. Elle m'a dit qu'elle ressentait un « vrai lien » entre elle et moi. Qu'elle avait l'impression qu'on se connaissait depuis des lustres. Et je comprends ce qu'elle veut dire.

— Son décès a dû être un choc terrible, reprend-elle en me pressant de nouveau le bras.

J'acquiesce sans un mot.

Je ne peux pas lui confier que je restais éveillée la nuit, à espérer que Glen soit mort. Bon, pas vraiment mort. Je ne voulais pas qu'il souffre ou quoi que ce soit, je voulais juste qu'il ne soit plus là. Je rêvais du moment où je recevrais l'appel de l'officier de police.

— Madame Taylor, aurait commencé une voix profonde. Je suis désolé mais j'ai une mauvaise nouvelle.

L'attente exquise de la phrase suivante me faisait presque ricaner.

— Madame Taylor, je crains que votre mari n'ait été tué dans un accident.

Et alors je me voyais – pour de vrai, je me voyais – sangloter et décrocher le téléphone pour prévenir sa mère.

— Mary. Je suis navrée, j'ai une terrible nouvelle à vous annoncer. C'est Glen. Il est mort.

Je perçois le choc dans son souffle court. J'éprouve son chagrin. Je ressens la compassion des amis face à la perte que je viens de subir, je rassemble ma famille autour de moi. Et alors le petit frisson de joie secret.

Moi, la veuve en deuil. Sans blague.

Bien sûr, lorsque ça s'est bel et bien produit, ça ne paraissait pas aussi vrai. L'espace d'un instant, sa mère a semblé aussi soulagée que moi que tout soit terminé, puis elle a reposé le combiné et a pleuré son fils. Il n'y avait pas d'amis à qui l'annoncer et seulement quelques membres de la famille à réunir.

Dans un babillement, Kate Waters me prévient qu'elle doit aller aux toilettes et qu'elle va refaire du thé ; je lui tends ma tasse et lui indique les toilettes du bas. Une fois seule, je balaie la pièce du regard, m'assure qu'aucune affaire de Glen ne traîne. Aucun souvenir qu'elle pourrait voler. Glen m'a prévenue. Il m'a expliqué comment étaient les journalistes. J'entends la chasse d'eau et elle réapparaît avec un plateau avant d'en remettre une couche sur la femme merveilleuse que je suis, si fidèle et si loyale.

Mon regard revient sans cesse se poser sur notre photo de mariage accrochée au mur au-dessus du radia-teur. Nous avons l'air si jeune qu'on pourrait croire que nous nous sommes déguisés avec les habits de nos parents. Kate Waters le remarque et décroche le cadre du mur.

Elle se perche sur l'accoudoir de mon fauteuil et nous le contemplons ensemble. 6 septembre 1989. Le jour où l'on s'est mariés. Sans savoir pourquoi, je me mets à pleurer – mes premières larmes sincères depuis le décès de Glen – et Kate Waters passe un bras réconfortant autour de mes épaules.

CHAPITRE 3

Mercredi 9 juin 2010
La journaliste

Kate Waters s'agita sur sa chaise. Boire ce café tout à l'heure avait été une erreur – avec le thé maintenant, sa vessie était sur le point d'exploser, et elle allait être obligée de laisser Jane Taylor seule avec ses pensées. Pas la meilleure stratégie à ce stade de la partie, d'autant que Jane commençait à se renfermer dans le silence, sirotant son thé le regard dans le vide. Kate souhaitait à tout prix préserver le lien qu'elle était en train de tisser avec elle. Elles se trouvaient à un moment des plus délicats. Perdre le contact visuel pouvait changer toute la donne.

Une fois lors d'un dîner, Steve, son mari, avait comparé son boulot à la traque d'un animal. Il avait bu un peu trop de rioja et voulait impressionner. « Elle se rapproche de plus en plus, offre à ses proies des miettes de sollicitude et d'humour, leur fait miroiter de l'argent, une chance de donner leur version de l'histoire, jusqu'à ce qu'elles lui mangent dans la main.

Du grand art ! » avait-il déclaré aux invités assis à la table de leur salle à manger. Il s'agissait de ses collègues à lui, du service oncologie ; par conséquent, Kate était restée impassible, son sourire professionnel collé aux lèvres en murmurant : « Allons, chéri, tu me connais mieux que ça » tandis que les convives laissaient échapper des rires nerveux et sifflaient leur vin. Elle avait fait la vaisselle dans un état de colère noire, jetant les casseroles dans l'évier et éclaboussant de mousse le sol. Steve l'avait enlacée et embrassée en guise de réconciliation. « Tu sais combien je t'admire, Kate, avait-il dit. Tu es douée dans ton boulot. »

Elle lui avait rendu son baiser ; il n'avait pas tort toutefois. Par moments, créer un lien instantané avec un inconnu méfiant, voire hostile, ressemblait bel et bien à un jeu ou à une danse de séduction. Elle adorait ça. Elle aimait la montée d'adrénaline qu'elle éprouvait lorsqu'elle arrivait la première sur le seuil d'une maison, devançant la meute, qu'elle pressait la sonnette et percevait les bruits de vie à l'intérieur, qu'elle voyait la lumière se modifier derrière le verre fumé tandis que l'hôte approchait ; puis, une fois la porte ouverte, elle se délectait de jouer son rôle à fond.

Tout journaliste qui se respecte dispose de sa propre technique d'approche. Un de ses amis rencontré lors de sa formation usait de ce qu'il appelait sa « mimique de chiot de fourrière » pour attirer la sympathie ; une autre accusait son rédacteur de l'envoyer importuner les gens ; et une fois, une de ses collègues avait même glissé un coussin sous son pull pour simuler une grossesse et demandé à utiliser les toilettes comme stratagème pour entrer.

Pas le style de Kate. Elle suivait ses propres règles : toujours sourire, ne jamais se tenir trop près de la porte, ne pas commencer par des excuses, et essayer de détourner l'attention du fait que l'on court après un sujet. Elle avait déjà utilisé le coup de la bouteille de lait avant, mais les laitiers étaient une espèce en voie de disparition. Elle ressentait une grande fierté à l'idée d'avoir franchi cette porte avec une telle facilité apparente.

En vérité, elle avait un peu traîné des pieds pour venir. Il fallait qu'elle retourne au bureau terminer ses notes de frais avant l'envoi de son relevé de carte de crédit qui allait faire passer son compte dans le rouge. Mais son rédacteur ne l'entendait pas de cette oreille. « Va chez la veuve, c'est sur ta route ! » avait hurlé Terry Deacon dans le téléphone, couvrant la radio derrière lui qui beuglait les gros titres. « On ne sait jamais. Ce sera peut-être ton jour de chance. »

Kate avait lâché un soupir. Pas besoin de précision, elle avait compris sur-le-champ de qui Terry parlait. Il n'y avait qu'une seule veuve que toute la profession désirait interviewer cette semaine, mais elle savait également que c'était un sentier bien balisé. Trois de ses collègues du *Post* s'y étaient déjà risqués, et elle était convaincue d'être la dernière journaliste du pays à venir frapper à cette porte.

Pas loin, en tout cas.

Arrivée à l'intersection de la rue où habitait Jane Taylor, elle vérifia par automatisme la présence de confrères et remarqua tout de suite le journaliste du *Times*, debout près d'une voiture. Cravate insipide, coudières et raie sur le côté. Classique. Elle avança doucement dans la circulation ralentie de la voie principale, un œil sur l'ennemi. Il lui faudrait refaire le tour du pâté de maisons en espérant qu'il serait parti quand elle reviendrait.

— Merde, marmonna-t-elle en mettant son clignotant à gauche pour tourner dans une rue latérale afin de s'y garer.

Quinze minutes et un coup d'œil rapide aux quotidiens plus tard, Kate boucla sa ceinture de sécurité et redémarra la voiture. Son téléphone sonna et elle dut plonger la main tout au fond de son sac à main pour le trouver. Sur l'écran, elle vit le nom de Bob Sparkes s'afficher ; elle coupa de nouveau le moteur.

— Salut, Bob, comment allez-vous ? Que se passe-t-il ?

L'inspecteur principal Bob Sparkes avait une idée derrière la tête ; c'était évident. Il n'était pas du genre à téléphoner pour tailler une bavette et elle était prête à parier que l'appel durerait moins d'une minute.

— Bonjour, Kate. Bien, merci. Assez occupé – vous savez ce que c'est. J'ai une ou deux enquêtes en cours, mais rien d'intéressant. Écoutez, Kate, je me demandais si vous bossiez encore sur l'affaire Glen Taylor.

— Bon sang, Bob, vous me surveillez ou quoi ? Je m'apprêtais justement à rendre visite à Jane Taylor.

Sparkes s'esclaffa.

— Ne vous inquiétez pas, à ma connaissance votre nom n'est pas sur la liste de surveillance.

— Un tuyau à me donner avant que je la voie ? demanda Kate. Du nouveau depuis la mort de Glen Taylor ?

— Non, pas vraiment.

Elle percevait la déception dans sa voix.

— Je me demandais si vous aviez des infos. Bref, j'apprécierai d'être tenu au courant si Jane révèle quoi que ce soit.

— Je vous appellerai après, répondit-elle. Mais elle va sans doute me claquer la porte au nez. C'est ce qu'elle a fait avec tous les autres journalistes.

— Ça marche. On se reparle plus tard.

Terminé. Elle baissa les yeux sur son téléphone et sourit. Quarante et une secondes. Nouveau record. Il faudrait qu'elle le taquine à ce sujet la prochaine fois qu'elle le verrait.

Cinq minutes plus tard, elle regagnait la rue de Jane Taylor, désormais libérée de toute présence médiatique, puis remontait à pied l'allée jusque chez elle.

Maintenant, il lui fallait l'histoire.

Oh bon sang ! comment puis-je me concentrer ? songea-t-elle en enfonçant ses ongles dans sa paume pour se forcer à penser à autre chose qu'à sa vessie. *Ça ne va pas du tout, ça.*

— Veuillez m'excuser, Jane, mais pourrais-je utiliser vos toilettes ? disait-elle à présent avec un sourire contrit. Le thé, c'est radical, non ? Je nous en prépare un autre si vous voulez.

Jane hocha la tête et se leva pour lui montrer le chemin.

— Par ici, indiqua-t-elle, et elle fit un pas de côté pour que Kate puisse pénétrer dans le paradis libérateur qu'étaient les toilettes du bas.

Tout en se lavant les mains, Kate surprit son reflet dans le miroir. Elle avait l'air fatigué, remarqua-t-elle en passant la main sur ses cheveux en bataille pour tenter de les discipliner un peu. Elle tapota les cernes sous ses yeux comme le lui avait recommandé l'esthéticienne qui lui prodiguait des soins du visage de temps en temps.

Seule dans la cuisine, elle regarda d'un œil distrait les mots et les aimants sur le frigo en attendant que l'eau bouille. Des listes de courses et des souvenirs de vacances ; rien de bien intéressant pour elle ici. Une photo prise à un restaurant en bord de plage montrant le couple Taylor tout sourire en train de lever le verre à l'objectif. Glen Taylor, avec sa chevelure sombre ébouriffée et son sourire du touriste en vacances, et Jane, ses cheveux blond foncé bien coiffés pour l'occasion et coincés derrière les oreilles, son maquillage de soirée qui a un peu coulé sous la chaleur, et ce regard en coin sur son mari.

Crainte ou adoration ? se demanda Kate.

Ces deux dernières années avaient durement éprouvé la femme de la photo. Jane l'attendait au salon dans un pantalon à poches latérales, un T-shirt distendu sous un gilet, les cheveux s'échappant de sa courte queue-de-cheval. Steve la taquinait sans cesse sur cette manie qu'elle avait de remarquer les détails insignifiants, mais cela faisait partie du boulot. « Je suis une observatrice professionnelle », plaisantait-elle en prenant plaisir à pointer des caractéristiques aussi infimes que révélatrices. Elle avait tout de suite noté les mains rugueuses et craquelées de Jane – *des mains de coiffeuse*, avait-elle pensé – et le pourtour rongé des ongles.

Les rides autour des yeux de la veuve racontaient leur propre histoire.

Kate sortit son téléphone et prit en photo le souvenir de vacances. Elle constata que la cuisine était immaculée – à l'opposé de la sienne, dans laquelle elle était certaine que ses fils adolescents avaient laissé une traînée de détritus après leur petit déjeuner – tasses tachées de café, lait en train de tourner, tartine à moitié mangée, pot de confiture sans couvercle avec le couteau toujours planté dedans. Et les affaires de foot sales abandonnées par terre.

La bouilloire s'arrêta dans un cliquetis, chassant ses pensées domestiques ; elle prépara le thé puis emporta les tasses sur un plateau.

Jane avait le regard perdu, ses dents s'acharnaient sur son pouce.

— Ouf, ça va mieux, déclara Kate en s'installant dans le fauteuil. Désolée. Alors où en étions-nous ?

Elle devait le reconnaître, l'inquiétude commençait à la gagner. Elle avait passé presque une heure en compagnie de Jane Taylor et rempli tout un calepin de petites anecdotes sur son enfance et les débuts de son mariage, mais rien d'autre. Chaque fois qu'elle s'approchait un peu trop du cœur de l'histoire, Jane changeait de sujet pour revenir en terrain plus sûr. Elles avaient eu une longue discussion à un moment donné sur le défi que représentait le fait d'élever des enfants, et il y avait ensuite eu un bref entracte au cours duquel Kate avait finalement répondu à l'un des nombreux appels insistants de son bureau.

Terry n'avait pas caché sa joie quand il avait appris où elle se trouvait.

— Génial ! avait-il beuglé dans le téléphone. Bien joué. Qu'est-ce qu'elle dit ? Quand pourras-tu livrer ?

Sous l'œil vigilant de Jane Taylor, Kate avait marmonné :

— Attends une minute, Terry. Je ne capte pas très bien ici.

Et elle s'était faufilée dans le jardin, gratifiant Jane d'une expression faussement irritée et d'un hochement de tête las.

— Bon sang, Terry, j'étais assise juste à côté d'elle. Je ne peux pas parler pour l'instant, avait-elle sifflé. Ça avance tout doucement, pour être honnête, mais je crois qu'elle commence à me faire confiance. Laisse-moi poursuivre.

— Tu lui as fait signer un contrat ? s'était enquis Terry. Fais-lui signer un contrat et alors on pourra prendre le temps de peaufiner.

— Je ne veux pas l'effrayer, Terry. Je fais mon possible. On se reparle plus tard.

Kate avait appuyé avec agacement sur la touche « fin » du téléphone et réfléchi à son prochain coup. Pourquoi ne pas risquer le tout pour le tout et mentionner l'argent sans ambages ? Elle avait tenté le thé et la compassion, et désormais il fallait arrêter de tourner autour du pot.

Après tout, Jane ne devait pas rouler sur l'or maintenant que son mari était mort.

Il n'était plus là pour subvenir à ses besoins. Ni pour l'empêcher de parler.

CHAPITRE 4

Mercredi 9 juin 2010
La veuve

Elle est encore là. Avant, je l'aurais priée de partir. Je n'ai jamais eu aucun scrupule à envoyer les journalistes au diable. Rien de plus facile quand ils se montrent aussi grossiers. Ils lancent un « bonjour » et me mitraillent de questions. Des questions affreuses et intrusives. Kate Waters ne m'a rien demandé de très difficile. Pour l'instant.

Nous avons abordé toutes sortes de sujets : l'achat de notre maison, le prix de l'immobilier dans le quartier, les aménagements intérieurs, le coût de la peinture, le voisinage, l'endroit où je suis née et le lycée que j'ai fréquenté, des banalités. Elle renchérit d'une voix chantante sur tout ce que je dis. « J'allais dans une école de ce type. Je détestais les profs, pas vous ? » Des trucs de ce genre. J'ai l'impression de bavarder avec une amie. Que nous sommes pareilles, elle et moi. Malin comme stratégie, c'est sûr, mais elle procède sans doute ainsi pour toutes ses interviews.

Elle n'est pas si désagréable. Je crois que je pourrais l'apprécier. Elle est drôle et semble gentille, mais ce n'est peut-être que de la comédie. Elle me parle de son mari – son homme comme elle le surnomme – et m'explique qu'elle devra lui téléphoner tout à l'heure pour le prévenir qu'elle risque d'être en retard à la maison. Je ne vois pas très bien pourquoi elle serait en retard, l'heure du déjeuner n'a même pas encore sonné et elle habite à seulement trente minutes sur la South Circular, mais je lui conseille quand même de l'appeler tout de suite pour qu'il ne s'inquiète pas. Glen s'inquiéterait. Il m'aurait mené la vie dure si je m'étais absentée longtemps sans l'avertir. « C'est injuste envers moi, Janie », se serait-il plaint. Mais je n'en souffle mot à Kate Waters.

Kate raconte en riant que son homme y est habitué maintenant, mais qu'il râlera de devoir gérer les enfants. Deux adolescents, Jake et Freddie, qui se moquent des bonnes manières et du respect.

— Il sera obligé de préparer à dîner, dit-elle. Mais je parie qu'il va commander une pizza. Les garçons adorent ça.

Leurs fils les rendent, elle et son homme, complètement dingues, parce qu'ils refusent de ranger leurs chambres, par exemple.

— Ils vivent dans une porcherie, Jane, explique-t-elle. Vous n'imaginez pas le nombre de bols de céréales que j'ai retrouvés dans la chambre de Jake. Presque un service entier ! Et ils perdent des chaussettes toutes les semaines. Notre maison est un véritable Triangle des Bermudes des chaussettes.

Et elle rit de nouveau, parce qu'elle les aime, porcherie ou pas.

Moi, tout ce à quoi je pense, c'est que Jake et Freddie
sont de jolis prénoms. Je les mets de côté pour plus
tard, pour ma collection, et je hoche la tête comme si
je comprenais ce qu'elle ressent. Mais je ne comprends
pas, n'est-ce pas ? J'aurais adoré avoir ses problèmes.
J'aurais adoré avoir un adolescent contre lequel pester.

Quoi qu'il en soit, voilà que je commente à voix
haute :

— Glen pouvait se montrer un peu dur quand je
laissais la maison en désordre.

Je voulais juste lui faire savoir que j'avais moi aussi
mon lot de problèmes, que j'étais comme elle. Quelle
idiote, franchement. Comment pourrais-je jamais être
comme elle ? Ou comme n'importe qui d'autre ? Moi.

Glen répétait tout le temps que j'étais différente.
Lorsque nous sortions, il m'exhibait et racontait à ses
copains que j'étais spéciale. Je ne voyais pas vraiment
en quoi. J'étais employée dans un salon de coiffure
qui s'appelait Hair Today – une idée de la gérante,
Lesley – où je m'occupais des shampooings et de la
préparation des cafés pour des femmes ménopausées.
Je croyais que travailler dans la coiffure serait amusant,
voire prestigieux. Je m'imaginais couper des cheveux
et créer de nouvelles coupes, mais à dix-sept ans, j'étais
tout en bas de l'échelle. « Jane, m'appelait Lesley à
l'autre bout du salon. Tu peux faire le shampooing de
ma cliente et ensuite balayer autour des fauteuils. »

Ni « s'il te plaît » ni « merci ».

Les clientes étaient correctes. Elles aimaient me
raconter leurs vies et me confier leurs soucis parce que

je leur prêtais une oreille attentive sans essayer de leur donner des conseils comme le faisait Lesley. Je hochais la tête et souriais en rêvassant pendant qu'elles discouraient sur leur petit-fils qui sniffait de la colle ou le voisin qui envoyait les crottes de son chien par-dessus la barrière. Des journées entières s'écoulaient sans que j'offre un commentaire plus développé que « C'est bien » ou que j'invente des projets de vacances pour relancer la conversation. Mais je m'accrochais. Je suivais les cours, j'apprenais à couper et à colorer, et j'ai commencé à avoir ma propre clientèle. Je n'étais pas très bien payée mais je n'étais pas non plus qualifiée pour faire autre chose. Je n'avais pas brillé à l'école. Maman racontait aux gens que j'étais dyslexique, mais la vérité c'est que je m'en fichais.

Puis Glen est entré dans ma vie et tout à coup, je suis devenue « spéciale ».

Ça n'a pas changé grand-chose au travail. Sinon que je n'ai pas sympathisé plus que ça avec mes trois autres collègues parce que Glen n'aimait pas que je sorte de mon côté. Il prétendait que les autres filles, toutes célibataires, cherchaient seulement à se soûler et à draguer. Il avait sans doute raison, à en croire les récits de leur week-end le lundi matin ; je trouvais toujours un bon prétexte et à la fin, elles ont cessé de m'inviter.

J'aimais bien mon travail parce que je pouvais m'évader en pensée et qu'il n'était pas stressant. Je m'y sentais en sécurité – l'odeur des produits chimiques et des permanentes, le brouhaha des bavardages et de l'eau qui coule, le vrombissement des sèche-cheveux, et la prévisibilité de tout ça. Le carnet de rendez-vous, griffonné au crayon mal taillé, dirigeait mes journées.

Tout était décidé, même l'uniforme – pantalon noir et haut blanc ; à part le samedi où nous devions porter des jeans. « C'est humiliant pour une femme avec ton expérience. Tu es coiffeuse, pas apprentie, Janie », avait déclaré Glen plus tard. Peu importe, ça signifiait que je n'avais pas besoin de décider comment m'habiller, ni quoi faire, la plupart du temps. Pas de soucis.

Toutes adoraient Glen. Il venait me chercher le samedi et s'appuyait au comptoir pour discuter avec Lesley. Il connaissait tant de choses, mon Glen. Il maîtrisait l'aspect commercial de n'importe quoi. Et il savait faire rire les gens même quand il parlait de sujets graves. « Il est tellement malin, ton mari, disait Lesley. Et si beau. Tu as de la chance, Jane. »

J'ai toujours pris sa remarque comme un sous-entendu selon lequel elle n'arrivait pas à croire que Glen m'ait choisie, moi. Parfois, je n'y croyais pas non plus. Il riait quand je le lui disais et il m'attirait dans ses bras. « Tu es tout ce que je désire », m'assurait-il. Il m'aidait à voir les choses telles qu'elles étaient. Il m'aidait à grandir, j'imagine.

Quand nous nous sommes mariés, je n'avais pas la notion de l'argent et j'ignorais tout de la façon de tenir une maison, alors chaque semaine Glen m'allouait une somme pour les dépenses domestiques, que je notais dans un carnet qu'il m'avait donné dans ce but. Nous nous asseyions ensemble et il faisait les comptes. J'ai tant appris de lui.

Kate s'est remise à parler, mais j'ai raté le début. Elle fait allusion à un « arrangement » et à de l'argent.

— Pardon, dis-je. J'étais ailleurs pendant une minute.

Elle m'offre un sourire empreint de patience et se penche à nouveau en avant.

— Je sais combien c'est difficile, Jane. Avoir tous ces journalistes devant chez vous, nuit et jour. Mais franchement, le seul moyen de se débarrasser d'eux est d'accorder une interview. Après, vous ne représenterez plus aucun intérêt pour eux et ils vous laisseront tranquille.

D'un hochement de tête, je lui montre que j'écoute mais elle s'emballe, elle croit que je suis d'accord.

— Attendez, dis-je, saisie par la panique. Je ne suis pas en train d'accepter ni de refuser. Je dois y réfléchir.

— Nous serions ravis d'envisager un paiement, en guise de compensation pour votre temps et afin de vous aider dans ce moment difficile, s'empresse-t-elle d'ajouter.

C'est amusant, leur façon d'enrober les choses. Une compensation ! Elle veut dire qu'ils me rémunéreront pour que je crache le morceau, mais elle ne veut pas risquer de m'offenser.

J'ai reçu un tas de propositions au fil du temps, le genre de somme qu'on gagne à la loterie. Vous devriez lire les mots que les journalistes ont glissés dans ma boîte aux lettres. Elles vous feraient rougir, elles sont si hypocrites. Mais bon, j'imagine que ça vaut toujours mieux que les courriers haineux.

Parfois, les gens déchirent un article sur Glen dans un quotidien et ils écrivent MONSTRE dessus en majuscules souligné de plusieurs traits. Il arrive qu'ils appuient tellement fort que le stylo passe à travers le papier.

Quoi qu'il en soit, les journalistes font le contraire. Mais ils sont tout aussi écœurants, en réalité.

« Chère madame Taylor » – ou Jane tout simplement – « J'espère que vous ne m'en voudrez pas de vous contacter dans un moment si pénible, bla bla bla… On a tant écrit sur vous, mais nous aimerions vous offrir l'opportunité de livrer votre version de l'histoire. Bla bla bla… »

Glen lisait ces lettres à voix haute en prenant une intonation comique et nous riions tous les deux avant que je ne les range dans un tiroir. Mais c'était lorsqu'il était encore en vie. Il n'y a personne avec qui partager cette proposition-ci.

Je baisse à nouveau les yeux sur ma tasse de thé. Il est froid à présent et une fine pellicule s'est créée à la surface. C'est à cause du lait entier que Glen insiste pour qu'on achète. Insistait. Je peux prendre du lait demi-écrémé maintenant. Je souris.

Kate, qui me vante les mérites de son journal, mettant en avant sa sensibilité et son sens des responsabilités, et Dieu seul sait quoi d'autre encore, prend mon sourire pour un autre signe positif. Elle propose de m'emmener dans un hôtel pour une nuit ou deux.

— Pour vous éloigner des autres journalistes et de toute cette pression. Pour que vous puissiez souffler, Jane.

J'ai besoin de souffler, je crois.

Comme par hasard, la sonnette de la porte d'entrée retentit à ce moment-là. Kate jette un coup d'œil par la fenêtre et siffle entre ses dents :

— Bon sang, Jane, il y a un type de la chaîne de télé locale dehors. Ne faites pas de bruit et il s'en ira.

Je fais ce qu'on me dit. Comme d'habitude. Elle reprend le flambeau de Glen, en fait. Elle gère.

Elle me protège des journalistes au-dehors. Sauf que, bien sûr, elle aussi est journaliste. Oh mon Dieu, je suis coincée avec l'ennemi !

Je pivote pour protester mais la sonnette tinte de plus belle et le battant de la boîte aux lettres s'ouvre.

— Madame Taylor ? crie une voix dans le couloir désert. Madame Taylor ? Je suis Jim Wilson de Capital TV. Je ne demande qu'une minute de votre temps. Je veux seulement vous parler. Est-ce que vous êtes là ?

Kate et moi nous dévisageons sans bouger. Elle est tendue. C'est étrange de voir quelqu'un d'autre vivre ce que je vis deux ou trois fois par jour. J'ai envie de lui dire que j'ai appris à ne pas faire de bruit. Il m'arrive même de retenir ma respiration pour qu'ils ne sachent pas qu'il y a un être vivant dans la maison. Mais Kate ne peut pas rester immobile. Alors elle sort son téléphone portable.

— Vous allez appeler un ami ? je lui demande pour tenter de détendre l'atmosphère, mais alors le type de la télé m'entend.

— Madame Taylor, je sais que vous êtes là. Je vous en prie, ouvrez-moi. Je vous promets que cela ne prendra qu'un instant. Je dois juste vous parler. Nous aimerions vous offrir une tribune…

Tout à coup, Kate se met à hurler :

— Foutez le camp !

Et je la dévisage, interloquée. Glen n'aurait jamais autorisé une femme à prononcer ces mots chez lui. Elle me regarde et murmure : « Désolée », puis elle pose l'index sur ses lèvres. Et le type de la télé fout le camp.

— Eh bien, ça a fonctionné, de toute évidence, dis-je.

— Pardon, mais c'est le seul langage qu'ils comprennent, réplique-t-elle avant de s'esclaffer.

Son rire est agréable, il semble sincère, et c'est un son que je n'ai pas beaucoup entendu ces derniers temps.

— Bon maintenant, réglons cette histoire d'hôtel avant qu'un autre journaliste ne débarque.

Je me contente de hocher la tête. La dernière fois que j'ai dormi à l'hôtel c'était lors d'un week-end que Glen et moi avions passé à Whitstable, il y a quelques années. En 2004. Pour notre quinzième anniversaire de mariage.

« C'est un cap, Janie, avait-il déclaré. C'est plus que la sentence pour un vol à main armée. » Il aimait bien plaisanter.

Bref, Whitstable ne se trouvait qu'à une heure de route de la maison, mais nous avons séjourné dans un joli petit hôtel en bord de mer et mangé du poisson frit avec des frites et nous avons marché le long de la plage de galets. Je ramassais des petites pierres pour Glen qui les lançait dans les vagues et ensemble nous comptions les ricochets. Les voiles claquaient sur les mâts des petits bateaux et le vent m'ébouriffait les cheveux ; je crois cependant que j'étais profondément heureuse. Glen n'a pas dit grand-chose. Il voulait juste marcher et je me réjouissais d'avoir un peu son attention.

Le truc, c'est que Glen était en train de disparaître de ma vie. Il était là sans être là, si vous voyez ce que je veux dire. L'ordinateur était davantage une épouse que moi. De tous les points de vue, s'est-il avéré. Il disposait d'une caméra pour que les gens puissent le voir et lui aussi les voyait quand ils se parlaient. L'éclairage de ces appareils donne à tout le monde une allure morbide. Comme des zombies. Je le laissais faire. Je le laissais à ses bêtises.

— Qu'est-ce que tu fais toute la soirée sur ton ordinateur ? je demandais et il haussait les épaules.

— Je discute avec des amis. C'est tout.

Mais il pouvait passer des heures à faire ce qu'il faisait. Des heures.

Parfois, je me réveillais seule la nuit dans le lit. J'entendais le murmure de sa voix dans la chambre d'amis mais je savais qu'il ne fallait pas le déranger. Il n'appréciait pas ma compagnie lorsqu'il était sur l'ordinateur. Quand je lui apportais une tasse de café, il fallait que je frappe à la porte avant d'entrer. Il disait que je le faisais sursauter si j'entrais dans la pièce sans prévenir. Alors je toquais et il éteignait l'écran puis prenait la tasse de café que je lui tendais.

— Merci, disait-il.

— Un truc intéressant sur l'ordinateur ? je demandais.

— Non. Les trucs habituels.

Fin de la conversation.

Je ne me servais jamais de l'ordinateur. C'était davantage son domaine.

Pourtant, je crois que j'ai toujours su qu'il se passait quelque chose dessus. C'est à ce moment-là que j'ai commencé à appeler ça ses bêtises. De cette manière, je pouvais en parler à voix haute. Il n'aimait pas cette appellation mais il ne pouvait pas franchement trouver à y redire, n'est-ce pas ? C'était un mot si inoffensif. Bêtises. À la fois tout et rien. Mais ce n'était pas rien.

C'était malsain. Des choses que personne ne devrait voir, encore moins payer pour regarder.

Glen m'a assuré que ce n'était pas lui quand la police a confisqué son ordinateur.

— Ils ont trouvé des fichiers que je n'ai pas téléchargés, des trucs horribles qui arrivent sur le disque dur quand on regarde autre chose, a-t-il expliqué.

Je ne connaissais rien à Internet ni aux disques durs. C'était possible, non ?

— Des tas de types sont accusés à tort, Janie. On lit ça dans les journaux toutes les semaines. Des escrocs volent des cartes de crédit et s'en servent pour acheter ce genre de contenu. Je n'ai rien fait. Je l'ai dit à la police.

Et comme je ne répondais pas, il a poursuivi :

— Tu ne sais pas ce que c'est d'être accusé d'une chose pareille alors que tu n'as rien fait de mal. Ça te détruit.

Je lui ai caressé le bras et il m'a pris la main.

— Buvons un thé, Janie.

Et nous sommes allés dans la cuisine pour brancher la bouilloire.

Alors que je sortais le lait du frigo, j'ai regardé les photos sur la porte : nous le soir du Nouvel An, sur notre trente-et-un ; nous en train de repeindre le plafond du salon, tachetés de peinture couleur magnolia ; nous en vacances, à la fête foraine. Nous. Nous formions une équipe.

— Ne t'inquiète pas. Je suis là pour toi, Janie, disait-il quand je rentrais à la maison à la fin d'une mauvaise journée. Nous sommes une équipe.

Et c'était vrai. Il y avait trop en jeu pour se séparer.

Nous étions trop engagés l'un envers l'autre pour que je puisse partir. J'avais menti pour lui.

Ce n'était pas la première fois. Ça a commencé quand j'ai appelé son agence pour dire qu'il était souffrant alors qu'il n'avait tout simplement pas envie d'aller travailler. Puis j'ai menti en prétendant que nous avions perdu la carte de crédit quand nous avons eu des soucis financiers, pour que la banque annule certains des retraits. « Ça ne fait de mal à personne, Janie. Allez, juste pour cette fois. »

Évidemment, ça n'est pas arrivé qu'une fois.

Je me doute que c'est ce genre d'anecdotes que Kate Waters espère.

Je l'entends prononcer mon nom dans le couloir et quand je me lève pour regarder, je la vois au téléphone avec quelqu'un, à qui elle demande de venir nous secourir.

Glen m'appelait sa princesse parfois, mais je suis sûre que personne ne va se présenter sur son cheval blanc pour me sauver aujourd'hui.

Je retourne m'asseoir et attends de voir ce qu'il se passe.

CHAPITRE 5

Lundi 2 octobre 2006
L'inspecteur

La première fois qu'il l'entendit, le nom de Bella Elliott fit sourire Bob Sparkes. Sa tante préférée, une des nombreuses jeunes sœurs de sa mère, s'appelait Bella ; la blagueuse de la troupe. Ce fut son dernier sourire pendant des semaines.

L'appel à la police fut passé à 15 h 38. La voix essoufflée de la femme était marquée par le chagrin.

— On l'a enlevée. Elle n'a que deux ans. Quelqu'un l'a enlevée...

Sur l'enregistrement, écouté et réécouté les jours suivants, le timbre grave du standardiste et le ton strident qui lui répondait formaient un duo déchirant.

— Quel est le nom de cette petite fille ?

— Bella. Elle s'appelle Bella.

— Et vous êtes ?

— Sa mère. Dawn Elliott. Elle était dans le jardin de devant. Chez nous. Au 44A Manor Road, à Westland. Je vous en prie, aidez-moi.

— Nous allons vous aider, madame Elliott. Je sais que c'est difficile mais il nous faut d'autres précisions pour retrouver Bella. Quand l'avez-vous vue pour la dernière fois ? Se trouvait-elle toute seule dans le jardin ?

— Elle jouait avec le chat. Toute seule. Après sa sieste. Elle n'était pas dehors depuis longtemps. Quelques minutes tout au plus. Je suis allée la chercher vers 15 h 30 et elle n'était plus là. Nous avons regardé partout. Aidez-moi à la retrouver, je vous en supplie.

— Très bien. Restez avec moi, madame Elliott. Pouvez-vous me faire une description de Bella ? Ses vêtements ?

— Elle est blonde, avec une queue-de-cheval aujourd'hui. Elle est si petite. C'est un bébé… Je ne me rappelle pas comment elle est habillée. Un T-shirt et un pantalon, je crois. Ô Seigneur, je n'arrive pas à réfléchir ! Elle portait ses lunettes. Des petites lunettes rondes à monture rose – elle a un œil paresseux. Retrouvez-la. S'il vous plaît.

C'est trente minutes plus tard, après que deux agents de police du commissariat du Hampshire eurent confirmé l'histoire de Dawn Elliott et procédé à une fouille immédiate de la maison, que le nom de Bella parvint aux oreilles de l'inspecteur principal Sparkes.

— Une enfant de deux ans a disparu, Bob, annonça son sergent en faisant irruption dans le bureau de l'inspecteur principal. Bella Elliott. On ne l'a pas vue depuis presque deux heures. Dans le jardin de devant, en train de jouer, puis disparue. Ça se passe dans un lotissement en bordure de Southampton. La mère est effondrée ; le médecin est auprès d'elle en ce moment.

Le sergent Ian Matthews posa un mince dossier sur le bureau de son chef. Le nom de Bella Elliott était écrit au marqueur noir au milieu de la couverture sur laquelle une photo en couleur de la petite fille était accrochée avec un trombone.

Sparkes tapota la photo du doigt, l'examinant avant d'ouvrir le dossier.

— Où on en est ? Qu'est-ce qu'on fait ? Où est-ce qu'on cherche ? Où est le père ?

Le sergent Matthews se laissa tomber lourdement sur le siège.

— La maison, le grenier, le jardin ont été fouillés pour l'instant. Ça ne sent pas bon. Aucun signe d'elle. Le père vient des Midlands, d'après la mère. Une brève aventure, il est parti avant la naissance de Bella. On essaie de retrouver sa trace, mais la mère ne nous aide pas beaucoup. Elle ne veut pas qu'il sache.

— Et elle ? Comment est-elle ? Qu'est-ce qu'elle faisait pendant que sa fille de deux ans jouait dehors ? demanda Sparkes.

— Elle dit qu'elle préparait à manger pour Bella. La cuisine donne sur le jardin arrière alors elle ne pouvait pas la voir. L'avant n'est clos que par un petit mur, à peine un muret.

— C'est un peu imprudent de laisser une si petite fille sans surveillance, commenta Sparkes d'un air songeur en tentant de se remémorer ses deux enfants au même âge.

Aujourd'hui, James avait trente ans – il était comptable ; non mais quelle idée ! – et Samantha, vingt-six ans, venait de se fiancer. Eileen et lui les avaient-ils jamais laissés seuls dans le jardin quand ils étaient petits ? Impossible de s'en souvenir, en toute franchise. Il n'était sans doute pas beaucoup présent à l'époque, toujours au boulot. Il poserait la question à Eileen quand il rentrerait chez lui. S'il rentrait ce soir.

L'inspecteur principal Sparkes tendit la main vers son manteau, accroché à une patère derrière lui, et y chercha ses clés de voiture dans une des poches.

— Je ferais mieux d'aller voir, Matthews. Prendre la température, parler à la mère. Vous restez ici pour organiser les choses au cas où nous aurions besoin d'une salle d'enquête. Je vous appelle avant 19 heures.

Dans la voiture en route vers Westland, il alluma la radio sur les infos locales. Bella faisait la une mais le journaliste ne révéla rien que Sparkes ne savait déjà.

Dieu merci, songea-t-il. Ses sentiments envers la presse étaient plus que mitigés.

La dernière fois qu'un enfant avait disparu, les choses avaient mal tourné quand les journalistes avaient entrepris de mener leur propre investigation et qu'ils avaient piétiné toutes les preuves. Laura Simpson, une enfant de cinq ans de Gosport, avait été retrouvée, crasseuse et effrayée, cachée dans un placard chez son oncle par alliance. « Une de ces familles où tous les hommes sont des oncles », avait-il raconté à Eileen.

Malheureusement, un des journalistes avait pris l'album de famille dans l'appartement de la mère, si bien que la police n'avait pas vu la photo de l'oncle Jim – un délinquant sexuel fiché dans le secteur – ni établi son lien avec la petite disparue.

L'homme avait tenté de violer l'enfant, et Sparkes était convaincu qu'il l'aurait tuée alors que les enquêteurs quadrillaient la zone, parfois à seulement quelques mètres de sa prison, si un autre membre de la famille, bien aviné, ne l'avait dénoncé. Laura en avait réchappé le corps et l'esprit meurtris. Il se souvenait encore de son regard lorsqu'il avait ouvert la porte du placard. Un regard empli de terreur – il n'y avait pas d'autre mot. La terreur qu'il soit un autre oncle Jim. Il avait appelé un agent de police féminin à la rescousse pour qu'elle prenne Laura dans ses bras. En sécurité, enfin. Tout le monde avait la larme à l'œil, à part Laura. L'enfant paraissait anesthésiée.

Il avait toujours eu le sentiment de l'avoir en quelque sorte abandonnée. Il aurait dû établir le lien plus tôt, poser d'autres questions. Il aurait dû la retrouver plus vite. Pour son chef et pour les médias, c'était un succès, mais lui n'avait pas le cœur à la fête. Pas après avoir vu ce regard.

Il se demandait où elle était à présent. Et où se trouvait oncle Jim.

Manor Road grouillait de journalistes, de voisins et d'officiers de police, s'interrogeant les uns les autres dans une belle orgie verbale.

Sparkes se fraya un chemin à travers le nœud de badauds serrés devant la grille du n° 44A, saluant du menton les journalistes qu'il reconnaissait.

— Bob ! l'interpella une voix féminine. Salut ! Des nouvelles ? Une piste ?

Kate Waters s'approcha en jouant des coudes et esquissa un sourire faussement las. La dernière fois qu'il l'avait croisée, c'était lors d'une affaire de meurtre macabre dans le parc national de New Forest : ils avaient bu quelques verres et bavardé ensemble au cours des semaines qui avaient précédé l'arrestation du mari.

Ils se connaissaient de longue date et se retrouvaient de temps à autre sur des affaires, reprenant là où ils en étaient restés. *Pas tout à fait une relation amicale*, songea-t-il. Il ne s'agissait que de travail, mais Kate était correcte. La dernière fois, elle avait gardé pour elle une info qu'elle avait découverte jusqu'à ce qu'il soit prêt à ce qu'elle sorte. Il lui en devait une.

— Bonjour, Kate. Je viens d'arriver, mais j'aurais peut-être quelque chose à déclarer plus tard, dit-il en contournant l'agent en uniforme qui gardait l'entrée de la maison.

Une odeur de chat et de cigarette flottait dans le salon. Dawn Elliott, recroquevillée sur le canapé, serrait entre ses doigts tremblants un téléphone portable et une poupée. Ses cheveux blonds étaient retenus en une queue-de-cheval lâche, une coiffure qui la rajeunissait. Elle leva les yeux sur l'homme de grande taille à la mine grave qui se tenait sur le seuil ; son visage se liquéfia.

— Vous l'avez trouvée ? parvint-elle à demander.

— Madame Elliott, je suis l'inspecteur principal Bob Sparkes. Je suis ici pour vous aider à retrouver Bella et pour cela j'ai besoin de vous.

Dawn le dévisagea.

— Mais j'ai déjà tout dit à la police. Quel est l'intérêt de reposer encore et toujours les mêmes questions ?

Retrouvez-la, c'est tout ! Trouvez ma petite fille ! hurla-t-elle d'une voix rauque.

Hochant la tête, il prit place à côté d'elle.

— S'il vous plaît, Dawn, revoyons les faits ensemble, dit-il avec douceur. Vous vous souviendrez peut-être d'un nouvel élément.

Alors elle lui raconta son histoire, les mots entrecoupés de hoquets larmoyants. Bella était la fille unique de Dawn Elliott, le fruit d'une relation vouée à l'échec avec un homme marié rencontré en boîte de nuit ; une petite fille adorable qui aimait regarder des films de Walt Disney et danser. Dawn ne côtoyait pas beaucoup ses voisins – « Ils me méprisent ; je suis une mère célibataire qui vit sur les allocations. Pour eux je suis un parasite », confia-t-elle à Bob Sparkes.

Tandis qu'ils parlaient, ses hommes et une vingtaine de bénévoles du voisinage, plusieurs encore en tenue de travail, fouillaient les jardins, les poubelles, les haies, les greniers, les caves, les remises, les voitures, les niches et les tas de compost de tout le lotissement. Le jour commençait à décliner au-dehors quand une voix appela tout à coup :

— Bella ! Bella ! Où es-tu, ma puce ?

Dawn Elliott sauta sur ses pieds pour regarder par la fenêtre.

— Dawn, revenez vous asseoir, l'invita Sparkes. Dites-moi si Bella s'est mal conduite aujourd'hui.

Elle secoua la tête.

— Étiez-vous fâchée contre elle ? poursuivit-il. Les enfants en bas âge peuvent se montrer difficiles, non ? Avez-vous été obligée de lui donner la fessée ou de la punir ?

Le sous-entendu derrière ces questions apparut lentement à la jeune femme.

— Non ! Bien sûr que non. Je ne lui donne jamais la fessée. Enfin, pas très souvent. Seulement lorsqu'elle fait n'importe quoi. Je ne lui ai pas fait de mal. Quelqu'un l'a enlevée…

Sparkes lui tapota la main et demanda à l'agent de liaison avec les familles de refaire du thé.

Un jeune officier passa la tête par la porte du salon et fit signe à son supérieur.

— Un voisin a vu un type se balader dans le coin plus tôt dans l'après-midi, rapporta-t-il à Sparkes. Il ne l'a pas reconnu.

— On a une description ?

— Un homme seul. Cheveux longs, l'air bourru. D'après le voisin, il regardait dans les voitures.

Sparkes sortit son portable de sa poche et appela son sergent.

— Il semblerait qu'on ait un suspect. Aucune trace de l'enfant. Nous avons la description d'un homme louche qui traînait dans la rue ; les détails vont suivre. Transmettez-les à l'équipe. Je vais m'entretenir avec le témoin. Allons aussi rendre visite à tous les délinquants sexuels connus des services qui vivent dans le secteur, ajouta-t-il, un nœud à l'estomac en imaginant l'enfant entre les griffes de l'un des vingt-deux prédateurs sexuels répertoriés qui habitaient le lotissement de Westland.

La police du Hampshire dénombrait environ trois cents délinquants dans la région, une population fluctuante d'exhibitionnistes, de voyeurs, d'obsédés, de pédophiles et de violeurs qui se faisaient passer pour de gentils voisins.

De l'autre côté de la rue, à la fenêtre de son pavillon qu'il entretenait avec soin, Stan Spencer attendait l'inspecteur en charge. Sparkes avait appris que l'homme avait organisé un service de surveillance du voisinage quelques années plus tôt, lorsque la place qu'il estimait lui être réservée pour garer sa Volvo se retrouvait sans cesse occupée. Apparemment, la retraite lui offrait peu d'occupations, tout comme à son épouse, Susan, et il appréciait le pouvoir qu'un bloc-notes et une ronde nocturne lui procuraient.

Sparkes lui serra la main et tous deux s'assirent à la table de la salle à manger.

Le voisin mentionna ses notes :

— Je les prends en simultané, inspecteur, assurat-il à Sparkes qui réprima un sourire. J'attendais que Susan revienne des courses après le déjeuner et j'ai vu un homme redescendre notre rue. Il avait un air un peu rustre – négligé, vous savez – et j'avais peur qu'il braque la voiture d'un voisin ou qu'il commette un autre acte de malveillance. Il faut être prudent. Il passait à côté de la camionnette de Peter Tredwell.

Sparkes haussa les sourcils.

— Pardon, inspecteur. M. Tredwell est plombier, il habite en bas de la rue et sa camionnette a été fracturée plusieurs fois. J'ai arrêté le dernier. Voilà pourquoi je suis sorti surveiller ce que fabriquait cet homme mais il se trouvait plus bas sur la rue. Malheureusement, je ne l'ai vu que de dos. Il avait les cheveux longs et gras, et il portait un jean et un anorak noir comme ça se fait beaucoup. Puis mon téléphone a sonné et le temps que je revienne dehors, il était parti.

M. Spencer sembla satisfait de lui-même tandis que Sparkes prenait des notes.

— Avez-vous vu Bella quand vous avez redescendu votre allée ?

Spencer marqua une hésitation puis secoua la tête.

— Non. Je ne l'ai pas vue depuis quelques jours. Une adorable petite puce.

Cinq minutes plus tard, Sparkes était perché sur une chaise dans le couloir de Dawn Elliott et griffonnait une déclaration à la presse avant de retourner s'asseoir à côté d'elle sur le canapé.

— Vous avez des nouvelles ? demanda-t-elle.

— Rien pour le moment, mais je vais m'adresser à la presse et solliciter leur aide pour la retrouver. Et...

— Et quoi ? interrompit Dawn.

— Et dire que nous recherchons quiconque se trouvait dans le secteur cet après-midi. Des gens qui seraient passés en voiture ou à pied dans Manor Road. Avez-vous aperçu un inconnu dans la rue cet après-midi, Dawn ? D'après Spencer, en face, il y aurait eu un homme aux cheveux longs, avec un blouson noir ; un homme qu'il n'avait jamais vu. Ce n'est peut-être rien...

Elle secoua la tête, les larmes roulaient sur ses joues.

— Est-ce que c'est lui qui l'a enlevée ? demanda-t-elle. C'est lui qui m'a pris mon bébé ?

CHAPITRE 6

Mercredi 9 juin 2010

La veuve

Encore des pas sur le gravier. Cette fois, le téléphone de Kate sonne à deux reprises avant de s'arrêter. Ce doit être un signal car elle ouvre la porte sans attendre et fait entrer un homme avec un gros sac calé sur l'épaule.

— Je vous présente Mick, m'annonce-t-elle. C'est mon photographe.

Mick me décoche un sourire et tend la main.

— Bonjour, madame Taylor.

Il est venu nous chercher pour nous emmener à l'hôtel.

— Un endroit sympa et tranquille, assure-t-il et je commence à protester.

Tout va beaucoup trop vite.

— Attendez une minute, dis-je.

Mais personne n'écoute.

Kate et Mick sont en train de discuter de la meilleure stratégie pour contourner les journalistes rassemblés au portail. L'homme de la télé a dû prévenir ses confrères que j'avais de la visite, et à tour de rôle ils viennent frapper à la porte et pousser le battant de la boîte aux lettres pour m'appeler. L'horreur, c'est un cauchemar. Comme au début.

À l'époque, c'est Glen qu'ils appelaient d'une voix forte, l'accusant de tous les maux. « Qu'avez-vous fait, monsieur Taylor ? » a hurlé un journaliste ; « Avez-vous du sang sur les mains, espèce de pervers ? » a demandé le gars du *Sun* alors que Glen sortait la poubelle. Juste sous le nez des passants. Glen m'a raconté que l'un d'eux avait craché sur le trottoir.

Il tremblait en rentrant dans la maison.

Mon pauvre Glen. Mais j'étais là pour le soutenir à l'époque – je lui caressais la main et lui conseillais de ne pas y prêter attention. Il n'y a que moi aujourd'hui et je ne sais pas si je suis capable de gérer toute seule.

Une voix est en train de brailler des choses horribles à travers la porte.

— Je sais que vous êtes là, madame Taylor. Est-ce qu'on vous paye pour parler ? Que vont penser les gens, à votre avis, si vous acceptez cet argent sale ?

J'ai l'impression qu'on vient de me frapper. Kate se tourne vers moi et me caresse la main en me disant de les ignorer, qu'elle va tout arranger.

J'ai envie de lui faire confiance mais c'est difficile de réfléchir. Qu'est-ce que ça veut dire, tout arranger ? Se cacher était la seule façon de réagir, selon Glen. « Il faut attendre que ça passe », disait-il.

En revanche, la méthode de Kate est de foncer tête baissée. À l'en croire, je dois me prendre en main et livrer ma propre version des faits pour qu'ils se taisent.

J'aimerais bien leur clouer le bec mais pour cela il faudrait entrer sous le feu des projecteurs. Cette idée me terrifie tant qu'elle me paralyse.

— Allez, Jane, m'invite Kate, remarquant que je suis toujours assise. Ensemble, on peut le faire. Un pas après l'autre. Ce sera terminé dans cinq minutes, et ensuite plus personne ne pourra vous retrouver.

À part elle, bien sûr.

Je suis incapable d'affronter de nouvelles injures de la part de ces bêtes sauvages dehors, c'est au-dessus de mes forces, alors avec obéissance je commence à rassembler mes affaires. J'attrape mon sac à main et y fourre une petite culotte que je récupère dans le sèche-linge à la cuisine. À l'étage, je prends ma brosse à dents. Où sont mes clés ?

— Ne prenez que le strict nécessaire, conseille Kate.

Elle m'achètera tout ce dont j'aurai besoin une fois là-bas. « Là-bas où ? » ai-je envie de demander mais Kate me tourne de nouveau le dos, pendue à son téléphone, elle parle au « bureau ».

Sa voix est différente lorsqu'elle s'adresse à son collègue. Tendue. Un peu essoufflée, comme si elle venait de monter un escalier.

— OK, Terry. Non, Jane est avec nous... Je te rappelle plus tard.

Elle ne souhaite pas parler devant moi. Je me demande ce qu'ils veulent savoir, à son « bureau ». Quelle somme a-t-elle promise ? De quoi aurai-je l'air sur les photos ?

Je parie qu'elle mourrait d'envie de leur répondre : « Elle a une sale tête mais on pourra la rendre présentable. » Je sens la panique me gagner et je veux leur dire que j'ai changé d'avis mais tout va beaucoup trop vite.

Elle annonce qu'elle va les « distraire ». Elle sortira par la porte de devant et feindra de démarrer sa voiture en nous attendant pendant que Mick et moi nous faufilerons par le jardin et enjamberons la barrière à l'arrière. J'ai du mal à croire ce que je vais faire. Je commence à dire « Attendez » une nouvelle fois mais Kate me pousse vers la porte de derrière.

Nous patientons pendant qu'elle sort. Le bruit se fait soudain assourdissant. Comme une volée d'oiseaux qui prend son envol sur le seuil de ma porte.

— Des rapaces, lâche Mick.

J'imagine qu'il parle des photographes. Il jette alors sa veste sur ma tête, m'attrape par la main et me tire derrière lui vers la porte du jardin. Je ne vois pas grand-chose à cause du manteau et j'ai enfilé une paire de chaussures peu pratiques. Je les perds mais j'essaie quand même de courir. C'est grotesque. La veste ne cesse de glisser. Oh mon Dieu, Lisa la voisine regarde par sa fenêtre à l'étage, bouche bée. Je lui adresse un geste mou de la main. Allez savoir pourquoi. Nous ne nous sommes pas adressé la parole depuis des lustres.

Une fois à la clôture de derrière, Mick m'aide à l'enjamber. Elle n'est pas très haute, elle sert plus à décorer qu'à protéger. Je suis en pantalon mais l'entreprise s'avère tout de même délicate. Il a garé son véhicule à l'angle, et nous gagnons à pas de loup le bas de l'allée à l'arrière des maisons, au cas où un journaliste y serait posté. Une soudaine envie de pleurer me saisit. Je suis sur le point de monter en voiture avec des gens que je ne connais pas et me rendre Dieu sait où avec eux. C'est sans doute la pire folie que j'aie jamais commise.

Glen en ferait une attaque. Même avant toute cette histoire avec la police, il aimait préserver sa vie privée. Nous habitons cette maison depuis des années mais, ainsi que les voisins étaient trop heureux de le déclarer à la presse, nous étions très secrets. C'est ce que le voisinage dit toujours, non ? Quand des cadavres ou des enfants maltraités sont découverts dans la maison d'à côté. Dans notre cas, en revanche, c'était la vérité. L'un d'eux – peut-être bien Mme Grange en face – a déclaré à un journaliste que Glen avait le regard « mauvais ». Il avait de beaux yeux. Des yeux bleus avec de longs cils. Des yeux de petit garçon. Son regard me faisait chavirer.

Quoi qu'il en soit, il me répétait : « Ce sont nos affaires, Janie, pas celles des autres. » C'est pour ça que le coup a été si dur quand nos affaires sont devenues celles de tout le monde.

La camionnette de Mick le photographe est dégoûtante. On ne distingue même pas le plancher sous les emballages de hamburgers, les sachets de chips et les vieux journaux. Un rasoir électrique est branché sur l'allume-cigare et une grande bouteille de Coca roule par terre.

— Désolé pour le désordre. Je vis quasiment dans cette voiture.

De toute façon, je ne monte pas à l'avant. Mick me fait faire le tour et ouvre les portières arrière.

— Allez-y, m'invite-t-il en me prenant le bras pour me faire monter.

Il pose la main sur ma tête pour que je ne me cogne pas.

— Profil bas dès qu'on roule, je vous dirai quand ce sera dégagé.

— Mais... je commence à protester.

Il claque les portes sans me laisser le temps de terminer et je me retrouve assise dans la semi-obscurité au milieu du matériel photographique et des sacs-poubelle.

CHAPITRE 7

Jeudi 5 octobre 2006
L'inspecteur

Bob Sparkes poussa un bâillement tonitruant, étira ses bras au-dessus de sa tête et cambra son dos douloureux dans son fauteuil. Il s'efforçait au mieux d'ignorer l'horloge sur le bureau mais celle-ci lui fit de l'œil jusqu'à ce qu'il pose le regard dessus. Il était 2 heures du matin. Fin du troisième jour de recherches dans l'enquête sur la disparition de Bella et ils n'en étaient nulle part.

Ils avaient reçu des dizaines d'appels à propos d'hommes négligés aux cheveux longs et ils avaient suivi d'autres pistes, élargissant toujours plus le rayon de leur champ d'investigation, mais c'était un travail lent et minutieux.

Il fit son possible pour ne pas songer à ce qu'était en train d'endurer Bella Elliott – ou, pour être honnête, ce qu'elle avait sûrement déjà enduré. Il devait la retrouver.

— Où es-tu, Bella ? demanda-t-il en s'adressant à la photo sur son bureau.

Le visage de l'enfant était partout où s'arrêtait son regard. La salle d'enquête affichait une dizaine de clichés d'elle souriant aux inspecteurs telle une petite icône religieuse prête à bénir leur travail. Les journaux étaient saturés de portraits du « Bébé Bella ».

Sparkes se passa la main sur le crâne et nota au passage la calvitie qui s'accentuait.

— Allez, réfléchis ! s'intima-t-il, penché sur l'écran d'ordinateur.

Il éplucha une fois encore les dépositions et les rapports sur les délinquants sexuels locaux, en quête de la moindre faille dans leurs histoires personnelles, mais rien ne ressortait.

Il examina les profils une dernière fois : créatures pathétiques, pour la plupart. Des types solitaires aux dents gâtées et à l'odeur corporelle repoussante, qui évoluaient dans un univers de fantasmes virtuel et s'aventuraient de temps en temps dans le monde réel pour tenter leur chance.

Ensuite, venaient les récidivistes. Ses agents s'étaient rendus chez Paul Silver. Ce dernier avait abusé de ses enfants pendant des années et fait de la prison pour ses crimes, mais son épouse – *la troisième ? s'interrogea-t-il. Ou s'agit-il encore de Diane ?* – avait confirmé d'une voix empreinte de lassitude que son homme se trouvait derrière les barreaux, à purger cinq ans pour vol avec effraction. Il s'était diversifié, apparemment, avait commenté Bob Sparkes devant son sergent.

Bien entendu, des gens avaient cru reconnaître Bella dans tout le pays au cours des premières quarante-huit heures. Des officiers s'étaient précipités pour vérifier ces informations et son cœur s'était emballé sous le coup de l'espoir.

Une femme qui habitait à la sortie de Newark leur avait signalé que sa nouvelle voisine jouait dans le jardin avec une enfant.

— C'est une petite fille blonde. Je n'ai jamais vu d'enfant dans le jardin avant. Je croyais qu'elle n'en avait pas.

Sparkes dépêcha sur-le-champ des policiers du commissariat local et attendit à son bureau que le téléphone sonne.

— C'est la nièce de la voisine, elle est en visite, elle vient d'Écosse, lui apprit l'inspecteur principal du secteur, aussi déçu que lui. Désolé, la prochaine fois, peut-être.

Peut-être. Le problème résidait dans le fait que la plupart des appels transférés à la salle d'enquête ne provenaient jamais que de profiteurs et de personnes cherchant à attirer l'attention, prêtes à tout pour jouer un rôle dans le drame.

La dernière fois que Bella avait été vue par quelqu'un d'autre que sa mère, c'était chez le marchand de journaux au bas de la rue. La propriétaire, une grand-mère qui n'avait pas la langue dans sa poche, se rappelait avoir vu la mère et l'enfant vers 11 h 30. Des clientes régulières. Dawn venait presque tous les jours acheter des cigarettes et cette visite, la dernière de Bella, était enregistrée en images saccadées et granuleuses par la caméra de sécurité bon marché du magasin.

Sur la vidéo, la petite Bella tenait la main de sa mère face au comptoir ; plan sur Bella, le visage flou et brouillé comme si déjà elle disparaissait, un sac en papier à la main ; plan sur la porte du magasin qui se referme derrière elle.

La mère de Dawn avait téléphoné chez sa fille après le déjeuner – à 14 h 17 d'après son relevé téléphonique – et elle avait déclaré aux policiers avoir entendu sa petite-fille chanter à tue-tête avec « Bob le bricoleur » en fond sonore ; elle avait souhaité lui parler. Dawn avait demandé à la fillette de venir mais Bella était partie en courant chercher un jouet.

La chronologie des soixante-huit minutes suivantes était fournie par Dawn. L'emploi du temps était vague, ponctué par les tâches ménagères. Les enquêteurs avaient dû lui faire rejouer la préparation du repas, la vaisselle et le pliage des habits de Bella sortant du sèche-linge pour tenter de comprendre les minutes écoulées après le moment où Dawn avait dit avoir vu Bella jouer dans le jardin, juste après 15 heures.

Margaret Emerson, qui habitait la maison voisine, était sortie chercher quelque chose dans sa voiture à 15 h 25 et affirmait qu'il n'y avait personne dans le jardin à ce moment-là.

— Bella me criait « coucou » tout le temps. C'était un peu un jeu pour elle, pauvre petite puce. Elle recherchait l'attention des autres. Sa mère ne s'intéressait pas toujours à ce qu'elle faisait, avait ajouté Mme Emerson avec prudence. Bella jouait beaucoup toute seule, elle trimballait sa poupée ou courait après Timmy, le chat. Vous savez comment sont les enfants.

— Est-ce que Bella pleurait souvent ? avait demandé Sparkes.

La question avait obligé Mme Emerson à marquer une pause pour réfléchir, mais elle avait ensuite secoué la tête et déclaré sèchement :

— Non, c'était une petite fille heureuse.

Le médecin de famille et l'assistante sociale avaient confirmé :

— Une enfant adorable… une petite puce, avaient-ils déclaré de concert.

— La mère connaît quelques difficultés – c'est dur d'élever seule un enfant, n'est-ce pas ? avait ajouté le médecin et Sparkes avait hoché la tête comme s'il comprenait.

Tout cela était consigné dans les dossiers de plus en plus gros qui rassemblaient indices et dépositions, les preuves des efforts que ses hommes fournissaient, mais il savait que ce n'était que du vent. Ils ne faisaient aucun progrès.

L'homme aux cheveux longs était la clé, en conclut-il, éteignant son ordinateur et tassant avec soin les dossiers sur son bureau avant de se diriger vers la porte et cinq heures de sommeil.

— Peut-être que demain nous la retrouverons, murmura-t-il à son épouse endormie quand il rentra chez lui.

***

Une semaine plus tard, sans nouvelles, Kate Waters lui téléphona.

— Salut, Bob, le rédacteur en chef a décidé d'offrir une récompense pour toute information qui permettrait de retrouver Bella. Il propose vingt mille. Pas mal, hein ?

Sparkes grogna en son for intérieur. (« Foutue récompense ! se plaignit-il à Matthews un peu plus tard. Les journaux récoltent toute la publicité et nous nous coltinons les dingues et les escrocs du pays au téléphone. »)

— C'est très généreux, Kate, répondit-il. Mais croyez-vous que le moment soit bien choisi ? Nous travaillons sur plusieurs...

— Ça sera en une demain, Bob, l'interrompit-elle. Écoutez, je sais que d'habitude la police déteste l'idée d'une récompense, mais les gens qui voient ou entendent des choses et craignent de contacter les autorités décrocheront leur téléphone pour vingt mille livres.

Il soupira.

— Je vais prévenir Dawn, dit-il. Je dois la préparer.

— Oui, approuva Kate. À ce propos, Bob, serait-il possible d'envisager une discussion en tête à tête avec Dawn ? La pauvre femme pouvait à peine s'exprimer lors de la conférence de presse. Ce serait l'occasion pour elle de parler de Bella. Je ferai preuve de délicatesse avec elle. Qu'en pensez-vous ?

Il pensa qu'il regrettait d'avoir accepté l'appel. Il appréciait Kate – et il ne pouvait pas en dire autant de la plupart des journalistes – mais il savait qu'elle était tel un terrier avec un os quand elle avait quelque chose en tête. Elle ne laisserait pas tomber tant qu'elle n'aurait pas obtenu ce qu'elle désirait, mais il n'était pas sûr que Dawn et lui soient prêts à être cuisinés ainsi.

Dawn restait encore une grande inconnue ; émotionnellement, c'était une épave, bourrée de cachetons contre ses angoisses et incapable de se concentrer sur quoi que ce soit plus de trente secondes. Bob Sparkes avait passé des heures avec elle et il sentait qu'il avait tout juste effleuré la surface. Pouvait-il laisser Kate Waters se lâcher sur elle ?

— Ça l'aiderait peut-être de parler à quelqu'un qui ne soit pas de la police, Bob. Elle pourrait se rappeler quelque chose...

— Je lui poserai la question, Kate, mais je ne suis pas convaincu qu'elle acceptera. Elle prend des tranquillisants et des somnifères et elle a du mal à se concentrer.

— Génial. Merci, Bob.

Il pouvait presque entendre le sourire de la journaliste dans sa voix.

— Attendez, ce n'est pas encore fait. Je lui parlerai ce matin et je vous rappellerai.

À son arrivée, il trouva Dawn assise exactement au même endroit que la dernière fois qu'il l'avait vue, sur le canapé qui était devenu son arche, au milieu des jouets de Bella, des paquets de cigarettes vides froissés et des pages déchirées des journaux, des cartes de soutien et des lettres de fous furieux.

— Vous êtes-vous couchée, madame Elliott ? lui demanda-t-il.

Sue Blackman, la jeune femme en uniforme qui servait d'officier de liaison avec les familles, secoua la tête en silence et haussa les sourcils.

— Je n'arrive pas à dormir, répondit Dawn. Je dois rester éveillée pour son retour.

Sparkes emmena l'agent Blackman dans le couloir.

— Il faut qu'elle se repose sinon elle va finir à l'hôpital, siffla-t-il entre ses dents.

— Je sais, monsieur. Elle somnole sur le canapé la journée mais déteste quand la nuit tombe. Elle dit que Bella a peur du noir.

CHAPITRE 8

Mercredi 11 octobre 2006
La journaliste

Kate Waters se présenta à l'heure du déjeuner, avec un photographe et un énorme bouquet de lys de supermarché. Elle s'était garée plus bas dans la rue, loin de la meute, afin de pouvoir descendre de voiture sans attirer l'attention. Par téléphone, elle prévint Bob Sparkes de son arrivée et passa rapidement à côté des journalistes assis dans leur voiture devant la maison, des Big Mac à la main. Le temps qu'ils réagissent, elle était entrée. Elle en entendit un ou deux jurer avec véhémence, s'avertir qu'ils allaient se faire doubler, et s'efforça de dissimuler un sourire.

Tandis que Bob Sparkes lui montrait le chemin, Kate observa autour d'elle la pagaille et l'inertie causées par le chagrin : dans le couloir, l'anorak bleu de Bella avec sa capuche bordée de fausse fourrure et le sac à dos en forme de nounours accrochés à la rampe d'escalier, ses minuscules bottes en caoutchouc d'un rouge étincelant près de la porte.

— Prends ça en photo, Mick, murmura-t-elle au photographe sur ses talons tandis qu'ils pénétraient dans le salon.

Partout, il y avait des jouets et des photos de bébé ; cette image ramena instantanément Kate à ses premiers pas de maman, à sa lutte pour endiguer le chaos. Le jour où elle était rentrée de la maternité avec Jake, elle s'était assise pour pleurer, submergée par le flux d'hormones postnatales et le brusque sens des responsabilités qui lui incombaient. Elle se rappelait, le lendemain de la naissance, avoir demandé à l'infirmière la permission de le prendre dans ses bras, comme s'il appartenait à l'hôpital.

La mère leva les yeux, son visage juvénile plissé et vieilli par les larmes, et Kate lui offrit un sourire et une main tendue. Elle allait serrer la sienne pour la saluer, mais se contenta de la presser avec compassion.

— Bonjour, Dawn, dit-elle. Je vous remercie d'avoir accepté de me rencontrer. Je sais combien ce doit être difficile pour vous, mais nous espérons que cela aidera la police à retrouver Bella.

Dawn hocha la tête comme au ralenti.

Bon sang, Bob n'exagérait pas, songea Kate.

Elle ramassa une poupée rouge des Télétubbies sur le canapé.

— C'est Po, non ? Mes garçons préfèrent les Power Rangers, commenta-t-elle.

Dawn la contempla, une lueur d'intérêt dans le regard.

— Bella adore Po, confirma-t-elle. Elle adore souffler des bulles de savon, leur courir après pour essayer de les attraper.

Kate avait remarqué sur la table une photo de l'enfant justement en train de pourchasser une bulle de savon et se leva pour l'apporter à Dawn.

— Elle est là, dit Kate alors que Dawn lui prenait le cadre des mains. Elle est magnifique. Pleine d'espièglerie, je parie.

Dawn sourit avec reconnaissance. Les deux femmes avaient trouvé leur point commun et Dawn se mit à parler de son bébé.

Bob Sparkes se fit la remarque que c'était la première fois qu'elle parvenait à évoquer Bella comme une enfant et non comme une victime. « Kate est douée. Il faut bien le lui accorder. Elle peut entrer dans la tête des gens plus vite que certains de mes hommes », avait-il confié à son épouse plus tard. Eileen avait haussé les épaules et s'en était retournée à ses mots croisés du *Telegraph*. En ce qui la concernait, le travail policier appartenait à une autre planète.

Kate alla chercher d'autres photos et jouets pour alimenter la conversation, laissant Dawn raconter une anecdote sur chaque objet sans presque qu'on l'y incite. Elle se servait d'un magnétophone discret, glissé d'un geste rapide sur le coussin entre elles, pour saisir chaque parole. Les calepins n'étaient pas adaptés à des cas comme celui-ci ; la discussion ressemblerait trop à un interrogatoire de police. Elle voulait juste que Dawn lui parle de ses plaisirs ordinaires et de ses batailles quotidiennes en tant que mère. Préparer Bella pour la maternelle, les jeux dans le bain, la joie de l'enfant à choisir sa nouvelle paire de bottes de pluie.

— Elle adore les animaux. On est allées au zoo une fois et elle voulait rester regarder les singes.

Elle riait tant, lui apprit Dawn, prenant l'espace d'un instant refuge dans les souvenirs d'une vie précédente.

Les images de Bella et de Dawn plongeront directement le lecteur dans le cauchemar que la jeune maman vivait, Kate le savait tandis qu'elle rédigeait l'introduction de son article dans sa tête.

Une paire de minuscules bottes de pluie rouges est posée dans l'entrée de Dawn Elliott. Sa fille Bella les a choisies il y a deux semaines et ne les a pas encore portées...

C'était ce que les lecteurs voulaient lire pour frissonner dans leur robe de chambre en buvant du thé et en mangeant des tartines de pain grillé avant de dire à leur conjoint : « Ç'aurait pu être nous. »

Et le rédacteur en chef adorerait aussi : « De quoi faire frétiller l'utérus des ménagères ! » dirait-il, en lui accordant la une et plusieurs colonnes à l'intérieur du journal pour son article.

Au bout de vingt minutes, Dawn commença à fatiguer. Les médicaments ne faisaient plus effet et la terreur rampa de nouveau dans la pièce. Kate jeta un coup d'œil à Mick qui se leva avec son appareil et proposa d'une voix empreinte de délicatesse :

— Prenons une photo de vous, Dawn, avec cet adorable cliché de Bella en train de souffler des bulles.

Elle s'exécuta, telle une enfant.

— Je ne me le pardonnerai jamais, murmura-t-elle tandis que l'obturateur de Mick cliquetait. Je n'aurais pas dû la laisser sortir. Mais j'essayais juste de préparer son repas. Elle a quitté mon champ de vision une minute seulement. Je ferais n'importe quoi pour remonter le temps.

Alors elle fondit en larmes ; tout son corps fut secoué de spasmes tandis que Kate serrait sa main et que le reste du monde reprenait forme autour du canapé.

Kate avait toujours excellé dans l'art de l'interview. « Quand on parle à des gens réels – des personnes qui n'ont pas un ego surdimensionné ni rien à vendre – l'exercice peut se révéler une véritable mise à nu, qui crée une profonde intimité, exclut tout le reste et met tous les autres à l'écart », avait-elle un jour confié à quelqu'un. Mais à qui ? Ce devait être une personne qu'elle cherchait à impressionner ; elle se rappelait en revanche chaque phrase de chaque interview qui l'avait touchée.

— Vous êtes très courageuse, Dawn, assura-t-elle en lui pressant la main une nouvelle fois. Merci de m'avoir parlé et de m'avoir accordé tant de temps. Je préviendrai l'inspecteur principal Sparkes de la parution de l'article. Et je vais vous laisser ma carte, ainsi vous pourrez me joindre quand vous le voudrez.

Kate ramassa ses affaires à la va-vite, glissa le magnétophone dans son sac et rendit sa place auprès de Dawn à l'agent de liaison avec les familles.

Sparkes les raccompagna, elle et Mick, jusqu'à la porte.

— C'était super. Merci, Bob, lui souffla-t-elle à l'oreille. Je vous appelle quand je l'ai écrit.

Il acquiesça tandis qu'elle passait devant lui pour sortir de la maison et affronter ses pairs en colère.

Dans la voiture, elle resta assise un moment, repassant les citations dans sa tête pour tenter d'en tirer une histoire. L'intensité de la rencontre l'avait vidée, et en toute franchise, l'avait angoissée. Elle regrettait de ne plus fumer, et composa le numéro de Steve. Elle tomba sur la messagerie ; il devait être de service. Elle lui laissa un message.

— Ça s'est très bien passé. La pauvre fille. Elle ne s'en remettra jamais. J'ai sorti des lasagnes du congélateur pour ce soir. On se parle plus tard.

Elle percevait l'émotion dans sa propre voix. *Nom de Dieu, reprends-toi, Kate ! C'est le boulot !* s'admonesta-t-elle en démarrant le moteur pour aller s'installer dans un parking tranquille où rédiger son article. *Tu te ramollis.*

Dawn Elliott commença à téléphoner à Kate Waters le lendemain, le jour de la publication de l'article. Elle appela depuis son portable, isolée dans la salle de bains, loin de l'attention constante de Sue Blackman. Elle ne savait pas très bien pourquoi elle en faisait un secret, mais elle avait besoin de quelque chose qui ne soit qu'à elle. Toute sa vie avait été passée au crible par la police et elle voulait un semblant de normalité. Une simple conversation.

Kate était ravie ; une ligne directe avec la mère était la récompense qu'elle s'était autorisée à espérer, et elle l'entretenait avec soin. Il ne devrait pas y avoir d'interrogations directes concernant l'enquête, pas de questions indiscrètes, pas de pression. Il ne fallait pas l'effrayer. Au contraire, elle s'adressa à Dawn comme si elle était son amie, partagea les détails de sa vie – ses garçons, les embouteillages, les nouvelles fringues et les potins de stars. Et Dawn répondit comme Kate savait qu'elle finirait par le faire, en lui confiant ses peurs et les dernières pistes de la police.

— Ils ont reçu un appel de l'étranger. Près de Malaga ? Un touriste en vacances y a vu une petite fille dans un parc et croit qu'il s'agit de Bella, racontat-elle à Kate. Vous pensez qu'elle pourrait être là-bas ?

Kate lui murmura des paroles réconfortantes tout en prenant des notes et en envoyant un texto au préposé aux affaires criminelles, un type porté sur la bouteille qui avait raté un ou deux coups dernièrement. Il se réjouit d'être tenu informé des tuyaux exclusifs de Kate, téléphona à l'un de ses contacts de la salle d'enquête et demanda au rédacteur de réserver un vol pour l'Espagne, *pronto*.

Ce n'était pas Bella. Mais le journal décrocha une interview chargée d'émotion avec les vacanciers et une excuse toute trouvée pour publier une nouvelle série de photos. « Ça valait le coup », avait lancé le rédac chef à ses journalistes, ajoutant à l'intention de Kate : « Bien joué, Kate. Vous faites du super boulot sur cette affaire. »

Elle appartenait au cercle intime, mais elle devait rester prudente. Si Bob Sparkes découvrait leurs coups de fil secrets, il y aurait de l'eau dans le gaz.

Elle aimait bien Sparkes. Ils s'étaient entraidés sur quelques enquêtes qu'il avait menées : il lui avait parfois fourni des informations pour que son article se distingue de ceux des autres journalistes, et elle l'avait tuyauté quand elle avait eu en sa possession un nouvel élément digne d'intérêt. Elle envisageait leurs rapports comme une sorte de relation amicale, bénéfique aux deux parties. Ils s'entendaient bien. Et ça s'arrêtait là. Elle rougit presque en repensant au béguin d'adolescente qu'elle avait nourri pour lui à leur première rencontre, dans les années 1990. Elle avait été charmée par son calme et ses yeux bruns et s'était sentie flattée qu'il la choisisse pour boire un verre en une ou deux occasions.

Le journaliste des affaires criminelles dans le dernier canard où elle avait travaillé l'avait taquinée sur sa relation intime avec Sparkes, mais tous deux savaient que l'inspecteur n'était pas un coureur de jupons comme certains de ses collègues. Il était réputé pour n'avoir jamais dévié du droit chemin et Kate n'avait ni le temps ni l'envie de jouer les maîtresses.

« C'est un flic droit dans ses bottes, lui avait assuré un collègue. Un des derniers. »

Kate risquait de griller son lien privilégié avec Sparkes en continuant à communiquer avec Dawn derrière son dos, mais détenir une perspective de l'intérieur en valait la peine. Ça pouvait bien être le sujet de sa vie.

Elle répéta ses arguments tout en roulant vers le travail. *C'est un pays libre et Dawn peut s'entretenir avec qui elle veut, Bob... Je ne peux pas l'empêcher de me téléphoner... Ce n'est pas moi qui l'appelle... Je ne lui pose aucune question sur l'enquête. Elle me raconte juste des trucs.*

Elle savait que ça ne satisferait pas Sparkes. C'était lui qui l'avait présentée à Dawn au départ. *Oh allez, c'est bon !* se dit-elle avec irritation, en se promettant silencieusement de rapporter à Bob tout ce qui pourrait aider la police. Elle croisa tout de même les doigts.

Elle n'eut pas longtemps à attendre pour recevoir l'appel de Sparkes.

Elle décrocha et se dirigea dans le couloir pour plus d'intimité.

— Bonjour, Bob. Comment allez-vous ?

L'inspecteur était tendu et ne s'en cacha pas. La dernière conversation dans la salle de bains de Dawn avec sa journaliste préférée avait été épiée par l'agent de liaison et Sparkes était très déçu du comportement de Kate. Dans un sens, c'était encore pire que s'il avait été furieux.

— Du calme, Bob. Dawn Elliott est une grande personne ; elle peut parler à qui elle veut. C'est elle qui m'a appelée.

— Je me doute. Mais Kate, ce n'était pas notre marché. Vous avez décroché la première interview grâce à moi et vous avez agi dans mon dos. Cela pourrait nuire à l'enquête, vous en avez conscience ?

— Écoutez, Bob, elle m'a téléphoné pour discuter de choses qui n'ont aucun rapport avec l'affaire. Elle a besoin de temps à elle, ne serait-ce que quelques minutes, pour échapper à tout ça.

— Et vous vous avez besoin de matière pour vos articles. Inutile de jouer les assistantes sociales avec moi, Kate. Je vous connais.

Elle sentit la honte la gagner. En effet, il la connaissait.

— Je suis désolée que vous soyez contrarié, Bob. Je pourrais venir vous retrouver pour un verre et on en discuterait ?

— Je suis occupé pour l'instant. Mais peut-être la semaine prochaine. Et Kate… ?

— Oui, oui. Je me doute que vous lui avez demandé de ne plus m'appeler mais si jamais elle me téléphone, je répondrai.

— Je vois. Vous devez faire ce que vous avez à faire, Kate. J'espère que Dawn retrouvera la raison, alors. Quelqu'un doit bien se montrer raisonnable.

— Bob, je fais mon boulot et vous faites le vôtre. Je ne nuis pas à l'enquête, je la garde en vie sur le papier.

— J'espère que vous avez raison. Je dois y aller.

Kate s'appuya contre le mur, se jouant une tout autre dispute dans sa tête. Dans cette version, elle finissait sur le podium de la moralité et Bob rampait à ses pieds.

Il changera d'avis, une fois calmé, se rassura-t-elle avant d'envoyer un texto à Dawn pour s'excuser des problèmes occasionnés.

Elle reçut aussitôt un message qui se terminait par « on se parle plus tard ». Elles étaient toujours en contact. Elle sourit à l'écran et décida de fêter ça avec un double expresso et un muffin.

Aux petites victoires de la vie, trinqua-t-elle en levant son gobelet en carton au milieu de la cantine. Demain, elle roulerait jusqu'à Southampton et retrouverait Dawn pour manger un sandwich au centre commercial.

CHAPITRE 9

Mercredi 9 juin 2010
La veuve

Kate grimpe dans la camionnette de Mick trois kilomètres plus loin, sur le parking d'un supermarché. Avec un rire, elle raconte que la « meute » a accouru dans l'allée pour vérifier si je me trouvais dans la maison quand elle est repartie toute seule.

— Les imbéciles. Ils sont tombés dans le panneau.

Elle se retourne sur le siège avant pour me faire face.

— Vous allez bien, Jane ?

Sa voix est redevenue douce et chaleureuse. On ne me berne pas comme ça. Elle se contrefiche de moi. Tout ce qui l'intéresse, c'est mon histoire. Je hoche la tête sans souffler mot.

Pendant qu'on roule, Mick et elle discutent du « bureau ». Apparemment, leur patron est un genre de tyran qui hurle sur tout le monde et sort des jurons à tout bout de champ.

— Il ne peut pas prononcer une phrase sans y coller le mot en C. À tel point qu'on appelle la conférence de

presse du matin le Monologue du Vagin, m'explique-
t-elle, et ils éclatent de rire tous les deux.

J'ignore ce qu'est un monologue du vagin mais je
ne dis rien.

C'est comme si Mick et elle vivaient dans un autre
monde. Kate est en train de lui raconter que le rédacteur
– le fameux Terry à qui elle parlait au téléphone – est
ravi. J'imagine qu'il l'est parce qu'elle a décroché la
veuve.

— Il va aller et venir dans la salle de rédaction
toute la journée, le pauvre. N'empêche, au moins il
n'engueulera pas les autres journalistes. Il est curieux,
comme type : au pub, c'est un vrai boute-en-train ;
mais au bureau, il reste assis à fixer son écran d'ordinateur douze heures par jour. Il ne lève les yeux que
pour engueuler quelqu'un. On dirait un mort-vivant.

Mick s'esclaffe.

Je m'allonge sur le sac de couchage. Il n'est pas très
propre mais il ne sent pas trop mauvais ; je m'assou-
pis tandis que leurs voix se fondent dans un murmure
lointain. À mon réveil, nous sommes arrivés.

L'hôtel est immense et très luxueux. C'est le genre
d'endroit où l'on trouve des bouquets de fleurs énormes
pour égayer le hall d'entrée et des coupes avec de
vraies pommes mises à disposition des clients sur le
comptoir de la réception. Je ne sais jamais si ces fleurs
sont réelles ou artificielles, mais les pommes, elles,
sont tout ce qu'il y a de plus vrai. On peut en manger
si on veut.

Kate prend la tête des opérations.

— Bonjour, nous avons réservé trois chambres au
nom de Murray, annonce-t-elle à l'hôtesse à l'accueil

qui consulte son écran avec un sourire. Nous avons fait la réservation il y a deux heures, ajoute Kate, impatiente.

— Vous voilà, répond enfin la réceptionniste.

Ce doit être Mick le Murray ; il tend sa carte de crédit à la fille qui me dévisage.

Tout à coup, je prends conscience de l'allure que je dois avoir. Pas très présentable ! J'ai les cheveux tout ébouriffés à cause de la veste sous laquelle je me suis cachée et de mon petit somme dans la camionnette, et je n'étais pas habillée pour sortir, encore moins pour me rendre dans un hôtel chic. Je suis plantée là, affublée d'un vieux pantalon et d'un T-shirt distendu, les yeux baissés sur mes pieds chaussés de tongs en plastique pendant que l'on remplit la fiche de renseignements de l'hôtel. Ils m'inscrivent sous le nom d'Elizabeth Turner et je questionne Kate du regard.

Elle se contente de sourire et de chuchoter :

— Comme ça, personne ne vous trouvera. C'est nous qu'ils chercheront.

Je me demande qui est Elizabeth Turner en réalité et à quoi elle occupe son après-midi. Je parie qu'elle se promène en paix dans les rayons de TK Maxx, sans se cacher des journalistes.

— Des bagages ? interroge l'hôtesse et Kate répond qu'ils sont dans la voiture, que nous les récupérerons plus tard.

Dans l'ascenseur, je la dévisage en haussant les sourcils. Elle me renvoie un sourire. Nous n'échangeons pas une parole car un porteur se trouve avec nous dans la cabine. Ce qui est idiot, franchement, puisque nous n'avons rien à porter, mais il tient à nous conduire à nos chambres. Et à récupérer un pourboire, j'imagine. La chambre 142 est la mienne, voisine de celle de Kate, la 144. Le bagagiste m'ouvre la porte à grand renfort de gestes maniérés et m'invite à entrer. Je me plante au milieu et balaie la pièce du regard. C'est très joli. Immense et lumineux, avec un lustre. Il y a un canapé et une table basse, des lampes et encore des pommes. Ils doivent avoir un partenariat avec Sainsbury's ou un autre supermarché pour disposer d'autant de fruits.

— Est-ce que ça vous convient ? s'enquiert Kate.

— Oui, oui, dis-je en m'asseyant sur le sofa pour contempler à nouveau autour de moi.

L'hôtel où nous séjournions pour notre lune de miel n'était pas aussi chic que celui-ci. C'était une pension de famille en Espagne. Mais l'endroit était quand même adorable. Nous avons tellement ri. À notre arrivée, des confettis s'accrochaient encore dans mes cheveux et le personnel était aux petits soins pour nous. Une bouteille nous attendait dans la chambre – un vin pétillant espagnol un peu écœurant – et les serveuses venaient sans cesse nous embrasser.

Nous avons passé notre temps allongés au bord de la piscine, à nous dévorer des yeux. À nous aimer. Ça remonte à si longtemps.

Kate annonce qu'il y a une piscine ici. Et un spa. Je n'ai pas pris de maillot de bain – je n'ai rien emporté, en fait – alors elle me demande ma taille et s'en va me chercher « quelques affaires ».

— C'est le journal qui régale, déclare-t-elle.

Elle me prend rendez-vous pour un massage pendant son absence.

— Pour vous détendre. Ça va être super. Ils utilisent des huiles essentielles, jasmin, lavande, des senteurs de ce genre, et il arrive qu'on s'endorme sur la table. Vous avez besoin qu'on vous bichonne un peu, Jane.

Je ne suis pas convaincue, mais je laisse faire. Je n'ai pas demandé combien de temps ils allaient me garder ici. Le sujet n'est pas venu sur le tapis et eux ont l'air de considérer tout ça comme une petite escapade de week-end.

Une heure plus tard, je suis allongée sur le lit, enveloppée dans la robe de chambre de l'hôtel, si détendue que j'ai l'impression de flotter. Glen aurait dit que je sentais « la cocotte » mais j'aime bien. J'embaume le luxe. Kate frappe à la porte et me voilà revenue à la case départ. La réalité me rattrape.

Elle entre dans la chambre les bras chargés de sacs.

— Voilà pour vous, Jane. Essayez-les pour voir s'ils vont.

C'est drôle, elle n'arrête pas d'utiliser mon prénom. Comme une infirmière. Ou un escroc.

Elle a choisi de jolies choses. Un pull en cachemire bleu ciel que jamais je n'aurais pu m'offrir, un élégant chemisier blanc, une jupe ample et un pantalon gris ajusté, des petites culottes, des chaussures, un maillot de bain, du bain moussant luxueux, et une magnifique chemise de nuit longue. Je déballe le tout sous son regard.

— J'adore cette couleur, pas vous, Jane ? fait-elle en attrapant le pull.

Elle sait qu'il me plaît aussi mais j'essaie de ne pas trop le montrer.

— Merci, lui dis-je. Je n'ai vraiment pas besoin de tout ça. Je ne reste ici qu'une nuit. Vous pouvez peut-être rapporter quelques articles.

Elle ne répond pas, elle rassemble juste les sacs vides, un sourire aux lèvres.

L'heure du déjeuner est passée depuis longtemps alors ils décident de grignoter quelque chose dans la chambre de Kate. Tout ce qui me fait envie, c'est un sandwich mais Mick commande des steaks et une bouteille de vin. Je vérifie plus tard : le vin coûte trente-deux livres ! On pourrait acheter huit bouteilles de chardonnay au supermarché pour ce prix-là. Il l'a trouvé « délicieux, putain ! ». Il emploie souvent ce mot mais Kate n'a pas l'air de s'en soucier. Toute son attention est concentrée sur moi.

Une fois qu'on a poussé le chariot avec les assiettes dehors pour qu'il soit récupéré, Mick s'en va dans sa chambre examiner ses appareils photo et Kate s'installe dans un fauteuil et se met à bavarder. Elle raconte des banalités, du genre de celles que je pourrais débiter à une cliente pendant que je lui fais un shampooing. Mais je sais que ça ne va pas durer.

— Le stress doit être énorme depuis le décès de Glen, commence-t-elle.

J'acquiesce et prends un air stressé. Impossible de lui avouer que je ne le suis pas. Qu'en vérité, le soulagement a été merveilleux.

— Comment vous en sortez-vous, Jane ?

— Ça a été affreux, dis-je d'une voix émue en redevenant Janie, la femme que j'étais quand je me suis mariée.

Janie m'a sauvée. Elle déambulait dans sa vie, préparait les repas, lavait les cheveux des clientes, balayait le sol et faisait les lits. Elle savait que Glen était la victime d'un complot de la police. Elle soutenait l'homme qu'elle avait épousé. L'homme qu'elle avait choisi.

Au début, Janie ne réapparaissait que lorsque la famille ou la police posait des questions, mais à mesure que les choses ont empiré, Janie a réintégré la maison afin que Glen et moi puissions poursuivre notre vie ensemble.

— Ça a été un choc terrible, dis-je à Kate. Il a été percuté par le bus juste sous mes yeux. Je n'ai même pas eu le temps de crier. Il était parti. Et puis tous ces gens ont accouru et ont plus ou moins pris les choses en main. J'étais trop consternée pour bouger et on m'a emmenée à l'hôpital pour vérifier que j'allais bien. Tout le monde était si gentil.

Jusqu'à ce qu'ils découvrent qui il était.

Parce que, voyez-vous, la police accusait Glen d'avoir enlevé Bella.

Quand ils ont prononcé son nom, qu'ils sont venus chez nous, je ne pensais qu'à une chose : sa photo. Ce petit visage, ces petites lunettes rondes et le pansement sur un de ses yeux. Elle ressemblait à un bébé pirate. Si douce qu'on aurait pu la croquer. On ne parlait que de ça depuis des mois, au salon, dans les magasins, dans le bus. La petite Bella. Elle jouait dans le jardin chez elle à Southampton et quelqu'un l'avait enlevée.

Bien sûr, moi je n'aurais jamais laissé mon enfant jouer dehors tout seul. Elle n'avait que deux ans et demi, quand même ! Sa mère aurait dû mieux s'occuper d'elle. Je parie qu'elle regardait tranquillement Jeremy

Kyle ou une autre de ces émissions débiles. Ce genre de tragédie n'arrive qu'à des gens comme ça, d'après Glen. Des personnes négligentes.

Et ils ont prétendu que c'était Glen qui l'avait enlevée. Et tuée. Leurs accusations m'ont coupé le souffle – celles des policiers, je veux dire. Ils ont été les premiers. D'autres les ont répétées aussi par la suite.

Nous sommes restés plantés dans l'entrée, bouche bée. Enfin, nous… Glen était prostré. Son visage était un masque de torpeur. Il ne ressemblait plus à Glen.

Les policiers se sont présentés dans le calme. Ils n'ont pas frappé du poing à la porte, comme dans les séries à la télé. Ils ont toqué normalement. Glen venait de rentrer après avoir nettoyé la voiture. Il a ouvert la porte et j'ai jeté un coup d'œil depuis la cuisine pour voir qui nous rendait visite. Deux types, qui souhaitaient entrer. L'un d'eux ressemblait à mon prof de géo à l'école, M. Harris. Il portait la même veste en faux tweed.

— Monsieur Glen Taylor ? a-t-il commencé avec flegme.

— Oui, a répondu Glen avant de demander s'ils venaient lui vendre quelque chose.

Au début, je n'entendais pas très bien mais ensuite ils sont entrés. Ils étaient officiers de police – l'inspecteur principal Bob Sparkes et son sergent, ont-ils annoncé.

— Monsieur Taylor, j'aimerais vous entretenir de la disparition de Bella Elliott, a déclaré l'inspecteur principal Sparkes.

J'ai ouvert la bouche pour dire quelque chose, pour empêcher le policier de parler, mais je n'ai pas pu. Et le visage de Glen s'est figé.

Tout le temps où ils sont restés, il ne m'a pas regardée une seule fois. À aucun moment il n'a mis son bras autour de mes épaules ni n'a touché ma main. Par la suite, il m'a expliqué qu'il était sous le choc. Le policier et lui ont discuté mais je ne me rappelle pas leurs paroles. Quel rapport Glen avait-il avec Bella ? Il ne toucherait pas à un cheveu de la tête d'un enfant. Il adorait les enfants.

Puis ils sont partis. Glen et les policiers. Par la suite, Glen m'a rappelé qu'il m'avait dit au revoir et de ne pas m'inquiéter, qu'il s'agissait d'un quiproquo qu'il allait éclaircir. Mais je ne m'en souviens pas. D'autres policiers sont restés chez nous pour me poser des questions, fouiner dans nos vies, mais moi, durant tout ce temps, je ne pensais qu'à une chose, qui tournait en boucle dans ma tête : son visage et le fait que, l'espace d'une seconde, je ne l'avais pas reconnu.

Il m'a raconté plus tard que quelqu'un avait déclaré à la police qu'il avait effectué une livraison près de l'endroit où Bella avait disparu, mais que ça ne signifiait rien. Une simple coïncidence, d'après lui. Il devait y avoir des centaines de gens dans le secteur ce jour-là.

Il n'avait pas approché la scène de crime ; sa livraison avait eu lieu à des kilomètres. Mais la police interrogeait tous les témoins potentiels pour vérifier si quelqu'un avait vu quelque chose.

Il a débuté comme chauffeur livreur après avoir été licencié de la banque. Il racontait que c'était un départ arrangé, qu'il avait envie de changement. Il avait toujours rêvé de démarrer sa propre affaire, d'être son propre patron.

J'ai découvert la véritable raison un mercredi soir. Cours de gym pour moi et dîner tardif pour nous deux. Il m'a crié dessus en me demandant pourquoi j'arrivais plus tard que d'habitude, crachant des mots affreux, grossiers et furieux. Des mots qu'il ne prononçait pas d'habitude. Rien n'allait. Il remplissait la cuisine de ses accusations, de sa colère. Il avait le regard éteint, comme s'il ne me connaissait pas. J'ai cru qu'il allait me frapper. Immobile devant la cuisinière, une spatule à la main, je voyais ses poings se serrer et se desserrer le long de son corps.

Ma cuisine, mes règles, plaisantions-nous. Mais pas ce mercredi en question. C'était un mercredi gris.

La dispute s'est achevée sur une porte qui claque tandis qu'il partait se coucher d'un pas lourd, dans la chambre d'amis, loin de moi. Je me revois plantée au bas de l'escalier, hébétée. Qu'est-ce que c'était que cette histoire ? Que s'était-il passé ? Je refusais de penser à ce que cela signifiait pour nous.

Arrête, me suis-je intimé. *Ça va aller. Il a dû passer une mauvaise journée. Une bonne nuit, et il n'y paraîtra plus.*

J'ai commencé à ranger, à ramasser son écharpe et son manteau sur la rampe où il les avait accrochés pour les suspendre aux patères près de la porte. J'ai senti quelque chose de raide dans une des poches, une lettre. C'était une enveloppe blanche à fenêtre, dévoilant son nom et notre adresse. Une lettre de la banque. Les mots étaient officiels et aussi durs que l'enveloppe : « enquête… comportement non professionnel… inconvenant… résiliation, effet immédiat ». Je me perdais dans le langage formel mais je savais que cela signifiait la honte. La fin de nos rêves. De notre avenir. La lettre serrée dans le poing, j'ai couru en haut de l'escalier. Je suis entrée en trombe dans la chambre d'amis et j'ai allumé le plafonnier. Il avait dû m'entendre arriver mais il a fait semblant de dormir jusqu'à ce que je hurle :

— Qu'est-ce que c'est que cette histoire ?

Il m'a contemplée comme si je n'étais rien.

— J'ai été renvoyé, a-t-il répondu avant de rouler sur le côté et de feindre de dormir.

Le lendemain matin, Glen est venu dans notre chambre avec du thé servi dans ma tasse préférée. Il avait le visage chiffonné, comme s'il avait peu dormi, et il m'a dit qu'il regrettait. Il s'est assis sur le lit en m'expliquant qu'il subissait de grosses pressions et qu'il s'agissait d'une méprise au travail, qu'il ne s'était jamais entendu avec le patron. On l'avait piégé et accusé à tort. C'était une erreur. Il n'avait rien fait de mal. Son patron était jaloux. Glen a affirmé qu'il avait de grands projets pour son avenir, mais que ça ne comptait pas si je n'étais pas à ses côtés. « Tu es le centre de mon monde, Janie », a-t-il soufflé en me prenant dans ses bras. Je l'ai serré contre moi aussi et j'ai laissé mes craintes s'envoler.

Mike, un ami qu'il avait rencontré sur Internet, lui a parlé du boulot de chauffeur. « Juste le temps que je décide quel genre d'affaires je veux monter, Janie. » Il était payé en liquide au début mais ensuite, ils l'ont embauché de façon permanente. Il a cessé d'évoquer son envie de devenir son propre patron.

Il devait porter un uniforme, assez élégant dans le genre : chemise bleu clair flanquée du logo de la société sur la poche et pantalon bleu marine. Glen n'aimait pas porter l'uniforme – « C'est dégradant, Janie. Comme si j'étais de retour à l'école » – mais il s'y est habitué et il semblait plutôt heureux. Il sortait le matin et me saluait d'un geste de la main quand il allait chercher la camionnette. Il disait pour plaisanter qu'il partait en voyage.

Je ne l'ai accompagné qu'une seule fois. Une mission spéciale pour le patron un dimanche avant Noël. Sans doute le Noël précédant son arrestation. Il se rendait à Canterbury et j'avais envie d'une balade. Nous avons roulé tout du long dans le silence le plus complet. J'ai farfouillé dans sa boîte à gants, qui contenait des trucs banals. Des bonbons. Je me suis servie et j'en ai offert un à Glen pour lui faire plaisir. Il n'en voulait pas et m'a demandé de les remettre à leur place.

La camionnette était très propre. Impeccable. Je ne la voyais jamais d'habitude. Elle restait au dépôt et Glen prenait sa voiture pour aller la récupérer le matin.

— Jolie camionnette, ai-je fait remarquer.

Il a répondu d'un simple grognement.

— Qu'est-ce qu'il y a à l'arrière ?

— Rien, a-t-il répliqué avant d'allumer la radio.

Et il disait vrai. J'ai jeté un œil pendant qu'il discutait avec le client. L'arrière était propre comme un sou neuf. Enfin, presque. Le bout déchiré d'un emballage de bonbon dépassait d'un coin du tapis. Je l'ai attrapé en grattant avec mon ongle. Il était doux et poussiéreux et je l'ai fourré dans la poche de mon manteau. Pour que cela reste propre.

Cela paraît si lointain. Cette époque où nous prenions la route comme des gens normaux.

— Glen Taylor ? me demande l'infirmière, me tirant brusquement de mes pensées, les sourcils froncés tandis qu'elle inscrit le nom sur un formulaire.

Elle cherche à se rappeler. J'attends l'inévitable.

Et ça fait tilt.

— Glen Taylor ? Celui qui est accusé d'avoir enlevé cette petite fille, Bella ? dit-elle à voix basse à l'un des ambulanciers ; je fais comme si je n'entendais pas.

Quand elle se retourne vers moi, son visage s'est durci.

— Je vois, lâche-t-elle avant de s'en aller.

Elle a dû relayer l'info car une demi-heure plus tard, les journalistes sont là, à traîner aux urgences en essayant de se faire passer pour des patients. Je les repère à des kilomètres.

Je garde la tête baissée et refuse de leur parler. Quels individus abjects sont-ils pour traquer une femme dont le mari vient de mourir sous ses yeux ?

La police est ici, elle aussi. À cause de l'accident. Ce ne sont pas les agents que nous avons l'habitude de côtoyer. C'est la police locale, la Met, pas des officiers du Hampshire. Ils effectuent le travail de routine, c'est tout, ils prennent les dépositions, la mienne, celles des témoins et du chauffeur de bus. Lui aussi est ici. Apparemment, il a reçu un mauvais coup à la tête quand il a freiné ; il dit qu'il n'a même pas vu Glen s'avancer.

Sans doute pas ; ça a été tellement rapide.

Puis l'inspecteur principal Bob Sparkes débarque. Je savais qu'il finirait par apparaître, comme les mauvaises herbes, il revient sans cesse ; mais il a dû rouler comme un bolide pour arriver si vite depuis Southampton. Il affiche un visage peiné et me présente toutes ses condoléances mais il est surtout triste pour lui-même. Il ne voulait pas que Glen meure. Son décès signifie que l'affaire ne sera jamais bouclée. Pauvre Bob. Cet échec le hantera toute sa vie.

Il s'assied à côté de moi sur un siège en plastique et me prend la main. Je me sens si gênée que je le laisse faire. Jamais auparavant il ne m'a touchée comme ça. Comme s'il se souciait de moi. Il me tient la main et il me parle d'une voix douce, basse. Je sais ce qu'il est en train de me dire mais je ne l'entends pas. Il me demande ce que Glen a fait de Bella. Il le dit avec gentillesse, m'assurant que je peux me libérer du secret à présent. Tout peut être révélé. J'étais autant une victime que Bella.

— Je ne sais rien en ce qui concerne Bella, Bob. Et Glen non plus ne savait rien, dis-je en retirant ma main, feignant de vouloir essuyer une larme.

Plus tard, je vomis dans les toilettes de l'hôpital. Je me nettoie et m'assieds sur la cuvette, le front appuyé contre le mur, goûtant la fraîcheur des carreaux.

CHAPITRE 10

Jeudi 12 octobre 2006
L'inspecteur

Debout au milieu de la salle d'enquête, l'inspecteur principal Bob Sparkes passait en revue les panneaux d'affichage à la recherche de liens et d'une logique dans les événements. Il retira ses lunettes et plissa les yeux, au cas où cette nouvelle perspective lui révélerait quoi que ce soit.

Une activité bourdonnante régnait autour du jardin des Elliott mais, à l'épicentre, Bella demeurait la pièce manquante.

Toutes ces informations et aucun signe d'elle. Elle est là, quelque part. Nous passons à côté de quelque chose.

L'équipe de la police scientifique avait examiné chaque centimètre carré du muret en brique et du portail métallique puis effectué les prélèvements de rigueur ; le jardin avait fait l'objet d'une fouille minutieuse par des agents de police qui, en rang serré, progressaient religieusement à genoux ; et les fibres de vêtements de Bella, ses cheveux dorés, ses jouets démembrés et les emballages de bonbons abandonnés avaient été collectés et préservés dans des sachets plastique telles de saintes reliques. En revanche, du ravisseur, il n'y avait aucune trace.

— Je crois que ce fumier est passé par-dessus le muret pour l'attraper et la mettre directement dans son véhicule, déclara Sparkes. Il n'a fallu que quelques secondes. Elle se trouvait là et, l'instant d'après, elle n'y était plus.

L'équipe avait découvert un bonbon rouge à moitié sucé au pied du muret côté jardin.

— Il serait tombé de sa bouche quand il l'a attrapée ? proposa Sparkes. C'est un Smarties ?

— Je ne suis pas un expert des Smarties, patron, mais je demanderai qu'on vérifie, répliqua le sergent Matthews.

Il s'avéra que c'était un Skittles. L'analyse de la salive sur le bonbon, qu'on avait comparée à celle sur la sucette qu'elle tétait la nuit, avait confirmé qu'il s'agissait de celle de Bella.

— Elle n'a jamais mangé de Skittles, affirma Dawn.

Il lui a offert un bonbon pour la tenir tranquille, songea Sparkes. Une technique démodée. Il se rappelait les consignes que sa mère lui prodiguait enfant : « N'accepte jamais de bonbons de la part d'un inconnu. » Ça, et un autre avertissement sur les hommes avec des chiots.

Il revoyait la liste des pièces à conviction et son énergie commençait à décliner. Cette affaire ne sentait pas bon. Il n'y avait aucune caméra de surveillance dans cette rue – rien que ce bon vieux M. Spencer – et sur aucune des images récupérées depuis les caméras à proximité on n'apercevait un homme négligé.

— Le ravisseur a peut-être juste saisi une occasion. Ce serait un coup de chance, dit Sparkes.

— Une chance de pendu, alors.

— Matthews, appelez et voyez quand nous pouvons passer à « Crimewatch[1] ». Dites-leur que c'est urgent.

L'organisation de la reconstitution télévisée sembla prendre une éternité, même s'il ne fallut que huit jours pour la mettre en place. On dut trouver le sosie de Bella dans l'école maternelle d'une ville voisine car aucun parent qui résidait à proximité du lotissement de Westland ne désirait faire participer son enfant.

— Difficile de leur en vouloir, franchement, fit remarquer Sparkes au réalisateur à bout de patience. Ils n'ont pas envie de voir leur enfant comme la victime d'un enlèvement. Même un faux enlèvement.

Postés à l'extrémité de Manor Road pendant que l'équipe de tournage installait le matériel, ils discutaient de l'appel à information que Sparkes prononcerait.

— On va tourner dans les conditions du direct, Bob, précisa le réalisateur. Alors veillez à ce que votre message soit clair dans votre esprit avant de prendre la parole. Vous connaissez les questions qu'on va vous poser.

L'attention de Sparkes était trop éparpillée pour qu'il intègre tout ce qu'on lui disait. Il faisait monter

---

1. Émission de télévision britannique produite et diffusée par la BBC, dans laquelle sont reconstitués des crimes majeurs encore non résolus, et qui sollicite l'aide du public pour obtenir des informations. *(N.d.T.)*

Dawn Elliott dans une voiture de police pour qu'on la conduise chez sa mère lorsque l'actrice qui allait jouer son rôle arriva.

— Elle me ressemble, lui chuchota-t-elle.

Elle n'avait pas eu la force de rencontrer l'enfant qui interpréterait Bella. Sur le canapé du salon, elle avait étalé un assortiment des vêtements de sa fille, un petit serre-tête et la paire de lunettes de rechange de Bella, caressant chaque article en murmurant le prénom de son enfant. Sparkes l'avait aidée à se relever et, les yeux secs, accrochée à son bras, elle avait marché jusqu'à la voiture. Elle était montée à côté de Sue Blackman sans un regard en arrière.

À présent, le calme régnait dans la rue, désertée, tout comme ce devait être le cas ce jour-là. Sparkes observa la réinterprétation prendre forme. Le réalisateur conseillait avec douceur à « Bella » de courir dans le jardin après un chat gris qu'on avait emprunté. Sa mère se tenait tout près, hors champ, des pastilles de chocolat à la main en cas de besoin de réconfort urgent, souriant à sa petite fille et retenant ses larmes.

Mme Emerson se porta volontaire pour endosser son propre rôle secondaire : elle descendit d'un pas raide l'allée de son jardin, feignit de chercher sa petite voisine puis répondit aux appels à l'aide désespérés de Dawn. De l'autre côté de la rue, M. Spencer joua son rôle et repéra l'acteur avec sa perruque de cheveux longs qui passait devant sa maison, sa mimique perplexe fut filmée à travers le bow-window par un cameraman installé dans le parterre d'œillets d'Inde de Mme Spencer.

« L'enlèvement » en lui-même ne durait que quelques minutes mais trois bonnes heures furent nécessaires au réalisateur pour qu'il soit satisfait de son travail. Après quoi, tous les protagonistes se rassemblèrent autour du moniteur dans le camion de tournage afin de visionner le résultat. Personne ne prononça un mot en regardant « Bella » jouer dans le jardin et seul M. Spencer resta ruminer les événements avec l'équipe.

L'un des officiers les plus aguerris prit Sparkes à part.

— Avez-vous remarqué comme notre M. Spencer traîne toujours autour de l'équipe de recherches et accorde volontiers des interviews aux journalistes ? Il leur affirme avoir vu l'homme qui a enlevé la petite. Il cherche un peu trop à attirer l'attention, si vous voulez mon avis.

Sparkes lui offrit un sourire bienveillant.

— Il y en a toujours un comme ça, non ? Il se sent sûrement seul et il s'ennuie. Je demanderai à Matthews de le garder à l'œil.

Comme prévu, la diffusion, vingt-trois jours après la disparition de Bella, déclencha des centaines d'appels au studio et à la salle d'enquête ; le film avait enflammé le public et entraîné l'afflux d'une nouvelle variante de messages de soutien et de cris contre l'injustice sur le site de l'émission.

Près d'une douzaine des personnes qui appelèrent prétendirent avoir vu Bella, plusieurs étaient convaincues de l'avoir aperçu dans un café, un bus, sur une aire de jeux. Chaque appel était vérifié sur-le-champ mais l'optimisme de Sparkes commença à s'évaporer lorsqu'il se mit à son tour à répondre au téléphone au fond du studio.

La semaine suivante, un brusque tumulte de voix en provenance de la salle d'enquête surprit Sparkes qui traversait le couloir.

— On a serré un exhibitionniste sur une aire de jeux pour enfants, monsieur, lui apprit l'officier de service. À environ vingt-cinq minutes de chez les Elliott.

— Qui est-ce ? On le connaît ?

Lee Chambers avait la cinquantaine ; chauffeur de taxi divorcé, il avait été entendu six mois plus tôt après s'être exhibé devant deux passagères. Il avait prétendu avoir simplement voulu uriner ; la faute aux deux clientes qui avaient regardé au moment où il remontait sa braguette. Une pure coïncidence. Les femmes ne souhaitaient pas porter plainte, elles préféraient en rester là, et la police l'avait laissé partir.

Cette fois-ci, il avait été repéré dans les buissons près des balançoires et des toboggans de Royal Park alors que des enfants jouaient à proximité.

— Je voulais juste pisser, affirma-t-il à l'agent de police appelé sur les lieux par une mère horrifiée.

— C'est une habitude chez vous d'avoir une érection quand vous urinez, monsieur ? Ça ne doit pas être très pratique, commenta le policier en le conduisant vers le véhicule de service.

Chambers arriva au poste de police de Southampton Central où il fut emmené dans une salle d'interrogatoire.

À travers la vitre en verre trempé de la porte, Sparkes découvrit un homme maigre, vêtu d'un pantalon de survêtement et d'un T-shirt du club de foot de Southampton, aux cheveux longs et gras retenus en queue-de-cheval.

— Allure négligée et cheveux longs, fit remarquer Matthews.

As-tu enlevé Bella ? songea Sparkes aussitôt. *L'as-tu emmenée quelque part ?*

Le suspect leva un regard interrogateur à l'entrée de Sparkes et Matthews.

— C'est un malentendu, commença-t-il tout de go.

— Si on m'avait filé un billet chaque fois... marmonna Matthews. Vous nous racontez tout ça ? l'invita-t-il tandis qu'ils tiraient leurs chaises près de la table.

Chambers répéta son mensonge et ils l'écoutèrent en silence. Il voulait juste pisser. Il n'avait pas fait exprès de se trouver sur une aire de jeux. Il n'avait pas vu les enfants. Il ne leur avait pas parlé. C'était une simple erreur, tout à fait innocente.

— Dites-moi, monsieur Chambers, où étiez-vous le lundi 2 octobre ? interrogea Sparkes.

— Bon sang, je n'en sais rien. Je travaillais, sûrement. Je bosse le lundi, en général. La directrice des taxis devrait le savoir. Pourquoi ?

La question flotta dans les airs un instant puis Chambers écarquilla les yeux. Sparkes entendit presque le tilt se faire dans son esprit.

— C'est le jour où cette petite a disparu, c'est ça ? Vous ne pensez pas que j'ai quelque chose à voir là-dedans quand même ? J'y crois pas, vous pouvez pas penser ça !

Ils le laissèrent mariner un peu pendant qu'ils rejoignaient leurs collègues qui fouillaient déjà son domicile, une chambre meublée située dans une maison victorienne réaménagée au cœur du quartier chaud et décrépit près des docks.

Parcourant les magazines de porno hardcore entassés près du lit de Chambers, Matthews poussa un soupir.

— Il ne s'agit que de haine envers les femmes, pas d'envies de rapports sexuels avec des enfants. Vous avez quelque chose ?

Sparkes garda le silence. Sur le plancher de la penderie se trouvaient des photos de Dawn et de Bella découpées dans des journaux et glissées dans un dossier de chemises en plastique transparent.

La directrice du service de taxis était une femme d'une cinquantaine d'années à la mine ennuyée ; pelotonnée dans un gilet vert à torsades, elle portait en outre des mitaines pour combattre le froid qui régnait dans son bureau sans chauffage.

— Lee Chambers ? Qu'est-ce qu'il a fichu ? Il s'est encore exhibé par accident ?

Elle s'esclaffa et aspira une goulée de Red Bull.

— C'est un sale petit vicieux, dit-elle en feuilletant ses dossiers. Tout le monde le pense, mais il connaît un ami du patron.

Elle fut interrompue par le bourdonnement grésillant d'une voix de robot qui sortait de petites enceintes, et auquel elle répondit par des instructions incompréhensibles.

— Bon, où on en était ? Le lundi 2 octobre. Ah voilà. Lee est allé à Fareham en tout début de journée – une course à l'hôpital pour un client habituel. Ça a été plutôt tranquille jusqu'au déjeuner. Puis il est allé chercher un couple à l'aéroport d'Eastleigh pour les conduire à Portsmouth. Il les a déposés vers 14 heures. C'était sa dernière course de la journée.

Elle leur imprima ces renseignements puis se retourna vers le micro quand ils s'en allèrent sans dire au revoir.

— Dans les boîtes de nuit on surnomme cette société « Les taxis des violeurs », annonça le sergent Matthews. J'ai défendu à mes filles de l'utiliser.

L'équipe fouilla toute la vie de Chambers. Son ex-femme attendait déjà de s'entretenir avec Sparkes et Matthews, et ses collègues et son logeur étaient interrogés.

Donna Chambers, le visage dur et les cheveux à peine illuminés d'un balayage maison, détestait son ex-mari, mais elle ne le croyait pas capable de faire du mal à un enfant.

— C'est juste un branleur qui peut pas s'empêcher de sauter sur tout ce qui bouge.

Les inspecteurs n'osèrent pas échanger un regard.

— Un vrai Roméo, alors ?

La liste ne cessait de s'allonger – presque impressionnante – tandis qu'elle énumérait les conquêtes de Lee parmi ses amies, ses collègues de travail et même sa coiffeuse.

— Chaque fois, il prétendait que ça n'arriverait plus, déclara l'épouse bafouée. Il disait qu'il avait une libido débordante. Toujours est-il qu'il l'a eue mauvaise quand je l'ai enfin quitté en le menaçant de me taper tous les mecs que je croisais, mais ça n'a rien changé. Que du vent. C'est un menteur-né. Il est incapable de dire la vérité.

— Et pour ses actes d'exhibitionnisme indécents. C'est nouveau ?

Elle haussa les épaules.

— Eh bien, il ne faisait pas ça quand on était mariés. Il est peut-être tombé à court de femmes qui se faisaient avoir par ses belles paroles. Ça paraît un peu désespéré, non ? C'est horrible comme comportement, mais c'est un homme horrible.

Le logeur le connaissait très peu. Chambers payait son loyer en temps et en heure, ne faisait pas de bruit et sortait ses poubelles. Le parfait petit locataire. En revanche, les autres chauffeurs en avaient de belles à raconter sur son compte. L'un d'eux mentionna aux inspecteurs les magazines dans son coffre de voiture que Lee Chambers vendait et échangeait.

— Avant, il installait une sorte d'étal sur une aire de repos pour les routiers et les types qui aiment ce genre de trucs. Vous savez, des photos de sexe violent, de viol et d'enlèvement. Des trucs du genre. Pour se faire un peu de blé, qu'il disait.

C'était un homme immonde, tous s'accordaient sur ce point, « mais ça ne fait pas de lui un ravisseur d'enfant », dit Sparkes à son sergent avec une pointe de regret.

Au cours de leur second entretien avec Chambers plus tard dans l'après-midi, celui-ci déclara conserver dans un dossier les coupures de presse car Dawn Elliott lui plaisait.

— Je découpe tout le temps les photos des femmes qui m'attirent dans les journaux. Ça coûte moins cher que les revues porno, avança-t-il. J'ai une libido débordante.

— Qu'avez-vous fait après votre course à Portsmouth, monsieur Chambers ?

— Je suis rentré chez moi, répondit-il avec énergie.

— Quelqu'un vous a vu ?

— Non, tout le monde travaillait et je vis seul. Je regarde la télé quand je ne suis pas de service et j'attends qu'on m'appelle pour une course.

— Un témoin affirme avoir vu un homme aux cheveux longs marcher dans la rue où jouait Bella Elliott.

— C'était pas moi. J'étais chez moi, répéta Chambers en touchant sa queue-de-cheval d'un geste nerveux.

Sparkes se sentait crasseux lorsqu'il sortit de la salle d'interrogatoire pour une courte pause.

— Il mériterait d'être enfermé juste parce qu'il existe, déclara Matthews en rejoignant son chef dans le couloir.

— Nous avons parlé aux clients et ils ont déclaré qu'il les avait aidés avec leur valise, ils lui ont offert de boire un coup mais il est parti tout de suite. Aucun témoin de ses allées et venues après ça.

Tandis qu'ils discutaient, Chambers, accompagné d'un officier, passa devant eux d'un pas nonchalant.

— Où allez-vous ? aboya Sparkes.

— Aux chiottes. Quand est-ce que je pourrai partir ?

— Fermez-la et retournez en salle d'interrogatoire.

Les deux hommes se tinrent immobiles un instant dans le couloir avant de regagner la salle.

— Vérifions si on le voit sur les vidéos de surveillance. Il faut aussi qu'on découvre le nom de ses contacts pour les ventes et échanges de porno sur les aires de repos. Ce sont tous des pervers qui empruntent les autoroutes de la région. Qui sont-ils, Matthews ?

Ils l'ont peut-être vu le 2 octobre. Contactez la police de la route pour voir s'ils disposent de noms potentiels.

De retour dans la salle d'interrogatoire, Chambers les considéra les yeux plissés depuis l'autre côté de la table et répliqua :

— Ils ne me donnent pas leur nom, vous savez. Ça se fait en toute discrétion.

Sparkes s'attendait à ce qu'il clame qu'il rendait un service public, à maintenir les pervers à distance, et Chambers ne le déçut pas.

— Reconnaîtriez-vous vos clients ? s'enquit-il.

— Je ne crois pas. Dévisager les gens, c'est pas bon pour les affaires.

Les inspecteurs commençaient à perdre courage et à la pause suivante, Sparkes dit stop.

— Attendons de voir, mais coinçons-le pour exhibitionnisme. Et Matthews, prévenez la presse de son passage au tribunal. Il mérite un peu de publicité.

Chambers esquissa un sourire satisfait quand ils lui apprirent que l'entretien était terminé. Mais son triomphe fut bref car il fut ensuite conduit auprès d'un autre sergent pour sa mise en garde à vue.

— Bon sang, un exhibitionniste. C'est tout ce qu'on a dans cette affaire pour l'instant, se plaignit Sparkes.

— On n'en est qu'au début, chef, murmura Matthews.

CHAPITRE 11

Jeudi 2 novembre 2006
L'inspecteur

Le calepin de Stan Spencer à la main, Matthews affichait un air mécontent.

— Je l'ai regardé encore une fois, patron, et j'ai relu les observations de M. Spencer. Un travail minutieux. Les conditions météorologiques, les plaques et le nom des propriétaires des véhicules garés dans la rue, les allées et venues du voisinage, y compris Dawn Elliott.

Sparkes se ragaillardit.

— Il a noté ses déplacements presque tous les jours, poursuivit Matthews.

— Il la surveille plus que les autres ?

— Pas vraiment. Tous les voisins sont mentionnés. Mais il serait bon de lui demander des précisions au sujet de ses notes. Elles se terminent au milieu d'une phrase le dimanche et on reprend ensuite au lundi 2 octobre à propos du type aux cheveux longs. On dirait qu'il manque une feuille. En plus, il a écrit la date en entier en haut de la page. Il n'a pas fait ça les autres jours.

Sparkes prit le carnet et l'examina, l'estomac noué.

— Bon Dieu, vous pensez qu'il l'a inventé ?

Matthews esquissa une grimace.

— Pas forcément. Il a peut-être été interrompu quand il rédigeait le compte rendu du dimanche et n'a pas terminé. Mais...

— Quoi ?

— Sur la couverture du carnet, il est écrit qu'il contient trente-deux pages. Je n'en compte que trente et une.

Sparkes se passa les deux mains dans les cheveux.

— Pour quelle raison ferait-il ça ? Est-ce que c'est lui, alors ? C'est notre homme ? Se cacherait-il juste sous notre nez ?

Stan Spencer ouvrit sa porte en tenue de jardinage : vieux pantalon, chapeau en laine et gants.

— Bonjour, inspecteur. Bonjour, sergent Matthews. Quel plaisir de vous revoir. Il y a du nouveau ?

Il leur fit traverser la maison pour les conduire dans le jardin d'hiver, où Susan, son épouse, était en train de lire le journal.

— Regarde qui nous rend visite, annonça-t-il d'une voix guillerette. Tu veux bien offrir à boire à ces officiers, chérie ?

— Monsieur Spencer, commença Sparkes en s'efforçant d'insuffler un ton officiel à ce qui ressemblait de plus en plus à une visite de courtoisie. Nous aimerions discuter de vos notes.

— Bien sûr. Allez-y, je vous écoute.

— Il semblerait qu'il manque une feuille.

— Je ne vois pas ce que vous voulez dire, répondit-il aussitôt en rougissant.

Matthews étala les pages en question sur la table devant lui.

— Le dimanche s'achève ici, monsieur Spencer, au milieu de vos remarques sur les poubelles devant la maison de Dawn Elliott. La page suivante concerne le lundi et vos notes sur l'homme que vous prétendez avoir vu.

— Je l'ai bien vu, fulmina Spencer. J'ai arraché la feuille parce que j'avais fait une erreur, c'est tout.

Le silence régna un instant autour de la table.

— Où se trouve la page manquante, monsieur Spencer ? L'avez-vous gardée ? s'enquit Sparkes d'une voix conciliante.

Le visage de Spencer se décomposa.

Son épouse apparut avec un plateau chargé d'élégantes petites tasses et d'une assiette de biscuits faits maison.

— Servez-vous, offrit-elle gaiement avant de remarquer le lourd silence qui pesait dans la pièce. Que se passe-t-il ?

— Nous souhaiterions nous entretenir un moment avec votre mari, madame Spencer.

Elle s'immobilisa, nota l'expression interdite de son époux, et tourna les talons, le plateau toujours à la main.

Sparkes répéta sa question.

— Je l'ai mise dans le tiroir de mon bureau, je crois, déclara Spencer, puis il rentra dans la maison pour vérifier.

Il revint avec une feuille de papier lignée pliée en deux. Le reste du rapport sur la journée du dimanche s'y trouvait et, en milieu de page, démarrait le lundi d'origine.

— Météo : clémente pour la saison, lut Sparkes à voix haute. Véhicules autorisés dans la rue en journée : matin, l'Astra du n° 44, la voiture de la sage-femme au n° 68. Après-midi : la camionnette de Peter. Véhicules non autorisés dans la rue : matin, les sept voitures des journaliers habituels. Après-midi, idem. Dépliants sur les stationnements inconvenants glissés sous les essuie-glaces. Rien à signaler.

— Avez-vous vu l'homme aux cheveux longs le jour où Bella a été enlevée, monsieur Spencer ?

— Je n'en suis pas certain.

— Comment ça ?

— Je l'ai bien vu mais c'était peut-être un autre jour, inspecteur. Je me suis peut-être trompé.

— Et vos notes prises en simultané, alors, monsieur Spencer ?

Il eut la décence de rougir.

— J'ai commis une erreur, avoua-t-il à voix basse. Il y avait tant d'agitation ce jour-là. Je voulais seulement aider. Faire quelque chose pour Bella.

Malgré sa forte envie de lui tordre le cou, Sparkes conserva le ton froid et professionnel qui convenait à un interrogatoire.

— Pensiez-vous être d'une quelconque aide pour Bella en nous envoyant sur une fausse piste, monsieur Spencer ?

Le vieil homme s'effondra sur sa chaise.

— Je voulais seulement aider, répéta-t-il.

— Le truc, c'est que les gens qui mentent ont souvent quelque chose à cacher, monsieur Spencer.

— Je n'ai rien à cacher ! Je vous le jure. Je suis quelqu'un de bien. Je passe mon temps à protéger mon quartier contre les criminels. J'ai empêché des vols de voitures dans cette rue. Tout seul. Demandez à Peter Tredwell. Il vous le dira.

Il marqua une pause avant de poursuivre.

— Est-ce que tout le monde va savoir que je me suis trompé ? s'enquit-il en lançant un regard implorant aux policiers.

— Ce n'est pas notre principale préoccupation pour le moment ! aboya Sparkes. Nous allons devoir fouiller votre maison.

Tandis que les membres de son équipe commençaient à passer au crible la vie des Spencer, Matthews et lui sortirent de la maison, laissant le couple considérer son nouveau rôle dans l'affaire.

Matthews se frotta la mâchoire.

— Je vais aller me renseigner sur son compte auprès des voisins, patron.

Chez les Tredwell, il ne recueillit que des louanges sur « Stan, le chef » et ses patrouilles.

— Il a chassé des hooligans qui avaient fracturé ma fourgonnette l'année dernière. Grâce à lui, ils n'ont pas piqué mes outils. Sympa de sa part, déclara M. Tredwell. Je laisse mon véhicule dans un garage fermé maintenant. C'est plus sûr.

— Pourtant, votre camionnette était garée dans Manor Road le jour de la disparition de Bella Elliott. M. Spencer l'a inscrit dans son carnet.

— Non, elle n'y était pas. Je m'en servais pour le travail et ensuite je l'ai mise au garage. Comme tous les jours.

Matthews nota ces renseignements à la hâte puis se leva pour partir.

Sparkes se tenait toujours devant le pavillon des Spencer.

— On a une camionnette bleue inconnue située dans la rue à l'heure des faits, patron. Ce n'est pas celle de M. Tredwell.

— Nom de Dieu. Sur quoi d'autre s'est planté Spencer ? tonna Sparkes. Demandez aux hommes de reprendre les dépositions des témoins et les enregistrements des caméras de surveillance du secteur. Et voyez si un de nos pervers possède une camionnette bleue.

Aucun des deux hommes ne prononça un autre mot. C'était inutile. Ils savaient qu'ils pensaient la même chose. Ils avaient perdu un mois entier. Les médias allaient les crucifier.

Sparkes prit son téléphone et appela l'agence de presse pour tenter de limiter les dégâts.

— Nous dirons aux journalistes que nous disposons d'un nouvel indice. Et nous les détournerons de l'homme aux cheveux longs. On met la pédale douce sur ce front et on se concentre sur la recherche de la camionnette bleue. Entendu ?

Les journaux, avides de nouveaux éléments, en firent leurs choux gras. Cette fois, sans citation de leur source privilégiée. M. Spencer ne leur ouvrait plus sa porte.

CHAPITRE 12

Samedi 7 avril 2007
L'inspecteur

Cinq autres mois de travail fastidieux, à traquer chaque camionnette bleue du pays, furent nécessaires avant d'obtenir une piste.

C'est le samedi saint que l'appel d'une société de livraison basée dans le sud de Londres parvint à la salle d'enquête. L'un de leurs véhicules, une camionnette bleue, opérait des livraisons sur la côte Sud le jour de la disparition de Bella.

Un agent grisonnant répondit à l'appel puis alla directement voir Sparkes.

— Je pense que ça va vous intéresser, affirma-t-il en posant la fiche d'information sur le bureau.

Sparkes contacta aussitôt Qwik Delivery pour confirmer les renseignements. Le directeur, Alan Johnstone, commença par s'excuser de faire perdre son temps à la police puis expliqua qu'il venait tout juste d'intégrer l'entreprise et que son épouse l'avait contraint à téléphoner.

— Elle parle tout le temps de l'affaire Bella. Et l'autre jour, quand j'ai mentionné le prix exorbitant pour repeindre les camionnettes, elle m'a demandé de quelle couleur elles étaient avant. Elle a poussé un cri si perçant quand j'ai répondu qu'à l'origine elles étaient bleues, que la maison a bien failli s'écrouler. Elles sont gris métallisé maintenant. Bref, elle m'a demandé ensuite si la police les avait examinées. Comme elle n'arrêtait pas de me tanner avec ça, j'ai consulté la paperasse et découvert qu'une des fourgonnettes se trouvait dans le Hampshire le jour de la disparition de Bella. La livraison ne poussait pas jusqu'à Southampton cependant, ce qui explique sans doute que l'ancienne direction ne vous l'ait pas signalé à l'époque : ça ne valait pas la peine de vous déranger pour ça. Je suis désolé mais j'ai promis à ma femme…

— Ne vous en faites pas, monsieur Johnstone. Aucune information n'est une perte de temps, le rassura Sparkes en croisant les doigts. Nous vous sommes très reconnaissants d'avoir pris la peine de nous contacter. À présent, parlez-moi de cette camionnette, de son chauffeur et du trajet effectué.

— Le chauffeur s'appelle Mike Doonan, c'est un employé de longue date. Enfin, il est parti maintenant. Il ne devait prendre sa retraite que dans deux ans mais il souffre du dos et peut à peine marcher, encore moins conduire et trimballer des paquets. Bref, Mike a fait des livraisons à Portsmouth et Winchester le 2 octobre. Des pièces de rechange pour une chaîne de garages.

Sparkes griffonnait toutes ces informations, le combiné coincé sous le menton, et entrait de la main gauche le nom et les données dans son ordinateur.

Le chauffeur se trouvait à trente kilomètres de Manor Road pour livrer ses colis et potentiellement dans le laps de temps concerné.

— Mike a quitté le dépôt juste avant le déjeuner ; le trajet prend une heure et demie à deux heures s'il n'y a pas de bouchons sur la M25, indiqua M. Johnstone.

— À quelle heure a-t-il livré son colis ?

— Attendez, je vais vous rappeler quand j'aurai le bon de course sous les yeux.

Sparkes raccrocha et, d'une voix forte, appela Matthews dans son bureau. Il confiait les recherches informatiques à son sergent quand le téléphone sonna de nouveau.

— Il a livré un premier colis à 14 h 05, l'informa Johnstone. Signature du destinataire et tout et tout. L'heure de la seconde livraison n'est pas mentionnée sur la fiche. Je ne sais pas très bien pourquoi. Bref, ils ne l'ont pas vu revenir, à en croire le rapport. Le personnel du dépôt part à 17 heures et, d'après la fiche, la camionnette était garée sur le parking, prête pour le lendemain.

— D'accord, très bien. Nous allons devoir lui parler, au cas où. Il a peut-être vu quelque chose qui nous serait utile. Où habite-t-il, votre chauffeur ? demanda Sparkes en s'efforçant de dissimuler la pointe d'excitation qui perçait dans sa voix.

Dans son calepin, il inscrivit une adresse dans le sud-est de Londres.

— Vous avez été d'une grande aide, monsieur Johnstone. Merci beaucoup d'avoir téléphoné.

Il raccrocha.

Une heure plus tard, Matthews et lui roulaient sur la M3.

De prime abord, le profil du chauffeur fourni par l'ordinateur de la police ne contenait rien de bien excitant. Mike Doonan approchait la soixantaine, il vivait seul, était chauffeur livreur depuis des années et rechignait à payer ses amendes. Toutefois, les recherches menées par Matthews dans la base de données de la police leur avaient appris qu'il faisait partie des individus « sous surveillance » pour l'équipe de l'Opération Gold. Cet intérêt indiquait qu'on soupçonnait un lien avec des sites Internet à caractère pédophile. Les membres de l'Opération Gold investiguaient sur les centaines d'hommes au Royaume-Uni dont la carte de crédit avait servi pour visiter des sites de pornographie infantile en particulier. Ils se concentraient d'abord sur les individus qui, de par leur métier, étaient en contact avec des enfants dans la vie réelle : enseignants, travailleurs sociaux, personnel soignant, chefs scouts ; puis ils s'occupaient des autres. Ils n'en étaient pas encore arrivés à Doonan (numéro de dossier DOB 04/05/52 ; profession : chauffeur ; statut : locataire logement social, divorcé, trois enfants) et, au rythme où ils progressaient, ils ne s'intéresseraient pas à son cas avant encore au moins un an.

— J'ai un bon pressentiment, annonça Sparkes à son sergent.

Tout était en place : les agents de la Met s'étaient postés en toute discrétion pour surveiller le domicile, avec ordre de ne pas intervenir avant l'arrivée des officiers du Hampshire.

Le portable de l'inspecteur vibra dans sa main.

— On est en position. Il est chez lui, dit-il en rac-crochant.

Mike Doonan était occupé à marquer ses pronostics dans le programme des courses du *Daily Star* quand il entendit la sonnette de la porte d'entrée.

Il balança son corps massif en avant pour s'extirper de son fauteuil et poussa un grognement. La douleur envoya une décharge le long de sa jambe gauche et il lui fallut un instant pour se reprendre.

— Une minute, j'arrive ! cria-t-il.

Lorsqu'il ouvrit la porte qui donnait sur la coursive, il s'étonna de découvrir à la place de son voisin, le bon Samaritain qui lui apportait sa bière et son pain de mie tranché du samedi, deux hommes en costume.

— Si vous êtes Mormons, j'ai déjà mon lot d'ex-femmes, lança-t-il avant de faire mine de refermer la porte.

— Monsieur Michael Doonan ? commença Sparkes. Nous sommes de la police et nous aimerions vous parler un moment.

— Nom de Dieu, c'est pas à cause d'une amende pour stationnement, si ? Je croyais les avoir toutes réglées. Allez-y, entrez.

Dans le minuscule salon de son logement social, il se rassit lentement dans son fauteuil.

— J'ai le dos bousillé, expliqua-t-il avec un hoquet de douleur.

À la mention de Bella Elliott, il cessa de grimacer.

— La pauvre petite. J'étais à Portsmouth pour un travail à l'heure du déjeuner ce jour-là. C'est pour ça que vous êtes ici ? J'ai dit au patron qu'il ferait mieux d'appeler quand les journaux ont parlé de la camionnette bleue – j'en conduisais une de cette couleur, vous savez – mais il a répondu qu'il voulait pas que les flics viennent fouiner dans ses affaires. Je sais pas trop pourquoi, faudra lui demander. En tout cas, je ne me trouvais pas du tout près de l'endroit où habite cette petite fille. J'ai fait mon boulot et je suis rentré.

Doonan faisait preuve d'un zèle excessif, offrant ses théories sur l'affaire et livrant son idée du châtiment qui devrait être réservé au « salaud qui l'a enlevée ».

— Je donnerais n'importe quoi pour lui mettre la main dessus. Remarquez, dans l'état où je suis, je pourrais pas lui faire grand-chose si j'y arrivais.

— Et depuis combien de temps êtes-vous dans cet état, monsieur Doonan ? s'enquit le sergent Matthews.

— Des années. Bientôt je vais finir en fauteuil roulant.

Les officiers l'écoutèrent avec patience, puis ils abordèrent son intérêt présumé pour la pornographie infantile sur Internet. Il s'esclaffa lorsqu'ils mentionnèrent l'Opération Gold.

— J'ai même pas d'ordinateur. C'est pas mon truc. J'ai un peu la phobie de la technologie, pour être honnête. Mais bon, ces enquêtes c'est des foutaises, non ? Des petits malins en Russie volent des numéros de cartes de crédit et les revendent aux pédophiles, ils l'ont raconté dans les journaux. Mais si vous me croyez pas, allez-y, regardez.

Sparkes et Matthews le prirent au mot : ils écartèrent les vêtements entassés dans la penderie et soulevèrent le matelas du lit de Doonan.

— Il y a beaucoup de vêtements de femme, monsieur Doonan, fit remarquer Matthews.

— Oui, des fois je suis d'humeur à m'habiller en femme, se dépêcha de plaisanter Doonan.

Trop d'empressement, songea Sparkes.

— Non, ces fringues appartenaient à mon ex-épouse, la dernière. Me suis pas décidé à les balancer encore.

Aucune trace d'une fillette.

— Vous avez des enfants, monsieur Doonan ?

— Ils sont grands maintenant. Je les vois pas beaucoup. Ils ont choisi le camp de leurs mères.

— Bien. Nous allons jeter un œil dans la salle de bains.

Sparkes observa son sergent qui fouillait dans la panière de linge sale en retenant sa respiration.

— Bon, elle n'est pas là mais il ne me plaît pas, siffla Matthews entre ses dents. Il en fait des tonnes. C'est louche.

— Il faut qu'on reparle aux gars de l'Opération Gold, dit Sparkes en refermant l'armoire de toilette. Et on embarque sa camionnette pour la faire examiner par la scientifique.

À leur retour dans le salon, Doonan souriait.

— Vous avez fini ? Désolé pour le linge sale. J'imagine que vous allez voir Glen Taylor maintenant ?

— Qui ça ? demanda Sparkes.

— Taylor. Un autre chauffeur. Il a fait une livraison dans le secteur le même jour. Vous le saviez pas ?

Sparkes, qui était en train de renfiler son manteau, interrompit son geste et s'approcha de Doonan.

— Non. M. Johnstone n'a pas mentionné de deuxième chauffeur quand il a appelé. Vous êtes sûr que vous étiez deux ?

— Ouais. J'étais censé m'occuper des deux colis mais j'avais un rendez-vous chez le médecin et je devais être de retour en ville pour 16 h 30. Glen a dit qu'il se chargerait de la seconde livraison. Il ne l'a peut-être pas indiqué sur la fiche. Vous devriez lui poser la question.

— Nous le ferons, monsieur Doonan.

Sparkes fit signe à Matthews de sortir pour téléphoner à Johnstone afin d'avoir confirmation de cette nouvelle information.

Tandis que le sergent fermait la porte d'entrée derrière lui, Sparkes jeta un regard noir à Doonan.

— Cet autre chauffeur, c'est un de vos amis ?

Doonan renifla.

— Pas vraiment. Il est un peu mystérieux, si vous voulez mon avis. Un gars intelligent. Obscur, je dirais.

— Obscur comment ? demanda Sparkes en prenant des notes.

— Il la joue sympa mais on sait jamais ce qu'il pense. Quand les mecs causaient à la cantine, il se contentait d'écouter. Il est secret, j'imagine.

Matthews frappa à la fenêtre, les faisant sursauter tous les deux. Sparkes rangea son calepin et salua l'homme sans lui serrer la main.

— Nous nous reverrons, monsieur Doonan.

Le chauffeur le pria de l'excuser de ne pas se lever pour le raccompagner à la porte.

— Refermez derrière vous et revenez quand vous voulez ! lui cria-t-il.

Les officiers pénétrèrent dans la cabine d'ascenseur qui empestait et échangèrent un regard à la fermeture des portes.

— D'après M. Johnstone, il n'y a rien dans le registre qui indique que Glen Taylor a effectué des livraisons l'après-midi en question, annonça Matthews. Il cherche le reçu de livraison pour voir qui l'a signé. J'ai l'adresse de Taylor.

— Allons-y tout de suite, dit Sparkes en attrapant ses clés. Et vérifiez que Doonan s'est bien présenté à son rendez-vous chez le médecin.

Dans son appartement, Mike Doonan patienta une heure avant de se traîner d'un pas chancelant jusqu'au portemanteau du couloir où il récupéra la clé d'un cadenas dans la poche de sa veste. Il sortit deux comprimés d'antidouleur d'une boîte en plastique blanc et les avala avec une gorgée de café froid. Il resta debout le temps qu'ils fassent effet puis se rendit en traînant des pieds dans le garage du voisin pour retirer les photos et les magazines qu'il conservait dans un casier.

— Putain de flics, grommela-t-il en s'appuyant contre le mur de l'ascenseur.

Il brûlerait les photos plus tard. Il avait été stupide de les garder mais c'était tout ce qui lui restait de son petit hobby. Les trucs sur ordinateur avaient pris fin plusieurs mois auparavant quand son dos avait commencé à le lâcher et qu'il n'avait plus été en mesure de se rendre dans son cybercafé spécialisé.

— Trop handicapé pour le porno, plaisanta-t-il à part lui, les analgésiques lui faisant tourner la tête. Quelle tragédie.

Il ouvrit la porte de l'armoire métallique grise et en sortit un dossier bleu abîmé de l'étagère du haut. Les coins des photocopies étaient écornés à force d'être manipulés et les couleurs commençaient à s'estomper. Il les avait achetées à un autre chauffeur, un type qui conduisait un taxi sur la côte et cachait sa marchandise dans le coffre de sa voiture. Doonan connaissait les photos par cœur. Les visages, les poses, le décor à l'arrière-plan. Des salons, des chambres, des salles de bains.

Il espérait que les inspecteurs engueuleraient Taylor un bon coup. Ça lui ferait pas de mal à ce petit con prétentieux.

Le plus âgé des policiers avait eu l'air intéressé quand il avait dit que Taylor était « obscur ». Il sourit.

CHAPITRE 13

Samedi 7 avril 2007
L'inspecteur

Le cœur de Sparkes tambourinait dans sa poitrine lorsqu'il remonta l'allée des Taylor, tous ses sens aux aguets. Il s'était approché ainsi, à la rencontre d'un témoin potentiel, des centaines de fois, mais il ressentait toujours la même excitation à la perspective d'une avancée dans son enquête.

Il s'agissait d'une maison mitoyenne, à la façade peinte et bien entretenue, pourvue de fenêtres à double vitrage agrémentées de voilages proprets.

Es-tu ici, Bella ? se répétait-il *in petto* en levant le poing pour frapper à la porte. *Tout doux, tout doux*, se rappela-t-il. *Inutile d'effrayer qui que ce soit.*

Alors il le rencontra pour la première fois. Glen Taylor.

Un type tout ce qu'il y a de plus normal, pensa Sparkes en premier lieu. Mais les monstres ont rarement l'air de ce qu'ils sont. On espère être capable de discerner le mal en eux – *cela faciliterait le travail de la police*, se plaisait-il à répéter. Mais le mal était une substance visqueuse, qu'on ne repérait que de temps à autre, ce qui le rendait d'autant plus effroyable.

L'inspecteur scruta l'entrée par-dessus l'épaule de Taylor, y cherchant d'un coup d'œil rapide une trace quelconque de la présence d'un enfant mais le couloir et l'escalier étaient impeccables. Rien qui ne soit à sa place. « Tellement normal que c'en est anormal, avait-il confié à Eileen plus tard. On aurait cru une maison témoin. » Eileen avait pris la mouche, percevant la remarque comme une critique de ses propres talents domestiques, et avait sifflé son mécontentement. « Bon sang, Eileen, c'est quoi ton problème ? Il ne s'agit pas de toi, ni de notre maison. Je te parle d'un suspect. Je croyais que ça t'intéresserait. » Mais le mal était fait. Eileen s'était retirée dans la cuisine et avait entrepris de nettoyer à grand bruit. *La semaine va encore être calme*, avait-il songé en montant le volume de la télé.

— Monsieur Glen Taylor ? s'enquit-il d'une voix douce et polie.

— Lui-même, répliqua Taylor. En quoi puis-je vous aider ? Vous vendez quelque chose ?

Sparkes fit un pas en avant, Ian Matthews sur ses talons.

— Monsieur Taylor, je suis l'inspecteur principal Bob Sparkes de la police du Hampshire. Puis-je entrer ?

— La police ? De quoi s'agit-il ? s'étonna Taylor.

— J'aimerais m'entretenir avec vous dans le cadre d'une affaire de disparition d'enfant sur laquelle j'enquête. Il s'agit de la disparition de Bella Elliott, précisa-t-il en tentant d'étouffer l'émotion dans sa voix.

Le sang déserta le visage de Glen Taylor qui recula d'un pas, comme après avoir reçu un coup.

L'épouse de Taylor sortait de la cuisine en s'essuyant les mains à un torchon lorsque le nom de Bella Elliott fut prononcé. *Une femme agréable*, songea Sparkes. Avec un hoquet de stupeur, elle porta les mains à son visage. Bizarre, la réaction des gens. Ce geste, le fait de se couvrir le visage, devait être ancré profondément dans ses gènes. *Est-ce la honte ? Ou la réticence à considérer un fait ?* se demanda-t-il tout en attendant d'être conduit dans le salon.

Vraiment étrange. L'homme n'avait pas une seule fois regardé son épouse. Comme si elle n'était pas là. Pauvre femme, elle semblait sur le point de s'effondrer.

Taylor reprit vite contenance et répondit à leurs questions.

— Il a été porté à notre connaissance que vous avez effectué une livraison dans le secteur où la petite Bella a été enlevée, monsieur Taylor.

— Il me semble, oui.

— Votre ami, M. Doonan, nous l'a appris.

— Doonan ? répéta Taylor, les lèvres serrées. Ce n'est pas mon ami, mais attendez une minute, oui, je crois que je me trouvais dans le secteur.

— Essayez de vous rappeler, monsieur Taylor. C'était le jour où Bella Elliott a été enlevée, insista Sparkes.

— Oui, bien sûr. Je crois que j'ai fait une livraison en début d'après-midi avant de rentrer à la maison. Vers 16 heures, si je me souviens bien.

— Vous étiez chez vous à 16 heures, monsieur Taylor ? Vous êtes rapide. Vous êtes certain qu'il était 16 heures ?

Taylor hocha la tête, le front plissé comme s'il réfléchissait de toutes ses forces.

— Oui, il était bien 16 heures. Jane vous le confirmera.

Jane Taylor ne dit rien. Comme si elle n'avait pas entendu, et Sparkes dut lui reposer la question pour qu'elle le regarde dans les yeux et acquiesce.

— Oui, répondit-elle, comme en pilotage automatique.

Sparkes reporta son attention sur Glen Taylor.

— Ce qu'il y a, monsieur Taylor, c'est que votre camionnette correspond à la description d'un véhicule repéré par un voisin quelques instants avant la disparition de Bella. Vous l'avez sans doute lu, tous les journaux en ont parlé. Donc nous vérifions toutes les camionnettes bleues.

— Je croyais que vous cherchiez un homme avec une queue-de-cheval. J'ai les cheveux courts et, de toute façon, je ne me trouvais pas à Southampton. J'étais à Winchester, ajouta Taylor.

— Oui, mais êtes-vous certain de ne pas avoir fait un petit détour après votre livraison ?

Taylor s'esclaffa.

— Je ne roule pas plus que nécessaire ; ce n'est pas comme ça que je me détends. Écoutez, il s'agit d'une terrible erreur.

Sparkes acquiesça, songeur.

— Je suis persuadé que vous comprenez la gravité de cette affaire, monsieur Taylor, et que cela ne vous dérangera pas si nous jetons un œil chez vous.

Aussitôt, les officiers se mirent à fouiller la maison, ils se déplacèrent rapidement de pièce en pièce, appelant

Bella et regardant dans les placards, sous les lits, derrière les canapés. Il n'y avait rien.

En revanche, il y avait quelque chose dans la façon dont Taylor avait raconté son histoire. Quelque chose de répété. Sparkes décida de l'embarquer pour poursuivre l'interrogatoire, afin de revenir sur les détails encore une fois. Il devait bien ça à Bella.

Jane Taylor fut abandonnée en pleurs dans l'escalier tandis que les policiers achevaient leur travail.

CHAPITRE 14

Jeudi 10 juin 2010
La veuve

Ils me laissent me reposer un peu et ensuite nous dînons dans la chambre de Kate près des grandes fenêtres, avec vue sur les jardins. Le serveur fait rouler une table recouverte d'une nappe blanche au centre de laquelle est posé un vase avec des fleurs. Les assiettes sont surplombées de ces cloches argentées d'un grand chic. Kate et Mick ont commandé des entrées, des plats et des desserts.

— Autant faire les choses en grand ! s'exclame Kate.

— Ouais, réplique Mick. On l'a bien mérité.

Kate lui dit de la fermer mais je vois bien qu'ils sont fiers d'eux. Ils ont remporté le gros lot : une interview avec la veuve.

J'ai pris du poulet et je joue avec du bout de ma fourchette. Je n'ai ni faim ni envie de participer à leur petite fête. Ils terminent le vin et commandent une autre bouteille, mais je veille à ne pas boire plus d'un verre. Je dois garder le contrôle.

Lorsque la fatigue me gagne, je feins quelques larmes et prétends que j'ai besoin d'être un peu seule. Kate et Mick échangent un regard. De toute évidence, ils avaient autre chose en tête. Pourtant je me lève et leur lance :

— Bonne nuit. À demain matin.

Ils repoussent leurs chaises dans un raclement et se lèvent aussi, vacillant sur leurs jambes. Kate m'accompagne jusqu'à ma porte et attend que je sois en sécurité à l'intérieur de la chambre.

— Ne répondez pas au téléphone, me recommande-t-elle. Si j'ai besoin de vous parler, je viendrai frapper à la porte.

J'acquiesce d'un hochement de tête.

La chambre est une vraie fournaise ; je m'allonge sur le lit gigantesque, la fenêtre ouverte pour chasser un peu la chaleur des radiateurs. Je me repasse dans la tête la journée d'aujourd'hui, encore et encore, et je commence à avoir des vertiges et à perdre le contrôle, comme si j'étais un peu ivre.

Je m'assieds, pour que la chambre cesse de tourner, et saisis mon reflet dans la vitre de la fenêtre.

On dirait une étrangère. Une autre femme qui se serait laissé emmener par des inconnus. Des inconnus qui, jusqu'à aujourd'hui, devaient à n'en pas douter cogner à ma porte et écrire des mensonges sur mon compte. Je me frotte la figure et la femme dans la vitre fait de même. Parce que c'est moi.

Je me dévisage.

Je n'arrive pas à croire que je suis là.

Je n'arrive pas à croire que j'ai accepté de venir. Après tout ce que les médias nous ont fait. Après tous les avertissements de Glen.

Je veux lui dire qu'en réalité je ne me souviens pas d'avoir donné mon accord, mais il répondrait que j'ai bien dû le faire sinon je ne serais pas montée dans la camionnette avec eux.

Mais bon, il n'est plus là pour dire quoi que ce soit de toute façon. Je suis toute seule désormais.

Tout à coup, j'entends Kate et Mick qui discutent sur le balcon à côté.

— La pauvre femme, dit Kate. Elle doit être exténuée. Nous ferons ça dans la matinée.

Elle parle de l'interview, je suppose.

À nouveau, la tête me tourne. J'ai mal au ventre, parce que je sais ce qui vient ensuite. Demain, il n'y aura pas de massages ni de petits traitements de faveur. Plus de discussion sur la couleur des éléments de la cuisine. Elle voudra apprendre des choses sur Glen. Et sur Bella.

Dans la salle de bains, je vomis le poulet que je viens juste de manger. Je m'assieds par terre et repense au premier entretien que j'ai donné à la police, pendant que Glen était en garde à vue. Ils sont venus à Pâques. Nous avions prévu d'aller marcher dans Greenwich Park le lendemain pour assister à la chasse aux œufs. Nous y allions chaque année avec Bonfire Night, ce sont les fêtes que je préfère. C'est curieux ce qui nous revient en mémoire. J'adorais ça. Toutes ces petites frimousses excitées qui cherchaient des œufs ou qui, sous leur bonnet de laine, écrivaient leurs noms en cierges magiques. Je me tenais tout près d'eux, prétendant pour un instant qu'ils étaient à moi.

Mais à la place, ce dimanche de Pâques, je me suis retrouvée assise sur mon canapé pendant que deux policiers fouillaient dans mes affaires et que Bob Sparkes m'interrogeait. Il voulait savoir si Glen et moi avions une vie sexuelle normale. Il appelait ça autrement mais c'était bien ce qu'il demandait.

Je ne savais pas quoi répondre. Quelle horreur de voir un inconnu vous poser une telle question. Il me dévisageait en pensant à ma vie sexuelle et je ne pouvais rien y faire.

— Bien sûr, ai-je répondu.

J'ignorais ce qu'il entendait par là au juste et pourquoi il me demandait ça.

Ils refusaient de répondre à mes questions, ils ne faisaient que poser les leurs. Des questions sur le jour où Bella avait disparu. Pourquoi étais-je à la maison à 16 heures, plutôt qu'au travail ? À quelle heure Glen était-il rentré ? Comment savais-je qu'il était 16 heures ? Que s'était-il passé d'autre ce jour-là ? Ils vérifiaient le moindre détail et me faisaient répéter encore et encore. Ils voulaient me piéger, me pousser à commettre une erreur, mais je ne me suis pas trompée. Je m'en suis tenue à mon histoire. Je ne voulais pas causer d'ennuis à Glen.

Et je savais qu'il ne ferait jamais une chose pareille. Mon Glen.

— Vous arrive-t-il de vous servir de l'ordinateur que nous avons pris dans le bureau de votre mari, madame Taylor ? a tout à coup demandé l'inspecteur Sparkes.

Ils l'avaient embarqué la veille, après avoir fouillé l'étage.

— Non, ai-je répondu dans un couinement.

Ma voix trahissait ma peur.

La veille, ils m'avaient fait monter dans le bureau et l'un des policiers s'était assis devant l'ordinateur et avait essayé de le démarrer. L'écran s'était animé mais il ne s'était rien passé d'autre et ils m'avaient demandé le mot de passe. Je leur avais dit que je ne savais même pas qu'il y avait un mot de passe. Nous avions essayé mon nom, mon anniversaire et Arsenal, l'équipe préférée de Glen, mais pour finir, ils l'avaient débranché et l'avaient emporté pour le déverrouiller.

Je les avais regardés partir depuis la fenêtre. Je savais qu'ils trouveraient quelque chose mais j'ignorais quoi. J'essayais de ne pas penser à ce que ça pourrait être. Au final, ce qu'ils ont trouvé allait bien au-delà de mon imagination. L'inspecteur principal Sparkes me l'a appris quand il est revenu le lendemain pour me poser encore des questions. Il m'a dit qu'il y avait des photos. Des photos d'enfants affreuses. Je lui ai répliqué que ça ne pouvait pas être Glen qui les y avait mises.

Je crois que la police a laissé fuiter le nom de Glen car le lendemain matin, quand il est enfin rentré du commissariat, les journalistes ont débarqué.

Quand il a franchi la porte, il avait l'air fatigué et crasseux ; je lui ai préparé des toasts et j'ai approché ma chaise près de la sienne pour pouvoir le prendre dans mes bras.

— C'était horrible, Janie. Ils ne voulaient pas m'écouter. Ils n'arrêtaient pas de m'attaquer encore et encore.

Je me suis mise à pleurer. Impossible de m'en empêcher. Il semblait tellement brisé par tout ça.

— Oh chérie, ne pleure pas. Ça va aller, a-t-il dit en essuyant mes larmes de son pouce. Nous savons tous les deux que je ne ferais pas de mal à un enfant.

Je savais que c'était la vérité mais l'entendre de sa bouche était un soulagement ; je l'ai serré fort dans mes bras et j'ai mis du beurre sur ma manche.

— Je sais que tu en serais incapable. Et je ne t'ai pas trahi en disant que tu étais rentré tard, Glen. J'ai raconté à la police que tu étais à la maison à 16 heures.

Il m'a jeté un regard de travers.

Il m'avait demandé de mentir. Nous étions en train de dîner ; la veille, aux informations, ils avaient annoncé que la police recherchait le conducteur d'une camionnette bleue. Je lui avais dit qu'il devrait peut-être les appeler pour leur signaler qu'il se trouvait dans une camionnette bleue dans le Hampshire le jour de la disparition, comme ça, ils pourraient l'écarter de la liste de leurs suspects.

Glen m'avait dévisagée un long moment.

— Ça ne ferait qu'attirer les problèmes, Janie.

— Comment ça ?

— En fait, j'ai effectué un petit travail en extra pendant ma tournée – une livraison que j'ai faite pour un ami en échange d'un peu d'argent en plus – et si le patron le découvre, il me mettra à la porte.

— Mais que se passera-t-il si le patron leur apprend que tu étais dans le secteur au volant d'une camionnette bleue ?

— Il ne le fera pas. Il n'aime pas trop la police. Mais si jamais, nous dirons simplement que j'étais à la maison à 16 heures. Alors tout ira bien. D'accord, chérie ?

J'avais hoché la tête. De toute façon, il m'avait téléphoné à 16 heures pour m'informer qu'il était en route. Son portable était déchargé et il m'appelait depuis un garage.

C'était presque pareil, non ?

— Merci, chérie. Ce n'était pas vraiment un mensonge : j'étais en chemin, mais nous ne voulons pas que le patron sache que je faisais un extra en douce. Nous n'avons pas besoin que les choses se compliquent ni que je perde mon travail. N'est-ce pas ?

— Non, bien sûr que non.

J'ai remis des tranches de pain dans le toaster, humant l'odeur réconfortante.

— C'était pour où cette livraison en plus ? ai-je demandé – simple question.

— Près de Brighton.

Puis nous sommes restés silencieux un moment.

Le lendemain matin, le premier journaliste venait nous trouver – un jeune type du journal local. Il avait l'air sympathique. Il n'arrêtait pas de s'excuser.

— Je suis navré de vous déranger, madame Taylor, mais pourrais-je parler à votre mari ?

Glen est sorti du salon au moment où je demandais au visiteur qui il était. Quand il a annoncé qu'il était journaliste, Glen a tourné les talons et disparu dans la cuisine. Je suis restée plantée là, sans savoir quoi faire. Effrayée de ce que je pourrais dire, que ce soit mal interprété. Au final, Glen a crié depuis la cuisine :

— Il n'y a rien à déclarer ! Au revoir.

Et j'ai refermé la porte.

Après ça, nous nous sommes améliorés dans l'art de refouler les journalistes. Nous n'ouvrions plus la porte.

Nous restions tranquillement dans la cuisine jusqu'à ce que les pas s'éloignent. Et nous avons cru que ça s'arrêterait là. Mais bien sûr, ça n'a pas été le cas. Ils ont frappé chez les voisins, à côté, en face, ils sont allés chez le marchand de journaux, au pub. Ils ont fait du porte-à-porte pour quelques bribes d'informations.

Je ne pense pas que Lisa, la voisine d'à côté, ait parlé aux journalistes au début. Les autres voisins ne savaient pas grand-chose mais ça ne les a pas arrêtés. Ils se délectaient de toute cette histoire et deux jours après la fin de sa garde à vue, nous faisions les gros titres.

« LA POLICE AURAIT-ELLE ENFIN TROUVÉ UNE PISTE DANS L'AFFAIRE BELLA ? » demandait-on en une. Une autre présentait une photo floue de Glen datant de l'époque où il jouait pour l'équipe de foot du pub, accompagnée d'un ramassis de mensonges.

Ensemble, nous avons regardé les premières pages. Glen paraissait en état de choc et j'ai pris sa main dans la mienne pour le rassurer.

Dans les journaux, les erreurs étaient nombreuses. Son âge, son travail, même l'orthographe de son nom.

Glen m'a lancé un faible sourire.

— C'est bon, Janie. Les gens ne me reconnaîtront peut-être pas.

Mais évidemment, ils l'ont reconnu.

Sa mère a téléphoné.

— C'est quoi, cette histoire, Jane ?

Glen ne voulait pas lui parler. Il est allé prendre un bain. Pauvre Mary, elle était en pleurs.

— C'est un malentendu, Mary. Glen n'a rien à voir là-dedans. Quelqu'un a vu une camionnette bleue comme la sienne le jour où Bella a disparu. C'est tout.

C'est une coïncidence. La police ne fait que son travail, elle suit chaque piste.

— Dans ce cas, pourquoi est-ce qu'on en parle dans les journaux ?

— Je n'en sais rien, Mary. Les médias s'excitent dès que ça concerne Bella. Ils courent dans tous les sens quand des gens prétendent l'avoir vue. Vous savez comment ils sont.

Mais elle n'en savait rien et moi non plus, en réalité. Pas à l'époque en tout cas.

— Ne vous inquiétez pas, Mary, je vous en prie. Nous connaissons la vérité. Tout cela sera oublié dans une semaine. Prenez soin de vous et mes amitiés à George.

Après avoir raccroché, je suis restée debout dans le couloir enveloppée d'une sorte de brume. Je m'y trouvais encore quand Glen est descendu de la salle de bains. Ses cheveux étaient mouillés et sa peau humide quand il m'a embrassée.

— Comment allait ma mère ? Dans tous ses états, j'imagine. Qu'est-ce que tu lui as dit ?

Je lui ai répété notre conversation tout en lui préparant un semblant de petit déjeuner. Il avait à peine mangé depuis deux jours, depuis qu'il était revenu du poste de police. Il était trop fatigué pour avaler autre chose que des tartines de pain grillé.

— Des œufs et du bacon ?

— Formidable.

Une fois qu'il a été assis, j'ai fait mon possible pour discuter de choses normales mais cela sonnait vraiment faux.

À la fin, Glen a stoppé mes bavardages en m'embrassant.

— Les jours qui viennent vont être très difficiles, Janie. Les gens vont colporter des horreurs sur nous et ils vont sans doute aussi nous insulter. Il faut nous y préparer. Il s'agit d'une effroyable erreur, mais nous ne devons pas la laisser gâcher nos vies. Nous devons rester forts jusqu'à ce que la vérité éclate. Tu crois que tu peux faire ça ?

Je lui ai rendu son baiser.

— Bien sûr que je le peux. Nous serons forts l'un pour l'autre. Je t'aime, Glen.

Il a souri, complètement cette fois. Et m'a serrée de toutes ses forces contre lui pour que je ne voie pas à quel point il était ému.

— Bien, est-ce qu'il reste du bacon ?

Il avait raison de dire que ça gâcherait nos vies. J'ai dû cesser de travailler après son interrogatoire. J'ai essayé de continuer, j'ai expliqué à mes clientes qu'il s'agissait d'un terrible malentendu, mais les gens interrompaient leur conversation lorsque je m'approchais. Les habitués ont cessé de prendre rendez-vous et ont commencé à fréquenter un autre salon en bas de la colline. Lesley m'a prise à part un samedi soir et m'a assuré qu'elle aimait bien Glen et qu'elle était sûre qu'il n'y avait rien de vrai dans ce que rapportaient les journaux, mais j'ai dû partir pour « le bien du salon ».

J'ai pleuré parce que je savais, alors, que ça ne finirait jamais et que plus rien ne serait comme avant. J'ai roulé mes ciseaux et mes brosses dans ma blouse de coloration, jeté le tout dans un sac plastique et je suis partie.

J'ai tenté de ne pas en vouloir à Glen. Je savais que ce n'était pas sa faute. Nous étions tous les deux victimes de la situation, disait-il pour essayer de me remonter le moral. « Ne t'en fais pas, Jane. Ça va aller. Tu trouveras un autre emploi quand tout ceci sera oublié. Le moment était sans doute venu de changer de toute façon. »

CHAPITRE 15

Samedi 7 avril 2007
L'inspecteur

Il fallut attendre que tous reviennent à Southampton pour procéder au premier interrogatoire de Glen Taylor. Celui-ci se déroula dans une pièce à peine plus grande qu'un placard qui empestait le renfermé et dont la peinture verte de la porte rappelait celle d'un hôpital.

Sparkes jeta un œil par la vitre. Il vit Taylor, assis droit comme un I, tel un écolier attendant le proviseur, les mains sur les genoux, le pied battant une mesure mystérieuse.

L'inspecteur poussa la porte et s'avança jusqu'à sa marque sur cette minuscule scène. Tout reposait sur le langage du corps, avait-il lu dans un des livres de psychologie qui encombraient sa table de chevet. Dominer en se faisant plus imposant que la personne interrogée, se tenir de toute sa hauteur devant l'autre assis, remplir l'espace. Sparkes resta debout un peu plus longtemps que nécessaire, à feuilleter les papiers dans sa main, puis il finit par s'asseoir sur une chaise.

Taylor n'attendit pas que l'inspecteur se mette à son aise.

— Je ne cesse de vous le répéter, c'est une erreur. Il doit y avoir des milliers de camionnettes bleues dans la nature, se plaignit-il en tapant des deux mains sur la table recouverte de taches de café. Et Mike Doonan ? C'est un type bizarre. Il vit tout seul, vous le saviez ?

Sparkes prit une profonde et lente inspiration. Il n'était pas pressé.

— Bon, monsieur Taylor. Concentrons-nous sur vous et revoyons votre parcours du 2 octobre. Nous devons être sûrs et certains des horaires.

Taylor roula des yeux.

— Il n'y a rien à ajouter. J'ai conduit jusque là-bas, j'ai livré le colis, je suis rentré chez moi. Point final.

— Exact. Vous avez déclaré avoir quitté le dépôt à 12 h 20 mais ce n'est pas enregistré sur la fiche d'opérations. Pourquoi n'avez-vous pas noté votre course ?

Taylor haussa les épaules.

— J'ai fait une livraison pour Doonan.

— Je croyais que vous ne vous entendiez pas avec lui.

— Je lui devais un service. Les chauffeurs font ça tout le temps.

— Et où avez-vous déjeuné ce jour-là ? demanda Sparkes.

— Déjeuné ? répéta Taylor en laissant échapper un rire.

— Oui. Vous êtes-vous arrêté quelque part pour le déjeuner ?

— J'ai dû avaler une barre chocolatée, un Mars ou autre. Je ne mange pas beaucoup le midi ; je déteste les sandwiches de supermarché. Je préfère attendre de rentrer chez moi.

— Et où avez-vous acheté votre Mars ?

— Je ne sais pas. Sans doute dans une station-service.

— À l'aller ou au retour ?

— Je ne sais plus trop.

— Vous avez pris de l'essence ?

— Je ne m'en souviens pas. C'était il y a des mois.

— Et pour le kilométrage ? Il est noté au début et à la fin de votre journée de travail ? s'enquit Sparkes, connaissant parfaitement la réponse.

Taylor cligna des yeux.

— Oui, répondit-il.

— Dans ce cas, si j'effectuais le trajet que vous nous décrivez, mon kilométrage serait le même que le vôtre, n'est-ce pas ? déduisit Sparkes.

Nouveau clignement d'yeux.

— Oui, mais… En fait, il y avait des bouchons à l'entrée de Winchester alors j'ai essayé de les contourner. Je me suis un peu perdu avant de rejoindre la rocade, et j'ai dû revenir sur mes pas pour trouver le point de livraison.

— Je vois, commenta Sparkes en prenant son temps de façon exagérée pour noter cette réponse dans son carnet. Vous êtes-vous aussi un peu perdu au retour ?

— Non, bien sûr que non. Il y avait juste des embouteillages.

— Vous avez mis longtemps à rentrer chez vous pourtant, non ?

Taylor haussa les épaules.

— Pas vraiment.

— Pourquoi personne ne vous a vu ramener la camionnette si vous avez fait si vite ?

— Je suis d'abord passé chez moi. Je vous l'ai dit. J'avais terminé mon travail et je suis rentré, affirma Taylor.

— Pourquoi ? D'après vos fiches de livraison, vous retournez en général directement au dépôt, insista Sparkes.

— Je voulais voir Jane.

— Votre femme, oui. Vous êtes un romantique, c'est ça ? Vous aimez surprendre votre épouse ?

— Non, je voulais juste la prévenir que je m'occuperais du souper.

Le souper. Les Taylor soupaient, ils ne dînaient pas. *Son travail à la banque a incité Glen Taylor à aspirer à un certain style de vie, donc*, songea Sparkes.

— Vous n'auriez pas pu lui téléphoner ?

— Mon portable était déchargé et j'étais à côté de la maison de toute façon. J'avais envie d'une tasse de thé.

Trois excuses. *Il a passé du temps à monter cette histoire*, se dit Sparkes. Il vérifierait le portable sitôt l'entrevue terminée.

— Je croyais que les chauffeurs devaient rester en contact avec le dépôt. Pour ma part, je possède un chargeur de voiture.

— Moi aussi, mais je l'avais laissé dans mon véhicule personnel.

— À quelle heure votre batterie s'est-elle vidée ?

— Je n'ai pas fait attention ; je n'ai remarqué qu'elle était à plat qu'en sortant de la M25, quand j'ai voulu appeler Jane. Ça pouvait faire cinq minutes ou deux heures.

— Vous avez des enfants ? demanda Sparkes de but en blanc.

De toute évidence, Taylor ne s'attendait pas à cette question ; il serra les lèvres tout en rassemblant ses pensées.

— Non. Pourquoi ? marmonna-t-il. Quel rapport avec le reste ?

— Est-ce que vous aimez les enfants, monsieur Taylor ? insista Sparkes.

— Évidemment. Tout le monde aime les enfants !

Il se tenait à présent les bras croisés sur le torse.

— Voyez-vous, monsieur Taylor, il existe des gens qui aiment les enfants d'une façon différente. Vous comprenez ce que je veux dire ?

Taylor resserra son étreinte sur ses bras et ferma les paupières, juste une seconde, mais cela suffit à encourager Sparkes.

— Ils aiment les enfants sexuellement.

— Ce sont des animaux ! cracha Taylor.

— Donc vous n'aimez pas les enfants de cette manière ?

— Inutile d'être répugnant. Bien sûr que non. Quel genre d'homme croyez-vous que je suis ?

— C'est ce que nous essayons de découvrir, monsieur Taylor, répondit Sparkes en se penchant en avant pour ferrer sa proie. Depuis quand travaillez-vous comme chauffeur ? C'est une étrange reconversion ; vous aviez une bonne place à la banque, non ?

Taylor fronça les sourcils.

— J'avais envie de changement. Je ne m'entendais pas avec le patron et j'envisageais de démarrer ma propre affaire de livraison. J'avais besoin d'acquérir de l'expérience dans tous les domaines du secteur alors j'ai débuté comme chauffeur…

— Et cette histoire avec les ordinateurs à la banque ? l'interrompit Sparkes. Nous avons parlé à votre ancien directeur.

Le visage de Taylor s'empourpra.

— N'avez-vous pas été mis à la porte à cause d'une utilisation inappropriée des ordinateurs ?

— C'était un coup monté ! rétorqua Taylor à la hâte. Le patron voulait me virer. Je crois qu'il se sentait menacé par un homme plus jeune et plus instruit que lui. N'importe qui aurait pu utiliser cet ordinateur. La sécurité était dérisoire. C'est moi qui ai décidé de partir.

Il serrait les bras si fort sur sa poitrine qu'il en avait le souffle coupé.

— Bien. Je vois, riposta Sparkes en s'adossant à sa chaise pour laisser à Taylor le loisir d'enjoliver son mensonge. Et qu'en est-il de « l'utilisation inappropriée » de l'ordinateur dont on vous a accusé ? continua-t-il d'une voix désinvolte.

— Du porno. Quelqu'un regardait du porno sur un ordinateur pendant les heures de travail. Sombre idiot.

Taylor surfait sur la vague de l'autosatisfaction.

— Je ne ferais jamais une chose aussi stupide, poursuivit-il.

— Dans ce cas, où regardez-vous du porno ?

La question coupa Taylor net dans son élan.

— J'exige un avocat, dit-il en remuant maintenant les pieds sous la table.

— Et vous faites bien, monsieur Taylor. Au fait, nous examinons en ce moment même l'ordinateur de votre domicile. Que croyez-vous que nous allons y découvrir ? Y a t il quoi que ce soit que vous souhaiteriez porter tout de suite à notre connaissance ?

Mais Taylor s'était refermé comme une huître. Il garda le silence, les yeux fixés sur ses mains, et secoua la tête lorsqu'on lui proposa à boire.

Tom Payne était l'avocat commis d'office de service ce week-end-là. La cinquantaine, vêtu d'un costume sombre poussiéreux, il entra à grandes enjambées dans la salle une heure plus tard, un carnet de feuilles jaunes sous un bras et son attaché-case ouvert.

— J'aimerais m'entretenir quelques instants avec M. Taylor, annonça-t-il à Sparkes et la pièce se vida.

En partant, Sparkes considéra Tom Payne. Les deux hommes se mesurèrent du regard avant que l'avoué ne tende la main à son nouveau client.

— Bien, voyons ce que je peux faire pour vous aider, monsieur Taylor, dit-il en faisant cliquer son stylo.

Trente minutes plus tard, les inspecteurs étaient de retour dans la salle et examinaient les détails du récit de Taylor, reniflant l'odeur du mensonge.

— Revenons sur votre licenciement de la banque, monsieur Taylor. Nous interrogerons de nouveau la direction, donc mieux vaut tout nous raconter.

Le suspect réitéra ses excuses, son avocat impassible à côté de lui. À l'en croire, tout le monde était en tort sauf lui. Et puis il y avait son alibi. Les policiers eurent beau le triturer dans tous les sens, il était incassable. Ils avaient interrogé les voisins mais personne ne l'avait vu rentrer chez lui le jour de la disparition de Bella. Personne en dehors de sa femme.

Deux heures de frustration plus tard, on prélevait des échantillons d'ADN sur Glen Taylor ; il fut ensuite conduit en cellule, pendant que la police vérifiait son histoire. Un instant, lorsqu'il prit conscience qu'il ne rentrait pas chez lui, il parut plus jeune et perdu tandis que le sergent de garde lui enjoignait de vider ses poches et de retirer sa ceinture.

— Pourriez-vous prévenir mon épouse, je vous prie ? demanda Taylor à son avocat, la voix cassée.

Dans le vide javellisé de la cellule, il se laissa tomber sur un banc en plastique décoloré qui courait le long d'un mur et ferma les yeux.

L'agent de garde l'épia à travers le judas de la porte.

— Il a l'air calme, dit-il à son collègue. Mais surveillons-le de près. Les types calmes me rendent nerveux.

Chapitre 16

Jeudi 10 juin 2010
La veuve

J'adorais le déjeuner dominical avant. Un bon poulet rôti avec tous les accompagnements de rigueur. Ça ressemblait à une tradition familiale et, jeunes mariés, nous recevions nos parents tous les dimanches. Installés à la table de la cuisine, ils écoutaient d'une oreille distraite la fin de l'émission « Desert Island Discs » sur BBC Radio4 et lisaient les journaux pendant que je mettais les pommes de terre à rôtir au four et nous servais du thé.

C'était agréable d'appartenir à ce monde d'adultes où l'on pouvait inviter ses parents à déjeuner. Certains éprouvent cette sensation à leurs débuts dans un premier emploi, d'autres en emménageant dans leur premier appartement, mais moi, ce sont ces dimanches en famille qui m'ont donné l'impression d'être une grande personne.

Nous adorions notre maison. Nous avions repeint le salon couleur crème – ça faisait plus « classe » selon

Glen – et nous avions acheté à crédit un canapé et des fauteuils verts. Au final, ce mobilier a dû nous coûter des centaines de livres, mais il était parfait, donc nécessaire pour Glen. Nous avons dû attendre pour refaire la cuisine mais nous avons fini par économiser assez et choisi des éléments avec des portes blanches. Nous déambulions pendant des heures dans les magasins de meubles, au milieu des modèles d'exposition, nous tenant la main comme les autres couples. J'aimais bien les placards en pin mais Glen voulait quelque chose de « propre ». Nous avons donc choisi du blanc. Pour être tout à fait honnête, au début, quand on a installé la cuisine, elle ressemblait un peu à un bloc opératoire, mais nous avons ajouté des poignées rouges, des pots colorés et d'autres babioles pour l'égayer. J'adorais ma cuisine, « mon domaine » comme disait Glen. Il ne préparait jamais les repas. « Je mettrais le bazar », plaisantait-il, et nous riions. C'était donc moi la cuisinière.

Glen dressait les couverts autour de nos invités, grondant gentiment mon père pour qu'il bouge ses coudes ou taquinant sa mère qui lisait l'horoscope. « Un bel inconnu ténébreux en perspective cette semaine, maman ? »

Son père, George, n'était pas un grand bavard, mais il faisait acte de présence. Le foot était leur seul centre d'intérêt commun. Sauf qu'ils n'arrivaient même pas à s'accorder sur ce sujet. Glen aimait regarder le foot à la télé. Son père assistait aux matches. Glen n'appréciait pas les corps serrés les uns contre les autres, la sueur et les insultes. « Je suis un puriste, Jane. J'aime le sport, pas la vie sociale. » Son père le traitait de « lopette ».

George ne comprenait pas du tout Glen et nous pensions qu'il se sentait menacé par son niveau d'instruction. Glen avait été un élève brillant – toujours dans les premiers de sa classe – et il travaillait dur car il était déterminé à ne pas devenir chauffeur de taxi, comme son père. Quelle ironie qu'il ait fini dans la même branche. Je le lui ai fait remarquer une fois, pour plaisanter, mais Glen m'a répliqué que chauffeur de taxi et chauffeur livreur étaient deux métiers très différents.

Je ne savais pas ce que je voulais devenir. Peut-être une de ces jolies filles à qui tout réussit sans qu'elles fournissent le moindre effort. De toute façon, je ne faisais aucun effort, et Glen me répétait tout le temps que j'étais jolie, alors c'était peut-être déjà arrivé. J'ai fait quelques efforts pour lui, mais sans beaucoup de maquillage, il n'aimait pas ça : « C'est trop vulgaire, Janie. »

Lors de nos déjeuners dominicaux, Mary apportait un crumble aux pommes et ma mère un bouquet de fleurs. Ma mère n'était pas un cordon-bleu. Elle préférait les légumes en conserve aux produits frais. Un goût étrange, quand même, mais papa disait que c'était comme ça qu'elle avait été élevée, aux conserves, et qu'il s'y était habitué.

À l'école, quand j'avais cours d'arts ménagers, je rapportais à la maison les plats que nous avions cuisinés. Ils n'étaient pas mauvais, mais si nous avions préparé quelque chose d'exotique comme des lasagnes ou du chili con carne, maman le repoussait du bout de sa fourchette.

Du coup, le poulet rôti convenait à tout le monde et je lui ouvrais toujours une boîte de petits pois.

On riait beaucoup, ça, je m'en souviens. Pour rien, en fait. Pour des trucs amusants qui s'étaient produits au salon ou à la banque, des potins sur les voisins ou *EastEnders*. La cuisine se remplissait de vapeur et de buée quand j'égouttais les carottes et le chou, et Glen dessinait sur les vitres du bout du doigt. Parfois il faisait des cœurs et Mary me souriait. Elle mourait d'envie d'avoir des petits-enfants et m'interrogeait sur la question en chuchotant pendant que nous faisions la vaisselle. Au début, je répondais : « Nous avons le temps, Mary. Nous venons juste de nous marier. » Par la suite, je faisais semblant de ne pas l'entendre tandis que je remplissais le lave-vaisselle. Après, elle a cessé de demander. Je crois qu'elle se doutait que le problème venait de Glen. À l'époque, j'étais plus proche d'elle que de ma mère et elle savait que je me serais confiée à elle si j'avais été en cause. Je ne lui ai jamais donné de raison mais j'imagine qu'elle la devinait, et Glen m'en voulait. « Ça ne regarde personne d'autre que nous, Janie. »

Les déjeuners du dimanche ont commencé à s'espacer parce que Glen et son père ne supportaient plus de se trouver dans la même pièce.

Son père avait découvert notre problème de stérilité et il en a plaisanté à Noël après que le spécialiste nous avait appris la nouvelle. « Voyez-vous ça, a-t-il commencé en prenant une mandarine dans la corbeille de fruits. Pareil que toi, Glen. Sans pépins. »

George était un homme mauvais, pourtant même lui s'est rendu compte qu'il était allé trop loin. Aucun de nous n'a pipé mot. Le silence était effroyable. Personne ne savait quoi dire, alors nous avons tous regardé la télé en nous passant la boîte de Quality Street, comme si de rien n'était. Glen était blanc comme un linge. Il est resté assis sans bouger et j'étais incapable de le toucher. *Sans pépins.*

Dans la voiture au retour, il a déclaré qu'il ne pardonnerait jamais à son père. Et il a tenu parole. Nous n'y avons plus jamais fait allusion.

Je voulais tellement avoir un bébé, mais il refusait de parler de « notre problème », comme j'ai dû l'appeler, ou d'adoption. Il est rentré dans sa coquille et je me suis renfermée sur moi-même. Nous étions comme deux étrangers partageant une maison pendant un temps.

Lors des repas dominicaux, Glen a cessé de dessiner dans la buée sur les vitres, il ouvrait la porte pour laisser s'échapper la vapeur. Et nos invités ont commencé à partir de plus en plus tôt, puis nous avons tous invoqué des excuses. « Nous sommes occupés ce week-end, Mary. On remet ça à la semaine prochaine, d'accord ? » Puis « au mois prochain », et petit à petit les déjeuners familiaux n'ont plus concerné que les anniversaires et Noël.

Si nous avions eu des enfants, nos parents seraient devenus grands-parents. Ç'aurait été différent. Mais la pression que nous subissions à jouer un rôle pour eux est devenue trop forte. Il n'y avait pas de distractions. Juste nous. Et le regard scrutateur braqué sur nos vies était trop intense pour Glen.

— Ils veulent mettre leur grain de sel dans tout, a-t-il bougonné au terme d'un déjeuner où Mary et ma mère avaient décidé que je devais acheter une nouvelle cuisinière.

— Ils veulent seulement aider, mon amour, ai-je répondu avec légèreté mais je voyais les nuages noirs s'accumuler au-dessus de lui.

Il a gardé le silence, seul avec ses pensées, le reste de la journée.

Il n'avait pas toujours été comme ça. Mais il a commencé à prendre la mouche à la moindre contrariété. Des trucs de rien du tout, comme le buraliste qui évoque la défaite d'Arsenal, un gosse dans le bus qui le dévisage, pouvaient le vexer pendant des jours. J'essayais d'en plaisanter mais tous ces efforts m'épuisaient, alors j'ai arrêté et je l'ai laissé régler ses problèmes tout seul.

Je me suis demandé s'il cherchait des raisons d'être en colère. Les collègues avec lesquels il avait toujours aimé travailler l'agaçaient à présent et il rentrait à la maison en pestant contre eux. Je savais qu'il se préparait à quelque chose – une dispute sûrement – et je m'efforçais de lui faire passer sa mauvaise humeur. À une époque j'en aurais été capable, quand nous étions plus jeunes, mais les choses avaient changé.

Une de mes clientes au salon disait que tous les mariages finissaient par s'essouffler, que l'état de grâce du « beaucoup, passionnément, à la folie » ne durait pas. Mais s'agissait-il d'essoufflement ? N'était-ce que ça ?

Je suppose que c'est à cette époque qu'il a commencé à s'isoler de plus en plus à l'étage, devant son ordinateur. À me tenir à l'écart. À préférer ses bêtises à moi.

CHAPITRE 17

Dimanche 8 avril 2007
L'inspecteur

La police scientifique de Southampton avait désossé la camionnette de livraison de Taylor et la passait au peigne fin, centimètre carré par centimètre carré ; ils examinaient avec minutie son uniforme et ses chaussures récupérés chez lui, ils analysaient ses empreintes, les prélèvements sous ses ongles ainsi que les échantillons de salive, de cheveux et de poils pubiens. En outre, des spécialistes fouillaient les sombres recoins de son ordinateur.

Ils l'étudiaient sous toutes les coutures. Sparkes comptait maintenant tenter sa chance avec l'épouse.

À 8 heures le matin du dimanche de Pâques, frais et dispos après leur petit déjeuner à l'hôtel Premier Inn situé dans le sud de Londres, Sparkes et Matthews frappèrent à la porte des Taylor.

Jane Taylor leur ouvrit, son manteau à moitié enfilé.

— Ô Seigneur ! s'exclama-t-elle à la vue de Sparkes. Il est arrivé quelque chose à Glen ? Son avocat a dit que tout serait réglé aujourd'hui et qu'il pourrait rentrer à la maison.

— Non, pas vraiment, répondit Sparkes. Je dois m'entretenir avec vous, madame Taylor. Nous pouvons discuter ici plutôt qu'au poste si vous préférez.

À la mention du commissariat, les yeux de Jane Taylor s'écarquillèrent. Elle recula pour laisser entrer les policiers avant que les voisins ne les remarquent et retira d'un air las la manche de son manteau.

— Entrez, dit-elle en les conduisant dans le salon.

Jane s'installa, vacillante, sur l'accoudoir du canapé. Elle ne semblait pas avoir beaucoup dormi. Ses cheveux étaient tout plats, comme fatigués, et sa voix se teinta d'une note rauque quand elle leur proposa de s'asseoir.

— J'ai répondu à toutes les questions hier avec les autres officiers. C'est une erreur.

Elle était très agitée, elle se leva puis se rassit, perdue dans son propre salon.

— Écoutez, je suis attendue chez mes parents. J'y vais toujours le dimanche pour coiffer ma mère. Je ne peux pas lui faire faux bond, expliqua-t-elle. Je ne leur ai pas dit pour Glen…

— Vous pourriez peut-être leur téléphoner et prétendre que vous êtes souffrante, madame Taylor, avança Sparkes. Il y a un certain nombre de choses dont nous devons discuter.

Jane ferma les paupières et parut sur le point de fondre en larmes, puis elle se dirigea vers le téléphone.

— J'ai juste mal à la tête, papa, mais je pense que je vais m'allonger un peu. Dis à maman que je l'appelle plus tard.

— Bien, maintenant, madame Taylor, reprit Sparkes. Parlez-moi de Glen et de vous.

— Comment ça ?

— Depuis combien de temps êtes-vous mariés ? Êtes-vous tous les deux originaires du coin ?

Janie leur raconta l'histoire de l'arrêt de bus et Sparkes lui prêta une oreille attentive tandis qu'elle relatait les débuts de leur relation jusqu'au mariage de conte de fées et la vie conjugale bénie des dieux.

— Il travaillait dans une banque, n'est-ce pas ? poursuivit Sparkes. Ce devait être un bon poste, avec des perspectives d'avancée professionnelle…

— Oui, en effet, répondit Janie. Il était très fier de son emploi. Mais il l'a quitté pour démarrer son affaire. Glen fourmille d'idées et de projets. Il aime voir les choses en grand. En plus, il ne s'entendait pas très bien avec son patron. Nous pensons qu'il était jaloux de Glen.

Sparkes attendit quelques secondes avant de demander :

— Et puis il y a eu cette histoire avec l'ordinateur du bureau, n'est-ce pas, madame Taylor ?

Jane le dévisagea sans comprendre, les yeux ronds comme des soucoupes.

— Que voulez-vous dire ? Quelle histoire avec l'ordinateur du bureau ?

Nom d'un chien ! Elle n'est pas au courant du porno au boulot, songea Sparkes. *Bon sang, nous y voilà…*

— Les images indécentes trouvées sur son ordinateur professionnel, madame Taylor.

Le mot « indécentes » flotta dans les airs tandis que Jane s'empourprait et que Sparkes insistait.

— Les images trouvées sur son ordinateur au bureau. Ainsi que sur celui que nous avons pris ici hier. Vous arrive-t-il de vous en servir ?

Elle secoua la tête.

— Il s'agissait d'images pornographiques impliquant des enfants, madame Taylor, présentes sur les deux ordinateurs.

Elle tendit les mains pour l'arrêter.

— Je ne sais rien du tout au sujet de ces images pornographiques ou de ces ordinateurs, affirma-t-elle, rouge jusque dans le cou. Et je suis sûre que c'est pareil pour Glen. Il n'est pas ce genre d'homme.

— Quel genre d'homme est-il, madame Taylor ? Comment le décririez-vous ?

— Seigneur, quelle drôle de question ! Je dirais que c'est un homme normal. Oui normal. Un bon mari, travailleur…

— Dans quel sens est-il un bon mari ? s'enquit Sparkes, penché en avant. Diriez-vous que vous êtes un couple heureux ?

— Oui, très. Nous nous disputons rarement.

— Est-ce que vous avez des problèmes ? Des problèmes d'argent ? Ou dans votre vie intime ?

Il ignorait ce qui l'avait retenu d'utiliser les mots « vie sexuelle » mais le désespoir de la femme face à ses questions était palpable.

— Qu'entendez-vous par vie intime ? demanda Jane.

— Au lit, madame Taylor, clarifia-t-il avec délicatesse.

À voir l'expression de son visage, on aurait cru qu'on venait de lui cracher dessus.

— Non, non, aucun problème, parvint-elle à répondre, avant de se mettre à sangloter.

Matthews lui tendit la boîte de mouchoirs qui se trouvait sur les tables gigognes près de lui.

— Tenez. Je vais vous chercher un verre d'eau.

— Loin de moi l'intention de vous bouleverser, madame Taylor, reprit Sparkes. Mais ce sont des questions que je me dois de poser. J'enquête sur une affaire très grave. Est-ce que vous comprenez ?

Elle secoua la tête. Elle ne comprenait pas.

L'inspecteur passa sans transition au sujet sensible suivant.

— Et les enfants, madame Taylor ?

— Nous n'en avons pas, répondit-elle.

— Par choix ?

— Non, nous en voulions tous les deux mais nous ne pouvons pas.

Sparkes attendit.

— C'est un problème physique chez Glen d'après le médecin, balbutia-t-elle. Nous adorons les enfants. C'est pour ça que je sais que Glen n'a rien à voir avec la disparition de Bella.

Le prénom de l'enfant était maintenant prononcé et Sparkes posa la question qui lui brûlait les lèvres.

— Où se trouvait Glen à 16 heures le jour où Bella a disparu, madame Taylor ?

— Il était ici, inspecteur Sparkes, répondit Jane sur-le-champ. Avec moi. Il voulait me voir.

— Pour quelle raison voulait-il vous voir ?

— Pour dire bonjour, c'est tout. Rien en particulier. Il a pris une tasse de thé et il est reparti au dépôt chercher sa voiture.

151

— Combien de temps est-il resté à la maison ?

— Environ… trois quarts d'heure, répondit-elle un peu trop lentement.

Est-elle en train de faire le calcul dans sa tête ? se demanda Sparkes.

— Cela lui arrive-t-il souvent de passer chez vous à l'improviste avant de rapporter la camionnette ?

— De temps en temps.

— À quand remonte la dernière fois où c'est arrivé ?

— Je ne sais pas, je ne m'en souviens plus trop… répondit-elle.

Les plaques rouges se propageaient à sa poitrine. « J'espère qu'elle ne joue pas au poker, dira Matthews plus tard. C'est la pire bluffeuse que je connaisse. »

— Comment savez-vous qu'il était 16 heures, madame Taylor ? reprit Sparkes.

— J'étais de repos cet après-midi-là parce que j'avais travaillé le dimanche matin, et j'ai entendu la nouvelle aux infos de 16 heures.

— Il aurait pu s'agir des infos de 17 heures. Il y a un bulletin toutes les heures. Comment savez-vous que c'était celui de 16 heures ?

— Parce qu'ils l'ont dit, je m'en souviens. « Il est 16 heures, voici le journal de BBC News. »

Elle se tut pour avaler une gorgée d'eau.

Sparkes l'interrogea sur la réaction de Glen à l'annonce de la disparition de Bella et Jane lui raconta qu'il était aussi choqué et bouleversé qu'elle devant les infos télévisées.

— Qu'est-ce qu'il a dit ? demanda Sparkes.

— « Pauvre petite, j'espère qu'ils la retrouveront », répondit-elle en posant avec précaution son verre sur la table à côté. Il pensait que c'était un de ces couples en deuil de leur propre enfant qui l'avait enlevée et était parti à l'étranger.

Sparkes attendit que Matthews ait terminé de noter dans son calepin avant de reporter son attention sur Jane Taylor.

— Êtes-vous déjà montée dans la camionnette avec Glen ?

— Une fois. Il préfère conduire seul pour rester concentré ; mais je l'ai accompagné à Noël dernier. À Canterbury.

— Madame Taylor, nous sommes en train d'examiner de fond en comble cette camionnette au moment où je vous parle. Accepteriez-vous de nous accompagner au poste pour qu'on relève vos empreintes afin de les écarter ?

Elle essuya une autre larme.

— Glen entretient bien sa camionnette. Il aime que tout soit impeccable.

Tandis que Matthews l'aidait à enfiler son manteau et ouvrait la porte d'entrée, elle ajouta :

— Ils vont la retrouver, n'est-ce pas ?

CHAPITRE 18

Dimanche 8 avril 2007
L'inspecteur

Glen Taylor se révéla être un homme qui avait réponse à tout. Son esprit fonctionnait vite et une fois le choc de son arrestation passé, il sembla presque s'amuser du défi qui se présentait à lui, raconta Sparkes à son épouse.

— Le sale petit arrogant. Je ne crois pas que je serais aussi confiant à sa place.

Eileen lui pressa le bras avant de lui tendre, comme tous les soirs, son verre de vin rouge.

— Non, tu avouerais tout, tout de suite. Tu ferais un très mauvais criminel. Côtelettes de porc ou poisson pour le dîner ?

Sparkes se percha sur l'un des tabourets hauts qu'Eileen avait tenu à acheter à l'époque où prendre son petit déjeuner au comptoir était à la mode, et attrapa un bâtonnet de carotte crue dans la poêle. Il sourit à Eileen, réjoui de l'entente cordiale qui régnait dans la cuisine ce soir-là. Leur mariage avait connu les hauts et les bas habituels de la vie conjugale, mais, même si aucun des deux ne l'admettait ouvertement, le départ des enfants de la maison avait instauré une tension inattendue. Avant, ils discutaient à n'en plus finir de leurs projets d'avenir, des lieux qu'ils visiteraient, des petits plaisirs qu'ils pourraient s'offrir, mais une fois seuls, ils découvrirent que cette nouvelle liberté les contraignait à se considérer vraiment l'un l'autre, à se regarder comme ils ne le faisaient plus depuis des années. Et Bob craignait d'avoir déçu Eileen.

Aux débuts de leur relation puis de leur mariage, elle nourrissait de grandes ambitions pour lui, elle le pressait d'étudier pour son diplôme de sergent et l'assistait dans son travail en lui portant sans cesse des tasses de café et des sandwiches.

Et il avait persévéré, rentrant à la maison avec ses succès et ses échecs au gré des petites promotions et des anniversaires. Pourtant, il lui semblait qu'elle considérait désormais ses accomplissements à la froide lueur de l'âge et les trouvait insuffisants.

Eileen passa à côté de lui avec des côtelettes congelées et lui ordonna de laisser les légumes tranquilles.

— Dure journée, chéri ? demanda-t-elle.

En effet, la journée avait été épuisante, occupée à passer au peigne fin la déposition de Taylor en quête de lacunes ou d'incohérences.

Les photos d'enfants abusés sexuellement trouvées sur son ordinateur avaient été, aux dires du suspect, téléchargées par erreur et à son insu – la faute à Internet ; l'utilisation de sa carte de crédit pour payer des contenus porno était l'œuvre d'un escroc malveillant qui avait cloné sa carte. « Vous n'ignorez pas combien les fraudes à la carte de crédit sont courantes ? avait-il répliqué avec dédain. Jane a déclaré la perte de notre carte de crédit l'année dernière. Elle vous le confirmera. Il existe un rapport de police quelque part. » C'était le cas.

Coïncidence intéressante : c'est arrivé à peu près à l'époque où les journaux ont commencé à publier des articles sur le lien entre cartes de crédit et pornographie pédophile sur le Net, avait songé Sparkes en relisant un peu plus tard la transcription de l'interrogatoire à son bureau.

Mais tout cela ne constituait que des preuves indirectes.

Il y voit clair, avait-il pensé pendant la pause-café. *Il s'imagine que son histoire est solide, mais nous n'en avons pas encore terminé.*

Rien n'avait semblé atteindre Taylor jusqu'à ce qu'il l'interroge à nouveau et lui montre un album composé de photos d'enfants découpées dans des magazines et des journaux, album qu'ils avaient découvert derrière le ballon d'eau chaude dans le placard de son domicile.

Aucune mimique cette fois-ci. Il était évident qu'il ne l'avait jamais vu ; il était resté bouche bée en feuilletant les pages remplies d'images de chérubins vêtus de petites tenues adorables.

— Qu'est-ce que c'est ?

— À vous de nous le dire, Glen.

Il l'appelait par son prénom, désormais. Glen n'avait soulevé aucune objection. Mais, pour sa part, lui continuait à donner à l'inspecteur du « monsieur Sparkes » afin de conserver une certaine distance entre eux.

— Ceci ne m'appartient pas. Vous êtes certain de l'avoir trouvé chez moi ?

Sparkes avait hoché la tête.

— C'était sans doute aux propriétaires précédents, avait avancé Glen.

Il avait croisé les bras et tapé du pied tandis que Sparkes refermait l'album et le poussait sur le côté.

— Ça me semble peu probable, Glen. Vous habitez cette maison depuis combien de temps ? Il vous appartient, soit à Jane soit à vous.

— En tout cas, ce n'est pas à moi.

— C'est l'œuvre de Jane dans ce cas. Pourquoi conserverait-elle un tel album ?

— Je n'en ai aucune idée. Posez-lui la question ! avait aboyé Taylor. Elle est obsédée par les bébés. Vous savez, nous ne pouvons pas avoir d'enfants et elle pleurait tout le temps à cause de ça. J'ai dû lui dire d'arrêter, ça nous gâchait la vie. Et de toute façon, nous nous avons l'un l'autre. Nous avons de la chance.

Sparkes avait acquiescé, réfléchissant sur la chance de Jane Taylor d'avoir un mari tel que Glen.

Pauvre femme, avait-il songé.

Un expert en psychologie qu'ils consultaient sur l'affaire l'avait déjà averti qu'il était peu vraisemblable que l'album appartienne à un pédophile. « Ce n'est pas le cahier d'un prédateur sexuel. Il n'y a rien de pornographique dans ces photos, c'est une collection imaginaire, qui n'a pas été réalisée par une personne objectivant les enfants. Ça ressemble davantage à une liste de vœux, comme celles que peuvent dresser les adolescentes. »

Ou les femmes sans enfant, avait pensé Sparkes.

La secrète vie rêvée de Jane avait ébranlé Taylor. C'était indéniable. Perdu dans ses pensées, il s'interrogeait sans doute sur ce qu'il ignorait d'autre au sujet de son épouse. Plus tard, Sparkes et Matthews s'étaient accordés sur ce point : cette révélation avait fissuré la certitude qu'avait Taylor de tenir son épouse sous contrôle. Les secrets étaient dangereux.

Cependant, lorsque, à l'approche de la limite des trente-six heures, il avait fait un premier bilan sur l'affaire avec ses supérieurs, Sparkes avait senti l'abattement le gagner. Ils avaient tout passé en revue. L'examen de la camionnette n'avait rien révélé et rien ne permettait d'inculper Taylor en dehors des images Internet, qui ne suffiraient pas à le maintenir en garde à vue.

Deux heures plus tard, Glen Taylor était libéré et sortait du commissariat, l'oreille déjà collée à son téléphone. Bob Sparkes l'avait observé par une fenêtre du couloir.

— Tu rentres peut-être chez toi, mais ce n'est pas fini pour autant. Nous reviendrons te voir, avait-il lancé à la silhouette qui s'éloignait.

Le lendemain, d'après le rapport de l'équipe chargée de sa surveillance 24h/24, Taylor retournait travailler.

Sparkes s'interrogea sur le ressenti du patron de Taylor quant à la mauvaise publicité.

— Je parie qu'il le licencie avant la fin du mois, annonça-t-il à Matthews. Tant mieux. Ça lui donnera l'occasion de commettre des erreurs s'il traîne chez lui toute la journée. Il va forcément faire un faux pas.

Les deux policiers échangèrent un regard.

— Et si on prévenait Alan Johnstone que nous souhaiterions revenir jeter un œil à ses registres ? Ça pourrait l'inciter à aller dans le bon sens, proposa Matthews.

M. Johnstone les accueillit dans son bureau ; il débarrassa les sièges usés jusqu'à la corde en balayant d'un coup de main les papiers qui les encombraient.

— Bonjour, inspecteurs. De retour ? D'après Glen, tout est arrangé en ce qui le concerne.

Sparkes et Matthews se plongèrent dans les fiches d'opérations, notant le kilométrage une nouvelle fois, pendant que Johnstone leur tournait autour, mal à l'aise.

— Ce sont les vôtres ? demanda Sparkes en attrapant sur le bureau la photo de deux petits garçons en maillots de foot. Adorables !

Il laissa sa remarque flotter dans l'air tandis que Johnstone lui reprenait le cadre des mains.

— À bientôt ! lança Matthews d'un ton enjoué.

Glen Taylor fut remercié plus tard dans la semaine. Alan Johnstone appela Sparkes pour l'en informer.

— Ça effrayait les autres chauffeurs. Nous sommes plusieurs à avoir des enfants. Il n'a pas fait d'histoires quand je lui ai donné son solde de tout compte ; il a juste haussé les épaules et vidé son casier.

Matthews sourit.

— Voyons ce qu'il fait maintenant.

CHAPITRE 19

Samedi 21 avril 2007
La veuve

Les parents de Glen sont venus le week-end après son renvoi. Cela faisait un moment que nous ne les avions pas vus ; ils ont attendu sur le seuil avec les journalistes qui les mitraillaient de questions et de flashes. George était furieux et il a commencé à les injurier ; lorsque j'ai ouvert la porte, Mary était en larmes. Je l'ai serrée dans mes bras et l'ai conduite à la cuisine.

George et Glen, eux, sont allés dans le salon.

Nous nous sommes installées à la table de la cuisine et Mary a continué à pleurer.

— Que se passe-t-il, Jane ? Comment peut-on imaginer une seconde que mon Glen soit un tel monstre ? Jamais il n'aurait pu faire une chose aussi abominable. C'était un gentil petit garçon. Si doux, si intelligent.

J'ai essayé de la calmer et de lui expliquer la situation mais elle ne voulait pas se taire, elle répétait sans arrêt : « Pas mon Glen ! » À la fin, j'ai préparé du thé histoire de m'occuper et j'ai porté un plateau aux hommes.

Au salon, l'ambiance était épouvantable : George, planté devant la cheminée, fixait Glen du regard, le visage rouge. Glen, dans le fauteuil, avait les yeux baissés sur ses mains.

— Comment allez-vous, George ? ai-je demandé en lui donnant une tasse de thé.

— J'irais foutrement mieux si cet imbécile ne s'était pas retrouvé mêlé à ces histoires avec la police. Merci, Janc. Les journalistes nous appellent et viennent frapper à notre porte matin, midi et soir. Il a fallu débrancher le téléphone pour avoir un peu la paix. C'est pareil pour ta sœur, Glen. C'est un fichu cauchemar.

Glen ne pipa mot. Tout avait peut-être déjà été dit avant mon arrivée dans le salon. En revanche, impossible pour moi de laisser passer. J'ai répliqué :

— C'est un cauchemar pour Glen aussi, George. Pour nous tous. Il n'a rien fait de mal et il a perdu son travail. Ce n'est pas juste.

Mary et George sont partis peu après.

— Bon débarras ! a lancé Glen après leur départ, mais je n'ai jamais su s'il le pensait sincèrement.

C'étaient ses parents, quand même.

Mes parents sont venus ensuite. J'ai conseillé à mon père d'aller chez Lisa, la voisine, pour qu'ils ne soient pas embêtés par les journalistes, et de passer ensuite par le portail entre nos deux jardins. Pauvre maman, elle a ouvert la porte de derrière et est entrée en trébuchant comme si un chien lui courait après.

Elle est gentille, ma mère, mais elle a du mal à gérer certaines choses. Des choses ordinaires. Comme prendre le bon bus pour se rendre chez le médecin ou rencontrer de nouvelles personnes. Papa est super par rapport à ça. Il ne fait pas tout un pataquès de ses « petites angoisses » comme ils les appellent. Il l'invite à s'asseoir et lui caresse le dos de la main en lui parlant d'une voix douce jusqu'à ce qu'elle se sente mieux. Ils s'aiment profondément tous les deux ; depuis toujours. Et ils m'aiment moi aussi, mais maman requiert toute l'attention de papa.

— De toute façon, tu as Glen, avait-elle l'habitude de dire.

Elle s'est assise dans la cuisine, toute pâle et le souffle court, et papa s'est installé à côté d'elle et lui a pris la main.

— Ça va aller, Evelyn.

— J'ai juste besoin d'une minute, Franck.

« Ta mère a seulement besoin d'être rassurée, Jane », m'avait expliqué mon père la première fois où j'ai suggéré d'appeler un médecin.

Alors, je l'ai rassurée moi aussi.

— Tout va bien, maman. Ça va s'arranger, tu verras. C'est une terrible erreur. Glen leur a dit où il se trouvait et ce qu'il faisait ; la police verra qu'elle s'est trompée.

Elle m'a jeté un regard noir, comme pour me tester.

— Tu en es sûre, Jane ?

J'en étais sûre.

Après ça, ils ne sont plus revenus. C'est moi qui allais leur rendre visite.

— C'est trop dur pour ta mère de venir, a dit mon père au téléphone.

Je la coiffais toutes les semaines. Elle adorait venir au salon pour « une sortie » une fois par mois, mais elle a de moins en moins quitté la maison après l'arrestation de Glen. Ce n'était pas la faute de Glen, mais il y avait des jours où je trouvais difficile de continuer à l'apprécier.

Comme la fois où il m'a annoncé qu'il avait vu mon album. Ça s'est passé deux jours après sa libération sous caution. Il était au courant en rentrant à la maison mais il a attendu pour en parler. Je savais qu'il préparait quelque chose. Je le sentais.

Et lorsqu'il m'a surprise en train de contempler la photo d'un bébé dans un magazine, il a explosé.

Mon amour des bébés tournait à l'obsession, a-t-il dit. Il irradiait de colère en prononçant ces paroles. Tout ça parce qu'ils avaient découvert mes albums derrière le ballon d'eau chaude où je les cachais. Ce n'étaient que des photos. Quel mal y avait-il à ça ?

Il me hurlait dessus. Il ne criait pas souvent ; en général quand il était en colère, il se renfermait et cessait de parler. Il n'aimait pas beaucoup montrer ses sentiments. Nous regardions un film ensemble et je pleurais toutes les larmes de mon corps pendant que lui restait assis sans rien dire. Je le trouvais si fort au début, je trouvais cette attitude très virile, mais aujourd'hui je ne sais plus. Il ne ressent peut-être pas les choses de la même manière que les autres.

Toujours est-il que ce jour-là, il a crié. Il y avait trois petits albums, chacun rempli de photos que j'avais découpées dans des magazines au travail, des journaux, des cartes d'anniversaire. J'avais écrit « mes bébés » sur la couverture de chacun, parce que c'est ce qu'ils étaient. Tant de bébés. J'avais mes préférés, bien sûr. Il y avait Becky, avec son babygros à rayures et le bandeau assorti sur la tête, et Theo, un petit bonhomme joufflu au sourire qui me faisait chavirer.

Mes bébés.

Je me doutais, je crois, que Glen prendrait ça comme une attaque personnelle, à cause de sa stérilité ; c'était la raison pour laquelle je les avais cachés. Mais je n'avais pas pu m'en empêcher. « Tu es malade ! » m'a-t-il crié.

J'ai eu honte. Peut-être bien que j'étais malade.

Le truc, c'est qu'il refusait qu'on discute de ce qu'il appelait « notre problème ».

Ce n'était pas censé être un problème. Simplement, avoir un bébé était mon vœu le plus cher dans la vie. Lisa, la voisine, éprouvait la même chose.

Elle avait emménagé à côté avec son copain, Andy, deux mois après nous. Elle était gentille – pas trop curieuse, mais elle s'intéressait à moi. À leur arrivée, elle était enceinte et Glen et moi, on essayait ; du coup, nous avions des tas de sujets de conversations, des projets en commun – l'éducation que nous donnerions à nos enfants, la couleur de leur chambre, les prénoms, les écoles locales, les additifs alimentaires. Toutes ces choses.

Lisa n'était pas comme moi. Elle avait des cheveux courts tout hérissés, noirs avec les pointes blanches, et trois piercings à une oreille. Elle ressemblait à l'un des modèles sur une des grandes affiches du salon. Belle, vraiment. Mais Glen ne lui faisait pas confiance. « Elle n'est pas notre genre, Janie. Elle ne m'inspire pas confiance. Pourquoi est-ce que tu l'invites tout le temps ? »

Je crois qu'il était un peu jaloux de me partager, et lui et Andy n'avaient rien en commun. Andy montait des échafaudages, il était souvent en vadrouille. Une fois, il est même allé en Italie. Au final, il est parti avec une femme qu'il avait rencontrée pendant ses voyages et Lisa s'est retrouvée toute seule, survivant grâce aux allocations familiales et essayant de lui soutirer une pension pour les enfants.

Lisa se sentait seule et nous nous entendions à merveille, alors j'allais surtout chez elle pour ne pas déranger Glen.

Je lui racontais les potins que j'avais entendus au salon et elle riait à gorge déployée. Elle aimait les petits commérages et le café. Elle disait que ça lui permettait d'échapper aux enfants. Elle en avait deux alors – un garçon et une fille, Kane et Daisy – et moi je continuais d'attendre que vienne mon tour.

Après notre deuxième anniversaire de mariage, je suis allée seule chez le médecin pour discuter des raisons pour lesquelles je ne tombais pas enceinte. « Vous êtes très jeune, madame Taylor, a déclaré le Dr Williams. Détendez-vous et essayez de ne pas y penser. C'est la meilleure chose à faire. »

J'ai fait de mon mieux. Mais au bout d'une autre année sans bébé, j'ai convaincu Glen de m'accompagner. Je lui ai raconté que quelque chose devait clocher chez moi et il a accepté de venir, pour me soutenir.

Le Dr Williams a écouté, acquiescé, souri. « Procédons à quelques examens », a-t-il dit et le cycle des visites à l'hôpital a débuté.

Ils ont commencé par moi. J'étais disposée à faire n'importe quoi pour tomber enceinte et je me suis soumise aux spéculums, aux examens, aux échographies, aux questions incessantes.

« Les trompes sont en parfait état, a conclu le gynécologue à la fin des examens. Vous êtes en excellente santé. »

Ensuite, est venu le tour de Glen. Je ne crois pas qu'il en avait envie mais j'avais déjà subi tout ce processus et il pouvait difficilement se défiler. Il a trouvé ça horrible. Il s'est senti comme un bout de viande. Échantillons, gobelets en plastique, vieux magazines porno tout écornés. La totale. J'ai essayé d'arranger les choses en lui répétant combien je lui étais reconnaissante mais en pure perte. Ensuite, nous avons attendu.

La concentration de spermatozoïdes dans son sperme était proche de zéro. Fin de l'histoire. Pauvre Glen. Il était dévasté. Il avait le sentiment qu'on le considérerait comme un raté, une moitié d'homme, et cette crainte l'aveuglait à tel point qu'il ne voyait pas les implications pour moi. Pas de bébé. Personne qui m'appellerait maman, pas de vie de mère, pas de petits-enfants. Il a essayé de me réconforter au début quand je pleurais mais je crois qu'il s'est lassé et endurci au bout d'un moment. Il disait que c'était pour mon bien. Que je devais passer à autre chose.

Lisa s'est montrée formidable et je me suis efforcée de ne pas maudire sa chance parce que je l'aimais bien, mais c'était difficile. Et elle savait combien c'était dur pour moi, alors elle m'a dit que je pourrais être « l'autre maman » des enfants – je crois qu'elle plaisantait mais je l'ai serrée dans mes bras en retenant mes larmes. Je faisais partie de leurs vies et ils faisaient partie de la mienne.

J'ai persuadé Glen d'installer un portail entre nos jardins pour qu'ils puissent aller et venir à leur guise et j'ai acheté une petite piscine gonflable un été. Glen était gentil avec eux, mais il ne s'impliquait pas autant que moi. Il les observait par la fenêtre et leur faisait signe. Il ne cherchait pas à les empêcher de venir et parfois, quand Lisa avait un rendez-vous galant – elle allait sur des sites de rencontres, en quête de l'homme idéal – ils dormaient dans la chambre d'amis, tête bêche dans le lit. Je préparais des bâtonnets de poisson avec une sauce à la tomate et des petits pois pour le dîner et regardais un DVD de Disney avec eux.

Puis, une fois qu'ils étaient au lit, je m'asseyais à côté pour les regarder s'endormir. Je respirais leur odeur. Glen n'aimait pas ça. Il trouvait mon comportement bizarre. Mais chaque moment passé avec eux était spécial, même quand je changeais leurs couches. En grandissant, ils m'ont appelée « Jiji » parce qu'ils n'arrivaient pas à prononcer mon prénom, et ils agrippaient mes jambes de leurs petits bras quand ils venaient pour que je marche avec eux sur mes pieds. Je les appelais « mes petits lapins », ça les faisait rire.

Glen montait dans son bureau quand nous faisions trop de bruit en jouant mais je m'en fichais. Je préférais les avoir rien que pour moi.

J'ai même envisagé de quitter mon emploi pour m'occuper d'eux à plein temps afin que Lisa puisse aller travailler mais Glen a mis le holà. « Nous avons besoin de l'argent que tu rapportes, Jane. Et ce ne sont pas nos enfants. »

Puis il a cessé de s'excuser de son infertilité et a commencé à dire « Au moins, nous nous avons l'un l'autre, Jane. Nous avons de la chance, en fait ».

J'essayais de me sentir chanceuse, en vain.

J'ai toujours cru à la chance. J'adore l'idée qu'on peut changer de vie en un instant. Regardez « Qui veut gagner des millions ? » Ou le loto. Une minute, c'est une femme ordinaire dans la rue. La suivante, c'est une millionnaire. Je joue au loto chaque semaine et peux passer toute une matinée à fantasmer sur ma victoire. Je sais ce que je ferais. J'achèterais une grande maison en bord de mer – un endroit ensoleillé, peut-être à l'étranger – et j'adopterais des orphelins. Glen ne fait pas vraiment partie de mes projets – il n'approuverait pas et je n'ai aucune envie de voir sa moue réprobatrice gâcher mes rêveries. Glen fait partie de ma réalité.

Juste nous deux ne me suffisait pas, et le fait que j'aie besoin de quelqu'un d'autre que lui le blessait. C'est sans doute pour ça qu'il refusait d'envisager l'adoption – « Je ne veux pas que quelqu'un vienne fouiller dans nos vies. Ce sont nos affaires, Janie, pas celles des autres » – et encore plus un acte aussi « extrême » que l'insémination artificielle ou une mère porteuse. Lisa et moi en avions discuté un soir autour d'une bouteille de vin et tout ça paraissait tellement réalisable. J'ai essayé de présenter la chose avec naturel dans une conversation avec Glen. « Ce sont des idées répugnantes, si tu veux mon avis », a-t-il rétorqué.

Fin de la discussion.

Alors j'ai arrêté de pleurer devant lui, mais chaque fois qu'une amie ou une connaissance m'annonçait sa grossesse, j'avais l'impression qu'on m'arrachait le cœur. Mes rêves étaient pleins de bébés, de bébés perdus, de recherches sans fin, et parfois je me réveillais avec la sensation de tenir encore un enfant dans les bras.

J'ai commencé à avoir peur de dormir et j'ai perdu du poids. Je suis retournée consulter le médecin et il m'a prescrit des comprimés pour que je me sente mieux. Je n'en ai pas parlé à Glen. Je ne voulais pas qu'il ait honte de moi.

C'est là que j'ai débuté ma collection. Je déchirais discrètement les photos des magazines pour les fourrer dans mon sac à main. Puis, quand il y en a eu trop, je me suis mise à les coller dans mes cahiers. J'attendais d'être seule pour les sortir ; alors, assise par terre, je caressais chaque photo en prononçant le prénom des bébés. Je pouvais y passer des heures, à faire semblant qu'ils étaient à moi.

La police a dit que Glen faisait pareil sur son ordinateur.

Le jour où il m'a crié dessus à cause des albums, il m'a accusée de l'avoir poussé à regarder du porno sur l'ordinateur. C'était très méchant mais il était si en colère que ses mots ont dépassé sa pensée.

Selon lui, je l'avais tenu à l'écart avec mon obsession d'avoir un bébé. Il avait été obligé de chercher du réconfort ailleurs.

« C'est juste du porno », a-t-il ajouté quand il s'est rendu compte qu'il était allé trop loin. Qu'il a vu la tête que je faisais. « Tous les mecs aiment regarder un peu de porno, pas vrai, Janie ? Ça ne fait de mal à personne. C'est pour s'amuser. »

Je ne savais pas quoi répondre. J'ignorais que tous les mecs aimaient regarder un peu de porno. Le sujet n'avait jamais été abordé au salon de coiffure.

Quand je me suis mise à pleurer, il a prétexté que ce n'était pas sa faute. Il avait été attiré par le porno à cause d'Internet – ces choses-là ne devraient pas être autorisées sur le Net. C'était un piège pour les hommes innocents. Il était devenu accro – « C'est une maladie, Janie, une dépendance » –, il ne pouvait pas s'en empêcher, mais il ne regardait jamais les enfants. Ces images s'étaient retrouvées à son insu sur l'ordinateur, comme un virus.

Je ne voulais plus y penser. Je n'arrivais pas à faire le tri dans mon esprit. À séparer mon Glen de cet autre homme dont parlait la police. Je devais garder la tête froide.

Je voulais le croire. J'aimais Glen. Il était mon monde. J'étais le sien, affirmait-il. Nous étions tout l'un pour l'autre.

Et l'idée que je sois coupable de l'avoir poussé à regarder ces horribles photos a grandi dans mon esprit, évinçant les questions au sujet de Glen. Bien sûr, je n'ai découvert sa « dépendance » qu'après la venue de la police ce fameux samedi de Pâques, mais alors il était trop tard pour dire ou faire quoi que ce soit.

Je devais garder ses secrets et les miens.

CHAPITRE 20

Vendredi 11 juin 2010
La veuve

Nous avons des croissants et de la salade de fruits pour le petit déjeuner à l'hôtel. De grandes serviettes blanches en tissu et une cafetière de vrai café.

Kate ne veut pas me laisser manger toute seule.

— Je vais vous tenir compagnie, annonce-t-elle en s'installant à la table.

Elle prend une tasse sur le plateau sous le poste de télévision et se sert un café.

Elle est en mode professionnel maintenant.

— Il faut vraiment qu'on règle l'histoire du contrat aujourd'hui, Jane. Le journal voudrait se débarrasser des formalités pour qu'on puisse passer à l'interview. On est déjà vendredi et ils veulent publier demain. J'ai imprimé un exemplaire du contrat pour que vous le signiez. C'est assez simple. Vous acceptez de nous accorder une inter-view exclusive pour une somme convenue.

Je n'arrive pas à me rappeler à quel moment j'ai accepté. Peut-être que je ne l'ai pas fait.

— Mais… je tente de protester.

Pour toute réponse, elle me tend une liasse de feuilles que j'entreprends de lire parce que je ne sais pas quoi faire d'autre. Il n'y a que des « la première partie » et la « seconde partie » et des tas de clauses.

— Je n'ai pas la moindre idée de ce que cela signifie, dis-je.

C'était Glen qui s'occupait de la paperasse et signait tout.

Elle semble nerveuse et commence à essayer de m'expliquer des termes juridiques.

— C'est très simple, en fait, assure-t-elle.

Elle tient vraiment à ce que je le signe. Son patron doit être sur son dos mais je repose le contrat en secouant la tête ; elle pousse un soupir.

— Aimeriez-vous qu'un avocat y jette un œil pour vous ? demande-t-elle.

J'acquiesce.

— En connaissez-vous un ? poursuit-elle et à nouveau je hoche la tête.

J'appelle Tom Payne. L'avocat de Glen. Ça fait un moment – deux ans peut-être bien – mais son numéro est encore enregistré dans mon portable.

— Jane ! Comment allez-vous ? J'ai été navré d'apprendre pour l'accident de Glen, dit-il lorsque sa secrétaire transfère enfin l'appel.

— Merci, Tom. C'est très gentil de votre part. Écoutez, il faut que vous m'aidiez. Le *Daily Post* souhaite faire une interview exclusive de moi et ils veulent que je signe un contrat. Voulez-vous bien le regarder ?

Une pause à l'autre bout du fil et j'imagine l'expression de surprise sur son visage.

— Une interview ? Êtes-vous sûre de vous, Jane ? Y avez-vous bien réfléchi ?

Les vraies questions qu'il se pose restent en suspens et je l'en remercie silencieusement. Je lui raconte que j'ai pesé le pour et le contre et que c'est le seul moyen de faire déguerpir les journalistes. Je commence à parler comme Kate. Je n'ai pas besoin de l'argent. Glen a reçu deux cent cinquante mille livres en compensation du coup monté par la police – de l'argent sale que nous avons investi dans une société immobilière – et je vais toucher l'argent de l'assurance suite à son décès. Mais autant prendre les cinquante mille livres que me propose le journal.

Tom ne semble pas convaincu, mais il accepte de lire le contrat et Kate le lui envoie par mail. Pendant que nous attendons, elle tente de me convaincre de me faire un soin du visage ou autre chose. Je n'ai pas envie d'être à nouveau tripotée alors je refuse et reste immobile.

Tom et moi partageons un lien spécial depuis la fin de l'affaire de Glen.

Nous avons attendu tous les deux qu'il puisse quitter le banc des accusés et Tom n'arrivait pas à croiser mon regard. Je crois qu'il avait peur de ce qu'il y lirait.

Je nous revois là-bas. La fin du procès mais pas de l'épreuve. J'étais si reconnaissante au tribunal de l'ordre que cette affaire mettait dans ma vie. Chaque journée suivait un programme bien défini. Chaque matin, je sortais de chez moi à 8 heures, vêtue d'une tenue élégante, comme si j'allais travailler dans un bureau. Chaque soir, je rentrais à 17 h 30. Mon travail consistait à apporter mon soutien et à me taire.

Le tribunal était comme un sanctuaire. J'aimais les couloirs sonores, les feuillets aux tableaux que la brise faisait danser, et le brouhaha du réfectoire.

Tom m'y avait emmenée avant l'heure de la comparution de Glen, pour la mise en accusation, afin que je sache à quoi m'attendre. J'avais vu la cour d'assises de Londres à la télé, l'extérieur aux infos avec un journaliste planté sur le parvis évoquant un meurtre ou un terroriste, et l'intérieur dans les feuilletons policiers. Malgré tout, c'était loin de ce que j'imaginais. Sombre, plus petit qu'à la télé, poussiéreux comme dans les salles de classe, démodé et chargé de boiseries sombres.

L'endroit était agréable et tranquille quand on s'y promenait avant que l'activité du jour ne démarre. Il n'y avait quasiment personne d'autre. C'était un peu différent quand Glen a comparu pour qu'ils fixent la date de son procès. Le tribunal était bondé. Des curieux faisaient la queue pour le voir. Ils achetaient des sandwiches et des boissons comme les jours de soldes. Et les journalistes s'entassaient sur les sièges réservés à la presse derrière moi. Je me suis assise, la tête baissée, feignant de chercher quelque chose dans mon sac à main, jusqu'à ce que Glen soit amené dans le box des accusés par les gardiens de la prison. Il paraissait petit. J'avais apporté son plus beau costume pour la comparution et il était rasé de près, mais il paraissait quand même petit. Il a regardé dans ma direction et m'a fait un clin d'œil, comme si de rien n'était. J'ai essayé de sourire mais j'avais la bouche trop sèche, mes lèvres sont restées collées à mes dents.

Ça a été terminé si vite que j'ai à peine eu le temps de le regarder à nouveau avant qu'il disparaisse au bas de l'escalier. J'ai eu le droit de le voir plus tard. Il avait ôté son costume et ses belles chaussures et avait remis sa tenue de prisonnier, une sorte de survêtement.

— Bonjour, Janie chérie. Eh bien, quelle farce ! Mon avocat dit que tout ça n'est qu'une mascarade.

Normal, ai-je eu envie de répondre. *Tu le paies pour qu'il dise ça.*

Le procès était prévu pour février, quatre mois plus tard, et Glen était convaincu qu'un non-lieu serait prononcé d'ici là.

— C'est n'importe quoi, Janie. Tu le sais. La police ment pour se faire mousser. Ils doivent arrêter quelqu'un et j'étais l'un des pauvres types au volant d'une camionnette bleue dans le coin ce jour-là.

Il m'a pressé la main et j'ai pressé la sienne. Il avait raison. C'était n'importe quoi.

Je suis rentrée à la maison et j'ai fait comme si tout était normal.

Chez nous, c'était le cas. Mon petit univers était exactement pareil – mêmes murs, mêmes tasses, même mobilier. Mais au-dehors, tout avait changé. Le trottoir devant la maison ressemblait à un décor de feuilleton avec des personnages qui allaient et venaient, s'asseyaient pour observer ma maison. Espéraient m'apercevoir.

Il fallait bien que je sorte quelquefois et, dans ce cas, je m'habillais de façon anonyme, me recouvrant de la tête aux pieds, puis je m'armais de courage avant de partir en trombe. Il était impossible d'éviter les caméras mais j'espérais qu'ils se fatigueraient d'obtenir toujours le même cliché de moi. Et j'ai appris à fredonner une chanson dans ma tête pour bloquer leurs commentaires et leurs questions.

Les visites à la prison étaient le pire. Je devais prendre un bus et les journalistes me suivaient jusqu'à l'arrêt et me photographiaient en train d'attendre avec les autres passagers. Ceux-ci se sont fâchés contre les journalistes puis contre moi. Ce n'était pas ma faute, mais ils me tenaient pour responsable. Parce que j'étais *la femme*.

J'ai essayé d'autres arrêts, mais j'en ai eu marre de jouer leur jeu et à la fin je me suis résignée. J'ai attendu qu'ils se lassent.

Je montais dans le bus 380 pour Belmarsh et m'y asseyais avec un sac plastique sur les genoux, feignant de partir faire les courses. J'attendais de voir si quelqu'un d'autre demandait l'arrêt pour la prison puis je descendais à la hâte. D'autres femmes descendaient à cet arrêt, avec toute une marmaille criarde ou en poussette, et je marchais loin derrière elles jusqu'au centre d'accueil pour qu'on ne croie pas que j'étais comme elles.

Puisque Glen se trouvait en détention provisoire, il n'y avait pas de règles spécifiques concernant les visites, mais il y en avait une qui me plaisait bien : je n'avais pas le droit de porter de talons hauts, de jupes courtes ni de vêtements transparents. Ça me faisait rire. La première fois, j'ai enfilé un pantalon et un pull à la place. Sûr et confortable.

Glen n'a pas aimé. « J'espère que tu ne te laisses pas aller, Jane », a-t-il commenté, si bien que la fois suivante, j'ai mis du rouge à lèvres.

Il avait droit à trois visites par semaine, mais nous nous étions mis d'accord pour que je ne vienne que deux fois, comme ça, je n'avais pas à affronter les journalistes trop souvent. Les lundis et les vendredis. « Ça encadre ma semaine », disait-il.

La salle était bruyante et très éclairée, j'en avais mal aux yeux et aux oreilles. Nous nous asseyions l'un en face de l'autre et une fois que nous avions échangé nos nouvelles, nous écoutions les conversations autour de nous et en discutions.

Je croyais que mon rôle consistait à le réconforter et à lui assurer que je le soutenais, mais il n'en avait apparemment pas besoin. « Nous pouvons nous en sortir, Janie. Nous connaissons la vérité et bientôt tout le monde la connaîtra aussi. Ne t'inquiète pas », répétait-il au moins une fois par visite.

J'essayais de ne pas m'en faire mais j'avais le sentiment que notre vie nous échappait.

— Et si la vérité n'éclate pas ? lui ai-je demandé un jour.

Il a paru déçu que je puisse ne serait-ce que l'envisager.

— Elle éclatera, a-t-il insisté. Mon avocat dit que la police a foiré en beauté.

Quand il s'est avéré que le procès de Glen aurait bien lieu, il a prétendu que la police voulait « son moment de gloire au tribunal ». Il semblait rapetisser chaque fois que je le voyais, comme s'il se rétrécissait, rentrait en lui-même.

— Ne t'inquiète pas, chéri, me suis-je entendue lui assurer. Tout sera bientôt terminé.

Il a eu l'air reconnaissant.

Chapitre 21

Lundi 11 juin 2007
L'inspecteur

Sparkes tentait de reconsidérer la situation. Deux mois s'étaient écoulés depuis sa première visite à Glen Taylor et ils n'avaient pas progressé d'un iota. Ce n'était pourtant pas faute d'avoir tout examiné. Ses collègues avaient passé au crible le moindre détail de la vie de Taylor. Ils avaient fait de même avec Mike Doonan et Lee Chambers mais jusque-là, sans grand résultat.

Doonan semblait mener une existence plutôt morne, pas même égayée par ses divorces. Le seul élément digne d'intérêt résidait dans la grande amitié qui unissait désormais ses ex-femmes, toutes deux s'accordant à dénigrer Mike.

— C'est un égoïste, déclara Marie Doonan.

— Ouais, un égoïste, renchérit Sarah Doonan. On est bien mieux sans lui.

Même ses enfants se désintéressaient de ses histoires avec la police.

— Je ne le vois jamais, affirma son aîné. Il est parti avant que je me rende compte qu'il existait.

Matthews continua de creuser, obstiné dans sa quête. Sa tension monta en flèche quand il découvrit que Doonan ne s'était pas présenté à son rendez-vous chez le médecin le jour de la disparition de Bella, mais le chauffeur expliqua que son dos le faisait tellement souffrir qu'il avait été incapable de quitter l'appartement. Le praticien appuya son alibi :

— Il ne tient même pas debout parfois. Pauvre homme.

Cet élément ne l'écartait toujours pas de la liste de suspects, mais Sparkes commençait à s'impatienter ; il ordonna à Matthews de focaliser son attention sur Taylor.

— Doonan est impotent, il peut à peine marcher, comment diable pourrait-il kidnapper une enfant ? demanda Sparkes. Nous n'avons rien qui le relie à l'affaire en dehors du fait qu'il conduisait une camionnette bleue, n'est-ce pas ?

Matthews secoua la tête.

— Non, patron, mais il y a le rapport de surveillance de l'Opération Gold.

— Quelle preuve avons-nous qu'il a regardé ces photos ? Aucune. L'ordinateur de Taylor contenait de la pédopornographie. C'est sur lui que nous devrions concentrer nos efforts. J'ai besoin de vous sur ce coup-là, Matthews.

Le sergent était convaincu qu'il était trop tôt pour se désintéresser de Doonan, mais son supérieur avait pris sa décision.

Pour Sparkes, le fond du problème venait de son incapacité à étouffer son instinct qui lui soufflait que Taylor était leur homme ; il craignait, s'ils ne le stoppaient pas, que ce dernier se mette en chasse d'une autre Bella.

Depuis quelque temps, Sparkes repérait tous les enfants de l'âge de Bella dans la rue, les magasins, les voitures ou les cafés, et il parcourait alors les alentours du regard à la recherche de prédateurs. Tout cela commençait à affecter son appétit, mais pas sa concentration. Il savait que cette enquête prenait peu à peu le contrôle de sa vie mais il n'y pouvait rien.

— Tu es obnubilé par cette affaire, avait lancé Eileen l'autre soir. Est-ce qu'on pourrait sortir prendre un verre sans que tu te mures dans tes pensées ? Il faut que tu te détendes.

Il avait eu envie de hurler : « Tu veux qu'un autre enfant soit enlevé pendant que je me détends avec un verre de vin ? » Mais il s'était tu. Eileen n'était pas en faute. Elle ne comprenait pas. Il avait conscience d'être impuissant à protéger chaque fillette en ville, mais il ne pouvait pas s'empêcher d'essayer quand même.

Au cours de sa carrière, il avait traité plusieurs autres cas impliquant des enfants : la petite Laura Simpson ; le bébé W, secoué à mort par son beau-père ; le garçon Voules, qui s'était noyé dans la pataugeoire d'un parc au milieu d'autres gamins ; des accidents de circulation et des fugues ; pourtant, il ne s'en était pas senti aussi proche que de Bella.

Il se rappelait le sentiment de vulnérabilité qu'il avait éprouvé la première fois qu'il avait tenu son fils James dans ses bras ; la pensée que lui seul était responsable du bien-être et de la sécurité de son enfant dans un monde dangereux plein de personnes malveillantes. Il ressentait la même chose envers Bella.

Il avait commencé à rêver d'elle. Ce n'était jamais bon signe.

Il se demandait si la camionnette bleue ne les détournait pas d'autres pistes. Mais dans ce cas, pourquoi le conducteur ne s'était-il jamais présenté ? Tout un chacun voulait aider à retrouver cette enfant. S'il ne s'agissait que d'un type qui passait dans le quartier, pourquoi ne pas se manifester ?

Sauf si c'était Glen Taylor, pensa-t-il.

Ils avaient mené leurs recherches avec minutie, ses hommes avaient examiné soigneusement chaque piste et pièce à conviction. Un T-shirt abandonné dans une haie, une chaussure solitaire, une tête blonde repérée dans un centre commercial cherchant à s'éloigner d'un adulte. Les inspecteurs étaient sur les dents à mesure que les heures, les jours puis les semaines passaient sans apporter de résultat. Tous étaient épuisés, mais aucun ne pouvait se résoudre à baisser les bras.

Chaque matin, ils faisaient le point sur l'enquête et leurs réunions duraient de moins en moins longtemps et devenaient de plus en plus moroses. Le T-shirt était une taille huit ans, la chaussure n'appartenait pas à Bella et l'enfant qui criait au milieu des boutiques piquait juste une crise. Les pistes s'évanouissaient sitôt vérifiées.

Sparkes gardait pour lui son désespoir. S'il perdait confiance, ses hommes laisseraient tomber. Tous les matins, il s'encourageait d'un petit laïus, seul dans son bureau ou devant le miroir des toilettes, veillant à ce que personne ne lise l'échec dans ses yeux de plus en plus cernés. Ensuite, il rejoignait à grands pas son équipe, remonté à bloc, et galvanisait ses troupes.

— Revenons à l'essentiel ! s'écria-t-il ce matin-là.

Ce qu'ils firent, revoyant avec lui les photos et les cartes, les noms et les listes.

— À côté de quoi passons-nous ? les défia-t-il.

Des visages las lui répondirent.

— Qui enlèverait un enfant ? Que savons-nous grâce aux affaires similaires ?

— Un pédophile.

— Un réseau pédophile.

— Un ravisseur qui veut une rançon.

— Ou réclame vengeance.

— Une femme qui a perdu son bébé.

— Ou ne peut pas en avoir.

— Un détraqué qui a besoin d'un enfant pour réaliser le scénario de son fantasme.

Sparkes acquiesça.

— Divisons-nous en équipe de deux hommes – pardon de deux personnes, se reprit-il à l'intention des officiers féminins – et repassons en revue nos témoins et nos suspects potentiels, pour tenter de déterminer qui entre dans ces catégories.

La salle commença à s'agiter et il laissa Ian Matthews en charge.

Il se demanda avec quelle rapidité le nom de Jane Taylor allait ressortir et il souhaitait prendre un peu de temps afin d'y réfléchir lui-même. Jane était une femme peu commune. Il se rappelait la première fois qu'il l'avait vue, la stupeur sur son visage, les questions délicates, les réponses inébranlables. Il avait la certitude qu'elle couvrait Glen et avait attribué son comportement à une loyauté aveugle, mais son implication s'arrêtait-elle là ?

Les femmes tueuses d'enfants sont rares, et celles qui passent à l'acte le font presque exclusivement avec leur propre progéniture, à en croire les statistiques. Il arrive cependant qu'elles kidnappent des enfants.

Il savait que la stérilité pouvait se révéler une motivation d'une grande puissance. Elle brûlait au fond de certaines femmes, les rendait folles de chagrin et de désir. Les voisins et collègues du salon avaient déclaré que Jane était dévastée quand elle avait appris qu'elle n'aurait pas d'enfant. Elle pleurait dans l'arrière-salle si une cliente annonçait sa grossesse. Toutefois, personne n'avait vu Jane à Southampton le jour de la disparition de Bella.

Tout en réfléchissant, Sparkes gribouillait des araignées sur le calepin posé devant lui.

Si Jane aimait tant les enfants, comment pouvait-elle rester auprès d'un homme qui regardait des vidéos pédopornographiques sur son ordinateur ? D'où venait sa loyauté envers un tel individu ? Il ne doutait pas une seconde qu'à sa place Eileen plierait bagage sur-le-champ. Et il ne lui en voudrait pas. Quelle emprise avait donc Glen sur son épouse ?

— Peut-être qu'on ne considère pas la chose sous le bon angle ? lança-t-il à son reflet tout en se lavant les mains dans les toilettes pour hommes. Et si c'était elle qui avait une emprise sur lui ? Jane l'a peut-être poussé à le faire ?

Comme il s'y attendait, le nom de Jane était inscrit au tableau blanc de la salle d'enquête à son retour.

Les officiers qui étudiaient les « femmes ne pouvant pas avoir d'enfant » discutaient d'affaires précédentes.

— Le truc, monsieur, commença l'un des membres de l'équipe, c'est qu'en général les femmes qui enlèvent un enfant agissent seules et kidnappent des nourrissons. Elles font croire à leur conjoint ou à leur famille qu'elles sont enceintes, portent des vêtements de grossesse qu'elles rembourrent, puis enlèvent des nouveau-nés dans les maternités ou dans leur landau devant les magasins, afin de créer la supercherie. Enlever un enfant plus âgé comporte davantage de risques. Ils peuvent se débattre s'ils sont effrayés et un gosse qui crie attire l'attention.

Dan Fry, nouvelle recrue de la police, leva la main ; Matthews lui donna la parole d'un geste du menton. Frais émoulu de l'école de police, le jeune homme se leva pour s'adresser à tout le groupe, ignorant qu'il était de coutume de rester assis et de parler à son ordinateur.

— Et puis il faut aussi garder l'enfant caché. Il est beaucoup plus difficile d'expliquer l'apparition soudaine d'un enfant de deux ans à ses amis et sa famille. Si vous kidnappez un enfant de cet âge pour l'élever comme le vôtre, vous devez disparaître aussi. Et les Taylor n'ont pas bougé.

— C'est pas faux, heu, Fry c'est ça ? répliqua Sparkes en lui faisant signe de s'asseoir.

Les autres équipes avaient écarté les théories de kidnapping pour de l'argent ou par vengeance. Dawn Elliott n'avait pas un sou en poche et ils avaient remonté la piste jusqu'à ses années adolescentes pour enquêter sur ses précédents petits amis et d'éventuelles histoires de drogue ou de prostitution au cas où existeraient des liens avec le crime organisé. Mais il n'y avait rien. C'était une fille qui habitait une petite ville et travaillait comme employée de bureau jusqu'à ce qu'elle s'entiche d'un homme marié et tombe enceinte.

On n'avait toujours pas retrouvé le père de Bella – le nom qu'il avait donné à Dawn était faux, semblait-il, et son numéro de téléphone était celui d'un portable à carte qui n'était plus attribué.

— Un profiteur, patron, dit Matthews. Qui cherchait juste une petite aventure extraconjugale et puis a disparu. C'est la vie que mènent un millier de VRP. Un coup dans chaque ville.

« Pédophiles » était la seule catégorie encore présente au tableau.

L'énergie retomba dans la salle.

— En attendant, retour à Glen Taylor, fit remarquer Sparkes.

— Et à Mike Doonan, marmonna Matthews. Qu'en est-il de l'Opération Gold ?

Mais son supérieur ne parut pas l'entendre. Il prêtait l'oreille à ses propres peurs.

Sparkes était persuadé que Glen Taylor songeait déjà à sa prochaine victime, alimentant ses pensées sur les sites porno. Regarder ces images était devenu une addiction aussi difficile à combattre que la dépendance à la drogue, selon les psychologues.

Sparkes avait étudié les raisons qui poussaient ces types à devenir accros – la dépression, l'anxiété, les problèmes financiers ou professionnels – et certaines des théories sur la « récompense chimique », le frisson produit par l'adrénaline, la dopamine et la sérotonine.

L'un des rapports qu'il avait lus pour se documenter comparait le visionnage de porno à la « jouissance du premier rapport sexuel » pour certains individus, les conduisant à mener une quête sans fin dans le but de reproduire cette euphorie avec des images de plus en plus extrêmes. « Un peu à la manière dont les cocaïnomanes décrivent leur expérience », était-il ajouté.

Le Net offrait un monde imaginaire sûr et très excitant, un moyen de créer un espace privé dans lequel on pouvait se laisser aller à toutes les dérives.

Plus tard, au réfectoire, Sparkes fit remarquer à Matthews :

— C'est intéressant : certains accros au porno n'ont pas d'érections.

Ian Matthews arqua un sourcil tout en reposant son sandwich à la saucisse sur la table en Formica.

— Si ça vous ennuie pas, patron, je mange. On dirait que vous êtes encore en train de lire des conneries.

— Merci, professeur ! aboya Sparkes. J'essaie d'entrer dans le petit monde glauque de Glen Taylor. Les interrogatoires ne donnent rien. Mais il sera incapable de résister à ses habitudes et alors nous l'attraperons.

Le sergent reprit son sandwich et y mordit à pleines dents.

— Allez-y alors. Dites-moi comment.

— Fry, un des gamins plutôt malins qu'on nous a demandé de former, est venu me trouver hier. D'après lui, nous sommes passés à côté d'une piste essentielle. Les chat-rooms. C'est là que les accros au porno et les prédateurs sexuels se cherchent des amis et perdent toute inhibition.

L'officier Fry avait rendu visite à son supérieur dans son bureau, prenant une chaise sans y avoir été invité et participant à la conversation comme à des travaux dirigés à l'université.

— Tel que je le vois, ce qu'il nous faut, c'est révéler Glen Taylor au grand jour.

Sans blague, Sherlock, avait songé Sparkes.

— Poursuivez, Fry.

— Eh bien, nous devrions peut-être pénétrer son monde et le choper au moment où il est le plus vulnérable.

— Pardon, Fry, mais vous pourriez aller droit au but ? Où voulez-vous en venir ? « Son monde » ?

— Je parie qu'il rôde dans les chat-rooms – sûrement en quête de nouvelles proies ; et il pourrait faire des révélations cruciales à un contact intéressant. On pourrait faire intervenir un agent provocateur.

Sparkes avait arqué un sourcil.

— Pardon ?

— Un infiltré, monsieur, pour le surveiller. On a étudié ça à la fac et je crois que ça vaut le coup d'essayer, avait-il conclu en décroisant ses longues jambes pour se pencher sur le bureau de Sparkes.

Par automatisme, l'inspecteur avait eu un mouvement de recul – sur son siège et dans sa tête. Ce qui l'ennuyait, ce n'était pas tant que Fry soit plus malin que lui, c'était la confiance que le jeune homme affichait dans la justesse de son raisonnement. *Voilà ce que ça donne d'étudier à l'université*. « Fichues études supérieures, entendait-il maugréer son père. Une foutue perte de temps. C'est bon pour ceux qui ont du fric et rien à faire. »

Pas toi, ajoutait le sous-entendu à l'adolescent de dix-sept ans qui tenait son formulaire d'inscription à la main.

Le sujet avait été clos. Son père était employé du conseil général et se complaisait dans son monde étriqué et familier. La sécurité était son mot d'ordre, et il pressait son fils de nourrir les mêmes ambitions de petite bourgeoisie que lui. « Décroche ton diplôme et trouve-toi un bon petit boulot de bureau, Robert. Un boulot pour la vie. »

Bob avait caché son inscription à l'école de police à ses deux parents – c'est drôle, il pensait toujours à eux comme à une seule personne, papaetmaman – et une fois accepté, il les avait mis devant le *fait accompli*[1]. Il n'avait cependant pas utilisé l'expression « fait accompli » devant eux. Papaetmaman détestaient tout ce qui était étranger.

Il s'en était sorti avec les honneurs dans la police mais son ascension n'avait rien eu de fulgurant. Ça ne fonctionnait pas ainsi à son époque ; des termes tels que « impliqué », « perspicace » et « méthodique » avaient marqué ses évaluations et ses recommandations.

La nouvelle fournée de diplômés à la promotion accélérée grincerait des dents si on la décrivait en ces termes.

— Parlez-moi des chat-rooms, avait-il repris et Fry, qui ne semblait même pas avoir l'âge de se raser, encore moins d'avoir surfé sur Internet en quête de sexe, lui avait appris qu'il avait rédigé une thèse sur le sujet.

— Ma prof de psychologie étudie les effets de la pornographie sur la personnalité. Je suis sûr qu'elle nous aidera.

---

1. En français dans le texte. *(N.d.T.)*

À la fin de la semaine, Sparkes, Matthews et Fry étaient en route pour les Midlands, direction l'université du jeune officier. Le Dr Fleur Jones accueillit les hommes à la porte de l'ascenseur ; elle paraissait si jeune que Sparkes la prit pour une étudiante.

— Nous venons voir le Dr Jones, annonça Matthews.

Fleur s'esclaffa, habituée à la confusion – et la savourant en secret – que ses cheveux teints en rouge, son piercing au nez et sa jupe courte créaient.

— C'est moi. Vous devez être l'inspecteur principal Sparkes et le sergent Matthews. Ravie de vous rencontrer. Bonjour, Dan.

Les trois hommes entassèrent leurs corps massifs dans le box fonctionnel qui servait de bureau à Fleur Jones et, par habitude, Sparkes et Matthews étudièrent les murs. Le tableau d'affichage était recouvert de dessins d'enfants, toutefois en y regardant de plus près, ils comprirent qu'il s'agissait d'images pornographiques.

— Mon Dieu ! s'exclama Bob Sparkes. Qui a fait ça ? Ce n'est pas le genre de dessins que font normalement les enfants à la maternelle.

Une moue patiente apparut aux lèvres du Dr Jones et Fry esquissa un sourire en coin.

— Ça fait partie de mes recherches, répondit-elle. Faire dessiner aux utilisateurs de pornographie réguliers ce qu'ils ont vu sur Internet aide à mettre en exergue des traits de la personnalité et peut leur permettre d'envisager les choses différemment, cela leur donne les moyens de considérer les êtres humains derrière les objets sexuels qu'ils recherchent.

— D'accord, fit Sparkes en se demandant ce que les délinquants sexuels de sa juridiction produiraient si on leur donnait des crayons. Bien, docteur Jones, nous ne voulons pas abuser de votre temps précieux, donc, si nous en venions tout de suite à la raison de notre venue ?

La psychologue croisa ses jambes nues en hochant la tête, l'air décidé. Sparkes s'efforça de copier son attitude mais il ne pouvait pas croiser les jambes sans donner un coup de pied à Matthews et il commença à avoir chaud.

Le Dr Jones se leva et ouvrit la fenêtre.

— L'air devient un peu étouffant, ici. Désolée, la pièce est petite.

Sparkes s'éclaircit la voix et se lança.

— Comme l'officier Fry vous l'a expliqué, nous enquêtons sur la disparition de Bella Elliott. Nous avons un suspect, mais il nous faut une nouvelle approche pour découvrir s'il a enlevé la fillette. Il porte un grand intérêt aux images sexuelles d'enfants et d'adultes vêtus comme des enfants. Il y a des photos sur son ordinateur. Il prétend ne pas les avoir téléchargées volontairement.

Le Dr Jones s'autorisa un semblant de sourire entendu.

— Il est très manipulateur et transforme nos interrogatoires en leçons sur l'art de se défiler.

— Les personnes dépendantes sont des menteurs hors pair, inspecteur. Ils se mentent à eux-mêmes puis à tous les autres. Ils sont dans le déni en ce qui concerne leur problème et ce sont des experts pour se trouver des excuses et d'autres gens à blâmer, déclara le Dr Jones. Dan me dit que vous souhaiteriez entrer en contact avec le suspect dans des chat-rooms consacrées au sexe ?

Elle ne doit pas avoir plus de trente ans, songea Sparkes.

La psychologue laissa la pause s'étirer, le sourire toujours aux lèvres.

— Heu, oui, oui, c'est exact. Mais il faut que nous en apprenions davantage sur ces chat-rooms et sur la manière d'approcher notre homme, se hâta-t-il de répondre.

S'ensuivit un cours sur l'art et la manière de trouver des partenaires sexuels en ligne, que les inspecteurs plus âgés assimilèrent avec peine. Non pas parce qu'ils étaient complètement novices en matière d'informatique mais plutôt parce que la proximité du Dr Jones et de ses longues jambes qui ne cessaient de s'agiter était une distraction qui empêchait une pleine concentration. Par la suite, Dan Fry prit le relais et utilisa l'ordinateur de la psy pour guider ses supérieurs dans le monde virtuel.

— Comme vous le savez, j'en suis sûr, ça marche en gros comme les messageries instantanées, monsieur, expliqua-t-il. Vous vous enregistrez dans une chat-room qui se prétend réservée disons, aux célibataires ou aux adolescents, vous utilisez un pseudo pour dissimuler votre identité, et vous pouvez communiquer avec tous les autres internautes de ce forum ou une seule personne. Vous commencez à bavarder simplement en écrivant des messages courts. Ils ne se voient pas les uns les autres alors chacun peut être n'importe qui. C'est ce qui attire les prédateurs. Ils peuvent endosser une nouvelle identité, changer de genre, d'âge. C'est le loup déguisé en agneau.

Une fois le contact établi avec un individu intéressant – une jeune ado par exemple –, le prédateur pouvait convaincre sa proie de lui communiquer son adresse électronique pour que la relation se poursuive en privé.

— À partir du moment où ils sont en tête à tête, tout est possible. Entre adultes consentants, ça ne pose pas de problème, mais certains jeunes se sont fait piéger ou manipuler, photographier dans des poses explicites, via la webcam. Le prédateur peut ensuite les faire chanter pour qu'ils accomplissent d'autres actes. Des jeunes vies gâchées, ajouta Fry.

L'exposé terminé, Sparkes tenta sa chance dans une chat-room réservée aux plus de dix-huit ans. Matthews avait suggéré Supermâle comme pseudo et ricana quand son patron opta plutôt pour M. Darcy – le personnage préféré d'Eileen. Mais M. Darcy fut accueilli par une flopée de messages aguicheurs de la part de prétendantes au rôle d'Elizabeth Bennet qui virèrent rapidement aux propositions sexuelles sans ambiguïté.

— Nom de Dieu ! s'exclama-t-il tandis que les messages explicites défilaient à l'écran. Quelle claque pour Jane Austen !

Le Dr Jones pouffa dans son dos. Il se déconnecta et se tourna vers elle.

— Mais comment trouver Glen Taylor ? s'enquit-il. Il doit exister des centaines de chat-rooms de ce genre.

Fry avait un plan.

— C'est certain, mais son ordinateur est en notre possession et nous savons quels sites il a visités. Taylor est malin et, quand les effets de l'Opération Gold ont commencé à se faire sentir, il a sûrement supprimé les dossiers et les données, mais ils existent encore, là, sur le disque dur, invisibles pour lui mais tout à fait repérables pour les types du labo scientifique. Ils ont déterré des tas d'informations en tout genre et nous savons où il a traîné.

Sparkes se surprit à acquiescer, séduit à l'idée de la tête que ferait Taylor quand il l'arrêterait. Il pouvait presque humer l'odeur pestilentielle que dégageait la culpabilité de Taylor. Il tenta de se concentrer sur l'aspect pratique.

— Et ce « nous » englobe qui, au juste ? demanda-t-il.

— Fleur et moi élaborerons un personnage, une histoire et un scénario contenant des mots-clés, poursuivit l'officier Fry, les joues rosies par l'excitation.

Le Dr Jones marmonna son assentiment.

— Ça pourrait se révéler d'une grande utilité pour mes recherches.

L'affaire semblait entendue, puis Matthews se manifesta, soulevant la question que personne n'avait posée.

— Est-ce que c'est légal ?

Les autres le dévisagèrent.

— Est-ce que ça sera admis comme preuve au tribunal, monsieur ? Ça pourrait être considéré comme de l'incitation à commettre un délit, insista-t-il.

Sparkes se demanda si Matthews n'était pas un peu jaloux du petit nouveau. Il ignorait les réponses à ces questions mais Fry lui permit de botter en touche.

— Nous ne sommes pas encore au tribunal, monsieur. Voyons déjà où ça nous mène. Il sera toujours temps de se poser la question ensuite.

Matthews avait l'air mécontent mais Sparkes approuva d'un hochement de tête.

CHAPITRE 22

Mardi 12 juin 2007
La veuve

C'est curieux, les anniversaires. Tout le monde aime ça apparemment, mais moi, je les redoute – les préparatifs, l'obligation d'être heureux, de passer un bon moment, la déception quand ce n'est pas le cas. J'ai trente-sept ans aujourd'hui et Glen est au rez-de-chaussée, à me préparer un plateau de petit déjeuner. Il est encore tôt et je n'ai pas faim, je sais que la nourriture aura la consistance de la sciure dans ma bouche, mais il faudra que je feigne l'enthousiasme et que je le remercie. Que je lui dise que je l'aime. Je l'aime, c'est vrai. Il est mon univers ; mais ça n'empêche qu'à chaque anniversaire, je me demande si cette année le miracle se produira enfin et si nous aurons un bébé.

J'essaie de ne pas trop ruminer, mais les anniversaires sont difficiles. C'est là qu'on prend conscience qu'une année de plus s'est écoulée, pas vrai ? Je sais qu'il y a d'autres choses autour, mais c'est plus fort que moi.

Nous pourrions adopter à l'étranger. J'ai lu des articles à propos de l'adoption en Chine, mais impossible d'évoquer le sujet avec Glen sans le contrarier.

Le voilà qui monte. J'entends les tasses et les assiettes s'entrechoquer sur le plateau. Il est tout sourire quand il entre ; un vase avec une rose rouge est posé à côté de l'œuf à la coque. Il entonne « Joyeux anniversaire » tout en approchant de mon côté du lit, avec une drôle de voix pour me faire rire.

— Joyeux anniversaire, Janie. Joyeux anniversaire ! chantonne-t-il avant de m'embrasser sur le front, le nez et la bouche.

Le geste me fait fondre en larmes, il retire le plateau de mes genoux et s'assied pour me prendre dans ses bras.

— Pardon, mon amour. Je ne sais pas ce qui ne va pas chez moi, dis-je en tentant de sourire.

Il me fait signe de me taire et se rend à la penderie chercher sa carte et son cadeau.

De la broderie anglaise blanche avec des nœuds roses. Une chemise de nuit, comme celles des petites filles modèles.

— C'est adorable, dis-je en l'embrassant. Merci, chéri.

— Essaie-la.

— Tout à l'heure. Je dois aller aux toilettes.

Je n'ai pas envie de l'enfiler. Je vais dans la salle de bains et avale une pilule de Janie. Je hais les anniversaires.

Juste avant l'anniversaire de Bella, en avril, le premier depuis sa disparition, je suis allée lui acheter une carte. J'ai passé des heures devant le présentoir à contempler les images et les messages ; j'en ai choisi une avec les Teletubbies et un pin's sur lequel était écrit « J'ai 3 ans ! » parce que j'avais lu dans les journaux que c'étaient ses personnages préférés.

Je ne savais pas quoi écrire alors je suis allée m'asseoir sur un banc dans le parc pour penser à elle. Je n'étais pas triste car je savais qu'elle était en vie. Sa mère et moi le croyions. Glen aussi. Nous pensions qu'un couple qui avait perdu son enfant l'avait enlevée avant de s'enfuir à l'étranger. Je me demandais si la police avait envisagé cette hypothèse. Je me doutais que Glen leur avait fait part de sa théorie.

J'ai écrit : « Très chère Bella, joyeux anniversaire. J'espère que tu rentreras bientôt chez toi » et j'ai ajouté des bisous. Je la lui ai adressée personnellement, *Mademoiselle Bella Elliott*. Je ne connaissais pas le numéro de sa maison mais j'ai fait confiance au facteur. La mère racontait qu'elle recevait des dizaines de lettres par jour. Elle a déclaré dans « Woman's Hour » que certains courriers provenaient de « détraqués » qui écrivaient des choses dégoûtantes, comme le fait qu'elle méritait de perdre Bella. L'une de ces lettres devait être de moi.

J'avais écrit au début, quand je la maudissais d'avoir laissé Bella toute seule alors que moi je ne pouvais même pas avoir de bébé. Je voulais qu'elle sache qu'elle avait commis une faute terrible. Cette lettre non plus je ne l'avais pas signée.

J'ai collé un timbre sur la carte d'anniversaire, toute rebondie à cause du pin's à l'intérieur et je suis rentrée à la maison en passant par la poste.

Le jour en question, le 28 avril, Dawn a été invitée dans une émission télé matinale. Elle portait le pin's que j'avais envoyé à côté de son badge « Trouver Bella » et elle tenait à la main un petit gâteau surmonté de trois bougies. Elle a remercié tout le monde pour les gentilles cartes et les cadeaux en disant qu'elle ne les déballerait pas tant que Bella ne serait pas rentrée. La femme qui l'interviewait en a eu la gorge serrée par l'émotion.

J'ai ouvert le cadeau que je lui avais acheté – une poupée aux cheveux d'or en robe rose et blanc que j'ai posée sur mon lit.

Je pouvais le faire car Glen n'était pas là. Il était parti faire un tour en voiture. Il ne rentrerait pas avant un moment et j'avais tout loisir de passer du temps avec Bella.

Je garde des photos d'elle que j'ai découpées dans les journaux et les magazines. J'ai décidé de ne pas la mettre dans l'album parce qu'elle est réelle et spéciale, et j'espère bien la rencontrer un jour. Quand elle rentrera à la maison.

J'ai tout prévu. Nous nous rencontrerons dans un parc et elle saura qui je suis ; elle courra vers moi en riant, manquant trébucher dans sa précipitation. Ses petits bras s'enrouleront autour de mes jambes et je me pencherai pour l'attraper et la faire tourner dans les airs.

C'est la rêverie que je préfère, mais elle commence à prendre le pas sur mon quotidien. Il arrive que je reste assise à la table de la cuisine et soudain la pendule m'indique que je m'y trouve depuis plus d'une heure sans que je m'en sois rendu compte. Parfois, je suis en larmes sans bien savoir pourquoi. Je suis allée consulter le médecin. Je n'ai pas évoqué Bella mais il était au courant de la « situation » de Glen, comme il a dit, et j'en suis repartie avec une nouvelle ordonnance. « Vous avez besoin de tranquillité d'esprit, madame Taylor, a-t-il déclaré en arrachant la feuille de son carnet. Avez-vous envisagé de vous éloigner quelque temps ? »

Ses intentions étaient bonnes mais rien ne sert de s'éloigner. Ce n'est pas en montant à bord d'un avion pour une destination lointaine que je supprimerai les pensées. Je ne les contrôle pas – je ne contrôle plus rien. *Je suis passagère pas conductrice*, ai-je envie de répliquer. Quoi qu'il en soit les pilules devraient m'aider à continuer d'être Janie quand j'ai besoin de l'être.

La mère de Bella passe tout le temps à la télé. Elle a été interviewée dans toutes les émissions, crachant la même rengaine sur « son ange » et comment elle pleure jusqu'à épuisement tous les soirs. Elle ne rate jamais une occasion. Je me demande si on la paie pour ça.

Je pose la question, un soir dans une émission de libre antenne à la radio. Chris de Catford prend la parole tout de suite après moi pour me soutenir : « Quel genre de mère est-elle ? » hurle-t-il. Je suis bien contente que d'autres aussi voient son vrai visage.

Depuis que j'ai « pris ma retraite », comme dit Glen, je passe mes journées à regarder la télé, à faire des mots fléchés et à participer à des libres antennes. C'est drôle, avant je croyais que la radio c'était pour les gens intelligents, à cause de toutes ces discussions. Mais j'ai commencé à écouter la station commerciale locale pour me tenir compagnie et je me suis fait happer. Il existe une sorte de gang des auditeurs qui appellent : les mêmes voix, semaine après semaine. Le vieux qui veut mettre tous les immigrants dehors, la femme qui n'arrive pas à prononcer les « R » qui pense que les politiciens devraient être jetés en « pwison », le jeune qui accuse les femmes d'être responsables de la montée des crimes sexuels. Ils prennent la parole déjà bien en colère et leurs voix montent dans les aigus à mesure qu'ils s'échauffent. Peu importe le sujet, ils sont toujours outrés, et je suis devenue accro.

Un jour, finalement, j'ai décroché le téléphone alors qu'ils débattaient de la possibilité ou pas de soigner les pédophiles. J'ai dit que je m'appelais Joy et que les pédophiles devraient être pendus haut et court. Le public a apprécié parce que des tonnes d'appels ont suivi pour approuver. Et c'était parti. J'étais une des leurs. Je changeais de nom presque chaque semaine. Ann, Kerry, Sue, Joy, Jennie, Liz. C'était fantastique d'être quelqu'un d'autre, même si ça ne durait que quatre-vingt-dix secondes, et d'être écoutée sans qu'on sache à qui j'étais mariée et sans qu'on me juge.

J'ai découvert que j'avais un avis sur beaucoup de choses. Je pouvais être madame colère ou une « libérale au cœur sensible » comme disait Glen. Je pouvais être qui je voulais.

Et ça a mis fin à ma solitude. Bien sûr, Lisa avait disparu avec le reste de ma vie. Au début, elle continuait à téléphoner et à m'inviter chez elle. Elle voulait tout savoir et se montrait très gentille avec moi. Elle disait qu'elle ne croyait pas un mot de tout ce qu'on racontait. Mais les enfants ont cessé de venir chez nous. Il y avait toujours une excuse : Kane était enrhumé, Daisy répétait son gala de danse, la sœur de Lisa séjournait chez eux. Puis elle a cloué le portail entre nos jardins. Un seul clou, planté en hauteur.

— Je craignais les cambrioleurs, a-t-elle expliqué. Tu comprends, Janie ?

J'ai essayé.

CHAPITRE 23

Lundi 18 juin 2007
L'inspecteur

Au cours du week-end, les réflexions de Dan Fry et Fleur Jones les avaient conduits à inventer le nom de Jodie Smith. Jodie car, selon eux, le prénom avait une connotation enfantine et Smith pour l'anonymat. Jodie avait vingt-sept ans et venait de Manchester ; secrétaire dans un bureau administratif, abusée enfant par son père, s'habiller comme une petite fille l'excitait.

— Ce n'est pas très subtil, fit remarquer Sparkes quand ils lui présentèrent une première ébauche de son épouvantable passé. Il va tout de suite sentir l'arnaque. Ne pourrait-on pas nuancer un peu les choses ? Après tout, pourquoi une femme qui a été sexuellement agressée enfant voudrait revivre l'expérience une fois adulte ?

Fry poussa un soupir. Il était impatient de poursuivre, d'accomplir enfin un vrai travail d'enquête au lieu d'être le factotum de ses supérieurs, il sentit pourtant l'ambiance changer dans la pièce : l'inspecteur principal battait en retraite.

— C'est une bonne question, monsieur, répondit-il en utilisant sa technique de renforcement positif préférée.

Sparkes se dit que Fry était un petit merdeux condescendant mais décida de l'écouter jusqu'au bout.

Le jeune officier fit remarquer que Jodie était modelée sur une affaire réelle et qu'elle s'inspirait donc d'une analyse psychologique détaillée des motivations, du trouble de stress post-traumatique, de l'extériorisation et de l'aspect le plus sombre de la sexualité humaine. Sparkes sembla impressionné et intéressé, ses craintes repoussées dans un coin pour le moment.

— Qu'en dit le Dr Jones ? A-t-elle validé ce profil ? s'enquit-il.

— Oui, enfin presque, monsieur, répondit Fry. Je lui ai lu au téléphone ce matin la dernière version et elle a paru satisfaite ; je vais la lui envoyer par e-mail pour qu'elle me fasse part de ses remarques.

— D'accord. Quand nous aurons son approbation, nous présenterons notre stratégie à l'inspecteur divisionnaire, annonça Sparkes.

L'inspecteur divisionnaire Brakespeare raffolait des nouvelles idées. L'innovation était sa devise, avec une poignée d'autres stéréotypes de management ; en outre, fait décisif, il était aussi déterminé que Sparkes à coincer Taylor.

— Nous pourrions nous faire un nom avec ça, affirma-t-il en se frottant les mains. Parlons-en au commissaire divisionnaire.

Ils décidèrent de se présenter avec toute l'équipe devant le commissaire divisionnaire Parker. La réunion fut des plus classiques. Le Dr Jones arriva vêtue de ce qui ressemblait à un pyjama, un diamant scintillant à la narine, et Parker en uniforme, les cheveux gominés, s'assit derrière son bureau de Maître de l'Univers.

Il écouta en silence l'inspecteur divisionnaire Brakespeare exposer le plan et estimer les risques, puis il mentionna les lois requises pour agir sous couverture, et se moucha avant d'ajouter :

— Quelle preuve avons-nous que cela va marcher ? A-t-on déjà essayé ? J'ai le sentiment qu'il s'agit d'une incitation à commettre un délit.

Brakespeare, Sparkes et Fry répondirent chacun leur tour puis le Dr Jones intervint à coups de données scientifiques et de charme. Au final, le commissaire divisionnaire Parker leva les mains et prononça son jugement.

— Tentons le coup. Si nous ne trouvons pas de preuve ainsi, de toute façon, nous aurons peu de chances d'aller au tribunal. Veillons à garder les mains propres : ni provocation ni incitation. On agit dans les règles de l'art. Trouvons une preuve et ensuite nous verrons si un juge l'admet. Ne nous voilons pas la face, si Taylor nous mène à un cadavre, la façon dont nous y serons parvenus importera peu.

Il pria Sparkes de rester pendant que les autres quittaient son bureau et l'interrogea au sujet de Fleur Jones.

— Elle est un peu toquée, non ? On dirait qu'elle s'est habillée dans le noir et c'est elle notre expert ? Comment tiendra-t-elle dans un contre-interrogatoire ?

Sparkes se rassit.

— Très bien, monsieur. Elle maîtrise son sujet ; elle a des tas de diplômes et de thèses, à n'en plus savoir que faire.

Parker semblait sceptique.

— Elle est experte en déviance sexuelle et travaille fréquemment avec des criminels, insista Sparkes. Et encore, il ne s'agit que de l'administration universitaire !

Sa plaisanterie tomba à plat.

— Certes, acquiesça le commissaire divisionnaire. D'accord, elle a les qualifications requises, mais pourquoi elle et pas nos propres agents ?

— Parce qu'elle entretient déjà une excellente relation de travail avec Fry ; il a confiance en elle. Et elle présentera bien devant un jury.

— C'est votre responsabilité, Bob. Voyons comment elle s'en sort mais veillez à être présent à chaque étape.

Sparkes referma doucement la porte.

Il rejoignit Fleur Jones et les autres dans le laboratoire médico-légal afin de visiter le terrain de jeu virtuel de Glen Taylor. L'expérience n'avait rien d'édifiant mais le Dr Jones parut la moins touchée de tous. Ils se postèrent derrière le technicien qui faisait défiler les sites et les forums trouvés sur le disque dur de Taylor lors de leur première perquisition, repérant ceux qui avaient sa préférence, le nombre de visites qu'il en avait fait, le temps qu'il y était resté et ses autres habitudes. LolitaXXX semblait être son site porno préféré et il traînait sur les forums Teen Fun et Girls Lounge, utilisant cinq alias différents, y compris QuiEstTonPapa et PapaOurs. Matthews esquissa un rictus.

— On est loin de M. Darcy, finalement, patron.

Les conversations publiques de Taylor étaient plutôt inoffensives, charmeuses et rigolotes – du genre havardage de soirée entre ados. Les contenus plus explicites s'échangeaient loin des forums. La boîte de réception d'une adresse électronique ne servant qu'à ses « sexcursions », ainsi que les appelait Taylor dans ses e-mails, leur offrit une vision autrement plus sinistre de son monde secret. Là, il convainquait d'autres de le rejoindre. D'après les photos qu'on lui envoyait, il s'agissait d'adolescentes, parfois d'adultes, mais toutes ressemblaient à des enfants.

Sparkes demanda qu'on imprime les conversations sur les forums ainsi que les messages privés ; Fry les emporta pour en discuter avec le Dr Jones.

— Vous le croyez prêt pour ça ? s'enquit Matthews. Il vient juste d'arriver et il n'a aucune expérience du terrain.

— Je sais, mais il possède la connaissance... et nous l'accompagnerons à chaque étape. Laissons-lui une chance, répondit Sparkes.

Au retour de Fry et de son professeur dans le bureau de Sparkes, Matthews ne put s'empêcher de s'esclaffer :

— Vous allez vous appeler BouclesD'or ? Vraiment ?

Fry hocha la tête.

— Nous pensons que ça titillera son intérêt pour les enfants et l'imaginaire, expliqua-t-il.

— Nom de Dieu. Je parie qu'il ne tombera pas dans le panneau.

Pourtant, si. BouclesD'or rencontra PapaOurs et flirta gentiment pendant une semaine. Fry et Matthews restèrent assis pendant des heures devant l'écran d'ordinateur, leur vie professionnelle compressée dans une pièce minuscule du service médico-légal éclairée par un néon bourdonnant, le parcours fictif de Jodie affiché sur un mur à côté d'eux. Fry avait trouvé sur Facebook la photo d'une fille qui lui plaisait à la fac et avait collé un agrandissement de son portrait juste au-dessus de l'écran.

— Salut BouclesD'or.

— Ça roule ?

— Comment tu vas ce soir ?

Sparkes jetait de temps à autre un œil par-dessus son épaule et éprouvait un mélange d'excitation et de dégoût à mesure que se poursuivait la danse nocturne avec Glen Taylor. Fleur Jones avait prodigué à Dan Fry de nombreux conseils et elle pouvait être jointe par téléphone à tout moment s'ils avaient besoin d'elle, mais même avec Matthews dans la pièce, Sparkes craignait que sa nouvelle recrue ne se sente bien seule.

Il prenait des risques et il se rendit compte qu'il ne s'agissait pour Fry que de grimper les échelons. Mais Sparkes savait également que ce coup pouvait signer la fin de sa carrière s'il tournait mal.

— Ça va marcher, ne cessait de répéter Fry quand le moral retombait.

De temps en temps, un autre membre de l'équipe passait la tête par la porte.

— Tu l'as baisé, ça y est ? demanda l'un d'eux.

— Il t'a demandé de quelle couleur étaient tes yeux ? interrogea un autre.

Matthews s'esclaffa – mais Sparkes comprit que le jeune homme trop gradé était devenu une attraction. Un soir, il aperçut le reflet de Fry dans la fenêtre derrière le bureau. Il s'était reculé du clavier, affalé, les jambes écartées et le dos courbé. Se rendant peut être compte que sa posture reflétait celle de sa proie, Fry se redressa instinctivement.

Fry devait aussi converser avec d'autres types sur les forums pour que Taylor ne se sente pas visé, et l'humour puéril et les allusions grivoises incessantes l'épuisaient. Il les imaginait parfaitement, disait-il, avec leur T-shirt de *heavy metal* et leur début de calvitie.

Sparkes commença à craindre que jouer les appâts ne se révèle trop éprouvant pour lui.

Il ne pouvait en tout cas pas reprocher son dévouement au jeune homme ; il surprit Fry en train de feuilleter des magazines féminins pour entrer dans son personnage et se mettre à parler de syndrome prémenstruel, au grand dégoût de Matthews.

Et tout ce processus était si long. Après quinze nuits sur les forums, Matthews s'impatientait et il annonça à son patron que c'était une perte de temps.

— Qu'en dites-vous, Daniel ?

C'était la première fois que Sparkes appelait son officier subordonné par son prénom et celui-ci comprit que cette manœuvre visait à lui confier les commandes.

— Nous sommes en train de bâtir une relation avec lui parce que nous ne voulons pas qu'il s'agisse juste d'une séance de sexe virtuel rapide. Nous voulons qu'il parle. Attendons encore une semaine.

Sparkes approuva et Fry, rayonnant de fierté et galvanisé par ce sentiment de pouvoir nouvellement acquis, téléphona à son ancien professeur pour la presser d'augmenter la mise. Elle se montra plutôt dubitative au début, mais ils convinrent que Jodie devrait jouer les femmes inaccessibles et disparaître un jour ou deux, avant de frapper un grand coup.

— Où étais-tu passée ? demanda PapaOurs quand BouclesD'or réapparut. J'ai cru que je t'avais perdue dans les bois.

— Mon papa a dit que j'étais trop souvent sur l'ordinateur, répondit BouclesD'or. Il m'a punie.

Ils savaient tous les deux qu'elle avait vingt-sept ans, mais le jeu se poursuivit.

— Comment ?

— Je ne veux pas le dire. Je pourrais avoir encore des ennuis.

— Allez.

Alors elle lui raconta. PO, comme elle le surnommait désormais, était ferré.

— Et si on se rencontrait quelque part sur le Net où ton père ne pourrait pas nous trouver ? proposa-t-il.

CHAPITRE 24

Mardi 10 juillet 2007
L'inspecteur

Glen Taylor expliqua à sa nouvelle amie qu'il tapait sur son clavier en essayant de faire le moins de bruit possible car toute la maisonnée dormait, à part lui.

Bouclettes, comme il l'appelait désormais, avait fini par envoyer une photo d'elle, en pyjama de poupée, et il cherchait à la convaincre de le retirer.

L'inspecteur principal Sparkes avait requis la présence du Dr Jones pour les échanges de messages privés avec Taylor et tous deux étaient installés derrière Dan Fry, à peine éclairés par la lueur de l'écran.

— Tu es si belle, Bouclettes. Ma jolie petite fille.

— Ta vilaine petite fille, oui. Tu sais que je ferai ce que tu voudras.

— C'est vrai. Ma vilaine petite fille.

S'ensuivit une série d'instructions de la part de PO que Bouclettes prétendit suivre et apprécier. Après quoi, Dan Fry passa à la vitesse supérieure. Il déviait du script élaboré par le Dr Jones mais sa patience s'amenuisait.

— Tu as déjà eu une petite fille avant ? demanda Fry.

Dans le reflet de la vitre, Sparkes vit Fleur lever la main pour lui intimer la prudence.

— Oui.

— Est-ce que c'était une vraie petite fille ou une comme moi ?

— J'aime les deux, Bouclettes.

Le Dr Jones lui signifia de revenir au plan initial. Ils allaient trop vite, mais Taylor semblait sur le point de se livrer.

— Parle-moi des autres petites filles. Qu'est-ce que tu faisais avec elles ?

Alors, Glen Taylor se confia. Il raconta ses aventures nocturnes sur le Net, ses rencontres, ses déceptions et ses succès.

— Mais tu ne l'as jamais fait en vrai ? Dans la vraie vie ? demanda Dan ; tous les trois retinrent leur souffle.

— Ça te plairait, Bouclettes ?

Sparkes tendit la main pour l'arrêter mais Fry était déjà en train de taper.

— Oui, ça me plairait beaucoup.

Il répondit que oui, il l'avait déjà fait. Il avait trouvé une vraie petite fille une fois. Sparkes se sentit défaillir. Tout se déroulait trop vite pour qu'il puisse réfléchir avec objectivité et discernement. Il regarda Fleur Jones qui se leva de son siège et vint se poster derrière son protégé.

Fry tremblait tellement qu'il arrivait à peine à taper.

— Je suis tout excitée. Parle-moi de la vraie petite fille.

— Son nom commençait par un B. Tu devines ?

— Non. Dis-moi.

Le silence dans la petite salle était étouffant, les secondes s'égrenaient tandis qu'ils attendaient que tombe l'aveu final.

— Désolé, Bouclettes, je dois filer. On frappe à ma porte. On se reparle plus tard…

— Merde, éclata Fry en laissant tomber sa tête sur le bureau.

— Je ne crois pas qu'on l'ait perdu, on le tient toujours, déclara Sparkes en jetant un regard au Dr Jones qui acquiesça avec vigueur.

— Il en a assez dit pour moi.

— Voyons ça avec les supérieurs, lâcha Sparkes en se levant. Excellent travail, Fry. Vraiment excellent.

Huit heures plus tard, ils se trouvaient tous les trois dans le bureau de l'inspecteur divisionnaire, à exposer les éléments rassemblés pour arrêter et inculper Glen Taylor.

L'inspecteur divisionnaire Brakespeare les écouta avec attention, il lut les transcriptions et prit des notes, avant de se prononcer.

— Il n'a jamais évoqué le nom de Bella explicitement ? demanda-t-il.

— Non, jamais… commença Sparkes.

— Fry l'a-t-il incité de manière trop ouverte ?

— Nous avons consulté le service juridique, à première vue, ils sont confiants. La frontière est toujours un peu floue, non ?

— Mais, poursuivit Brakespeare en lui coupant la parole, il a tout de même écrit avoir pris une vraie petite fille dont le prénom commence par un B.

Faisons-le revenir et confrontons-le à ses déclarations. On n'a qu'à dire que nous disposons du témoignage de BouclesD'or.

Tous acquiescèrent.

— Nous avons de très bonnes raisons d'avoir procédé ainsi : sa présence dans le secteur le jour en question, la camionnette bleue, la pédopornographie sur son ordinateur, sa nature prédatrice qui ressort de ses aventures dans les chat-rooms, un alibi peu solide fourni par son épouse. Et surtout, le risque de récidive.

Une nouvelle fois, tous hochèrent la tête de concert.

— Vous croyez que c'est notre homme, Bob ? finit par demander Brakespeare.

— Oui, je le crois, croassa Sparkes, la bouche rendue sèche par l'excitation.

— Moi aussi. Mais il nous faut davantage pour l'épingler. Passez-le au peigne fin, Bob. Reprenez tout depuis le début quand il sera ici. Il doit y avoir quelque chose qui le relie à la scène de crime.

L'équipe retourna dans la banlieue sud de Londres pour repartir de zéro.

— Embarquez tout ce qu'il a jamais porté, ordonna Sparkes. Tout. Vous me videz ses placards.

Le hasard voulut qu'ils emportent également la doudoune noire de Jane Taylor. Le manteau était coincé entre l'anorak et une chemise de son mari ; il fut emballé et étiqueté avec le reste.

Le technicien qui reçut les sacs les rangea en fonction de leur contenu et commença par examiner les manteaux, susceptibles d'avoir été en premier en contact avec la victime.

Les poches furent vidées et leur contenu emballé. Ils ne trouvèrent qu'une seule chose. Un bout de papier rouge, aussi grand que l'ongle du pouce du technicien. Dans le silence du laboratoire, il procéda aux analyses, en quête d'empreintes ou de fibres, récupérant les indices avec des bandes adhésives avant de les répertorier avec soin.

Pas d'empreintes, mais des particules de poussière et ce qui ressemblait à un poil d'animal. Plus fin qu'un cheveu humain, mais il devait l'examiner au microscope pour déterminer plus en détail la couleur et l'espèce.

Il retira ses gants et se dirigea vers le téléphone fixé au mur.

— Passez-moi l'inspecteur principal Sparkes, je vous prie.

Sparkes dévala les marches deux par deux. Le technicien lui avait assuré qu'il n'était pas nécessaire de venir – « Il est trop tôt pour en être sûr, monsieur » – mais Sparkes désirait voir de ses yeux ce bout de papier. Pour se rassurer sur son existence et veiller à ce qu'il ne disparaisse pas dans un nuage de fumée.

— Nous sommes en train de comparer les particules de terre avec celles retrouvées dans la camionnette de Glen Taylor lors de la première fouille, lui annonça le technicien avec calme. S'il y a une correspondance, nous pourrons alors affirmer que ce papier se trouvait dans la camionnette. De plus, nous pourrons vous dire de quelle sorte de papier il s'agit, monsieur.

— Je parie que c'est un bout d'emballage de Skittles, fit Sparkes. Vous avez vu la couleur ? Au travail, mon vieux ! Savez-vous de quelle espèce d'animal provient le poil ? Est-ce que ça pourrait être un chat ?

Le laborantin leva la main pour l'arrêter.

— Je pourrai vous dire assez vite s'il s'agit d'un chat. Je vais le passer au microscope. Mais nous ne pourrons pas déterminer à quel animal en particulier il appartient. Ça ne marche pas comme pour les humains. Même si nous avions d'autres poils auxquels le comparer, nous ne pourrions pas affirmer avec certitude qu'il provient du même animal. Le mieux que l'on puisse faire – avec de la chance – c'est confirmer qu'il provient d'un animal de la même race.

Sparkes se passa les mains dans les cheveux.

— Nous allons récupérer des échantillons de Timmy, la chatte des Elliott, au plus vite et nous verrons bien.

Comme il s'attardait un peu, le technicien lui fit signe de partir.

— Laissez-nous le temps. Je vous appelle dès que j'ai les résultats.

De retour dans son bureau, il dessina avec l'aide de Matthews un schéma pour représenter les nouveaux indices potentiels afin d'en déterminer l'importance.

— Si le papier provient d'un emballage de Skittles et le poil d'un chat de la même race que Timmy, cela pourrait placer Jane Taylor sur la scène de crime, déclara Matthews. C'est son manteau. Forcément. Il est trop petit pour appartenir à Glen.

— Je vais la chercher pour l'interroger, annonça Sparkes.

CHAPITRE 25

Jeudi 12 juillet 2007
La veuve

Bien entendu, la police ne lâche pas le morceau. Ils en ont après Glen avec sa camionnette, sa prétendue pédopornographie et sa « faute professionnelle ». Ils ne vont jamais le laisser partir. Ils chercheront à l'inculper pour ces photos s'ils ne trouvent rien d'autre, dixit son avocat.

Les visites et les appels de l'inspecteur Sparkes font partie de notre quotidien désormais. La police est en train de monter un dossier et nous sommes sur la touche.

J'ai dit à Glen qu'il devrait avouer à la police pour son « travail en extra » et l'endroit où il se trouvait le jour en question, mais il persiste à penser que ça ne ferait qu'empirer les choses.

— Ils croiront qu'on leur a menti sur tout, Janie, réplique-t-il.

J'ai peur de faire une gaffe qui rendrait la situation pire qu'elle n'est déjà, de dire ce qu'il ne faut pas. Mais au final, c'est Glen qui nous trahit, pas moi.

Aujourd'hui, la police est venue le chercher pour lui poser de nouvelles questions. Ils l'ont ramené à Southampton. Au moment de partir, il m'a embrassée sur la joue et m'a demandé de ne pas m'inquiéter.

— Ça va aller, tu sais.

J'ai hoché la tête. Puis j'ai attendu.

Les policiers ont saisi d'autres affaires de Glen. Tous les habits et toutes les chaussures qu'ils n'avaient pas emportés la première fois. Ils ont pris des vêtements qu'il venait juste d'acheter. J'ai essayé de les prévenir mais ils n'ont rien voulu savoir et ont répondu qu'ils embarquaient tout. Ils ont même emporté ma doudoune par erreur. Je l'avais suspendue de son côté de l'armoire parce qu'il n'y avait plus de place du mien.

Le lendemain, Bob Sparkes est venu me chercher et m'a conduite à Southampton pour m'interroger. Il n'a pas dit grand-chose dans la voiture sinon qu'il voulait que je l'aide dans son enquête.

Cependant, une fois au commissariat, il m'a fait asseoir dans une salle d'interrogatoire et il m'a lu mes droits. Puis il m'a demandé si j'avais enlevé Bella. Avais-je aidé Glen à enlever Bella ?

Je n'arrivais pas à croire qu'il me pose une telle question. Je n'arrêtais pas de répéter « Non, bien sûr que non. Et Glen non plus ne l'a pas enlevée ! » mais il n'écoutait pas. Il a poursuivi.

Tel un prestidigitateur, il a sorti un sachet en plastique dans lequel je n'ai rien vu au début. Puis, tout au fond, j'y ai distingué un bout de papier rouge.

— Nous avons trouvé ceci dans la poche de votre manteau, madame Taylor. Ça provient d'un paquet de Skittles. Est-ce que vous mangez des Skittles ?

Pendant un moment, je n'ai pas eu la moindre idée de ce dont il parlait, puis je me suis rappelé. Il devait s'agir du bout de papier que j'avais ramassé sous le tapis de la camionnette.

Il a remarqué mon visage qui changeait d'expression et il a continué à me harceler. À répéter le nom de Bella. J'ai dit que je ne me rappelais pas mais il savait que je mentais.

J'ai fini par lui avouer, pour qu'il cesse de me poser la question. Il s'agissait sans doute du bout de papier que j'avais trouvé dans la camionnette. Un détritus, tout pelucheux et poussiéreux. Je l'avais mis dans ma poche pour le jeter plus tard et j'avais oublié.

J'ai répété que ce n'était qu'un papier de bonbon mais M. Sparkes a ajouté qu'ils avaient trouvé un poil de chat collé dessus. Un poil de chat gris. Comme celui dans le jardin de Bella. Selon moi, ça ne prouvait rien du tout. Le poil avait pu arriver là n'importe comment. Mais j'ai quand même dû faire une déposition.

J'espérais qu'ils n'en parleraient pas à Glen avant que je puisse lui expliquer. Lorsque nous rentrerions tous les deux à la maison, je lui dirais qu'ils m'avaient obligée à leur avouer. Que ce n'était pas important. Mais je n'en ai pas eu l'occasion. Glen n'est pas rentré à la maison.

Il avait continué à regarder du porno sur Internet, l'imbécile. Quand Tom Payne, l'avocat de Glen, me l'a appris, j'en suis tombée des nues. Il avait toujours été le plus malin dans notre couple.

La police avait embarqué son ordinateur, bien sûr, mais il s'était acheté un portable d'occasion et un routeur Wi-Fi – « Pour le travail, Janie » – et il s'installait dans la chambre d'amis pour visiter les chat-rooms pour adultes ou quel que soit leur nom.

Leur plan était très rusé ; un officier de police s'est fait passer pour une jeune femme sur Internet et a pris contact avec lui. Elle se faisait appeler BouclesD'or. Qui serait assez débile pour tomber dans ce panneau ? Glen, apparemment.

Ils ne se contentaient pas de discuter, non plus. Tom souhaitait me préparer à ce qui pourrait paraître dans les journaux, alors il a fini par m'avouer que BouclesD'or et Glen entretenaient une relation sexuelle virtuelle. « C'est du sexe sans se toucher, a précisé Glen pour tenter de m'expliquer la première fois où je lui ai rendu visite. Ce ne sont que des mots, Janie. Des mots écrits. On ne se parle pas, on ne se voit même pas. C'est comme si ça se passait dans ma tête. C'est un fantasme. Tu comprends, n'est-ce pas ? Je suis tellement sous pression à cause de ces accusations. Je ne peux pas m'en empêcher. »

J'essaie de comprendre. De toutes mes forces. Je n'arrête pas de me répéter que c'est une addiction. Ce n'est pas sa faute. Je me focalise sur les véritables méchants de l'histoire. Glen et moi sommes très en colère contre les policiers et ce qu'ils ont fait.

Je ne pouvais pas croire qu'il s'agissait de missions professionnelles. Comme une prostituée. C'est ce que Glen a dit, aussi. Avant de découvrir que BouclesD'or était un homme. Le coup a été dur à encaisser pour lui ; il pensait que la police mentait dans le but de faire croire qu'il était homosexuel. Je n'ai pas pipé mot. J'étais focalisée sur l'idée du sexe virtuel, alors quant à savoir avec qui il le faisait… Bref, ce n'était pas son plus gros problème.

Il s'était confié sans retenue à BouclesD'or. Glen m'a avoué que, pour l'impressionner, il lui avait raconté qu'il détenait des informations sur une grosse enquête de la police. Elle l'avait presque forcé à le dire.

Cette fois, Bob Sparkes a inculpé Glen du kidnapping de Bella. D'après eux, il l'avait enlevée et tuée. Mais ils ne l'ont pas accusé de meurtre. Tom Payne, disait qu'ils attendaient de retrouver le corps. Je détestais qu'il parle d'elle comme ça mais je me suis tue.

Je suis rentrée seule à la maison et alors les journalistes sont revenus.

Pour être honnête, je ne lis pas beaucoup les journaux. Je préfère les magazines. J'aime les portraits réalistes – du genre, la femme qui a recueilli une centaine d'enfants, la femme qui a refusé de suivre le traitement contre le cancer afin de sauver son bébé, la femme qui a porté l'enfant de sa sœur. Les journaux, ça a toujours été plutôt pour Glen. Il aime le *Mail* – il peut y faire les mots croisés en dernière page et c'est le type de quotidien que lisait son ancien patron à la banque. « Ça nous fait un point commun, Janie », m'avait-il dit une fois.

Aujourd'hui, les journaux et la télé – même la radio – ne parlent que de nous. Glen fait les gros titres et les journalistes ont recommencé à frapper à notre porte. J'ai découvert qu'ils appelaient ça du « démarchage » et certains d'entre eux vont même jusqu'à dormir dans leur voiture toute la nuit pour tenter d'obtenir un commentaire de ma part.

Je m'assieds dans notre chambre à l'étage qui donne sur la rue et je les observe derrière le rideau. Ils font tous pareil. C'est assez drôle, en fait. Ils passent une première fois en voiture, repèrent la maison et qui se trouve déjà devant. Puis ils se garent et reviennent sans se presser jusqu'au portail, un calepin à la main. Les autres bondissent hors de leur véhicule pour arrêter le visiteur avant qu'il n'atteigne la porte. Une vraie meute de bêtes sauvages, reniflant le nouveau venu.

Au bout de quelques jours, ils sont tous amis – l'un d'entre eux se dévoue pour aller chercher cafés et sandwiches au bacon à la petite brasserie au pied de la colline. « Du sucre ? », « Qui veut de la sauce dans son sandwich ? » La brasserie doit faire fortune. Je remarque que les journalistes restent entre eux et les photographes aussi. Je me demande pourquoi ils ne se mélangent pas. On peut facilement les différencier car les photographes ne s'habillent pas pareil. Leur tenue est plus décontractée, veste dépenaillée et casquette. La plupart semblent ne pas s'être rasés depuis des jours – pour les hommes, j'entends. Les femmes photographes s'habillent comme leurs confrères masculins. En treillis militaire et chemise ample. Et les photographes sont très bruyants. J'ai de la peine pour les voisins au début, qui doivent les écouter rire et parler. Mais ensuite, je les vois sortir de chez eux avec des plateaux de boissons, rester à discuter avec eux et leur laisser utiliser leurs toilettes. C'est un peu comme une fête de quartier, j'imagine.

Les journalistes sont plus discrets. Ils passent la majeure partie de leur temps au téléphone ou assis dans leur voiture à écouter les infos à la radio. Ils sont très jeunes pour la plupart.

Mais après un certain temps, comme je ne m'exprime toujours pas, ils envoient les gros calibres. Des hommes qui sentent la bière et des femmes au visage ciselé dans des manteaux élégants. Ils arrivent au volant de leur grosse voiture rutilante et en sortent comme des nobles d'un carrosse. Même les photographes se calment quand ils débarquent. Un homme qui paraît tout droit sorti d'une vitrine fait s'écarter la foule devant lui et remonte l'allée. Il frappe à la porte du poing. « Madame Taylor, qu'est-ce que ça fait d'être mariée à un tueur d'enfant ? » Je reste assise sur le lit, rouge de honte. J'ai l'impression que tout le monde me regarde même s'ils ne me voient pas. Je me sens mise à nue.

Bref, il n'est pas le premier à me poser cette question. Un autre journaliste a crié la même horreur après la deuxième arrestation de Glen, alors que je partais à pied faire des courses. Il est apparu d'un coup, comme par magie, il avait dû me suivre à l'insu de ses confrères. Il cherchait à provoquer ma colère ; à me soutirer une phrase, n'importe quoi, pour pouvoir se targuer d'avoir obtenu un commentaire de l'épouse, mais on ne me berne pas si facilement. Glen et moi en avons discuté.

« Janie, reste calme, c'est tout, m'a-t-il conseillé quand il m'a appelée du poste de police. Ne les laisse pas t'atteindre. Ne montre rien. Tu n'es pas obligée de leur parler. Ce sont des ordures. Ils n'ont rien sur quoi écrire. » Mais ils avaient un sujet, bien sûr. Et ce qui a été publié était abject.

D'autres femmes prétendaient avoir eu des rapports virtuels avec lui sur Internet et elles se pressaient pour raconter leur histoire. Je n'y croyais pas une seconde. Apparemment, sur les forums, il se faisait appeler PapaOurs, ou d'autres noms tout aussi ridicules. Parfois, lorsque je lui rendais visite en prison, il m'arrivait de le regarder et d'essayer de m'imaginer en train de l'appeler PapaOurs. Ça me donnait envie de vomir.

Et on en apprenait encore plus sur son « hobby » : les photos qu'il achetait sur le Net. Selon des « sources sûres » dans l'un des canards, il s'était servi d'une carte de crédit pour les acheter et lorsque la police avait procédé à un coup de filet dans le milieu pédophile, remontant leur piste grâce à leurs coordonnées bancaires, il avait paniqué. J'imagine que c'était pour ça qu'il m'avait demandé de déclarer la perte de sa carte, mais d'où les journalistes tenaient-ils de telles informations ? J'ai envisagé de poser la question à l'un d'eux mais c'est impossible sans en dévoiler plus que je ne devrais.

Lorsque j'en ai parlé à Glen au cours de ma visite suivante, il a nié en bloc. « Ils inventent, mon amour, c'est tout. Les médias ont tout inventé. Tu le sais, a-t-il répété en me tenant la main. Je t'aime. » Je n'ai rien répondu.

Je n'ai rien dit à la presse non plus. J'allais faire mes courses dans des supermarchés différents pour qu'ils ne me retrouvent pas et je me suis mise à porter des chapeaux qui dissimulaient mon visage pour qu'on ne me reconnaisse pas. Comme Madonna, aurait plaisanté Lisa si elle avait toujours été mon amie. Mais elle ne l'était plus. Plus personne ne voulait nous fréquenter. Ils voulaient juste connaître notre histoire.

CHAPITRE 26

Lundi 11 février 2008
L'inspecteur

Quatre mois avant le procès, la salle d'enquête avait été vidée ; les murs et les tableaux dépouillés, et la mosaïque composée de photos et de cartes démontée et rangée dans des cartons remis au ministère public.

Une fois la dernière boîte emportée, Sparkes resta à contempler les marques visibles sur certains des murs. *Une trace à peine perceptible que l'enquête a jamais eu lieu*, songea-t-il. Ce moment rappelait un peu la mélancolie post-coïtale, avait-il un jour confié à Eileen.

— Post-quoi ? avait-elle demandé.

— Tu sais, ce sentiment de tristesse qui envahit après avoir fait l'amour, parce que tout est fini, avait-il expliqué en ajoutant d'un air gêné : J'ai lu ça dans un magazine.

— Ça doit être un truc de mecs, avait-elle répondu.

Les dernières séances d'interrogatoires avec Taylor avaient traîné en longueur mais s'étaient révélées frustrantes. Il avait contesté la pertinence du papier de bonbon, arguant qu'il s'agissait d'une coïncidence.

— Comment pouvez-vous être sûr que Jane ne s'est pas trompée ? Elle peut très bien l'avoir ramassé dans la rue ou dans un café.

— Elle a déclaré l'avoir trouvé dans votre camionnette, Glen. Pourquoi dirait-elle cela si ce n'était pas la vérité ?

L'expression de Taylor s'était durcie.

— Elle est sous pression.

— Et le poil de chat sur le papier ? Un poil qui provient de la même race que celui avec lequel Bella jouait ce jour-là.

— Pour l'amour de Dieu ! Combien de chats gris y a-t-il dans tout le pays ? Tout ceci est ridicule.

Taylor s'était tourné vers son avocat.

— Ce poil aurait pu être porté par le vent, arriver de n'importe où... N'est-ce pas, Tom ?

Sparkes avait marqué une pause, savourant la pointe de panique, suffisamment rare pour être notée, dans la voix de Taylor. Alors il avait enchaîné avec ce qu'il prévoyait être le coup de grâce. Le moment où Taylor comprendrait qu'il avait été berné par la police.

— Alors, monsieur Taylor... Ou devrais-je dire PapaOurs ?

Taylor en resta bouche bée quelques secondes avant de refermer la mâchoire dans un claquement sec.

— J'ignore de quoi vous parlez.

— Vous vous êtes promené dans les bois, vous avez cherché des amis. Et vous en avez trouvé, n'est-ce pas ? Mais nous avons rencontré BouclesD'or aussi.

Taylor se mit à taper du pied, les yeux baissés sur ses genoux. Sa posture favorite quand il se défilait.

À son côté, Tom Payne était perplexe devant la tournure que prenaient les questions et intervint :

— Je souhaiterais m'entretenir quelques instants avec mon client, je vous prie.

Cinq minutes plus tard, les deux avaient accordé leurs violons.

— Il s'agissait d'un fantasme privé entre deux adultes consentants, déclara Glen Taylor. Je subissais beaucoup de pression.

— Qui était la petite fille dont le prénom commence par un B, Glen ?

— Il s'agissait d'un fantasme privé entre deux adultes consentants.

— Est-ce que c'était Bella ?

— Il s'agissait d'un fantasme privé...

Lorsqu'ils l'inculpèrent, il cessa de marmonner au sujet de ses fantasmes privés et regarda l'inspecteur droit dans les yeux.

— Vous commettez une terrible erreur, monsieur Sparkes.

Ce furent ses dernières paroles avant d'être enfermé, dans l'attente du procès.

Passer l'hiver en détention ne le persuada pas de coopérer et, le 11 février 2008, Glen Taylor se présenta devant la cour d'assises de Londres où, d'une voix forte et assurée, il plaida non coupable des charges d'enlèvement qui pesaient contre lui.

Il se rassit, semblant à peine remarquer la présence des deux officiers pénitentiaires qui l'encadraient tandis qu'il observait l'inspecteur principal qui rejoignait la barre des témoins.

Sparkes sentit la puissante brûlure du regard de Taylor sur sa nuque et tenta de se ressaisir avant de prêter serment. Sa voix tremblait légèrement lorsqu'il prononça les mots mais il délivra son témoignage avec brio, offrant des réponses courtes, claires et modestes.

Les mois de travail de terrain, à fouiller, recher-cher, interroger, vérifier et rassembler les preuves, furent condensés en une brève déclaration devant un public restreint et trié sur le volet, et une multitude de détracteurs.

Le plus virulent parmi eux était l'avocat à la cour de Glen Taylor, un vétéran du barreau au sang bleu, en perruque et robe effilochées, qui se leva pour procéder au contre-interrogatoire.

Les huit hommes et les quatre femmes, choisis par la défense afin d'assurer la majorité aux sensibilités et sympathies masculines, qui composaient le jury tour-nèrent la tête comme un bouquet de tournesols pour lui accorder toute leur attention.

L'homme de loi, Charles Sanderson, conseiller de la reine, se tenait une main dans la poche, ses notes dans l'autre. Il exsudait la confiance en soi lorsqu'il entama sa tentative pour ébranler les preuves et planter la graine du doute dans la conscience collective du jury.

— À quel moment le témoin, M. Spencer, a-t-il noté la présence de la camionnette bleue ? Était-ce avant de prétendre avoir vu un homme aux cheveux longs ?

— M. Spencer s'est mépris sur ce point. Il l'a reconnu, répondit Sparkes en gardant un ton égal.

— Oui, je vois.

227

— La preuve en est qu'il a écrit avoir vu ce qu'il a cru être la camionnette bleue de Peter Tredwell dans ses notes de l'après-midi du 2 octobre.

— Et il est sûr de ne pas avoir inventé cette camionnette bleue – pardon, de ne pas s'être mépris ?

— Oui, il en est sûr. Il vous le confirmera quand il témoignera.

— Je vois.

Puis : « Et à quelle distance se trouvait le témoin de la camionnette bleue qu'il prétend avoir aperçue ? » ; « M. Spencer porte-t-il des lunettes de vue ? » ; « Je vois. » ; « Combien de camionnettes de couleur bleue y a-t-il en circulation au Royaume-Uni, inspecteur ? » ; « Je vois. »

Ses nombreux « Je vois » firent le plus de dégâts. « Je vois » signifiait « un point pour nous ».

Sparkes parait les attaques avec patience. Il avait affronté son lot de Sanderson au fil des années – des vieux m'as-tu-vu – et il savait qu'épater la galerie ne suffisait pas toujours pour convaincre un jury.

Ils en vinrent à la découverte du papier de bonbon et Sanderson évoqua le risque évident de contamination de la preuve.

— Inspecteur principal, combien de temps le papier de bonbon est-il resté dans la poche de manteau de Jane Taylor ?

Sparkes conserva un ton ferme, prenant soin de regarder vers les jurés pour appuyer sa déclaration.

— Sept mois, d'après nous. Elle a déclaré dans sa déposition l'avoir trouvé dans la camionnette le 17 décembre. C'est l'unique occasion où elle a été autorisée à accompagner son mari dans une livraison, aussi se rappelle-t-elle avec certitude la date.

— Sept mois ? C'est une longue période, suffisamment pour que de la poussière et des poils se collent dessus, n'est-ce pas ?

— Un poil provenant d'un chat croisé Birman gris, comme le chat des Elliott ? Nous ferons venir à la barre un expert qui témoignera des statistiques très faibles d'une telle coïncidence. Et la probabilité chute encore quand le poil de chat est retrouvé sur un paquet de Skittles. Un chat croisé Birman et un bonbon Skittle ont été retrouvés sur le lieu d'enlèvement de Bella Elliott.

Sparkes vit les jurés prendre des notes et Sanderson enchaîna aussitôt. Sparkes but une gorgée d'eau. Il savait que son adversaire s'apprêtait à sortir son grand final : les conversations de BouclesD'or.

Sparkes s'était préparé avec les avocats. Il connaissait chaque nuance du RIPA[1], chaque étape de la procédure d'autorisation, l'entraînement méticuleux des agents sous couverture et la chaîne de préservation des indices.

L'équipe avait passé de nombreuses heures à l'aider à mettre l'accent sur l'usage que faisait Taylor des chat-rooms et sur ses habitudes en matière de porno.

« Le jury se fichera de la clause 101 ou de qui a donné l'autorisation pour quoi. Nous devons leur parler

_____

1. Regulation of Investigatory Powers Act 2000 : loi de réglementation des pouvoirs d'enquête, votée en juillet 2000 au Royaume-Uni, encadrant les prérogatives des institutions publiques qui effectuent des opérations de surveillance, des enquêtes ou des écoutes électroniques. *(N.d.T.)*

du risque encouru à laisser Taylor assouvir son appétit pour les petites filles », avait insisté le directeur du ministère public. Sparkes était d'accord avec lui.

Il se sentait prêt lorsque l'avocat aborda bille en tête le sujet explosif de l'addiction à la pornographie, remettant en cause l'action de la police à chaque étape. L'objectif de Sanderson était de le contraindre à concéder que Taylor aurait pu télécharger par inadvertance certaines des photos les plus extrêmes découvertes sur son ordinateur.

— Les photos d'enfants agressés sexuellement ? répondit Sparkes. Nous pensons qu'il les a téléchargées de façon délibérée – ça ne peut pas être accidentel – et les experts en témoigneront.

— Nous aussi nous avons des experts, inspecteur. Qui affirmeront que ces téléchargements ont pu être opérés à son insu.

Sparkes savait que la défense comptait beaucoup sur l'apparence de Taylor, loin de celle des pervers habituels qui se retrouvaient sur le banc des accusés. L'équipe du ministère public lui apprit que Sanderson avait montré la photo de son client à des subalternes et des juristes de son cabinet et que l'expression qui était revenue le plus souvent pour le décrire était « propre sur lui ».

Les photos écartées, Sanderson attaqua sans hésitation l'inspecteur sur la disparition de Bella Elliott.

— Inspecteur principal Sparkes, n'est-il pas vrai que Bella Elliott n'a jamais été retrouvée ?

— C'est exact.

— Et que votre service a échoué à découvrir une quelconque piste sur l'endroit où elle pourrait se trouver ?

— Non, c'est faux. Notre enquête nous a conduits à l'accusé.

— Votre dossier se fonde sur des suspicions, des suppositions et des preuves indirectes, pas des faits, inspecteur.

— Nous disposons d'une preuve évidente qui relie l'accusé à la disparition de Bella Elliott.

— Ah, la preuve. Des montages de l'équipe médico-légale et des témoins peu fiables. Le tout se révèle peu solide car vous couriez après le mauvais suspect. Vous étiez si désespéré que vous en êtes arrivé à attirer mon client dans une relation fictive et mensongère.

Les jurés n'avaient pas l'air de savoir ce qu'était une relation fictive et mensongère mais ils semblaient prendre goût au spectacle. Quatre étoiles et des éloges sur les « prestations fascinantes », voilà de quoi le *Telegraph* gratifierait le procès le lendemain. À midi, Sparkes quitta enfin la barre des témoins et regagna son siège dans le public.

Toutefois, le tournant décisif se produisit l'après-midi. Alourdis par un déjeuner de cantine, les jurés rejoignirent en file indienne leurs sièges dans lesquels ils s'affalèrent. Ils n'y restèrent pas longtemps.

La mère se présenta à la barre des témoins, vêtue d'une robe noire toute simple, un badge « Trouver Bella » épinglé sur la poitrine.

Sparkes lui offrit un sourire d'encouragement, mais il n'aimait pas qu'elle ait choisi de porter ce badge et s'inquiétait des questions que cela soulèverait.

Le procureur, une femme longiligne, guida Dawn Elliott dans son témoignage, laissant la jeune femme raconter son histoire avec simplicité et efficacité.

Lorsque Dawn craqua en relatant le moment où elle s'était rendu compte de la disparition de son enfant, les jurés en restèrent paralysés et certains parurent eux-mêmes au bord des larmes. Le juge offrit à la mère un verre d'eau que l'huissier lui apporta tandis que les avocats des deux parties feuilletaient leurs papiers, prêts à reprendre.

C'était au tour de Sanderson.

— Mademoiselle Elliott, Bella jouait-elle souvent à l'extérieur ? Devant la maison, où vous ne pouviez pas la surveiller ?

— Parfois, mais juste pendant quelques minutes.

— Les minutes passent très vite, vous n'êtes pas d'accord ? Il y a tant à faire quand on est une jeune maman.

Dawn sourit à cette marque de solidarité.

— On est bien occupé, c'est sûr, mais je sais qu'elle n'est restée hors de mon champ de vision que quelques minutes.

— Comment pouvez-vous en être aussi certaine ?

— Je faisais cuire des pâtes, je l'ai déjà dit. Ça ne prend pas longtemps.

— Vous n'avez rien fait d'autre ?

— Eh bien, j'en ai profité pour faire la vaisselle. Et j'ai plié quelques habits de Bella qui sortaient du sèche-linge, pour ne pas avoir à les repasser.

— Ça ressemble à un après-midi bien chargé. En outre, vous avez reçu des appels sur votre portable. Il aurait été aisé d'oublier que Bella jouait à l'extérieur.

Dawn se remit à sangloter, mais Sanderson ne fléchit pas.

— Je sais que c'est difficile pour vous, mademoiselle Elliott, mais je cherche seulement à établir la chronologie autour de la disparition de Bella. Vous comprenez l'importance que cela revêt, n'est-ce pas ?

Elle hocha la tête et se moucha.

— Et nous comptons sur vous pour la déterminer, car la dernière personne à avoir vu Bella en dehors de vous est le marchand de journaux à 11 h 35. N'est-ce pas, mademoiselle Elliott ?

— Nous avons acheté des bonbons.

— Oui, des Smarties à en croire le ticket de caisse. Mais cela signifie que le créneau horaire dans lequel Bella aurait pu disparaître s'étend de 11 h 35 à 15 h 30. Cela fait presque quatre heures. Puisque personne d'autre ne l'a vue durant ce laps de temps.

D'une voix plus faible, agrippée à la rambarde, Dawn répondit :

— Non, nous ne sommes pas ressorties. Mais ma mère a entendu Bella quand elle a appelé dans l'après-midi. Elle m'a dit de l'embrasser.

— Mademoiselle Elliott, pourriez-vous parler plus fort afin que le juge et le jury puissent entendre votre témoignage ?

Dawn s'éclaircit la gorge et s'excusa silencieusement auprès du juge.

— Votre mère a entendu une voix d'enfant en fond sonore, mais cela aurait tout aussi bien pu être la télévision, n'est-ce pas, mademoiselle Elliott ? Votre mère a déclaré à la police qu'elle n'avait pas parlé à Bella.

— Bella n'a pas voulu venir au téléphone, elle a couru chercher quelque chose.

— Je vois. Et elle est sortie environ une heure plus tard ?

— Je ne l'ai quittée des yeux que quelques minutes.

— Oui, merci, mademoiselle Elliott.

Dawn s'apprêta à se retirer mais Sanderson l'arrêta.

— Nous n'avons pas tout à fait terminé, mademoiselle Elliott. Je vois que vous portez le badge « Trouver Bella ».

D'instinct, Dawn y posa la main.

— Vous croyez que Bella est toujours en vie, n'est-ce pas ? s'enquit l'avocat.

Dawn Elliott acquiesça, sans trop savoir où il voulait en venir.

— D'ailleurs, vous avez accordé contre rémunération à des journaux et à des magazines des interviews où vous tenez ces propos.

L'accusation selon laquelle elle se faisait de l'argent sur le dos de son enfant disparue fit bourdonner le coin presse et les stylos cessèrent un instant d'écrire en attente de la réponse.

Dawn était sur la défensive et s'exprima d'une voix plus forte.

— Oui, j'espère qu'elle est en vie. Mais elle a été enlevée et c'est cet homme le responsable.

Elle pointa le doigt sur Taylor, qui baissa la tête et se mit à griffonner sur son calepin.

— Et l'argent va directement au fonds « Trouver Bella », s'empressa-t-elle d'ajouter.

— Je vois, lança l'avocat avant de se rasseoir.

Il s'écoula une autre semaine remplie des témoignages des voisins et des experts de la police, de jurés écœurés et de discussions juridiques, avant que l'inspecteur Dan Fry ne prenne place à la barre des témoins.

C'était le grand moment de Fry et il avait les jambes en coton malgré la préparation et les répétitions avec ses supérieurs.

Le procureur dépeignit un jeune agent dévoué, soutenu par sa hiérarchie et le processus juridique, et résolu à empêcher l'enlèvement d'un autre enfant. Elle s'attarda sur les mots employés par Glen Taylor, le regard fixé sur le jury afin de souligner l'importance de la preuve ; les jurés commencèrent à jeter des coups d'œil en coin à l'accusé. Tout se déroulait à merveille.

Lorsque vint le tour de Sanderson, il se leva, les deux mains bien visibles cette fois-ci, la diction claire ; son moment de gloire était arrivé. Le jeune officier relata ses conversations en tant que BouclesD'or, énonçant les phrases exécrables échangées. Le ministère public l'avait préparé à la pression qu'il allait subir mais elle se révéla bien pire que tout ce que quiconque aurait pu prévoir.

On lui demanda de lire ses réponses aux plaisanteries obscènes de PapaOurs et, sous la lumière froide de la salle de tribunal, les mots prirent une tournure surréaliste et moqueuse.

— « Qu'est-ce que tu portes ce soir ? » demanda l'avocat, le visage marbré et les épaules saupoudrées de pellicules.

L'expression neutre, du haut de son mètre quatre-vingt-douze, Fry lut :

— « Une nuisette. La bleue avec de la dentelle. »

Un éclat de rire étouffé s'échappa du coin presse, mais Fry conserva son sérieux et poursuivit.

— « J'ai un peu chaud. Je devrais peut-être l'enlever. »

— « Oui, enlève-la », déclama l'avocat d'une voix ennuyée. « Et ensuite caresse-toi. » Tout cela est un peu puéril, non ? ajouta-t-il. Je présume que vous ne portiez pas de nuisette bleue, inspecteur Fry ?

Les rires en provenance du public l'atteignirent de plein fouet mais il inspira un grand coup.

— Non.

L'ordre fut rapidement rétabli mais le mal était fait. La preuve irréfutable apportée par Fry était sur le point d'être réduite à une simple plaisanterie salace.

L'avocat s'autorisa à jouir du moment avant d'aborder le point périlleux de son contre-interrogatoire : la dernière conversation électronique avec Glen Taylor. Puis il fonça tête baissée.

— Inspecteur Fry, Glen Taylor, alias PapaOurs, a-t-il avoué avoir enlevé Bella Elliott ?

— Il a dit qu'il avait déjà eu une vraie petite fille.

— Ce n'est pas ce que je vous ai demandé. Et vous a-t-il raconté ceci après que vous, sous l'identité de BouclesD'or, lui avez demandé de vous le dire ?

— Non, monsieur.

— Il vous a demandé : « Tu aimerais ça, Bouclettes ? » et vous lui avez répondu que vous aimeriez beaucoup. Vous avez écrit que ça vous excitait.

— Il aurait pu dire non à n'importe quel moment, répliqua Fry. Mais il ne l'a pas fait. Il a écrit qu'il avait trouvé une petite fille une fois et que son prénom commençait par un « B ».

— A-t-il jamais employé le nom de Bella dans vos échanges ?

— Non.

— Il s'agissait d'une conversation virtuelle entre deux adultes consentants, inspecteur Fry. Pas d'un aveu.

— Il a dit qu'il avait trouvé une petite fille. Son nom commençait par un « B », insista Fry, dont l'émotion était maintenant perceptible. Combien de petites filles dont le prénom commence par un B ont été enlevées dernièrement ?

L'avocat ignora la question et examina ses notes.

Bob Sparkes regarda Jane Taylor, assise au bord du banc, derrière son mari adulte consentant, et surprit sa torpeur. Ce devait être la première fois qu'elle entendait l'histoire en entier.

Il se demanda qui se sentait le plus mal – lui avec son dossier qui s'effondrait sous ses yeux ou elle avec celui qui se montait devant elle.

Fry commençait à bégayer à présent et Sparkes le pria en silence de se reprendre. Mais Sanderson poursuivit son attaque.

— Vous avez contraint Glen Taylor à exprimer ces commentaires, n'est-ce pas, inspecteur Fry ? Vous avez joué les agents provocateurs en vous faisant passer pour une femme qui cherchait à avoir des rapports sexuels avec lui. Vous étiez déterminé à lui faire prononcer ces mots. Vous étiez prêt à tout. Même à avoir des relations sexuelles virtuelles avec lui. S'agit-il réellement d'un travail d'enquête ? Qu'en était-il du conseil et de la présence d'un avocat ?

Sanderson, qui avait trouvé son rythme, eut presque l'air déçu lorsque sa victime quitta enfin la barre des témoins, diminuée et épuisée.

La défense requit sur-le-champ un ajournement et, une fois le jury envoyé en sécurité dans la salle qui lui était dévolue, présenta ses arguments en faveur de la suspension d'audience.

— Toute cette affaire ne repose que sur des preuves indirectes et un coup monté. Il faut en rester là, affirma Sanderson. Le témoignage de BouclesD'or doit être reconnu irrecevable.

La juge tapota son stylo d'un geste impatient tout en écoutant la réponse du ministère public.

— La police a agi dans le respect de la loi. Les officiers ont suivi la procédure à la lettre. Ils pensaient agir en toute bonne foi. C'était le seul moyen d'obtenir une preuve décisive, déclara le procureur avant de s'asseoir.

La juge posa son stylo et examina ses notes en silence.

— Je vais me retirer avant de rendre mon jugement, finit-elle par annoncer et l'ensemble de la cour se leva tandis qu'elle regagnait son cabinet.

Vingt minutes plus tard, le greffier appela à se lever et la juge rendit son verdict. Elle rejeta le témoignage de BouclesD'or, reprochant à Fry ses encouragements et ses incitations, ainsi que le risque qu'il avait pris en tant qu'officier doté de peu d'expérience.

— Le témoignage est douteux et ne peut être considéré comme digne de confiance.

Sparkes savait que, sans autre témoignage à proposer, ce n'était plus qu'une formalité pour que le ministère public jette l'éponge et remballe ses affaires.

Sur le banc des accusés, Taylor écouta avec attention la juge. La réalité de sa libération imminente lui apparut lentement. Derrière lui, Jane Taylor semblait abasourdie.

— Je me demande à quoi elle pense, murmura Sparkes à Matthews. Elle va devoir rentrer chez elle avec un accro au porno qui a des rapports sexuels virtuels avec des inconnues habillées en petite fille. Et un tueur d'enfant.

Soudain, tout fut terminé. La juge ordonna au jury de prononcer un verdict officiel de « non coupable » et Taylor fut ramené en cellule dans l'attente de sa libération. Dans la salle de tribunal, une mêlée générale des journalistes se forma, Jane Taylor au centre.

Elle se redressa à demi, encerclée, le visage blême et fermé tandis que Tom Payne tentait de l'extirper de son siège. Finalement, les journalistes s'écartèrent et elle avança de côté, tel un crabe cherchant à fuir, avec les jambes qui cognaient contre le banc devant elle et la bandoulière de son sac à main qui s'accrochait aux coins.

CHAPITRE 27

Lundi 11 février 2008
La veuve

Elle vient témoigner, forcément. Son quart d'heure de gloire. Elle porte une robe noire et un badge « Trouver Bella ». Je fais mon possible pour éviter de la fixer mais sa détermination a raison de moi et, à la fin, nos regards se croisent. Je sens la chaleur m'envahir et le rouge me monter aux joues, alors je tourne la tête. Ça ne se reproduit plus. Ses yeux reviennent sans cesse se poser sur Glen, mais il a compris son petit manège et regarde droit devant lui.

Mon attention s'égare tandis qu'elle raconte l'histoire que j'ai lue et relue une centaine de fois depuis qu'elle a perdu son bébé – une sieste, puis les jeux pendant qu'elle prépare le repas, Bella qui rigole en pourchassant Timmy le chat par la porte de devant jusque dans le jardin. Puis le moment où elle s'aperçoit qu'elle ne l'entend plus. Le silence.

La salle d'audience aussi se fait soudain silencieuse. Nous l'entendons tous, ce silence. Ce moment où Bella a disparu.

Puis elle sanglote et doit s'asseoir, prendre un verre d'eau. Très efficace. Le jury paraît inquiet et une ou deux des femmes les plus âgées semblent elles aussi au bord des larmes. Ça s'annonce mal. Ils doivent bien voir, quand même, que tout est sa faute ? C'est notre avis, à Glen et à moi. Elle a laissé son bébé sans surveillance. Elle ne s'en souciait pas assez.

Glen, aussi immobile qu'une statue de pierre, assiste à la scène avec indifférence, comme si elle concernait quelqu'un d'autre. Quand la mère est prête à reprendre, la juge l'autorise à rester assise pour finir de témoigner et Glen penche la tête, tendant l'oreille pour suivre son histoire de voisins qui accourent, d'appel à la police et d'attente d'informations tandis que les recherches continuent.

Le procureur emploie un ton particulier pour s'adresser à elle, comme si elle était une poupée de porcelaine.

— Merci beaucoup, mademoiselle Elliott. Vous avez été très courageuse.

J'ai envie de hurler : *Vous avez été une très mauvaise mère !* Mais je sais que je ne peux pas me le permettre, pas ici.

Notre avocat, un vieux type effrayant qui me donne une poignée de main ferme à chaque rencontre sans pour autant sembler savoir qui je suis, prend enfin la parole.

La mère se remet à pleurer quand les questions deviennent plus difficiles, mais notre avocat n'use pas d'une voix emplie de compréhension, lui.

Dawn Elliott ne cesse de répéter qu'elle n'a quitté sa petite fille des yeux que quelques minutes. Or, tout le monde sait que c'est faux.

Le jury commence à lui décocher des coups d'œil plus durs. Il était temps.

— Vous croyez que Bella est toujours en vie, n'est-ce pas ? demande l'avocat.

Un murmure parcourt la salle et la mère se remet à renifler. Il fait remarquer qu'elle a vendu son histoire à la presse ; elle a l'air très en colère et elle affirme que l'argent sert à sa campagne pour retrouver sa fille.

Un des journalistes se lève et sort précipitamment, son calepin serré entre ses mains.

— Il va envoyer cette citation à sa rédaction, chuchote Tom avec un clin d'œil.

Un point pour nous, sûrement.

Une fois que tout est terminé, que la police s'est fait passer un savon pour avoir tendu un piège à Glen et qu'il a été libéré, je me sens tout engourdie. C'est à mon tour d'avoir le sentiment que tout cela arrive à quelqu'un d'autre.

Tom Payne finit par lâcher mon bras lorsque nous nous réfugions dans une salle réservée aux témoins où nous tentons de reprendre notre souffle. Ni lui ni moi ne parlons pendant plusieurs minutes.

— Est-ce qu'il peut rentrer à la maison, maintenant ? je lui demande finalement, d'une voix qui me paraît plate et étrange après tout ce raffut dans la salle d'audience.

Tom hoche la tête et fouille dans sa mallette. Ensuite, il me fait descendre jusqu'aux cellules pour voir Glen. Mon Glen.

— J'ai toujours dit que la vérité éclaterait ! s'exclame-t-il d'un ton triomphant en me voyant. On a réussi, Jane. On a réussi, nom de Dieu !

Je le serre dans mes bras quand j'arrive près de lui. Cela fait longtemps que je ne l'ai pas tenu contre moi et l'étreindre m'évite de parler, ce qui m'arrange car je ne sais pas quoi lui dire. Il est tellement heureux – comme un petit garçon. Les joues roses et le rire facile. Plein de fougue. De mon côté, la seule pensée qui m'obsède, c'est le fait que je doive rentrer à la maison avec lui. Me retrouver toute seule avec lui. Que se passera-t-il une fois la porte refermée ? J'en sais trop sur cet autre homme que j'ai épousé pour que tout redevienne comme avant.

Il tente de me soulever et de me faire tournoyer comme il le faisait quand nous étions jeunes, mais il y a trop de monde dans la pièce : les avocats, les avocats plaidants, les agents pénitentiaires. Ils sont tout autour de moi et je n'arrive plus à respirer. Tom, qui le remarque, me fait sortir dans l'air frais du couloir où je m'assieds avec un verre d'eau.

— Cela fait beaucoup à digérer, Jane, dit-il avec gentillesse. C'est un peu soudain mais c'est ce que nous espérions, n'est-ce pas ? Vous avez attendu longtemps ce moment.

Je lève le menton, mais il ne me regarde pas dans les yeux. Nous n'échangeons plus une parole.

Je n'arrête pas de penser à ce pauvre officier, qui s'est fait passer pour une femme pour essayer d'obtenir la vérité. Je l'avais comparé à une prostituée lorsque Tom nous avait informés de son témoignage, mais en l'observant à la barre des témoins, cible des moqueries de la salle d'audience, j'ai eu de la peine pour lui. Il aurait fait n'importe quoi pour retrouver Bella.

À la sortie de Glen, Tom va à sa rencontre et lui serre une nouvelle fois la main. Puis nous partons. Sur le trottoir, Dawn Elliott pleure devant les caméras.

— Elle va devoir prendre garde à ses paroles, commente Tom tandis que nous restons près des portes, à l'arrière de la foule.

Elle est baignée de lumière, éclairée par les caméras de télévision ; les journalistes trébuchent sur les câbles en cherchant à s'approcher d'elle. Elle déclare qu'elle ne cessera jamais de chercher sa petite fille, qu'elle se trouve quelque part, et que la vérité sur ce qui lui est arrivé finira par éclater. Quand elle en a terminé, elle rejoint, soutenue par des amis, une voiture qui attendait tout près et s'en va.

Alors vient notre tour. Glen a décidé de laisser Tom lire sa déclaration. Enfin, celle de Tom. Il l'a rédigée. Nous avançons sous les projecteurs et un bruit s'élève qui me fait littéralement trembler. La clameur d'une centaine de voix qui crient en même temps et nous mitraillent de questions sans attendre de réponse.

— Par ici, Jane ! braille-t-on près de moi.

Je pivote pour découvrir de qui il s'agit et un flash m'aveugle.

— Prenez-le dans vos bras ! lance un autre.

J'en reconnais certains pour les avoir vus devant la maison. Je m'apprête à sourire puis me rappelle qu'ils ne sont pas nos amis. Ils sont autre chose. Ils sont les médias.

Tom affiche un grand sérieux et calme toute cette agitation.

— Je vais vous lire la déclaration de M. Taylor. Il ne répondra à aucune question.

Une forêt de magnétophones se dresse au-dessus des têtes des reporters.

— « Je suis un homme innocent. J'ai été traqué par la police et privé de ma liberté pour un crime que je n'ai pas commis. Je suis très reconnaissant au tribunal de sa décision. Mais aujourd'hui, je ne célèbre pas mon acquittement. Bella Elliott est toujours portée disparue et la personne qui l'a enlevée court toujours. J'espère que la police va désormais reprendre ses recherches pour trouver le coupable. J'aimerais remercier ma famille pour son soutien et exprimer toute ma gratitude à ma merveilleuse épouse, Janie. Merci de votre attention. Je vous demanderai à présent de respecter notre intimité pour que nous puissions reconstruire nos vies. »

Tout du long, j'ai fixé la pointe de mes chaussures, comblant les trous dans ma tête. *Merveilleuse épouse.* C'est mon rôle, désormais. La Merveilleuse Épouse qui soutient son mari.

Le silence ne dure que le temps d'un battement de cils et le vacarme redevient assourdissant.

— Qui a enlevé Bella selon vous ?

— Que pensez-vous des tactiques de la police, Glen ?

Puis un passant hurle :

— Bien joué, mec !

Glen lui répond d'un sourire. C'est le cliché que toute la presse publie le lendemain.

À travers les cameramen, un bras ondule jusqu'à moi et me tend une carte. Dessus est écrit « Félicitations », avec la photo d'un bouchon de bouteille de champagne qui saute. J'essaie de repérer à qui appartient le bras mais il s'est fait avaler, alors je glisse la carte dans mon sac et me laisse guider en avant avec Glen et Tom, et des agents de sécurité. Les journalistes nous emboîtent le pas. Comme un essaim d'abeilles se déplaçant dans un dessin animé.

Le trajet de retour à la maison est un avant-goût de ce qui nous attend. Les journalistes et les photographes bloquent l'accès au taxi que Tom nous a réservé et nous ne pouvons pas avancer. Les gens nous bousculent, se poussent les uns les autres, nous crient leurs questions idiotes au visage, balancent leurs caméras dans tous les sens. Glen me tient par la main et opère soudain une percée, me tirant derrière lui. Tom ouvre la portière du taxi et nous nous engouffrons sur la banquette arrière.

Les caméras cognent contre les vitres, les flashes crépitent. Et nous restons assis là, tels des poissons dans un aquarium. Le chauffeur est en sueur mais on devine qu'il apprécie l'action.

— Nom d'un chien ! s'exclame-t-il. Quel cirque !

Les journalistes continuent de crier.

— Qu'est-ce que ça fait d'être un homme libre, Glen ?

— Qu'avez-vous envie de dire à la mère de Bella ?

— En voulez-vous à la police ?

Évidemment qu'il leur en veut. Il fulmine et rumine, sur l'humiliation et le coup de la nuisette. Curieux que ce soit ça qui l'obsède alors qu'il a été accusé d'avoir tué une petite fille… Mais rendre la monnaie de sa pièce à la police devient sa nouvelle obsession.

CHAPITRE 28

Mercredi 2 avril 2008
La veuve

Je me suis toujours demandé ce que ça ferait de révéler le secret. Parfois, j'en rêve tout éveillée et je m'entends dire : *Mon mari a vu Bella le jour de sa disparition.* Alors je ressens le soulagement m'envahir, physiquement, comme une vague déferlant dans ma tête.

Mais je ne peux pas faire ça, n'est-ce pas ? Je suis aussi coupable que lui. Garder un secret procure une étrange sensation. C'est comme une pierre qui pèse dans mon ventre, qui broie mes entrailles et me donne envie de vomir chaque fois que j'y pense. Mon amie Lisa me décrivait sa grossesse en ces termes ; le bébé qui pousse tout, autour de lui, pour s'installer à son aise. Qui prend possession de son corps. Mon secret est pareil. Quand il se fait trop envahissant, je redeviens Janie pour un temps et prétends que le secret appartient à quelqu'un d'autre.

Cependant, ça ne m'a pas servi lorsque Bob Sparkes m'interrogeait au cours de l'enquête. Je sentais la chaleur monter en moi, mon visage s'empourprer et la sueur perler à mon front.

Bob Sparkes s'insinuait dans mes mensonges. La première fois, c'est lorsqu'il m'a demandé :

— Qu'avez-vous dit que vous faisiez le jour où Bella a disparu ?

Ma respiration s'est accélérée et j'ai essayé de reprendre mon souffle, de le maîtriser. Mais ma voix m'a trahie. Elle est sortie dans un couinement essoufflé, un hoquet assourdissant quand j'ai voulu avaler ma salive au milieu d'une phrase. *Je mens !* hurlait mon corps, ce traître.

— Heu, dans la matinée, j'ai travaillé. J'avais des mèches à faire, ai-je répondu, espérant que la part de vérité dans mon mensonge suffirait à convaincre.

Après tout, je me trouvais bel et bien au salon. Justifier, justifier, nier, nier. Ça devrait devenir plus facile, mais ce n'est pas le cas ; chaque mensonge semble plus aigre et plus dur, comme un fruit trop vert. Qui rend la bouche sèche et qu'on peine à avaler.

Les mensonges les plus simples sont les plus difficiles à prononcer, curieusement. Les plus gros semblent sortir avec naturel de ma bouche. « Glen ? Il a quitté la banque car il avait d'autres ambitions. Il souhaitait démarrer sa société de transport. Il voulait être son propre chef. » Facile.

Mais les petits mensonges – « Je ne peux pas venir prendre un café car je dois aller chez ma mère » – me collaient au palais et me faisaient bégayer et rougir. Lisa n'a pas eu l'air de remarquer au début, en tout cas si elle l'a vu, elle l'a bien caché. Nous vivions tous dans mon mensonge désormais.

Enfant, je ne mentais pas. Mes parents l'auraient deviné sur-le-champ et je n'avais ni frère ni sœur avec qui partager un secret. Avec Glen, il s'est avéré que c'était facile. Nous formions une équipe, disait-il après la venue de la police.

Étrange. Je n'avais pas pensé à nous en tant qu'équipe depuis longtemps avant ça. Nous avions chacun notre domaine. Mais la disparition de Bella nous a rapprochés. Elle a fait de nous un vrai couple. J'ai toujours dit que nous avions besoin d'un enfant.

Quelle ironie, quand on y réfléchit. J'allais le quitter, voyez-vous. Après sa libération. Après avoir appris toutes ces choses qu'il faisait sur Internet. Ses « sex-cursions », comme il les appelait, dans les chat-rooms. Ces trucs qu'il voulait oublier.

C'est qu'il aime bien oublier, Glen. Dans sa bouche, ça signifie que le sujet ne sera plus jamais abordé. Il est capable de faire ça, d'effacer un pan entier de sa vie à tout jamais. « Nous devons penser à l'avenir, Janie, pas au passé », expliquait-il d'un ton patient en m'attirant à lui pour déposer un baiser sur le sommet de mon crâne.

Dite comme ça, l'idée paraissait logique, et j'ai appris à ne jamais revenir sur les choses que nous avions oubliées. Ça ne signifie pas que je n'y pensais pas, mais il était entendu que je ne lui en parlerais plus.

Ne pas pouvoir avoir d'enfant faisait partie de ces sujets tabous. Tout comme *perdre son travail*. Et puis les *chat-rooms* et les *horreurs avec la police*.

— Oublions ça, chérie, a-t-il dit le lendemain de la fin du procès.

Nous étions couchés dans le lit ; il était si tôt que les réverbères dans la rue étaient encore allumés, leur éclat filtrant entre les rideaux. Aucun de nous n'avait beaucoup dormi.

— Trop d'émotions, a déclaré Glen.

Il avait des projets. Il avait décidé de reprendre une vie normale – notre vie – aussi vite que possible, pour que les choses redeviennent telles qu'elles étaient avant.

Ça paraissait si simple quand il le disait, et je me suis efforcée de chasser de mes pensées toutes les horreurs que j'avais entendues, mais elles refusaient de partir. Elles se cachaient, tapies dans les recoins de mon esprit, à me lorgner. J'ai mijoté pendant quelques semaines avant de prendre ma décision. À la fin, ce sont les photos d'enfants qui m'ont convaincue de faire ma valise.

Je l'avais soutenu depuis le premier jour où on l'avait accusé du meurtre de Bella parce que je croyais en lui. Je savais que mon Glen ne pouvait pas commettre une telle ignominie. Mais c'était terminé, Dieu merci. Il avait été reconnu non coupable.

Maintenant, je devais considérer les autres accusations.

Il a nié en bloc quand je lui ai annoncé que je ne pouvais pas vivre avec un homme qui possédait de telles photos.

— Ce n'est pas réel, Janie. Nos experts l'ont affirmé au tribunal : ce ne sont pas vraiment des enfants sur ces photos. Ce sont des femmes qui font très jeunes et qui s'habillent comme des gamines pour subvenir à leurs besoins. Certaines ont la trentaine, en réalité.

— Mais elles ressemblent à des petites filles ! ai-je hurlé. Elles se déguisent en fillettes pour des gens qui veulent voir des enfants faire ces choses avec des hommes.

Il s'est mis à pleurer.

— Tu ne peux pas me quitter, Janic. J'ai besoin de toi.

J'ai secoué la tête et je suis allée chercher mon sac. Je tremblais de tous mes membres car je n'avais jamais vu Glen dans un tel état. De nous deux, c'était lui qui gardait toujours le contrôle. C'était lui le plus fort.

Quand je suis arrivée au rez-de-chaussée, il m'attendait pour me prendre au piège de sa confession.

Il m'a avoué qu'il avait fait quelque chose pour moi. Il m'a dit qu'il m'aimait. Il savait que je désirais un enfant plus que tout au monde, que ne pas en avoir me tuait à petit feu, que ça le tuait aussi, et quand il l'avait vue, il avait su qu'il pourrait me rendre heureuse. Il l'avait fait pour moi.

Il a dit que c'était comme dans un rêve. Il s'était arrêté pour manger son casse-croûte et lire le journal dans une rue latérale et il l'avait vue, au portail du jardin, qui le regardait. Elle était seule. Il n'avait pas pu s'en empêcher. Tout en me racontant ça, il a passé son bras autour de mes épaules et je ne pouvais plus bouger.

— Je voulais la ramener à la maison pour toi. Elle se tenait là, je lui ai souri, et elle a levé les bras vers moi. Elle voulait que je l'attrape. Je suis sorti de la camionnette mais je ne me rappelle rien d'autre. Après ça, je roulais pour rentrer à la maison te retrouver.

251

Je ne lui ai fait aucun mal, Janie. C'était comme dans un rêve. Tu crois que c'était un rêve, Janie ?

Son histoire était si choquante que je me suis étranglée.

Nous étions debout dans l'entrée et je distinguais nos reflets dans le miroir. J'avais l'impression de voir se dérouler l'action dans un film. Glen s'est penché en avant et nos têtes se sont touchées, il pleurait sur mon épaule, moi j'avais le visage plus blanc qu'un fantôme. Je lui ai tapoté l'arrière du crâne en lui disant de se calmer. Pourtant, je ne voulais pas qu'il arrête de pleurer. Je redoutais le silence qui suivrait. J'avais tant de questions à poser mais il y avait tellement de choses que je refusais de savoir.

Au bout d'un moment, Glen s'est arrêté et nous nous sommes assis tous les deux sur le canapé.

— Est-ce qu'on ne devrait pas prévenir la police ? Leur dire que tu l'as vue ce jour-là ? ai-je demandé.

J'avais besoin de prononcer ces mots à voix haute sinon ma tête allait exploser. Il s'est raidi à côté de moi.

— Ils penseront que je l'ai enlevée et tuée, Janie. Et tu sais que c'est faux. Le simple fait de l'avoir vue fera de moi le coupable idéal, l'homme qu'ils jetteront en prison. Nous ne devons rien dire. À personne.

Je suis restée immobile, incapable de parler. Il avait raison, cependant. Pour Bob Sparkes, avoir vu Bella équivaudrait à l'avoir enlevée.

Je n'arrivais tout simplement pas à imaginer que Glen l'ait kidnappée.

Il l'avait juste vue. C'est tout. Il l'avait vue, point. Il n'avait rien fait de mal.

Il était encore secoué de quelques hoquets après ses larmes et son visage était tout rouge et mouillé.

— Je n'arrête pas de me dire que je l'ai peut-être rêvé. Ça ne paraissait pas réel et tu sais que je ne ferais jamais de mal à un enfant.

J'ai acquiescé. Je croyais le savoir mais, en réalité, je ne savais rien du tout de cet homme avec lequel je vivais depuis des années. C'était un inconnu, mais nous étions liés, plus que jamais. Il me connaissait. Il connaissait mes faiblesses.

Il savait que j'aurais voulu qu'il l'enlève et me la ramène à la maison.

J'étais responsable de cette tourmente avec mon obsession.

Plus tard, alors que je lui préparais une tasse de thé à la cuisine, je me suis rendu compte qu'il n'avait pas prononcé le nom de Bella, comme si elle n'était pas réelle pour lui. J'ai remonté ma valise à l'étage et rangé mes affaires pendant que Glen était allongé sur le canapé à regarder un match de foot à la télé. Comme si de rien n'était. Comme si tout était normal.

Nous n'avons plus reparlé de Bella. Glen se montrait d'une gentillesse extrême avec moi, il me répétait sans arrêt qu'il m'aimait, il vérifiait que j'allais bien. S'inquiétait de ce que je faisais. « Qu'est-ce que tu faisais, Janie ? » demandait-il quand il m'appelait sur le portable. Et nous poursuivions ainsi notre petit bonhomme de chemin.

Mais Bella était constamment avec nous. Nous ne parlions pas d'elle, nous ne prononcions pas son nom. Nous continuions à avancer tandis que mon secret grossissait à l'intérieur de moi, donnant des coups dans mon cœur et mon estomac, me faisant vomir dans les toilettes du rez-de-chaussée quand je me réveillais et que je me souvenais.

Il a été attiré par Bella à cause de moi. Il voulait me trouver un bébé. Et je me demande ce que j'aurais fait s'il me l'avait ramenée à la maison. Je l'aurais aimée. Voilà ce que j'aurais fait. Je me serais contentée de l'aimer. Elle aurait pu être celle que j'aimais.

Elle avait failli être à moi.

Glen et moi avons continué de partager le même lit après ça. Ma mère n'arrivait pas à y croire.

— Comment peux-tu supporter de l'avoir près de toi, Jane ? Après tout ce qu'il a fait avec ces femmes ? Et cet homme ?

Maman et moi ne parlions jamais de sexe. C'était ma meilleure amie du lycée qui m'avait expliqué les règles et comment on faisait les bébés. Maman n'était pas très à l'aise pour évoquer ces questions-là. C'était sale, pour elle, j'imagine. Je suppose que voir la vie sexuelle de Glen étalée dans les journaux lui a facilité la tâche et lui a permis d'en parler ouvertement. Après tout, le reste du pays était au courant. Ça revenait à discuter de quelqu'un qu'elle ne connaissait pas vraiment.

— Ce n'était pas réel, maman. C'était pour faire semblant, lui ai-je répondu sans croiser son regard. Le psychologue a affirmé que c'était une chose que tous les hommes faisaient dans leur tête.

— Pas ton père.

— Bref, nous avons décidé d'oublier toute cette histoire et de regarder vers l'avenir, maman.

Elle m'a dévisagée comme pour répliquer quelque chose d'important mais s'est retenue.

— C'est ta vie, Jane. Tu dois faire ce que tu crois être le mieux.

— Notre vie, maman. La mienne et celle de Glen.

Glen a décidé qu'il était temps pour moi de chercher un petit boulot. Ailleurs que dans notre quartier.

Je lui ai répondu que me retrouver face à des inconnus me rendait nerveuse, mais nous étions d'accord sur le fait que je devais trouver une occupation. Hors de la maison.

Glen allait revenir à son idée de démarrer sa propre affaire. Mais pas en tant que chauffeur, cette fois. Quelque chose sur Internet. Dans le service.

— Tout le monde le fait, Janie. C'est de l'argent facile et j'ai les capacités.

Il y avait tant de choses que je voulais lui dire mais se taire semblait plus judicieux.

Notre tentative de regarder vers l'avenir a duré tout juste un mois. J'avais commencé à travailler les vendredis et les samedis dans un grand salon en ville. Assez grand pour y rester anonyme, avec beaucoup de passage et peu de questions indiscrètes. Plus chic que Hair Today, et les produits capillaires y étaient très chers. À leur parfum d'amande on savait qu'ils coûtaient une fortune. Les jours où je travaillais, je prenais le métro jusqu'à Bond Street et finissais à pied. Cette marche me faisait du bien, plus que je ne croyais.

Glen restait à la maison, devant son ordinateur, à « construire son empire », comme il disait. Il achetait et revendait des trucs sur eBay. Des pièces automobiles.

Les colis étaient livrés chez nous et encombraient le couloir, mais ça l'occupait. J'aidais un peu, j'emballais des accessoires et me rendais à sa place à la poste. Nous avions trouvé une routine.

Pourtant, aucun de nous n'oubliait l'affaire. Je ne pouvais m'empêcher de songer à Bella. Ma presque petite fille. J'ai commencé à penser que ç'aurait dû être *nous*. Elle aurait dû être ici avec nous. Notre bébé. Parfois, je regrettais qu'il ne l'ait pas emmenée ce jour-là.

Mais Glen ne pensait pas à Bella. C'était le coup monté qu'il ne parvenait pas à oublier. Il pesait sur son esprit. Je le voyais broyer du noir, s'énerver, et chaque fois que la police était mentionnée à la télé, il fulminait, s'écriait qu'ils avaient gâché sa vie. J'ai essayé de le convaincre de laisser couler, de regarder vers l'avenir, mais on aurait dit qu'il ne m'entendait pas.

Il a dû lui téléphoner car un jeudi matin, Tom Payne est venu nous rendre visite pour nous expliquer comment intenter un procès aux forces de l'ordre du Hampshire. Nous recevrions une compensation pour ce qu'ils avaient fait subir à Glen, d'après lui.

— Ils ne l'auront pas volé ! J'ai été enfermé pendant des mois à cause de leurs combines, a répliqué Glen et je suis partie préparer du thé.

À mon retour, ils étaient en train de faire des calculs sur le grand calepin jaune de Tom. Glen a toujours été doué avec les chiffres. Il est si intelligent. Leurs opérations terminées, Tom a déclaré :

— Je crois que vous devriez obtenir environ un quart de million, et Glen a crié comme si nous avions gagné au loto.

Je voulais leur dire que nous n'avions pas besoin d'une telle somme – que je ne voulais pas de cet argent sale. Mais je me suis contentée de sourire puis je me suis approchée de Glen pour lui prendre la main.

La procédure était longue mais elle a donné à Glen un nouvel objectif sur lequel se concentrer. Les livraisons de colis eBay ont cessé, et il s'asseyait à la table de la cuisine avec ses papiers, il lisait des comptes rendus et rayait des données, en surlignait d'autres avec ses nouveaux feutres fluo, perforait ses documents et les rangeait dans ses différents dossiers. Parfois, il me lisait un passage, pour savoir ce que j'en pensais.

— Les répercussions de cette enquête et les stigmates inhérents ont entraîné chez M. Taylor de fréquentes crises d'angoisse lorsqu'il quitte son domicile.

— C'est vrai ? ai-je demandé.

Je n'avais pas remarqué. En tout cas, il ne s'agissait pas du même genre de crises d'angoisse que celles de ma mère.

— Eh bien, je me sens noué à l'intérieur, a-t-il dit. Tu crois qu'ils voudront un certificat du médecin ?

Nous ne sortions pas beaucoup de toute façon. Nous n'allions qu'au supermarché et une fois nous sommes allés au cinéma. En général, nous allions faire les courses de bonne heure et dans de grands magasins, anonymes, où on n'était pas obligé de parler à qui que ce soit, mais on le reconnaissait presque chaque fois. Pas étonnant. Sa photo avait fait la une tous les jours pendant le procès et les caissières savaient qui il était. J'avais dit que je pouvais y aller sans lui mais il ne voulait pas en entendre parler. Il refusait de me laisser affronter ça toute seule. Il me tenait la main et jouait les courageux, et moi j'ai appris à décocher à quiconque osait dire un mot un regard qui lui clouait le bec.

C'était plus difficile lorsque je rencontrais des gens que je connaissais. En m'apercevant, certains changeaient de trottoir, feignaient de ne pas m'avoir vue. D'autres voulaient connaître le moindre détail. Je me retrouvais à raconter encore et toujours la même chose :

— Nous allons bien. Nous savions que la vérité éclaterait ; que l'on reconnaîtrait l'innocence de Glen. La police doit répondre de ses agissements.

Pour la plupart, les gens semblaient heureux pour nous, mais pas tous. L'une de mes anciennes clientes du salon a répliqué : « Mais personne n'est totalement innocent, n'est-ce pas ? » Je lui ai répondu que j'étais ravie de l'avoir revue mais que je devais aider Glen.

— Ça implique de retourner au tribunal, lui ai-je dit un jour sous le coup de l'énervement. Que toute notre vie soit à nouveau fouillée et passée au crible. Je ne suis pas sûre…

Glen me tenait dans ses bras.

— Je sais que c'est dur pour toi, chérie, mais ce sera ma disculpation. Grâce à ça, les gens sauront ce que j'ai traversé. Ce que nous avons traversé.

Je comprenais la logique de sa démarche et tentais de lui apporter mon aide en me rappelant des dates et d'affreuses rencontres pour ajouter à son témoignage.

— Tu te souviens de ce type au cinéma ? Il a refusé de s'asseoir dans la même salle qu'un pédophile. Il a crié en te montrant du doigt.

Bien sûr, Glen se le rappelait. Nous avions dû quitter le cinéma, escortés par deux vigiles, « pour notre propre sécurité », selon le directeur. Le type n'arrêtait pas de demander : « Et Bella ? » et sa compagne essayait de le faire se rasseoir.

Je voulais répondre quelque chose – que mon mari était innocent – mais Glen m'avait agrippée par le bras.

— Ne fais pas ça, Jane. Ça ne fera qu'empirer la situation. C'est juste un taré.

Il n'aimait pas s'en souvenir mais il a tout noté dans sa déclaration.

— Merci, chérie.

La police s'est opposée à la demande de compensation – d'après Tom, ils y étaient contraints car ils devraient payer avec l'argent du contribuable – jusqu'au tout dernier moment. J'étais en train d'enfiler ma tenue pour le tribunal lorsque Glen, déjà vêtu de son beau costume et de ses chaussures cirées, a reçu un appel de Tom.

— C'est terminé, Janie ! a-t-il crié depuis le rez-de-chaussée. Ils ont payé. Un quart de million.

La presse et Dawn Elliott ont appelé ça de l'argent criminel, touché sur le dos d'une petite fille. Les journalistes se sont remis à écrire des horreurs sur Glen et ils sont revenus camper devant chez nous. J'avais envie de hurler *Je t'avais prévenu !* mais à quoi bon ?

Glen s'est à nouveau muré dans le silence et j'ai quitté mon travail avant qu'ils ne me virent.

Retour à la case départ.

CHAPITRE 29

Lundi 21 juillet 2008
L'inspecteur

Après le fiasco du procès, Bob Sparkes éprouva une tristesse d'un nouveau genre. Ainsi qu'une grande colère. Surtout envers lui-même. Il s'était laissé convaincre d'employer cette stratégie désastreuse.

À quoi avait-il pensé ? En passant devant une porte ouverte du dernier étage, il avait surpris l'un des officiers supérieurs dire de lui qu'il courait après la gloire et cette remarque lui avait donné envie de rentrer sous terre. Il croyait agir pour Bella mais peut-être n'avait-il songé qu'à lui ?

En tout cas, ce n'est pas de gloire que je me suis couvert, commenta-t-il à part lui.

Le rapport qui en ressortit, cinq mois après la fin du procès, était rédigé dans un langage administratif aseptisé typique, et concluait que la décision d'employer un agent sous couverture afin d'obtenir des preuves contre un suspect avait été prise « en se basant sur une opinion d'expert et sur une consultation intense d'officiers gradés, mais que la stratégie se révélait finalement faillible en raison du manque de supervision appropriée d'un agent inexpérimenté ».

— En d'autres termes, on a foiré, raconta Sparkes à Eileen au téléphone après une brève réunion avec le directeur de la police.

Le lendemain, il était, avec ses supérieurs, nommément traîné dans la boue dans les journaux, qui le désignaient comme l'un des responsables du désastre de l'affaire Bella. Des politiciens et toutes sortes de révoltés opportunistes exigèrent que « tombent des têtes » ; Sparkes fit profil bas tandis qu'ils débitaient tous les lieux communs, et tenta de se préparer à la vie d'après.

Eileen semblait presque se réjouir à l'idée qu'il quitte la police ; elle lui suggéra un poste dans la sécurité, en entreprise. *Un boulot propre*, sous-entendait-elle selon lui. Ses enfants furent fantastiques, ils appelaient régulièrement pour l'encourager et lui remonter le moral en lui donnant de leurs nouvelles, mais il peinait à imaginer les lendemains.

Il reprit la course à pied, se remémorant le soulagement que cela lui avait procuré quand il était devenu père, et il laissait le rythme de ses pieds martelant le sol lui emplir l'esprit pendant au moins une heure. Mais il rentrait à la maison le visage gris et en sueur, et ses genoux de quinquagénaire lui faisaient souffrir le martyre. Eileen lui conseilla d'arrêter : ça le rendait malade. Ça et puis tout le reste.

Au final, son audience disciplinaire se déroula en toute civilité, sur un ton poli et ferme à la fois. Ils connaissaient déjà toutes les réponses mais ils devaient suivre la procédure. On le mit en congés forcés dans l'attente de la décision. Il était encore en pyjama lorsqu'il reçut l'appel de son représentant syndical qui lui annonça que la police avait choisi d'attribuer la responsabilité à un plus haut niveau et qu'il n'écoperait que d'un blâme porté à son dossier ; il ne serait pas renvoyé. Il ne savait pas s'il devait en rire ou en pleurer.

Eileen fondit en larmes et le serra fort dans ses bras.

— Bob, c'est terminé. Dieu merci, ils ont retrouvé leurs esprits.

Le lendemain, il reprenait le travail, affecté à de nouvelles tâches.

— Un nouveau départ pour nous tous, lui lança, en guise d'entretien de présentation, l'inspecteur divisionnaire Chloe Wellington, tout juste promue au poste de Brakespeare tombé en disgrâce. Je sais que c'est tentant, mais laissez Glen Taylor à quelqu'un d'autre. Vous ne pouvez pas vous impliquer de nouveau dans cette affaire, pas après toute la publicité qu'il y a eu. Ça passerait pour de la persécution et chaque nouvel indice en serait entaché.

Sparkes acquiesça, puis aborda d'un ton assuré les enquêtes sur le feu, les budgets, le tableau de service, et les potins de bureau. Mais en regagnant son poste, il n'avait qu'un nom en tête : Glen Taylor.

Matthews l'attendait ; ils refermèrent la porte pour discuter stratégie.

— Ils vont nous avoir à l'œil, patron. S'assurer qu'on ne s'approche pas de lui. Ils ont fait venir un inspecteur gradé de Basingstoke pour réviser et reprendre l'affaire Bella Elliott – une femme, quelqu'un de bien. Jude Downing. Vous la connaissez ?

L'inspecteur principal Jude Downing vint frapper à la porte du bureau de Sparkes l'après-midi pour lui proposer de prendre un café. Élancée, la chevelure rousse, elle s'assit en face de lui dans le bistrot au bas de la rue.

— La cantine ressemble un peu à une fosse aux ours. Prenons un *latte*, lui dit-elle, puis le silence s'installa.

— Il court toujours, Jude, finit par lâcher Sparkes.

— Et Bella ?

— Je ne sais pas. Elle me hante.

— Est-ce que ça signifie qu'elle est morte ? demanda-t-elle et il ne sut que répondre.

Son instinct de flic lui soufflait qu'elle était morte. Mais il n'arrivait pas à la laisser partir.

Dawn accordait toujours des interviews quand les infos du jour ne prévalaient pas, son visage enfantin lançant un regard accusateur. Il avait continué à l'appeler chaque semaine. « Rien de neuf, Dawn. Je voulais juste prendre des nouvelles, disait-il. Comment ça va ? » Et elle lui racontait. Elle avait rencontré un homme qui lui plaisait grâce à la campagne « Trouver Bella » et réussissait à continuer à vivre, une journée après l'autre.

« Nous sommes trois dans ce mariage », lui lança un jour Eileen en lâchant le rire sec et hypocrite qu'elle employait pour le punir. Il ne releva pas mais il cessa de mentionner l'affaire à la maison et il promit de finir de repeindre leur chambre.

Jude Downing lui apprit qu'elle étudiait toutes les pièces à conviction pour vérifier que rien n'avait été mis de côté.

— On est tous passés par là, Bob. Dans une telle affaire, on est si impliqué qu'on ne voit plus avec clarté. Ce n'est pas une critique, c'est un fait.

Sparkes contempla la mousse de son café. On avait dessiné un cœur dessus avec du chocolat en poudre.

— Vous avez raison, Jude. Il faut un nouveau regard, mais je peux vous aider.

— Mieux vaut que vous vous teniez à l'écart pour le moment, Bob. Ne le prenez pas mal, mais nous devons recommencer de zéro et suivre nos propres pistes.

— D'accord. Merci pour le café. Je ferais bien d'y retourner.

Un peu plus tard, Eileen lui servit une bière puis l'écouta avec patience déverser sa rage.

— Laisse-la s'en charger, chéri. Tu vas avoir un ulcère à force. Fais plutôt les exercices de respiration que t'a indiqués le médecin.

Il sirota sa bière et s'entraîna à laisser couler les choses mais il avait surtout l'impression qu'elles lui échappaient.

Il tenta de se plonger dans ses nouvelles enquêtes mais il ne s'agissait que de tâches superficielles pour lui. Un mois plus tard, Ian Matthews annonça sa mutation dans un autre poste de police.

— Besoin de changement, Bob. C'est pareil pour tout le monde.

Le pot de départ de Ian Matthews se déroula dans la tradition. Discours des anciens, puis orgie alcoolisée d'anecdotes abominables et de souvenirs larmoyants sur des crimes résolus.

— C'est la fin d'une époque, Ian, lui assura Sparkes en échappant à son étreinte aux relents de bière. Vous avez été fantastique.

Il ne restait plus que lui. Et Glen Taylor.

Son nouveau sergent fut nommé, une fille de vingt-cinq ans à l'intelligence affûtée.

— Une femme, l'avait corrigé Eileen. Les filles ont des couettes.

Son sergent n'avait pas de couettes. Elle coiffait sa chevelure brune brillante en un chignon serré sur le haut du crâne, les fins cheveux à ses tempes si tirés que sa peau plissait. C'était une jeune femme robuste dotée d'un diplôme et dont le plan de carrière était clairement imprimé dans son esprit.

L'inspectrice Zara Salmond – *sa mère devait avoir un faible pour la royauté anglo-écossaise*, songea-t-il – débarquait des Mœurs et était ici, selon ses propres dires, pour lui faciliter la vie. Elle se mit à l'œuvre sans attendre.

Les enquêtes affluaient et refluaient – un ado mort d'une overdose, une série de braquages de haut vol, une agression à l'arme blanche dans une boîte de nuit – et il s'échinait dessus, mais rien ne détournait son attention de l'homme qui partageait son bureau.

Glen Taylor, tout sourire devant la cour d'assises de Londres, continuait de scintiller en périphérie de sa journée. *Il est là, quelque part* devint son mantra tandis qu'il étudiait discrètement chaque rapport de police datant du jour de la disparition de Bella, effaçant les lettres des touches de son clavier à force de les taper.

Le téléphone arabe de la cantine apprit à Sparkes que Lee Chambers avait été convoqué une nouvelle fois pour un interrogatoire. Il avait purgé ses trois mois pour exhibitionnisme, perdu son emploi et devait déménager, mais apparemment, il n'avait rien perdu de son aplomb.

Chambers s'agita sur sa chaise et clama son innocence ; toutefois, en échange de l'immunité dans des poursuites ultérieures, il leur en révéla davantage sur son commerce pornographique, y compris ses heures d'ouverture et ses lieux de vente habituels.

À surveiller, telle fut la conclusion de la nouvelle équipe qui ne croyait pas qu'il était leur homme. Ils le relâchèrent mais les informations qu'il avait fournies remirent la station-service au premier plan, et grâce aux caméras de surveillance on finit par repérer certains des clients de Chambers. Sparkes attendit de savoir si Glen Taylor en faisait partie.

— Aucune trace, monsieur, lui apprit Salmond. Mais ils continuent de chercher.

Et ils poursuivirent.

C'était fascinant ; pour Sparkes, c'était un peu comme regarder une adaptation de son enquête, dans laquelle des acteurs joueraient les inspecteurs.

— J'ai l'impression d'être dans un fauteuil d'orchestre, confia-t-il à Kate lorsqu'elle téléphona.

— Qui joue votre rôle ? Robert de Niro ? Oh non, j'oubliais, Helen Mirren.

Elle s'esclaffa.

Pourtant, être assis dans le public plutôt que debout sur la scène lui permit d'avoir la vue d'ensemble qui lui manquait avant. Il pouvait observer la traque, d'un regard presque omniscient, et il commença à remarquer les failles et les détours empruntés.

— Nous nous sommes focalisés sur Taylor trop vite, dit-il à l'inspectrice Salmond.

Cela lui coûtait énormément de l'admettre mais il fallait en passer par là.

— Examinons une nouvelle fois le jour où Bella a disparu. En toute discrétion.

Dans le plus grand secret donc, ils entreprirent de reconstruire la journée du 2 octobre à partir du réveil de l'enfant, assemblant et collant leurs preuves à l'intérieur de l'armoire métallique débarrassée à la hâte qui occupait un coin du bureau de Sparkes.

— On dirait le projet d'arts plastiques d'un collégien, plaisanta Salmond. On aurait peut-être une bonne note.

Elle avait voulu reprendre la chronologie sur l'ordinateur mais Sparkes craignait d'être sous surveillance.

— Comme ça, on peut se débarrasser de tout sans laisser de trace, au cas où, ajouta-t-il.

Il ne se rappelait plus le moment où Salmond lui avait proposé son aide. Elle ne le taquinait pas comme se plaisait à le faire Matthews, l'intimité et le soulagement d'une plaisanterie partagée lui manquaient, mais un tel comportement lui paraissait inapproprié avec une femme. Du flirt plus que de la camaraderie. En tout cas, ce qu'il ne regrettait pas, c'étaient les dégoûtants sandwiches à la saucisse dégoulinant de ketchup que Matthews mangeait et la vue de son ventre rebondi quand sa chemise s'entrouvrait.

L'inspectrice Salmond était brillante mais Sparkes ne la connaissait pas vraiment et il ignorait s'il pouvait lui faire confiance. Il le faudrait bien. Il avait besoin de sa perspicacité froide pour l'empêcher de s'égarer à nouveau dans les sous-bois.

Bella s'était réveillée à 7 h 15 aux dires de Dawn. Un tout petit peu plus tard que d'habitude, mais Dawn l'avait mise au lit plus tard aussi la veille.

— Pourquoi ce changement ? interrogea Salmond.

Ils vérifièrent les dépositions de Dawn.

— Elles ont mangé au McDo la veille au soir et ont dû attendre le bus pour rentrer, répondit Sparkes.

— En quel honneur ? Y avait-il une occasion spéciale ? demanda Salmond. Pas son anniversaire en tout cas, c'est en avril. Je croyais que Dawn n'avait pas un sou. Elle est à découvert d'environ cinq cents livres sur son compte et d'après le voisin elle sort rarement.

— À en croire ces rapports, nous n'avons pas posé la question, répliqua Sparkes.

Cet élément intégra la liste de Salmond. *Cette fille aime les listes*, songea Sparkes. *Pardon, cette femme.*

— Et ensuite il y a les bonbons chez le marchand de journaux. Encore un autre petit plaisir. Je me demande ce qu'il se passait dans leurs vies.

Salmond inscrivit SMARTIES sur un bout de papier qu'elle colla dans l'armoire.

Ils étaient assis chacun d'un côté du bureau, Salmond dans le fauteuil du patron. Entre eux se trouvait une copie du dossier d'origine, récupérée par Matthews en guise de cadeau de départ. Sparkes commençait à avoir l'impression de subir un interrogatoire, mais son nouveau sergent répertoriait juste les questions oubliées ; il se concentra.

— Y avait-il un nouvel homme dans sa vie ? Qu'en est-il de ce Matt qui l'a mise enceinte ? Est-ce qu'on lui a parlé ?

Les trous dans l'enquête se faisaient de plus en plus béants, accusant Sparkes.

— Occupons-nous-en maintenant, proposa Salmond à la hâte, remarquant la morosité qui gagnait son patron.

Le nom du père n'était pas renseigné sur le certificat de naissance de Bella ; n'étant pas mariée, Dawn n'avait pas le droit d'indiquer un père sans la présence de celui-ci au moment de l'enregistrement. Dawn avait cependant déclaré à la police que le père s'appelait Matt White, qu'il vivait dans la région de Birmingham et prétendait travailler pour une compagnie pharmaceutique. « Il pouvait se procurer du Viagra comme il voulait », avait-elle raconté à Sparkes.

L'enquête de routine n'avait pas permis de localiser un Matthew White à Birmingham qui correspondrait, puis Glen Taylor était entré en scène et tous les autres suspects avaient été mis de côté.

— Matt doit être un diminutif. Je me demande s'il ne lui aurait pas donné un faux nom de famille ? Les hommes mariés font souvent ça ; ça évite que la copine se pointe sans prévenir, surtout quand la liaison est terminée, fit remarquer Salmond d'un air songeur.

Elle gérait ses nouvelles enquêtes en plus du reste de son travail avec une efficacité tranquille qui calmait Sparkes et lui donnait le léger sentiment de ne pas être à la hauteur. Elle avait une façon bien à elle d'aller et venir dans son bureau ; dans un bruissement, elle lui apportait le bon document, répondait à sa question, approuvait la marche à suivre, perturbant à peine sa concentration.

Il commença à croire qu'ils allaient trouver une nouvelle piste. Mais ce sentiment d'espoir nouveau le déconcentrait, le rendait imprudent et lui faisait relâcher sa garde. Qu'on découvre son enquête parallèle était sans doute inévitable.

Il passait un coup de téléphone, la porte de son armoire entrouverte, quand l'inspectrice Downing se présenta sans frapper. Son invitation à partager un sandwich ne franchit jamais ses lèvres. Elle se retrouva face à l'enquête alternative sur Bella Elliott, affichée comme dans l'antre d'un tueur en série.

— Jude, ce ne sont que les restes de l'enquête d'origine, assura-t-il en voyant le regard de sa collègue se durcir.

Explication quelque peu faiblarde, même pour lui, et il n'y avait rien à faire pour endiguer le désastre.

Plutôt que d'un sermon, il écopa de compassion, et dans une certaine mesure, c'était pire.

— Vous avez besoin de prendre des congés, lui annonça d'un ton ferme le commissaire divisionnaire Parker lors d'un entretien officiel le lendemain. Et de vous faire aider. Nous recommandons un suivi psychologique. Nous connaissons des gens très bien.

Sparkes se retint de rire. Il accepta la feuille imprimée qui listait les noms de spécialistes et les deux semaines de congé qu'on lui imposait puis appela Salmond de sa voiture pour la prévenir.

— Ne vous occupez plus de cette affaire, Salmond. Ils savent que vous ne pétez pas les plombs et ils ne se montreront pas aussi gentils la prochaine fois. Nous devons laisser faire la nouvelle équipe.

— Entendu, répondit-elle d'un ton sec.

De toute évidence, elle se trouvait en compagnie d'un gradé.

— Appelez-moi quand vous pourrez parler, conclut-il.

CHAPITRE 30

Mardi 16 septembre 2008
La mère

Dawn avait fait un effort. Elle avait acheté une veste hors de prix et enfilé une paire de talons, des collants neufs et une jupe. Le rédacteur en chef était aux petits soins pour elle, il l'accueillit à l'ascenseur et lui fit traverser la salle de rédaction devant tous les journalistes. Ceux-ci lui sourirent et la saluèrent du menton depuis leurs postes de travail et l'homme qui avait pris place tous les jours dans la salle d'audience reposa son téléphone et vint lui serrer la main.

La secrétaire du rédacteur en chef, une femme d'une élégance incroyable dotée d'une chevelure et d'un maquillage de magazine, les suivit dans le saint des saints et lui proposa une boisson chaude.

— Un thé, merci. Sans sucre.

Le plateau arriva et c'en fut terminé des badinages. Le rédacteur en chef était un homme occupé.

— Bon, Dawn, parlons de votre campagne pour amener Taylor devant la justice. Il va nous falloir une grande interview dans laquelle vous donnerez le top départ. Et un nouvel angle d'attaque.

Dawn Elliott savait exactement ce qu'attendait le rédacteur en chef. Près de deux années d'exposition médiatique l'avaient endurcie. Un nouvel angle signifiait une plus grande place en première page, des articles dans d'autres quotidiens, des apparitions dans les programmes télévisés du matin, un direct sur Radio 5, l'émission « Woman's Hour », des magazines. Tout cela s'enchaînerait comme la nuit suit le jour. C'était épuisant mais elle devait continuer car le plus souvent elle sentait, au plus profond de ses entrailles, que son bébé était encore en vie. Le reste du temps, elle l'espérait.

Cependant, assise sur un cube en mousse bleu ciel – tentative médiocre de la part du décorateur d'entreprise pour humaniser la pièce –, apaisée par l'air conditionné, elle savait aussi que ce journal souhaitait qu'elle affirme pour la première fois que Bella avait été assassinée. Ce serait le « coup d'éclat » dont le rédacteur en chef aurait besoin pour s'attaquer à Glen Taylor.

— Je ne dirai pas que Bella est morte, Mark, affirma-t-elle. Parce qu'elle ne l'est pas.

Mark Perry hocha la tête, le visage raidi par une expression de fausse compassion, et insista :

— Je comprends tout à fait, Dawn, mais on peut difficilement accuser quelqu'un de meurtre en clamant que sa victime est encore en vie. Je sais combien c'est dur mais la police pense que Bella est morte, non ?

— Pas Bob Sparkes, répliqua-t-elle.

— Si, Dawn. Il le croit. Tout le monde le croit.

Dans le silence qui suivit, Dawn soupesa les options qui s'offraient à elle : abonder dans le sens des journaux ou se débrouiller seule. Le matin, elle s'était entretenue avec le chargé de communication bénévole qui travaillait sur la campagne et il l'avait avertie qu'elle serait peut-être confrontée à un choix cornélien. « Une fois que vous aurez déclaré que Bella est morte, il n'y aura pas de retour en arrière possible et les recherches pour la retrouver risquent fort de s'arrêter. »

Elle ne pouvait pas permettre que cela se produise.

— Je crois que nous devrions laisser la question ouverte, déclara Dawn. Pourquoi ne pas s'en tenir à l'accuser de kidnapping, parce que, le jour où je la retrouverai, vous ne voudrez pas être celui qui l'a prétendue morte, pas vrai ? Tout le monde dira que c'est votre faute si on a arrêté de la chercher.

Perry gagna son bureau et en revint avec une des feuilles A3 qui le jonchaient. Il déplaça le plateau sur un autre cube et posa la feuille sur la table. Il s'agissait de la maquette d'une première page – une parmi de nombreuses autres tirées pour faire vendre l'exclusivité du *Herald*. Aucun article n'encombrait la page, il n'y avait que sept mots qui hurlaient : Voici l'homme qui a volé Bella accompagnés d'une photo de Glen Taylor.

Perry aurait préféré Tueur ! en gros titre mais il le gardait pour le jour où ils coinceraient cet enfoiré.

— Qu'en pensez-vous ? demanda-t-il en lui tendant la page que Dawn examina avec l'œil d'une professionnelle.

Au début, elle pouvait à peine regarder le visage de Taylor, le voir accolé à celui de son bébé dans tous les quotidiens, mais elle avait pris sur elle. Elle fixait ses yeux, y cherchait des traces de culpabilité ; elle examinait sa bouche, en quête de faiblesse ou de convoitise. Mais il n'y avait rien. Il ressemblait à l'homme à côté duquel elle s'asseyait dans le bus, à celui qui se tenait derrière elle dans la file d'attente à la caisse du supermarché, et elle se demanda si c'était le cas. S'était-elle assise à côté de lui ? Avait-elle attendu devant lui ? Était-ce pour cela qu'il avait pris son enfant ?

C'était la question qui la taraudait chaque minute où elle était éveillée. Ses rêves étaient remplis de Bella : elle l'apercevait, hors d'atteinte ; elle était incapable de bouger ou d'avancer pour rejoindre son enfant, elle avait beau courir de toutes ses forces, elle n'y parvenait jamais. Et au réveil, elle se rendait compte, comme si c'était la première fois, qu'elle était partie.

Au début, elle avait été incapable de reprendre part à la vie, enlisée dans l'échec et l'impuissance. Mais lorsque, finalement, elle avait émergé de l'engourdissement provoqué par les calmants, sa mère l'avait convaincue d'occuper ses journées avec des activités pratiques. « Il faut que tu te lèves, que tu t'habilles tous les jours et que tu fasses quelque chose, Dawn. Même quelque chose d'insignifiant. »

Elle lui avait prodigué le même conseil à la naissance de Bella, lorsque Dawn avait éprouvé des difficultés à gérer le manque de sommeil et les hurlements de douleur dus aux coliques de son nouveau-né.

Alors elle s'était levée et habillée. Elle avait redescendu l'allée jusqu'au portail. Elle s'était tenue dans le jardin comme Bella l'avait fait et elle avait observé le monde qui continuait de tourner.

Le comité « Trouver Bella » avait débuté sur la page Facebook de Dawn avec ses *post* sur Bella et son humeur quotidienne. La réaction fut pareille à un raz de marée, la submergeant avant de la remettre à flot. Elle rassembla des milliers, puis des centaines de milliers d'Amis et de J'aime à mesure que les mères et les pères du monde entier la contactaient. Cela lui avait donné un objectif sur lequel se concentrer, et quand on lui avait proposé de l'argent pour l'aider à retrouver sa petite fille, elle avait accepté.

Bob Sparkes avait émis quelques réserves sur le chemin que prenait le comité « Trouver Bella », mais il approuvait tant que ses agents ne se détournaient pas de leur tâche. « Et puis, on ne sait jamais, lui avait-il dit. Le comité pourrait inciter un témoin à se manifester. »

Kate va péter les plombs quand elle verra que j'ai choisi le Herald – *l'ennemi*, avait-elle songé lorsque le journal l'approcha pour la première fois. *Son offre ne rivalisait pas avec la sienne. Elle comprendra.*

En vérité, elle aurait préféré que Kate et Terry gèrent l'exclusivité mais le *Daily Post* avait décliné l'opportunité.

C'était un coup dur car elle s'était rapprochée de Kate au fil des mois. Elles se parlaient presque toutes les semaines et se retrouvaient souvent pour déjeuner et bavarder. Parfois, le journal envoyait une voiture avec chauffeur pour conduire Dawn à Londres pour la journée. En échange, Kate était la première informée de tous les éléments dont disposait Dawn.

Mais dernièrement, les articles du *Post* s'étaient taris.

— Est-ce que le journal en a marre de moi ? avait-elle demandé à Kate lors de leur dernière rencontre, après la non-publication d'une interview.

— Ne dites pas de bêtises, avait répliqué la journaliste. L'actualité est juste très chargée en ce moment.

Mais Kate n'avait pas réussi à la regarder dans les yeux.

Dawn n'était plus la fille perdue prostrée sur son canapé. Elle comprenait.

Et quand le *Herald* avait appelé pour proposer de faire campagne afin de traduire Taylor en justice et offert un don généreux au comité « Trouver Bella », elle avait accepté.

Elle avait téléphoné à Kate pour l'avertir de sa décision ; elle lui devait bien ça. Son appel avait provoqué une grande panique chez la journaliste.

— Bon sang, Dawn, vous êtes sérieuse ? Avez-vous signé quoi que ce soit ?

— Non, je vais les rencontrer cet après-midi.

— Bien. Accordez-moi vingt minutes.

— C'est-à-dire que…

— Je vous en prie, Dawn.

Lorsqu'elle la rappela, Dawn sut immédiatement que Kate n'avait rien à proposer.

— Je suis navrée, Dawn. Ils ne le feront pas. D'après eux, il est trop risqué d'accuser Taylor. Et ils ont raison. C'est un coup de pub, Dawn, et ça pourrait vous exploser à la figure. Ne faites pas ça.

Dawn poussa un soupir.

— Moi aussi, je suis désolée, Kate. Vous savez que ça n'a rien de personnel – vous avez été formidable – mais je ne peux pas arrêter maintenant parce qu'un journal ne s'intéresse plus à l'affaire. Je ferais mieux d'y aller ou je vais être en retard. On se reparle bientôt.

Voilà où elle en était, à consulter le contrat et revérifier les clauses subsidiaires en quête de lacunes. Son avocat l'avait déjà lu mais il lui avait conseillé de l'examiner à nouveau au cas où « ils auraient ajouté quelque chose ».

Mark Perry l'observait, l'encourageant d'un hochement de tête chaque fois qu'elle parlait. Il souriait de toutes ses dents quand elle signa et data le document.

— OK, commençons, dit-il en se levant, puis il la poussa hors du bureau vers le chroniqueur qui réaliserait la « grande interview ».

Ils avaient déjà écrit une centaine de mots, préparés pour le verdict attendu de culpabilité. Avant le procès de Glen Taylor, ils avaient interviewé ses anciens collègues de la banque et de la société de livraison, rassemblé les anecdotes sordides des femmes fréquentées sur les chat-rooms et récupéré le contenu de pédopornographie au cours d'une réunion officieuse avec l'un des inspecteurs de police. Ils avaient en outre acheté une voisine des Taylor et ses photos exclusives de l'homme en compagnie de ses enfants – dont une petite fille blonde.

La voisine leur avait raconté qu'il regardait ses enfants de derrière sa fenêtre et qu'elle avait cloué le portail entre leurs jardins.

Rien de tout ça ne serait perdu maintenant.

— Elle refuse le gros titre avec *Tueur* mais nous avons eu une première journée prolifique, annonça-t-il à son adjoint, glissant sa veste sur le dossier de la chaise et relevant ses manches. Travaillons sur l'éditorial. Et faites venir les avocats. Je n'ai pas envie de me retrouver en prison tout de suite.

Le *Herald* étala l'histoire sur ses neuf premières pages, s'engageant à traduire Glen Taylor en justice et exigeant du ministre de l'Intérieur qu'il ordonne un nouveau procès.

C'était du journalisme dans toute sa puissance, qui faisait entrer son message dans la tête du public à coups de marteau, le poussait à réagir, ce dont il ne se priva pas. Les sections dédiées aux avis des lecteurs sur le site Internet n'en finissaient pas d'empiler les commentaires grossiers, racoleurs et inconsidérés et les appels au rétablissement de la peine de mort.

— Les tarés habituels, résuma le rédacteur lors de la conférence du matin. Mais un sacré paquet de tarés.

— Un peu de respect pour nos lecteurs, lança le rédacteur en chef.

Et tous éclatèrent de rire.

— Bon, qu'est-ce qu'on a pour aujourd'hui ?

CHAPITRE 31

Mercredi 17 septembre 2008
La journaliste

À son bureau, Kate Waters fulminait devant son petit déjeuner.

— On aurait pu l'avoir, disait-elle à quiconque l'écoutait tout en tournant les pages du *Herald*.

À l'autre bout de la salle de rédaction, Terry Deacon l'entendait mais n'en arrêta pas pour autant de taper sa liste d'informations. Elle délaissa sa tartine de pain complet nappée de miel et s'approcha à grandes enjambées.

— On aurait pu l'avoir, répéta-t-elle en se plantant devant lui.

— Bien sûr qu'on aurait pu, Kate, mais elle demandait trop d'argent et nous avons déjà publié trois grosses interviews avec elle.

Il repoussa son siège, l'air chagriné.

— Franchement, rien de neuf sous le soleil là-dedans. La photo avec la gosse d'à côté ne m'aurait pas déplu mais on a déjà vu dix mille fois les traînées d'Internet et la pédopornographie.

— Ce n'est pas le problème, Terry. Le *Herald* est désormais le journal officiel de l'affaire Bella Elliott. Si Taylor est à nouveau jugé et déclaré coupable, ils pourront dire que c'est grâce à eux que le ravisseur de Bella a été traduit en justice. Et nous, on sera où ? Sur les marches du tribunal où on n'aura plus que nos yeux pour pleurer.

— Dans ce cas, trouvez une meilleure histoire, Kate ! lança le rédacteur en chef en surgissant dans leur dos. Ne perdez pas votre temps sur du réchauffé. Je file en réunion marketing mais on se reparle plus tard.

— OK, Simon, répondit-elle alors qu'il s'éloignait.

— Merde alors ! Tu viens d'être convoquée chez le proviseur ! s'esclaffa Terry, une fois hors de portée des oreilles de son patron.

Kate regagna son bureau et son toast refroidi et entreprit de trouver un sujet qui ferait une meilleure exclusivité.

Dans des circonstances normales, elle se serait contentée d'appeler Dawn Elliott ou Bob Sparkes, mais ses options s'amenuisaient à vue d'œil. Dawn avait levé le camp et Bob avait mystérieusement disparu de la circulation – elle n'avait plus de nouvelles depuis des semaines. Elle avait appris de la bouche du chargé des affaires criminelles qu'il y avait eu des histoires d'interférence dans la révision de l'affaire Bella et le téléphone de Sparkes semblait être éteint en permanence.

Elle tenta sa chance une nouvelle fois et poussa un cri de joie silencieux quand elle entendit la tonalité.

— Bonjour, Bob, dit-elle quand Sparkes décrocha enfin. Comment allez-vous ? Vous avez repris le boulot ? J'imagine que vous avez lu le *Herald* ?

— Bonjour, Kate. Oui. Plutôt culotté de leur part compte tenu du verdict. J'espère qu'ils ont de bons avocats. Bref, c'est sympa d'avoir de vos nouvelles. Je vais bien. J'ai pris des congés mais je suis revenu au travail. Je suis en ville, pour collaborer avec la Met. Régler quelques derniers détails. Je ne suis pas très loin de chez vous, d'ailleurs.

— Super, et qu'est-ce que vous faites pour le déjeuner ?

Lorsqu'elle entra dans le minuscule restaurant français hors de prix, il était déjà installé, l'air sombre, son costume noir contrastant avec les nappes blanches.

— Bob, vous semblez en forme, mentit-elle. Pardon pour le retard. Le trafic est infernal.

Il se leva et lui tendit la main par-dessus la table.

— Je viens juste d'arriver.

Ils échangèrent des banalités tandis que le serveur leur apportait les cartes, proposait suggestions du chef et eau, prenait la commande et versait le vin. Et enfin, devant leurs assiettes de magret de canard, elle se lança.

— Je veux aider, Bob, dit-elle en attrapant sa fourchette. Il doit bien y avoir une piste qu'on peut reprendre.

Il ne répondit pas, se contenta de découper la viande rose devant lui. Elle patienta.

— Écoutez, Kate, nous avons commis une erreur qu'on ne peut pas réparer. Attendons de voir ce que donne la manœuvre du *Herald*. Vous croyez qu'il va leur intenter un procès ?

— C'est un jeu dangereux, d'attaquer pour diffamation. Je suis passée par là. S'il le fait, il devra se présenter à la barre et témoigner. Est-ce vraiment ce qu'il souhaite ?

— C'est un homme intelligent, Kate. Fuyant.

Il roulait la mie entre ses doigts.

— Je ne sais plus rien, conclut-il.

— Pour l'amour de Dieu, Bob ! Vous êtes un flic exceptionnel. Pourquoi baissez-vous les bras ?

Il leva la tête et plongea son regard dans le sien.

— Pardon, loin de moi l'intention de vous enquiquiner, ajouta-t-elle. Mais je n'aime pas vous voir dans cet état, c'est tout.

Le calme retombé, tandis qu'ils sirotaient leurs vins, Kate maudit son empressement. *Laisse le pauvre homme tranquille*, s'intima-t-elle.

Mais elle en était incapable. Ce n'était pas dans sa nature.

— Alors, qu'est-ce que vous fabriquez avec la Met aujourd'hui ?

— On règle des détails, comme je l'ai dit. On passe en revue les éléments concernant des enquêtes communes – vols de voiture, ce genre d'infractions. En fait, il restait encore quelques pièces à conviction dans l'affaire Bella, saisies au tout début de l'enquête, lorsqu'on a arrêté Glen Taylor pour la première fois.

— Quelque chose d'intéressant ?

— Pas vraiment. C'est la Met qui s'est chargée de vérifier que l'autre chauffeur de Qwik Delivery se trouvait bien chez lui quand on remontait de Southampton.

— L'autre chauffeur ?

— Ils étaient deux dans le Hampshire ce jour-là, vous le savez bien.

Non, elle l'ignorait ou elle ne se le rappelait pas.

— L'autre type s'appelle Mike Doonan. C'est lui que nous sommes allés voir en premier. Peut-être que son nom n'a pas été mentionné à l'époque. Bref, il est impotent, avec le dos en vrac ; il pouvait à peine marcher. Et nous n'avons jamais rien trouvé qui nous incite à poursuivre dans cette direction.

— Vous l'avez interrogé ?

— Oui. C'est lui qui nous a appris que Taylor effectuait lui aussi une livraison dans le secteur ce jour-là. Pas dit qu'on l'aurait su autrement. Taylor s'est chargé de cette livraison pour rendre service, il n'y a pas de bon de course officiel. L'équipe qui révise l'enquête est aussi allée l'interroger. Rien de neuf, apparemment.

Kate s'excusa et se rendit aux toilettes, où elle inscrivit le nom dans son calepin puis passa un coup de fil rapide à son collègue afin qu'il lui déniche l'adresse de Doonan. Pour plus tard.

De retour à table, elle vit que l'inspecteur rangeait sa carte de crédit dans son portefeuille.

— Bob, c'est moi qui vous invite !

Il balaya sa protestation d'un geste de la main et esquissa un sourire.

— Ça me fait plaisir. C'était sympa de vous revoir, Kate. Merci de m'avoir remonté le moral.

Elle méritait bien ces remerciements, songea-t-elle tandis qu'ils sortaient du restaurant l'un derrière l'autre. Sur le trottoir, il lui serra de nouveau la main et chacun reprit le chemin de son travail.

Le téléphone de Kate se mit à vibrer au moment où elle hélait un taxi ; elle fit signe au chauffeur de repartir pour répondre.

— Il y a un Michael Doonan à Peckham, d'après les listes électorales. Je t'envoie l'adresse et les noms des voisins par texto, l'informa le chargé des affaires criminelles.

— Tu es une star, merci, répondit-elle en levant la main pour arrêter un autre taxi.

Son portable se remit à sonner presque aussitôt.

— Kate, où es-tu, bon sang ? Nous avons une exclu avec l'ex-femme de ce footballeur. Elle se trouve près de Leeds, alors monte dans le premier train qui y va et je t'envoie l'historique par e-mail. Appelle quand tu es à la gare.

CHAPITRE 32

Mercredi 17 septembre 2008
La veuve

Quelqu'un a glissé le *Herald* par la fente de la boîte aux lettres de la porte, aujourd'hui. Voilà qu'ils accusent à nouveau Glen. Il a fichu le journal direct à la poubelle. Je l'en ai ressorti et l'ai caché derrière la bouteille d'eau de Javel sous l'évier pour le consulter plus tard. Nous nous doutions que cela arriverait car un journaliste du *Herald* est venu hier, il a hurlé des questions et glissé des mots par le battant de la boîte aux lettres. Il disait qu'ils militaient pour qu'ait lieu un nouveau procès afin que Bella obtienne justice.

— Et la justice pour moi ? a rétorqué Glen.

C'est un coup terrible, mais Tom a téléphoné pour prévenir que le journal va devoir vider ses poches pour payer les frais juridiques et puis surtout, qu'ils ne disposent d'aucune preuve. Il a dit de « veiller au grain », quoi que ça signifie. « Le *Herald* nous attaque avec la grosse artillerie mais ce n'est que de la poudre aux yeux et des commérages », a-t-il assuré à Glen qui me le répète mot pour mot.

— Il s'exprime comme si nous étions en guerre, fais-je remarquer avant de me taire.

L'attente sera pire que la décision, d'après les prévisions de Tom, et j'espère qu'il a raison.

— Nous devons faire profil bas, Janie, explique Glen. Tom va entamer la procédure contre le journal, mais il nous conseille de partir en vacances, de nous faire oublier, jusqu'à ce que le soufflé retombe. Je vais nous réserver un petit séjour sur Internet ce matin.

Il ne m'a pas demandé où je voulais aller et, pour être honnête, je m'en moque. Mes petits cachets de « soutien moral » commencent à ne plus faire effet et je suis si fatiguée que j'en pleurerais.

Au bout du compte, il jette son dévolu sur un endroit en France. Dans mon autre vie, j'aurais été aux anges, mais je ne sais plus trop ce que je ressens quand il m'informe qu'il a dégoté une petite maison à la campagne, sans rien à des kilomètres à la ronde.

— Nous décollons à 7 heures demain matin alors il faudra partir d'ici à 4 heures, Janie. Préparons les valises. Nous prendrons la voiture ; je n'ai aucune envie qu'un chauffeur de taxi prévienne les journalistes.

Il sait tant de choses, mon Glen. Heureusement qu'il est là pour prendre soin de moi.

À l'aéroport, nous gardons la tête baissée et nos lunettes de soleil sur le nez, et nous attendons qu'il n'y ait plus qu'une personne dans la file d'attente pour nous diriger vers le comptoir d'enregistrement. La fille au guichet nous jette à peine un regard et envoie notre valise sur le tapis roulant avant même de demander : « Avez-vous fait ce bagage vous-même ? » et sans attendre davantage la réponse.

J'avais oublié tout le temps qu'on passe à faire la queue dans les aéroports et nous sommes si stressés au moment de franchir la porte d'embarquement que je suis prête à rentrer chez moi pour affronter la meute des journalistes.

— Allez, chérie, m'encourage Glen en me tenant la main quand nous avançons vers l'avion. On y est presque.

À Bergerac, il va récupérer la voiture de location pendant que j'attends notre bagage, hypnotisée par le défilement sur le tapis roulant. Je rate notre valise – ça fait si longtemps qu'on ne s'en est pas servi que j'ai oublié de quelle couleur elle était et je dois attendre que les autres voyageurs aient retiré les leurs. Puis je sors enfin dans le soleil brillant et repère Glen dans une petite voiture rouge.

— Je n'ai pas trouvé nécessaire de prendre plus grand. On ne va pas beaucoup rouler, si ?

C'est curieux, mais nous retrouver seuls en France est différent d'être seuls à la maison. Sans notre routine, nous ne savons pas quoi nous raconter. Alors nous ne disons rien. Le silence aurait dû être reposant après le vacarme perpétuel et les coups incessants frappés à notre porte, mais ce n'est pas le cas. D'une certaine manière, c'est pire. Je me mets à faire de longues promenades sur les sentiers et dans les bois entourant la maison pendant que Glen, installé sur un transat, lit des romans policiers. J'ai retenu mon cri quand j'ai vu ce qu'il mettait dans la valise. Comme si nous n'avions pas assez d'enquêtes policières dans notre vie.

Je décide de le laisser à ses crimes parfaits et m'assieds à l'autre bout de la terrasse avec des magazines. Je regarde Glen, je l'observe et réfléchis. S'il lève les yeux et me surprend, je fais semblant de contempler quelque chose derrière lui. C'est un peu vrai de toute façon.

Je ne sais pas très bien ce que je cherche. Un signe quelconque : son innocence, les ravages de l'épreuve, l'homme véritable, peut-être bien. Je ne peux pas le dire.

La seule fois où nous quittons la maison de vacances, c'est pour nous rendre en voiture au supermarché le plus proche pour acheter à manger et du papier toilette. Je ne m'embête pas à faire les courses pour cuisiner de vrais repas. Trouver les ingrédients nécessaires à la préparation de spaghettis bolognaise est au-dessus de mes forces alors nous mangeons du pain avec du jambon et du fromage le midi et du poulet froid avec une salade de chou cru ou encore du jambon le soir. Nous n'avons pas très faim de toute façon. C'est juste histoire d'avoir quelque chose dans l'assiette.

Cela fait quatre jours que nous sommes ici quand il me semble apercevoir quelqu'un marcher sur le chemin en contrebas de la propriété. C'est la première personne que je croise dans les environs. Entendre le moteur d'une voiture constitue déjà un événement ici.

Je n'y prête pas plus attention que ça, mais le lendemain matin, un homme remonte l'allée à pied.

— Glen ! lui crié-je alors qu'il se trouve dans la maison. Il y a quelqu'un qui vient.

— Rentre à l'intérieur ! siffle-t-il.

Je passe à côté de lui à la hâte tandis qu'il referme la porte et tire les rideaux. Nous attendons qu'on frappe.

Le *Herald* nous a trouvés. Il nous a trouvés et photographiés : « Le ravisseur et sa femme prennent le soleil dans leur retraite dorée en Dordogne » pendant que Dawn Elliott « continue inlassablement de rechercher son enfant ». Tom nous lit les gros titres le lendemain au téléphone.

— Nous ne sommes ici que parce qu'ils nous traquent, Tom, je plaide en guise d'excuse. Et Glen a été reconnu non coupable par le tribunal.

— Je sais, Jane, mais les journaux ont convoqué leur propre tribunal. Ils ne vont pas tarder à passer à autre chose. Ils sont comme des gosses, ils se laissent facilement distraire.

D'après lui, le *Herald* a dû pister la carte de crédit de Glen pour nous retrouver.

— Ils ont le droit de faire ça ? je demande.

— Non. Mais ça ne les arrête pas.

Je repose le téléphone et entreprends de refaire les bagages. À nouveau les méchants de l'histoire.

À notre retour chez nous, ils nous attendent et Glen appelle Tom pour discuter de la manière de les empêcher de raconter de telles horreurs.

— C'est de la diffamation, Janie. Tom nous conseille de les poursuivre – ou de menacer de le faire – sinon ils vont continuer, fouiller dans nos vies et nous mettre en première page.

Je veux que ça s'arrête alors j'accepte. Glen sait ce qui est le mieux.

Les avocats mettent une éternité à rédiger leur courrier. Ils doivent détailler en quoi les articles sont faux et cela prend du temps. Glen et moi retournons à Holborn, empruntant le même train que je prenais durant le procès.

— Comme une journée sans fin, me dit-il.

Il essaie de me remonter le moral et je l'aime pour ça.

L'avocat à la cour n'est pas un Charles Sanderson, mais un beau parleur. Je parie que sa perruque à lui ne s'effiloche pas. Il a l'air d'un riche, qui conduit des voitures de sport et possède une résidence secondaire ; et son bureau est tout de métal et de verre. À l'évidence, la diffamation est la poule aux œufs d'or de ce métier. Je me demande si M. Sanderson est au courant.

Cet avocat-ci ne parle que business. Il est aussi mauvais que le procureur, reposant sans cesse les mêmes questions. Je presse la main de Glen pour lui montrer que je suis de son côté et il presse la mienne en retour.

Le beau parleur insiste sur chaque détail.

— Il faut que j'évalue notre affaire, monsieur Taylor, car il s'agit en gros d'une répétition du procès Bella Elliott. L'affaire a été déboutée en raison des agissements de la police mais le *Herald* soutient que vous avez enlevé l'enfant. Nous affirmons que c'est faux et diffamatoire. Néanmoins, le *Herald* va tout vous jeter à la figure – en se servant de l'affaire elle-même mais aussi en utilisant les pièces à conviction rassemblées pendant l'enquête qui n'ont pas été admises lors du procès criminel. Vous comprenez ?

Nous devons afficher un air perplexe car Tom commence à réexpliquer en langage plus simple pendant que le beau parleur regarde par la fenêtre.

— Ils auront un tas de saletés à déballer, Glen. Et ils ne se gêneront pas pour que le jury en diffamation soit de leur côté. Nous devons prouver que vous êtes innocent, Glen, afin que le jury conclue contre le *Herald*.

— Je suis innocent, lâche-t-il gonflé à bloc.

— Nous le savons. Mais il faut le prouver et nous devons nous assurer qu'il n'y aura pas de mauvaises surprises. Je dis ça comme ça, Glen. Vous devez vous embarquer là-dedans en votre âme et conscience, parce qu'il s'agit d'une action en justice extrêmement onéreuse. Ça va vous coûter des milliers de livres.

Glen se tourne vers moi et je m'efforce d'afficher un air courageux mais, en mon for intérieur, je m'enfuis par la porte. Je suppose que nous pouvons nous servir de l'argent sale.

— Pas de mauvaises surprises, monsieur Taylor ? répète le beau parleur.

— Aucune, répond mon Glen.

Je baisse les yeux sur mes genoux.

Le courrier est envoyé le lendemain et le *Herald* s'en insurge sur plusieurs colonnes dans ses pages ainsi qu'à la radio et à la télévision.

« Taylor tente de bâillonner le *Herald* ! » clame le gros titre.

Je hais le mot « bâillonner ».

CHAPITRE 33

Vendredi 26 septembre 2008
La mère

Les photos des Taylor en France rendirent Dawn furieuse. « Est furieuse », écrivit-elle dans son statut Facebook, en ajoutant un lien vers la photo principale de Glen Taylor en short, le torse nu, allongé dans un transat en train de lire un polar intitulé *Le Livre des morts*.

L'immonde grossièreté de tout ça lui donna envie d'aller le trouver pour lui faire cracher la vérité. L'idée mijota dans son esprit toute la journée ; elle se jouait encore et encore la scène où elle mettait Taylor à genoux et où il pleurait et demandait pardon. Elle était si convaincue que ça fonctionnerait qu'elle appela Mark Perry au *Herald* pour exiger une confrontation entre Taylor et elle.

— Je pourrais aller chez lui. Le regarder dans les yeux. Peut-être qu'il avouerait, suggéra-t-elle, boostée par la peur et l'excitation de rencontrer le ravisseur de son enfant.

Perry hésita. Non pas parce que les scrupules à accuser Taylor l'étouffaient – il rédigeait le gros titre tout en écoutant – mais il souhaitait que cette rencontre dramatique soit une exclusivité et le seuil de la maison des Taylor était un espace trop accessible au public.

— Il ne vous ouvrira peut-être pas la porte, Dawn, rétorqua-t-il. Et on restera plantés là sans qu'il se passe rien. Il faut l'affronter dans un endroit où il peut pas se cacher. Dans la rue, quand il ne s'y attend pas. Nous allons trouver la date de son prochain rendez-vous avec ses avocats et le coincer avant qu'il entre dans les bureaux. Rien que nous, Dawn.

Elle comprenait et n'en parla à personne. Elle savait que sa mère chercherait à l'en dissuader – « C'est une ordure, Dawn. Il ne va pas avouer en pleine rue. Ça ne fera que te contrarier et te déprimer encore plus. Laisse le tribunal s'occuper de lui. » Mais Dawn refusait d'entendre raison, elle ne voulait pas de conseil. Elle voulait agir. Faire quelque chose pour Bella.

Elle n'eut pas à attendre longtemps.

— Vous ne le croirez jamais, Dawn. Il a un rendez-vous tôt le matin, jeudi prochain – le jour de l'anniversaire de la disparition de Bella, lui annonça Perry au téléphone. Ce sera parfait.

L'espace d'un instant, Dawn fut incapable de parler. Il n'y avait rien de parfait dans cet anniversaire. Il pointait à l'horizon et ses cauchemars avaient repris de plus belle. Elle se voyait rejouer les journées précédant le 2 octobre : les courses, la garderie, les DVD de Bella. Ces deux années sans sa petite fille lui paraissaient une éternité.

À l'autre bout du fil, Perry continuait de parler et elle se concentra à nouveau sur ses paroles, essayant de retrouver sa colère.

— Il semblerait que Taylor préfère s'y rendre aux heures creuses. Par conséquent, on l'aura rien que pour nous. Venez me voir, Dawn, et nous planifierons notre *modus operandi*.

— Qu'est-ce que c'est ?

— Une expression latine qui signifie notre plan d'attaque pour coincer Glen Taylor.

Au cours de la conférence dans le bureau du rédacteur en chef, tous les scénarios furent étudiés pour parer à toute éventualité. Arrivée en taxi, OK. Arrivée en transports publics, OK. Entrées de derrière, OK. Horaires, OK. Cachette de Dawn, OK.

Dawn prit place et reçut ses ordres. Elle attendrait dans un taxi au bout de la rue du cabinet de l'avocat et en jaillirait au signal donné par le journaliste, deux sonneries sur son portable.

— Vous n'aurez sans doute le temps de poser que deux questions, Dawn, l'avisa Tim, le reporter en chef. Il faut qu'elles soient brèves et directes.

— Je veux seulement lui demander « Où est ma fille ? », c'est tout.

Le rédacteur en chef et les journalistes rassemblés échangèrent des regards. Ça allait déchirer.

Le jour J, comme convenu, Dawn se vêtit en toute simplicité. « Vous ne voudriez pas avoir l'air d'une présentatrice télé sur les photos, avait conseillé Tim. Vous voulez ressembler à une mère qui souffre. Ce que vous êtes, Dawn », s'était-il hâté d'ajouter.

Le chauffeur du journal vint la chercher et la conduisit au point de rendez-vous, un café situé dans le haut Holborn. Tim, deux autres journalistes, deux photographes et un cameraman étaient déjà rassemblés autour d'une table en Formica, des assiettes sales empilées au milieu.

— Prête ? demanda Tim en tentant de dissimuler son excitation.

— Oui, Tim. Je suis prête.

Plus tard, assise dans la voiture avec lui, elle sentit son courage faiblir mais il continua à la faire parler du comité, alimentant sa colère. Son portable sonna deux fois.

— C'est parti, Dawn, lança Tim en attrapant l'exemplaire du *Herald* qu'elle devait jeter au visage de Taylor, puis il ouvrit la portière.

Elle les vit qui redescendaient la rue, Glen Taylor et Jane, son épouse à l'air guindé, et elle sortit du taxi, les jambes en coton.

La rue était silencieuse ; les employés de bureau qui finiraient par remplir les immeubles étaient encore tous coincés comme des sardines dans le métro. Dawn se planta au milieu du trottoir et les regarda s'approcher, l'estomac noué, mais le couple ne la remarqua pas avant d'arriver à une centaine de mètres. Jane Taylor s'agaçait avec l'attaché-case de son mari, essayant d'y fourrer des papiers, quand elle leva les yeux et stoppa net.

— Glen, dit-elle d'une voix forte. C'est elle, c'est la mère de Bella.

Glen Taylor porta son attention sur la femme dans la rue.

— Seigneur, Jane. C'est une embuscade. Tais-toi, quoi qu'elle dise, siffla-t-il en lui attrapant le bras pour la pousser vers la porte.

Mais il était trop tard pour fuir.

— Où est ma fille ? Où est Bella ? hurla Dawn, lui postillonnant au visage.

Taylor fixa Dawn une fraction de seconde puis se renferma en lui-même, le regard éteint.

— Où est-elle, Glen ? répéta-t-elle en essayant de lui saisir le bras pour le secouer.

Les cameramen étaient apparus et enregistraient chaque seconde, encerclant le trio pour obtenir les meilleures images pendant que les journalistes aboyaient leurs questions et séparaient Jane Taylor de son mari, l'abandonnant comme un agneau égaré.

Tout à coup, Dawn s'attaqua à elle.

— Qu'a-t-il fait de mon bébé, madame Taylor ? Qu'est-ce que votre mari a fait à ma fille ?

— Il n'a rien fait. Il est innocent. Le tribunal l'a reconnu, lui cria Jane, poussée dans ses retranchements par la violence de l'attaque.

— Où se trouve mon enfant ? hurla de nouveau Dawn, incapable de poser une autre question.

— Nous n'en savons rien ! hurla Jane à son tour. Pourquoi avez-vous laissé votre petite fille toute seule pour que quelqu'un l'enlève ? Voilà la question que les gens devraient se poser.

— Ça suffit, Jane, intervint Taylor en repoussant les caméras, la traînant à sa suite tandis que Tim réconfortait Dawn.

— Elle a dit que c'était ma faute ! souffla Dawn, le visage terreux.

— C'est une sale peau de vache, Dawn. Il n'y a qu'elle et les tarés pour croire que c'est votre faute. Allons, retournons au journal pour procéder à l'interview.

Ça va être sensationnel, songea-t-il tandis qu'ils s'élançaient dans la circulation pour regagner l'ouest de Londres.

Dawn se posta près d'un pilier pour observer tandis qu'on étalait les photos sur toute la longueur du banc du fond pour que l'ensemble de la salle de rédaction puisse les admirer.

— Des clichés sacrément bons de Glen Taylor. Le regard qu'il jette à Dawn fait froid dans le dos, déclara le directeur du service photo pour vendre sa marchandise.

— Nous la mettrons en première page, annonça Perry. Page trois : Dawn en pleurs et Jane Taylor qui lui crie dessus comme une poissonnière. Pas si effacée que ça, l'épouse, en fin de compte. Regardez-moi la fureur de ce visage. Bien, où est le texte ?

LE RAVISSEUR ET LA MÈRE ressortaient comme au néon en une le lendemain matin dans les trains, les bus et aux tables du petit déjeuner dans toute la Grande-Bretagne.

Tim, le reporter en chef, téléphona pour la remercier.

— Beau boulot, Dawn. J'aimerais bien être une petite souris chez les Taylor ce matin pour savoir ce qui se dit. Ici, tout le monde est ravi.

Ce qu'il ne lui révéla pas, c'était que les ventes du *Herald* étaient en forte augmentation – à l'instar du bonus annuel du rédac' chef.

CHAPITRE 34

Jeudi 2 octobre 2008
La veuve

Je tremblais comme une feuille quand nous sommes entrés dans le cabinet de l'avocat. Je ne sais pas si c'était de colère ou de nervosité – un peu des deux, sûrement, et M. Beau Parleur a même passé son bras autour de mes épaules.

— Quelle bande de foutus magouilleurs ! a-t-il dit à Tom Payne. On devrait leur coller le conseil de l'éthique sur le dos !

Je n'arrêtais pas de me rejouer la scène dans la tête, à partir du moment où j'avais compris que c'était elle. J'aurais dû la reconnaître tout de suite, je l'ai vue assez souvent à la télé et au tribunal. Mais ce n'est pas pareil quand on croise quelqu'un dans la rue sans qu'on s'y attende. On ne discerne pas vraiment le visage des gens, à mon avis, juste leur contour. Bien sûr, dès que je l'ai regardée, j'ai su que c'était elle. Dawn Elliott. La mère. Plantée là avec les imbéciles du *Herald* qui la poussaient à accuser mon Glen alors qu'il a été déclaré non coupable. Ce n'est pas bien. Ce n'est pas juste.

Je suppose que c'est l'émotion qui m'a poussée à lui crier dessus comme ça.

Glen était fâché que je lui aie livré le fond de ma pensée.

— Ça ne va servir qu'à mettre de l'huile sur le feu, Jane. Elle va se sentir obligée de se défendre et va accorder encore plus d'interviews. Je t'avais demandé de te taire.

Je lui ai répondu que j'étais désolée mais c'est faux. Je pensais chaque mot que j'ai prononcé. J'appellerai la libre antenne ce soir et je les répéterai. Ça fait du bien de les dire à voix haute, en public. Le monde devrait savoir que c'est entièrement sa faute à elle. Elle était responsable de notre petite fille et elle l'a laissée se faire enlever.

Ils m'ont fait asseoir avec une boisson chaude dans le bureau du clerc pendant leur réunion. Je n'étais pas d'humeur à écouter des termes juridiques de toute façon, alors je suis restée tranquillement dans un coin, à me repasser l'esclandre dans la tête en prêtant une oreille distraite aux bavardages des secrétaires. Invisible encore une fois.

Leur réunion a duré des siècles et à la fin il a fallu trouver le moyen de sortir sans que les journalistes nous voient. Nous avons quitté l'immeuble par l'arrière, débouchant dans la ruelle où ils mettent les poubelles et les vélos.

— Ils ne vont pas traîner dans les parages, mais ne courons pas de risque, a assuré Tom. L'article doit déjà être en ligne sur leur site et il sera dans le journal papier demain. Ça va faire grimper le montant des dommages et intérêts ; pensez à l'argent.

Glen lui a serré la main et je l'ai salué d'un vague geste du bras. Je ne veux pas d'argent. Je veux que ça s'arrête.

Glen a été très gentil avec moi quand nous sommes rentrés ; il m'a débarrassée de mon manteau et m'a fait asseoir en relevant mes pieds puis il a mis la bouilloire à chauffer.

Aujourd'hui, c'est l'anniversaire. Je l'ai marqué d'un point dans mon agenda. Un petit point qui pourrait passer pour une rature, comme ça personne ne saura.

Deux ans qu'elle a été enlevée. Ils ne la retrouveront jamais maintenant – ceux qui l'ont prise doivent avoir convaincu tout leur entourage qu'elle est leur fille et elle doit les considérer comme ses parents. Elle est petite et ne se souvient sans doute pas beaucoup de sa vraie maman. J'espère qu'elle est heureuse et qu'ils l'aiment autant que je l'aimerais si elle était avec moi.

L'espace d'un instant, je l'imagine assise dans notre escalier, descendant les marches sur les fesses en riant, m'appelant pour que je vienne la regarder. Elle aurait pu être là avec nous si Glen me l'avait ramenée.

Glen n'a pas dit grand-chose depuis que nous sommes rentrés. Il a son ordinateur portable sur les genoux et le referme à la hâte quand je m'assieds à côté de lui.

— Qu'est-ce que tu regardes, chéri ? je demande.

— Je jette juste un œil aux pages sportives, répond-il ; puis il sort pour aller mettre de l'essence dans la voiture.

J'attrape l'ordinateur et l'ouvre. Un message m'annonce qu'il est verrouillé et je reste immobile à fixer l'écran – une photo de moi. C'est Glen qui l'y a mise. Me voilà, aussi verrouillée que l'ordinateur.

À son retour, j'essaie de lui parler d'avenir.

— Et si on déménageait, Glen ? Si on prenait le nouveau départ dont on n'arrête pas de parler ? Sans ça, nous n'échapperons jamais à toute cette histoire.

— On ne va pas déménager, Jane, aboie-t-il. Notre maison est ici et je ne m'en ferai pas chasser. Nous allons surmonter ça. Ensemble. Les journalistes vont finir par nous oublier et s'intéresser à un autre pauvre type.

J'ai envie de lui répondre que c'est faux. À chaque anniversaire de la disparition de Bella, chaque fois qu'un enfant sera porté disparu, ou qu'il n'y aura pas de nouvelle, ils reviendront. Et nous serons là, à les attendre.

— Il y a plein d'endroits sympas où habiter, Glen. On avait parlé de vivre en bord de mer un jour. Nous pourrions le faire. Nous pourrions même partir à l'étranger.

— À l'étranger ? Mais qu'est-ce que tu racontes ? Je n'ai pas envie de vivre dans un pays dont je ne parle pas la langue. Je reste ici.

Alors nous restons. Nous aurions tout aussi bien pu déménager sur une île déserte vu que nous sommes complètement isolés dans notre petite maison. Avec les requins qui viennent nous tourner autour de temps en temps. Nous nous tenons compagnie, nous faisons ensemble les mots croisés dans la cuisine – il lit les définitions et écrit les réponses pendant que moi je cherche encore –, nous regardons des films dans le salon, j'apprends à tricoter, et lui se ronge les ongles. Comme un vieux couple à la retraite. Et je n'ai même pas quarante ans.

— Je crois que le caniche des Manning est mort. Ça fait des semaines qu'on n'a pas eu de crottes de chien sur le paillasson, déclare Glen sur le ton de la conversation. Il était très vieux.

Le graffiti est tenace. Cette peinture est une horreur à enlever et aucun de nous deux n'a envie de se risquer dehors aux yeux de tous pour la gratter. Du coup, il reste. « ORDURE » et « PÉDAUFILE » en grosses lettres rouges sur le mur du jardin.

— Des gosses, dit Glen. Pas des lumières à en croire l'orthographe.

Il y a des lettres de la « brigade du stylo vert[1] » presque toutes les semaines mais nous les mettons directement à la poubelle. On les repère à des kilomètres à la ronde. Je n'ai jamais vu en vente dans les magasins ces petites enveloppes typiques ni les stylos verts dont ils se servent – les gens malveillants doivent avoir leur propre source d'approvisionnement, comme pour le papier rugueux ligné qu'ils affectionnent. J'imagine que ça doit être bon marché.

Avant j'examinais l'écriture pour tenter de deviner quel genre de personne était l'auteur de la lettre infecte. Il y avait des boucles et des ondulations, comme dans

---

1. « *Green-ink brigade* » : termes désignant dans le langage commun les auteurs de courriers véhéments, souvent haineux, rédigés à l'encre verte pour se plaindre d'injustices, de complots… *(N.d.T.)*

les faire-part de mariage, et je crois qu'elles étaient l'œuvre de personnes âgées. Plus personne n'écrit comme ça aujourd'hui.

Toutes ne sont pas anonymes. Certains notent leur adresse en tout petit en haut à gauche, des noms charmants comme « Rose Cottage » ou « Les Saules », avant de déverser leur venin. L'envie me démange de leur répondre pour leur livrer le fond de ma pensée – leur rendre la monnaie de leur pièce. Je rédige les réponses dans ma tête quand je fais semblant de regarder la télé, mais ça ne va pas plus loin. Ça créerait des problèmes.

— Ils sont malades, Janie, c'est tout, dit Glen chaque fois que l'une de ces horribles lettres atterrit chez nous. On devrait plutôt les plaindre en fait.

Parfois je me demande qui ils sont et puis je me dis qu'il s'agit sans doute de gens comme nous, comme Glen et moi. Des personnes seules. Au bord du gouffre. Prisonnières de leur propre maison.

Dans le magasin d'occasions du quartier, je dégote un grand puzzle. Il représente une plage au pied des falaises, avec des mouettes. Ça occupera mes après-midi. L'hiver va être long.

CHAPITRE 35

Vendredi 18 décembre 2009
La journaliste

La semaine avait été plutôt tranquille – avec l'arrivée imminente de Noël, le journal s'était rempli de frivolités festives et d'histoires réconfortantes de héros anonymes surmontant l'adversité. Kate feuilleta son calepin, par habitude, mais il n'y avait rien à en tirer. Le journal contenait déjà son lot de lectures faciles pour le week-end – articles de fond, éditoriaux vociférants, pages de recettes de chefs pour le festin de Noël, et régimes post-festivités. Terry paraissait content, en tout cas.

À l'inverse du spécialiste des affaires criminelles qui, passant devant son bureau sur le chemin des toilettes, s'arrêta pour déverser sa colère.

— Mon article de Noël sur l'anniversaire a été éjecté ! pesta-t-il.

— Mon pauvre. Lequel ? s'enquit Kate.

L'homme était connu pour recycler les sujets. Il appelait ça joyeusement « la poubelle verte des infos ».

— Bella. C'est le troisième Noël de Dawn sans elle. Ça te dirait de prendre un verre à midi ?

Bella. Oh mon Dieu, je t'ai oubliée, lança-t-elle à la photo de l'enfant collée dans son armoire métallique. *Je suis tellement désolée.*

La bataille menée par le *Herald* s'était essoufflée une fois la menace de poursuites pour diffamation avérée, et les deux camps s'étaient retirés derrière leur ligne de combat.

D'après la rumeur au bureau, le directeur du service juridique du *Herald* avait eu une dispute en règle avec le rédacteur en chef au sujet de la stratégie initiale adoptée, et Kate avait persuadé Tim, son adversaire au *Herald* et ami de longue date, de lui relater l'affaire dans les moindres détails autour d'un verre – ou trois – de vin. Il avait d'abord distillé les informations avec prudence mais l'anecdote était trop croustillante pour ne pas être racontée. Accoudé au comptoir du pub en face du tribunal, il lui avait confié que l'avocat maison avait reproché à Mark Perry d'avoir ignoré ses conseils et d'avoir proféré des allégations et des « commentaires épouvantables » dans le journal.

— Je suppose que « le regard de tueur de Taylor » en fait partie, s'était esclaffée Kate. Je pensais bien que vous étiez en terrain glissant, là.

— Oui, une des expressions préférées de Perry. Bref, l'avocat a dit que Mark faisait augmenter le montant des dommages et intérêts potentiels chaque fois qu'il sortait un truc comme ça.

— En plus, Taylor disposait de l'argent pour financer une action en justice. Avec la compensation de la police.

— Le rédacteur en chef a accepté de freiner sur les accusations directes et le harcèlement. Pédale douce tant que les poursuites pour diffamation ne sont pas réglées.

— Mais il ne va pas renoncer à sa croisade, n'est-ce pas ? Il devra forcément payer s'il fait ça. Ce serait admettre qu'il a tort.

Tim avait esquissé un sourire en contemplant son merlot.

— Il n'est pas content. Il a donné un coup de poing dans l'écran de son ordi, puis il a débarqué en fureur dans la salle de rédaction en hurlant qu'on n'était tous que des « putains d'amateurs ». Il aime bien qu'on souffre avec lui. Il appelle ça « inclusion ».

Kate l'avait gratifié d'une tape compatissante sur le bras et était rentrée chez elle.

Ainsi que Tim l'avait prévu, le *Herald* s'était calmé et les poursuites pour diffamation semblèrent en suspens dans les cabinets des deux parties.

Cependant, Kate était prête à retenter sa chance. Il fallait qu'elle retrouve son carnet de l'année précédente. Sur la couverture était griffonnée une adresse à Peckham, celle d'un certain Mike Doonan.

— Je file vérifier un tuyau, annonça-t-elle à Terry. On peut me joindre sur le portable au besoin.

Traverser le pont de Westminster et redescendre Old Kent Road prit une éternité mais le taxi finit par se garer à l'ombre d'un bâtiment, sinistre vestige de l'architecture avant-gardiste des années 1960. Un bloc de béton gris, constellé de fenêtres crasseuses et d'antennes paraboliques.

Kate s'avança jusqu'à la porte et pressa la sonnette. Elle savait ce qu'elle allait dire – elle avait eu tout le loisir de se préparer dans le taxi – mais personne ne répondit. Le seul son qu'elle perçut fut l'écho de la sonnerie dans l'appartement.

— Il est sorti ! lui cria une voix de femme à côté.

— Mince alors ! J'espérais bien le trouver ici. Je croyais qu'il ne pouvait pas se déplacer, répliqua-t-elle.

Une tête apparut dans l'embrasure de la porte voisine. Des cheveux frisés, vestiges d'une ancienne permanente, et un tablier.

— Il est en bas, chez le bookmaker. Il bouge plus trop avec son dos, le pauvre Mike. Mais il essaye de sortir une fois par jour. Il sait que vous devez passer ?

Kate décocha un sourire à la voisine.

— Pas vraiment. C'était juste au cas où. J'écris un article sur un homme avec lequel il travaillait quand il était chauffeur livreur. Glen Taylor. L'affaire Bella.

La voisine ouvrit sa porte en grand.

— L'affaire Bella ? Il a travaillé avec ce type ? Il l'a jamais dit. Vous voulez attendre chez moi ?

En l'espace de cinq minutes, Mme Meaden avait tout raconté à Kate de l'état de santé de Doonan – ostéo-arthrite dégénérative –, de ses habitudes de parieur, ses ex-femmes, ses enfants et son régime alimentaire – haricots et pain grillé presque tous les soirs, « Ça peut pas être bon pour lui ».

— Je lui fais quelques courses chaque semaine et les gamins de la résidence font des commissions pour lui.

— C'est très gentil de votre part ; il a de la chance d'avoir une voisine telle que vous.

Le compliment ravit Mme Meaden.

— C'est ce que ferait tout bon chrétien. Du thé ?

Kate posa la tasse et sa soucoupe aux motifs floraux en équilibre sur l'accoudoir de son fauteuil et prit une tartelette dans la boîte en métal.

— C'est drôle qu'il n'ait jamais mentionné qu'il connaissait ce Glen Taylor, pas vrai ? déclara Mme Meaden en balayant les miettes de ses genoux.

— Ils travaillaient ensemble à Qwik Delivery, souffla Kate pour l'inciter à poursuivre.

— Il a été chauffeur pendant des années. D'après lui, c'est pour ça qu'il a le dos cassé. Il n'a pas beaucoup d'amis. Pas ce que j'appelle des amis, en tout cas : des gens qui viennent le voir. Avant, il allait dans une salle informatique du quartier – un genre de club, qu'il disait. Il s'y rendait régulièrement avant de prendre sa retraite. J'ai toujours trouvé un peu bizarre qu'un homme de son âge fasse ça. Mais bon, il est tout seul alors il doit s'ennuyer.

— J'ignorais qu'il y avait un club informatique dans le coin. Vous savez comment il s'appelle ?

— Il se trouve sur Princess Street, je crois. Un endroit miteux avec des fenêtres obscurcies. Ah, voilà Mike.

Elles entendirent le bruit pesant de pas traînants et le martèlement d'une canne sur le béton de l'allée.

— Bonjour, Mike, appela Mme Meaden en ouvrant la porte. Il y a une dame journaliste qui veut te voir.

Doonan fit la grimace en découvrant Kate.

— Désolée, ma belle. Mon dos me fait un mal de chien. Vous pourriez revenir une prochaine fois ?

Kate s'approcha et le prit par le bras.

— Laissez-moi au moins vous aider à rentrer chez vous.

Ce qu'elle fit sans attendre son consentement.

L'odeur qui régnait chez Doonan n'était en rien comparable à celle de chou et de désinfectant qui imprégnait l'appartement voisin. Ici, une puanteur de mâle prédominait. La transpiration, la bière éventée, le tabac froid, les pieds.

— De quoi vous voulez me parler ? J'ai dit tout ce que je savais à la police, affirma Doonan tandis que Kate s'installait sur une chaise en face de lui.

— Glen Taylor, répondit-elle en toute simplicité.

— Ah, lui.

— Vous travailliez ensemble.

Doonan hocha la tête.

— Je rédige un portrait de lui. J'essaie de me faire une meilleure idée de qui il est en réalité.

— Dans ce cas, je ne suis pas la personne qu'il vous faut. Nous n'étions pas amis. Je l'ai dit à la police. C'est qu'un petit con prétentieux, si vous voulez tout savoir.

Je veux tout savoir, songea-t-elle.

— Il croyait toujours qu'il valait mieux que nous autres. Il s'encanaillait jusqu'à ce que quelque chose de mieux se pointe.

Elle avait trouvé son point sensible et elle le titilla.

— Il est assez arrogant, il me semble.

— Arrogant ? C'est en dessous de la vérité. Il paradait à la cantine en nous racontant ses histoires de quand il dirigeait une banque. Et après il m'a mis dans le pétrin avec mon problème de dos. Il a cafté au patron que je les entubais en exagérant la gravité de mon mal de dos. Il a dit que je simulais.

— Ça a dû vous causer des ennuis.

Doonan esquissa un sourire amer.

— C'est sûr ! Et quand on pense qu'en plus c'est grâce à moi qu'il a eu le boulot à Qwik Delivery.

— C'est vrai ? rebondit Kate. Vous le connaissiez d'avant alors ? Où l'avez-vous rencontré ?

— Sur le Net. Sur un forum, je crois, fit Doonan qui paraissait moins sûr de lui tout à coup.

— Et dans le club sur Princess Street ?

Doonan décocha un coup d'œil suspicieux à Kate.

— Quel club ? demanda-t-il. Écoutez, il faut que je prenne mes cachets. Vous allez devoir partir.

Elle déposa sa carte de visite près de lui et lui serra la main.

— Merci d'avoir accepté de me parler, Mike. J'apprécie énormément. Inutile de me raccompagner.

Elle se dirigea directement vers Princess Street.

L'enseigne d'Internet Inc. était minuscule et de fabrication maison, la vitrine était peinte en noir de l'intérieur et une caméra surveillait la porte. L'endroit avait tout du sex-shop.

La porte était fermée et les horaires d'ouverture n'étaient indiqués nulle part. Kate rebroussa chemin jusqu'au marchand de légumes en haut de la rue et attendit qu'un vendeur coiffé d'un bonnet de Père Noël vienne la servir à l'étal devant la boutique.

— Bonjour, j'aurais voulu utiliser Internet mais c'est fermé en bas de la rue. Vous savez quand ça ouvre ? demanda-t-elle.

Le jeune homme s'esclaffa.

— Je ne vous conseille pas d'aller là-bas, ma jolie. C'est pour les mecs.

— Comment ça ?

— C'est un endroit pour le porno. Ils laissent pas entrer le public. C'est un genre de club pour vieux vicelards.

— Ah d'accord. Qui le dirige, alors ?

— Je sais pas très bien. Je crois que le directeur s'appelle Lenny, mais c'est ouvert que la nuit alors on le voit pas beaucoup.

— Merci. Je vais vous prendre quatre pommes.

Elle reviendrait plus tard.

De nuit, Internet Inc. paraissait encore plus glauque. Kate avait passé deux heures et demie dans un pub sombre, à boire plusieurs jus de fruit tièdes en écoutant Perry Como chanter « Frosty le bonhomme de neige ». Elle n'était pas d'humeur à se faire rembarrer. La porte était toujours fermée quand elle tenta de l'ouvrir mais les coups qu'elle frappa sur la vitre noircie firent s'élever une voix à l'intérieur.

— Oui, qui est là ?

— Je dois parler à Lenny, répondit Kate en levant les yeux vers la caméra pour offrir son sourire le plus engageant.

Silence.

La porte s'ouvrit et un homme grand et musclé en jean et veste de survêtement apparut.

— On se connaît ? demanda-t-il.

— Salut, vous devez être Lenny. Je m'appelle Kate. Je me demandais si on pouvait discuter un peu.

— Discuter de quoi ?

— D'un article que j'écris.

— Vous êtes journaliste ? fit Lenny en reculant dans la boutique. On a une licence. Tout est en règle. Il n'y a rien à dire.

— Il ne s'agit pas de vous. C'est à propos de Bella Elliott.

Le nom produisait le même effet qu'un talisman magique. Il stupéfiait les gens ; les happait.

— Bella Elliott ? La petite Bella ? Bon, venez dans mon bureau.

Elle pénétra dans une salle étroite et sombre, tout juste éclairée par la lueur des boutons de veille d'une douzaine d'écrans d'ordinateur. Chaque poste informatique était installé dans un box avec une chaise. Il n'y avait aucun autre mobilier mais, pour coller à l'esprit des fêtes, une guirlande pendouillait autour du plafonnier.

— Les clients sont pas encore arrivés. Ils viennent un peu plus tard en général, expliqua Lenny en la conduisant au placard qui lui servait de bureau, aux murs recouverts de piles de DVD et de magazines. Ne faites pas attention à ça, lui conseilla-t-il quand il la surprit en train d'examiner les titres.

— OK, dit-elle en s'asseyant.

— Vous venez pour Glen Taylor, pas vrai ?

Un instant, Kate fut incapable de parler. Il était allé droit au but avant même qu'elle ait posé sa première question.

— Oui.

— Je me demandais quand on finirait par venir m'interroger. Je croyais que ce serait la police. Mais c'est vous, en fait.

— Il est venu ici ? Glen Taylor était un membre de votre club ?

Lenny réfléchit à ces questions.

— Écoutez, je ne parle jamais des clients ; plus personne ne viendrait si je le faisais. Mais j'ai des gosses…

— Je comprends, assura Kate en hochant la tête. Mais les autres ne m'intéressent pas. Juste lui. Vous voulez bien m'aider ? S'il vous plaît ?

Le combat intérieur du manager entre l'omerta de son sex-shop et la bonne action dura quelques secondes de silence. Il se rongeait un ongle et Kate le laissa mijoter.

Au bout d'un moment, il leva les yeux et déclara :

— Oui, il venait ici de temps en temps. J'ai vérifié sa carte quand j'ai vu sa photo dans la presse. On n'utilise pas de vrais noms ici – les membres préfèrent pas. Mais je connaissais son visage. Il a commencé à venir en 2006. C'est un autre habitué qui l'a amené.

— Mike Doonan ?

— Vous avez promis de ne pas poser de questions sur les autres. Bref, comme je le disais, pas de vrais noms, mais je crois qu'ils travaillaient ensemble.

Kate le gratifia d'un sourire.

— Ça m'aide énormément, merci. Est-ce que vous vous rappelez quand il est venu pour la dernière fois ? Vous gardez un registre ?

— Attendez, dit Lenny avant d'ouvrir un antique classeur à tiroirs. Il s'est inscrit sous le pseudo 007. Futé. Dernière visite enregistrée le 6 septembre 2006, plus rien jusqu'à août de cette année.

— Cette année ? Il est revenu ?

— Oui. Quelques sessions ici et là.

— Qu'est-ce qu'il faisait ici ? Vous le savez, Lenny ?

— Ça suffit, les questions. C'est confidentiel. Mais pas besoin d'être un génie pour le deviner. On ne surveille pas les sites visités ; vaut mieux pas, c'est la politique de la maison. Mais en gros, nos membres viennent ici pour aller sur des sites pour adultes.

— Pardon d'être aussi directe, mais vous parlez de porno ?

Il acquiesça.

— Vous n'avez pas été tenté de regarder quand vous avez compris qui il était ?

— Je me suis rendu compte que c'était lui des mois après sa dernière visite, et il n'utilisait pas toujours le même ordinateur. Ç'aurait été un travail de titan et on a d'autres chats à fouetter.

— Pourquoi n'avez-vous pas contacté la police au sujet de Glen Taylor ?

Le regard de Lenny se perdit dans le vague un instant.

— J'y ai pensé, mais personne ne veut de la police ici. Les gens viennent parce que c'est privé. J'aurais dû fermer boutique. De toute façon, ils l'ont arrêté alors j'ai pas eu besoin de les contacter.

Un coup tonitruant frappé à la porte mit un terme à la conversation.

— Faut que vous partiez. J'ai un client.

— D'accord. Merci de m'avoir raconté tout ça. Voici ma carte, au cas où vous penseriez à autre chose. Je peux utiliser vos toilettes avant de partir ?

Lenny lui indiqua où elles se trouvaient et, dès qu'il fut parti, elle sortit son téléphone et prit en photo la carte de membre toujours posée sur le bureau. Puis elle ouvrit la porte des toilettes, retint sa respiration et tira la chasse.

Lenny l'attendait. Il ouvrit la porte et se planta pour dissimuler à Kate le client recroquevillé au regard inquisiteur.

Dans la rue, elle téléphona à Bob Sparkes.

— Bob, c'est Kate. Je crois qu'il a remis ça.

CHAPITRE 36

Vendredi 18 décembre 2009
L'inspecteur

Sparkes écouta en silence Kate raconter son histoire au téléphone, notant de temps à autre une adresse ou un nom, mais sans commenter ni poser la moindre question. À côté de lui, son nouveau patron continuait à travailler, classant plusieurs victimes de vol à l'arraché par genre, âge et origine ethnique.

— D'accord, lâcha-t-il enfin au moment où Kate reprenait son souffle. Je suis un peu occupé, là. Pouvez-vous me faire parvenir les documents dont vous avez parlé ? Nous pourrions nous rencontrer demain ?

Kate saisit le code derrière le ton professionnel.

— 10 heures, devant le pub au bout de la rue, Bob. Je vous envoie tout de suite par e-mail la photo que j'ai prise.

Il retourna à son écran d'ordinateur, s'excusant de l'interruption auprès de son collègue, et attendit qu'ils aient terminé leur tâche pour consulter son téléphone.

Sparkes eut envie de vomir en découvrant la carte de membre. La dernière visite de Taylor remontait à seulement trois semaines.

Sur le chemin du métro, il appela Zara Salmond.

— Monsieur ? Comment allez-vous ?

— Bien, Salmond. Nous devons reprendre l'enquête.

Inutile de préciser de quelle enquête il parlait.

— Il faut que l'on revoie chaque détail et qu'on trouve un moyen de l'épingler.

— Oui, d'accord. Pouvez-vous m'expliquer pourquoi ?

Il imaginait sans problème l'expression perplexe sur le visage de son sergent.

— Difficile à dire pour le moment, Salmond, mais j'ai été informé qu'il avait replongé dans le porno. Je n'en sais pas plus pour l'instant, mais je vous tiens au courant dès que j'ai du nouveau.

Salmond poussa un soupir. Il l'entendait presque penser. *Pas encore une fois*. Et il la comprenait.

— Je suis en congés pour Noël, monsieur. Je reviens le 2 janvier. Est-ce que ça peut attendre jusque-là ?

— Oui, bien sûr. Pardon d'appeler comme ça sans prévenir, Salmond. Et passez un bon Noël.

Il glissa son portable dans la poche de son pardessus et descendit les marches d'un pas lourd, un nœud à l'estomac.

La police avait levé le pied sur l'affaire Bella Elliott après que Downing l'avait réexaminée en profondeur sans trouver de nouvelle piste, de camionnette ni d'autre suspect. L'inspecteur principal Jude Downing avait débarrassé son bureau et s'en était retournée à son vrai travail, et les forces de police du Hampshire avaient déclaré dans un communiqué de presse que l'enquête se poursuivait. Ce qui signifiait en réalité qu'une équipe composée de deux hommes était chargée de répondre aux appels occasionnels de gens prétendant avoir aperçu l'enfant, et de faire suivre. Nul ne le reconnaissait publiquement, mais la piste s'était refroidie.

Même l'attrait pour la campagne émotionnelle de Dawn Elliott commençait à faiblir. Il y avait un nombre limité de façons de dire « Je veux retrouver ma fille », supposait Sparkes. Et le *Herald* s'était fait très discret sur le sujet après la tempête publicitaire initiale.

Et avec le départ de Sparkes, la motivation quotidienne à poursuivre la traque s'était essoufflée. L'inspecteur divisionnaire Wellington avait en outre veillé à ce que Salmond soit trop occupée par ailleurs pour s'intéresser à l'affaire de son propre chef. Salmond avait appris que Sparkes avait été réintégré après son congé maladie mais il n'avait pas mis un pied au bureau. Son appel juste avant Noël avait réveillé toutes sortes de sentiments.

L'humour pince-sans-rire de Sparkes tout comme sa détermination lui manquaient plus qu'elle ne voulait le reconnaître devant ses collègues. « Je ne dois pas faire dans le sentiment si je veux avancer dans la police », lui avait-elle dit.

Le jour où elle reprit le travail, elle ressortit son dossier personnel sur l'affaire Bella, qui contenait tous les détails épars, et dressa une liste en attendant son appel.

En feuilletant son dossier, elle tomba sur une demande de renseignements sur Matt White. Une piste qu'il restait encore à étudier. Elle l'avait noté sous

« priorités » au départ, mais en avait été détournée par la dernière idée de Sparkes. Pas cette fois. Elle retrouverait l'homme. Elle se connecta pour rechercher le nom dans le registre des listes électorales. Il y avait des dizaines de Matthew White mais aucun qui correspondait aux éléments fournis par Dawn sur son âge, sa situation de famille et le secteur où il habitait.

Il fallait qu'elle découvre la véritable identité de M. White ; pour cela elle reprit les informations de base sur sa relation avec Dawn. Celle-ci s'était surtout déroulée au club Tropicana et une fois dans une chambre d'hôtel.

— À quel moment aurait-il été forcé de donner son vrai nom, Zara ? se demanda-t-elle à voix haute. En payant avec sa carte de crédit, répondit-elle de la même manière. Je parie qu'il a réglé par carte à l'hôtel où il a emmené Dawn.

L'établissement en question appartenait à une chaîne ; Salmond composa le numéro et croisa les doigts lorsqu'elle demanda s'il existait encore un registre remontant aux dates où Dawn fréquentait Matt White.

Cinq jours plus tard, Salmond reçut une nouvelle liste. Le manager de l'hôtel, une femme à l'efficacité tout aussi redoutable que celle de l'inspectrice, lui envoya par e-mail les données demandées.

— Matt White est quelque part là-dedans, monsieur, annonça-t-elle avec assurance à Sparkes au cours d'un rapide coup de fil.

Elle n'adressa la parole à personne d'autre de toute la journée.

Sparkes reposa son téléphone et s'octroya un instant de réflexion pour examiner les différentes possibilités. Son nouveau patron était un homme impatient et il avait un rapport à terminer sur l'impact de l'origine ethnique et du genre sur l'efficacité d'une police de quartier. Quoi que cela veuille dire...

Les cinq derniers mois avaient été surréalistes.

Ainsi que le lui avait ordonné son supérieur et conseillé son représentant syndical, il avait pris contact avec l'un des psys recommandés par sa hiérarchie et passé soixante minutes exténuantes avec une femme en surpoids et sous-qualifiée qui ne pensait qu'à terrasser les démons. « Ils sont là, sur votre épaule, Bob. Est-ce que vous les sentez ? » avait-elle demandé avec sérieux. Elle tenait plus de la voyante officiant sur la jetée de Blackpool que de la professionnelle de la thérapie. Il l'avait poliment écoutée avant de décider que les démons qui la hantaient, elle, étaient plus nombreux et pires que les siens et qu'il ne reviendrait pas la voir. Eileen devrait suffire.

Son congé fut prolongé petit à petit et en attendant que le devoir le rappelle, il avait envisagé de s'inscrire en auditeur libre à un cours de psychologie à la fac ; il avait imprimé la liste des lectures conseillées et s'était tranquillement mis à étudier dans sa salle à manger.

Quand enfin on refit appel à lui, il fut envoyé à droite et à gauche pour des missions de courte durée dans les autres services de la police : il bouchait les trous et rédigeait des rapports, pendant que le Hampshire cherchait quoi faire de lui. De l'avis de l'unité d'enquêtes criminelles, il était encore traumatisé, il n'était pourtant pas disposé à prendre sa retraite comme ils l'avaient espéré. Il ne pouvait pas encore partir. Il lui restait des choses à faire.

Salmond mit une semaine à étudier les dates et les noms, à dresser des listes et encore des listes à mesure qu'elle vérifiait les registres électoraux, les données informatiques de la police et les réseaux sociaux pour retrouver les clients de l'hôtel. Elle adorait ce genre de travail – la traque à travers les données, la conviction que, si l'information était là, elle la trouverait, et le moment de triomphe quand le nom apparaissait.

C'est le jeudi après-midi qu'elle le dénicha. M. Matthew Evans, marié, vivant avec sa femme Shan à Walsall, se trouvait à Southampton aux dates indiquées par Dawn. Le bon âge, le bon métier.

Sans attendre, elle s'adressa de nouveau à la directrice de l'hôtel très serviable et lui demanda de vérifier dans son ordinateur s'il s'était trouvé en ville le jour de la disparition de Bella.

— Non, pas de Matthew Evans depuis juillet 2003. Il a passé une nuit dans une chambre double premium et a commandé au room service, lui apprit le manager.

— Génial, merci, dit-elle en tapotant sur son portable pour avertir Sparkes.

Après avoir pris une profonde inspiration, elle gravit l'escalier jusqu'au bureau de l'inspecteur divisionnaire Wellington pour l'informer de la nouvelle piste. Jusque-là sa supérieure avait à peine noté la présence de Zara dans le service, sinon pour l'associer au problème Bob Sparkes, mais cet état de fait était sur le point de changer. Zara Salmond allait se montrer indispensable.

Toutefois, si elle s'attendait à être accueillie sous les applaudissements et les confettis, elle se fourrait le doigt dans l'œil. Wellington l'écouta avec attention et marmonna :

— Beau travail, sergent. Faites un rapport et remettez-le-moi immédiatement. Envoyons une patrouille de West Midlands interroger cet Evans.

Salmond regagna son bureau ; sa déception résonna dans ses pas lourds sur les marches.

CHAPITRE 37

Samedi 16 janvier 2010
L'inspecteur

Matthew Evans n'était pas content. La police s'était présentée chez lui sans prévenir et son épouse, le bébé dans les bras et le petit accroché à sa jambe, leur avait ouvert.

Bob Sparkes sourit poliment tandis que Salmond se tenait, nerveuse, à côté de lui.

Le jeune sergent avait accepté d'accompagner son ancien patron tout en sachant qu'elle risquait gros. On lui jetterait le règlement à la figure si ses supérieurs l'apprenaient, mais il l'avait convaincue qu'ils agissaient pour la juste cause.

— Je sais que je ne suis plus sur cette enquête.

— Vous avez été démis de vos fonctions, monsieur.

— Oui, merci de me le rappeler, Salmond. Mais j'ai besoin de participer. Je connais cette affaire sur le bout des doigts et je serai en mesure de repérer le moindre mensonge.

Elle savait qu'il avait raison et elle avait appelé le poste de West Midlands pour les informer qu'elle se trouverait dans leur secteur, mais sitôt le téléphone raccroché, elle avait senti la nervosité et l'angoisse la gagner.

Salmond s'y était rendue en voiture et Sparkes avait pris le train pour ne pas être vu avec son ancienne collègue. À la gare d'arrivée, il avait repéré Salmond qui l'attendait à l'extérieur, elle affichait un air grave et stressé.

— Allez, Salmond, ça va bien se passer, avait-il tenté d'une voix douce pour la rassurer. Personne ne saura que j'étais ici. Je serai l'homme invisible, promis.

Elle lui avait décoché un sourire empli de courage et tous les deux s'étaient rendus d'un pas lourd chez Matt Evans.

— Matt, il y a deux policiers qui veulent te voir ! lui cria sa femme. De quoi s'agit-il ? demanda-t-elle aux deux officiers à sa porte.

Mais Sparkes et Salmond attendirent de se trouver en face de son mari pour répondre. *Il faut faire les choses dans les règles de l'art*, songeait Sparkes.

Evans se doutait de la raison de la venue de la police. La première fois qu'il avait vu Dawn et Bella à la télévision et fait le calcul, il avait su que les flics débarqueraient un jour ou l'autre. Mais à mesure que les semaines, les mois, puis les années passaient, il s'était pris à espérer. « C'est peut-être pas moi le père, s'était-il rassuré au début. Je parie que Dawn couchait avec d'autres types. »

Mais il savait dans ses tripes – plus que dans son cœur, et c'était pour ça qu'il s'y fiait – que Bella était de lui. Elle ressemblait tellement à sa « vraie » fille qu'il s'étonnait que personne ne l'ait remarqué et appelé l'émission « Crimewatch » pour le signaler.

Pourtant, il ne s'était rien passé et il avait continué à vivre sa vie, agrandissant sa famille et fricotant avec d'autres Dawn en cours de route. En revanche, il n'avait plus jamais eu de rapports extraconjugaux sans protection.

L'officier le plus gradé suggéra un endroit pour discuter au calme et, reconnaissant, il les conduisit dans la salle à manger, une pièce dont ils ne se servaient jamais.

— Monsieur Evans, connaissez-vous une certaine Dawn Elliott ? attaqua Salmond de but en blanc.

Un instant, Evans envisagea de mentir – il était très doué pour ça – mais il savait que Dawn l'identifierait au besoin.

— Oui. Nous avons eu une liaison il y a quelques années, lorsque je démarchais sur la côte Sud. Vous savez ce que c'est : vous travaillez toute la journée, vous avez besoin de vous amuser un peu, de vous détendre...

Salmond posa sur lui un regard froid, enregistrant la frange molle, les grands yeux marron, le sourire espiègle et convaincant, et poursuivit.

— Et saviez-vous que Dawn avait eu un bébé après votre liaison ? Vous a-t-elle contacté ?

Evans déglutit avec difficulté.

— Non, je n'étais pas au courant pour le bébé. J'ai changé mon numéro de portable parce qu'elle devenait un peu trop collante et...

— Que vous ne vouliez pas que votre femme le découvre, termina Sparkes à sa place.

Matt le gratifia d'un regard reconnaissant puis reprit la conversation d'homme à homme.

— Oui, c'est ça. Écoutez, Shan, mon épouse, n'a pas besoin de le savoir, d'accord ?

La dernière fois que Shan Evans avait été contactée par l'une des conquêtes de son mari, elle avait décrété qu'elle ne lui donnerait plus d'autres chances et avait exigé qu'ils fassent un troisième enfant. « Ça nous rapprochera, Matt. »

Ça ne les avait pas rapprochés. Les nuits blanches et l'interruption postnatale des rapports sexuels l'avaient contraint à repartir en quête d'amusement et de détente. En ce moment, c'était une secrétaire à Londres. Il ne pouvait pas s'en empêcher.

— Cela dépend de vous, monsieur, répliqua Sparkes. Avez-vous été en contact d'une quelconque façon depuis que vous avez changé de portable ?

— Non, je me suis tenu à l'écart. C'est trop dangereux de les revoir ; elles croient qu'on revient pour les épouser.

Quel connard sans cœur, pensa Salmond en écrivant les mots dans la marge de son calepin, avant de les modifier en *sale connard sans cœur*. Adolescente, elle aussi avait connu son lot d'hommes mariés en virée.

Evans remuait, mal à l'aise, sur sa chaise.

— En fait, c'est drôle mais je l'ai repérée une fois sur un forum sur Internet. Je regardais comme ça, pour m'amuser, comme on peut le faire des fois, et elle était là. Je crois me rappeler qu'elle avait pour pseudo Madame Bonheur, comme dans les petits livres – mon

aînée l'a, celui-ci – mais elle avait mis sa vraie photo.
Elle est pas très futée, Dawn.

— Avez-vous contacté Madame Bonheur ?

— Bien sûr que non. Tout l'intérêt des forums, c'est
que les participants sont censés rester anonymes. C'est
plus marrant comme ça.

L'inspectrice Salmond nota toutes ces informations
en lui demandant d'épeler le nom des forums qu'il
fréquentait de préférence et ses identités virtuelles personnelles. Au bout de vingt-cinq minutes, Evans fit
mine de se lever pour les raccompagner à la porte ;
cependant, Sparkes n'en avait pas terminé.

— Nous allons avoir besoin de votre ADN, monsieur Evans.

— Pour quelle raison ? Je suis quasiment sûr que
Bella est ma fille. Elle ressemble trait pour trait à mes
autres enfants.

— Eh bien, c'est bon à savoir. Mais nous devons
nous en assurer et vous éliminer des suspects dans
notre enquête.

Evans eut l'air horrifié.

— Votre enquête ? Je n'ai rien à voir avec la disparition de cette petite fille.

— *Votre* petite fille.

— Oui, d'accord, mais pourquoi irais-je enlever un
enfant ? J'en ai déjà trois à moi ici. Il y a des jours
où je paierais bien quelqu'un pour qu'il les kidnappe.

— Je n'en doute pas, répliqua Sparkes. Mais nous
devons être minutieux afin de vous écarter. Prenez
donc votre manteau et dites à votre épouse que vous
devez vous absenter.

Les policiers attendirent à l'extérieur.

Salmond semblait sur le point d'exploser tant elle était satisfaite.

— Il a vu Dawn sur un forum pour adultes. Elle les fréquentait ; en amatrice peut-être, mais elle les fréquentait quand même.

Sparkes s'efforça de conserver son calme mais lui aussi sentait l'adrénaline monter.

— Ça pourrait être le lien, Salmond. Le lien entre Glen Taylor et elle.

Malgré lui, Sparkes laissa échapper un rire.

Aucun des deux n'entendit l'échange entre le mari et son épouse, mais Salmond sentit que le sujet n'était pas clos lorsque Evans les rejoignit dans leur véhicule.

— Finissons-en, dit-il avant de se murer dans le silence.

Au commissariat local, Evans donna des échantillons de son ADN, offrant des plaisanteries machos aux policiers les plus jeunes, mais nul ne tomba sous son charme. *Un public plus difficile que les filles bourrées sur la piste de danse*, songea Sparkes, tandis que Salmond appuyait les doigts d'Evans dans l'encre avec plus de vigueur que nécessaire.

— Désolée, monsieur. Il faut appuyer fort pour que ça marque.

Zara Salmond annonça à Sparkes qu'elle rentrait au quartier général pour informer sa nouvelle patronne en personne. Elle avait besoin d'un peu de temps pour monter une histoire qui ne ferait pas de tort à Sparkes… ni à elle.

— Je dirai que la police de West Midlands ne disposait pas des ressources humaines nécessaires et que je suis venue voir ici le père de Bella Elliott. C'est un coureur de jupons de Birmingham, comme nous le pensions – un certain Matthew Evans. Représentant de commerce, marié, trois enfants. Qu'en pensez-vous, monsieur ?

Il lui lança un sourire d'encouragement puis ajouta :

— Et il pourrait nous fournir le lien entre Glen et Bella.

Faites sauter les bouchons de champagne ! songea Sparkes, plus animé par l'espoir que par la certitude.

Au final, lui apprit-elle plus tard, l'importance de ce nouvel élément dans l'enquête éclipsa toutes les questions sur les raisons qui l'avaient poussée à aller interroger Evans de son propre chef.

— Nous en reparlerons plus tard, Salmond, déclara l'inspecteur divisionnaire Wellington en décrochant son téléphone pour prévenir le commissaire divisionnaire Parker et ramasser les lauriers.

Quatre jours plus tard, Sparkes fut rappelé par la police du Hampshire. Le commissaire divisionnaire Parker se montra bref et direct.

— Nous avons une nouvelle piste dans l'affaire Bella. Je ne doute pas que vous en ayez entendu parler. Nous voulons que vous la suiviez. J'ai vu ça avec la police métropolitaine. Dans combien de temps pouvez-vous revenir ?

— J'arrive tout de suite, monsieur.

Son retour se fit sans trompette ni tambour.

— Bonjour, Salmond. Voyons où nous en sommes avec Matthew Evans, dit-il en retirant son manteau.

Et il se remit au travail comme s'il n'était sorti du bureau que quelques minutes.

Les nouvelles de Salmond et des techniciens du service médico-légal n'étaient pas encourageantes. Ils avaient réexaminé avec soin les données téléchargées depuis le premier ordinateur de Taylor pour ferrer Madame Bonheur. Elle n'y était pas.

— Pas de chats, pas d'e-mails, monsieur. On a regardé sous toutes les permutations mais elle ne semble pas s'y trouver.

Sparkes, Salmond et l'inspecteur Dan Fry, qui avait été rappelé dans l'équipe, se tinrent en demi-cercle irrégulier derrière le siège du technicien et fixèrent les noms qui défilaient, priant pour que le sien apparaisse. C'était la quatrième fois qu'ils compulsaient cette liste et l'humeur générale dans la pièce était des plus sombres.

Sparkes regagna son bureau et décrocha son téléphone.

— Bonjour, Dawn, ici Bob Sparkes. Non, il n'y a pas vraiment de nouvelles mais j'aurais deux ou trois questions à vous poser. Il faut que je vous parle, Dawn. Puis-je venir maintenant ?

Après tout ce qu'elle avait enduré, elle méritait d'être traitée avec des pincettes, mais il était primordial de lui demander sans détours de quoi il retournait.

CHAPITRE 38

Jeudi 13 juillet 2006
La mère

Dawn Elliott aimait sortir. Elle aimait accomplir le rituel du bain chaud parfumé, du démêlant dans les cheveux puis du brushing devant le miroir. Appliquer une bonne couche de mascara au son d'une musique clubbing à plein volume. Le dernier coup d'œil dans le miroir en pied de la porte de la penderie et le claquement des talons avant de monter dans un taxi, l'excitation pétillant dans sa poitrine. Sortir lui donnait l'impression d'avoir dix-sept ans pour toujours.

Bella avait mis ces sorties entre parenthèses. Quelle belle boulette de tomber enceinte ; mais elle n'avait à s'en prendre qu'à elle-même. Elle voulait trop faire plaisir. Il était si sexy quand il s'était approché d'elle en dansant, la première fois que leurs regards s'étaient croisés. Il lui avait pris la main et l'avait fait tourner jusqu'à ce qu'elle perde l'équilibre et rie aux éclats. Ils étaient sortis prendre l'air avec leurs verres, retrouvant les fumeurs. Il s'appelait Matt et il était déjà en couple mais elle s'en fichait. Il ne venait à Southampton qu'une fois par mois pour le travail, mais il lui téléphonait ou lui envoyait un texto tous les jours au début, quand sa femme croyait qu'il allait chercher quelque chose dans la voiture ou qu'il promenait le chien.

Ça avait duré six mois ; jusqu'au jour où il lui avait appris que son bureau l'avait muté de la côte Sud au Nord-Est. Leur dernière rencontre avait été si intense qu'elle s'était sentie ivre de plaisir après. Il l'avait supplié de faire l'amour sans préservatif – « Ce sera plus spécial, Dawn. » Et ça l'avait été, sans doute, mais il ne s'était pas attardé dans les parages pour en voir le résultat. « Les hommes mariés ne restent jamais, lui avait reproché sa mère, désespérée par sa naïveté. Ils ont des épouses et des enfants, Dawn. Ils veulent juste coucher avec des idiotes comme toi. Qu'est-ce que tu vas faire pour le bébé ? »

Au début, elle n'en savait rien, elle repoussait toute décision au cas où Matt réapparaîtrait tel un chevalier sur son cheval blanc pour l'enlever et lui offrir une nouvelle vie. Et comme il ne venait pas, elle s'était mise à lire des magazines sur les bébés et avait intégré le monde de la maternité comme une somnambule.

Elle ne regrettait pas de l'avoir gardée – enfin pas souvent – sinon quand Bella se réveillait toutes les heures à partir de 3 heures du matin ou qu'elle faisait ses dents et hurlait, ou qu'elle salissait sa couche. Les premières années ne ressemblaient pas du tout à ce que les magazines laissaient croire, mais elles y avaient survécu toutes les deux et les choses s'arrangeaient à mesure que Bella grandissait et devenait une compagne pour Dawn.

Elle racontait à sa fille tous ses secrets et ses pensées les plus intimes, rassurée de savoir que Bella ne la jugerait pas. La petite fille riait avec elle quand elle était heureuse et se pelotonnait sur ses genoux quand Dawn pleurait.

Toutefois, passer des heures à regarder la chaîne pour enfants de la BBC et jouer à des jeux sur son téléphone ne comblait pas sa vie. Dawn se sentait seule. Elle n'avait que trente-six ans. Elle ne devrait pas être seule, mais qui s'intéresserait à une mère célibataire ?

Elle était attirée par les hommes mariés ; elle avait lu quelque part qu'un homme plus âgé représentait une figure paternelle et l'excitation du fruit défendu. Elle ne saisit pas l'allusion biblique mais ne comprit que trop bien le mélange de danger et de sécurité. Elle voulait trouver un autre Matt mais ne pouvait pas se payer de baby-sitters et sa mère désapprouvait qu'elle sorte tard. « Qu'est-ce que tu fais ? Tu vas en boîte ? Nom de Dieu, Dawn, regarde où ça t'a menée la dernière fois ! Tu es mère maintenant. Sors plutôt dîner avec une de tes amies ! »

Elle suivit son conseil. Partager une pizza hawaïenne avec Carole, une ancienne copine du lycée, était chouette, mais elle ne rentra pas chez elle enivrée par la musique et les shots de vodka.

Elle découvrit le forum grâce à un magazine dans la salle d'attente du pédiatre. Bella avait de la fièvre et des plaques rouges, et Dawn savait que le Dr John, comme il aimait se faire appeler, lui ferait la conversation, lui accorderait un peu d'attention – *je lui plais*, se dit-elle en décidant au dernier moment de se maquiller légèrement. Elle avait besoin de plaire. Toutes les femmes en ont besoin.

En feuilletant le magazine pour ados, dont les pages étaient devenues grasses sous les doigts de dizaines de lectrices, elle avait lu un article sur la nouvelle mode des rencontres en ligne. Elle était si absorbée par sa lecture qu'elle n'entendit pas quand on appela son numéro. La secrétaire dut crier son nom et elle se leva à la hâte, attrapant Bella qui jouait dans le coin des Lego et fourrant le magazine dans son sac.

Son ordinateur portable était vieux et en mauvais état, et le fait de le conserver en haut de son armoire, loin des mains collantes de Bella, n'arrangeait rien. Un type au boulot le lui avait donné quand il s'en était procuré un neuf. Au début, elle s'en était servie, mais la batterie avait rendu l'âme et elle n'avait pas l'argent pour en acheter une autre ; elle s'en était désintéressée.

Sur le chemin du retour après le rendez-vous chez le médecin, elle acheta une nouvelle batterie avec sa carte de crédit réservée aux urgences.

Le forum était fantastique. Elle se délectait de l'attention que lui portaient ses nouveaux amis : des hommes qui voulaient tout connaître d'elle, qui l'interrogeaient sur sa vie, ses rêves, et demandaient sa photo, qui n'étaient pas rebutés par le fait qu'elle ait un enfant. Certains lui posaient même des questions sur sa petite fille.

Elle n'en parla à personne. Personne en dehors de son monde virtuel. C'était son petit secret.

CHAPITRE 39

Jeudi 21 janvier 2010
L'inspecteur

La maison sur Manor Road paraissait plus propre et mieux rangée. Les jouets de Bella étaient empilés dans un carton près du poste de télévision et le salon servait de quartier général au comité « Trouver Bella ». Assis autour d'une table, les bénévoles étudiaient le courrier.

— Nous recevons une centaine de lettres les bons jours, annonça Dawn avec fierté.

Les bénévoles classaient le courrier en trois piles : ceux qui prétendaient avoir vu Bella, ceux qui apportaient leur soutien, et les tarés. La pile des tarés semblait beaucoup plus haute que les deux autres, mais Sparkes ne fit aucun commentaire.

— Beaucoup de gens envoient de l'argent pour nous aider à rechercher Bella, expliqua Dawn.

Le fonds plaçait des publicités dans les journaux du monde entier et payait de temps en temps un enquêteur privé pour suivre une piste.

— Allons dans un endroit calme, Dawn, dit-il en lui prenant le coude pour la conduire à la cuisine.

Il referma la porte derrière eux.

À la mention de Matt, elle fondit en larmes.

— Comment l'avez-vous retrouvé ? Qu'est-ce qu'il a dit sur moi ? Sur Bella ?

— Il a dit qu'il pensait être le père. Nous attendons les résultats ADN.

— Il a d'autres enfants ?

— Oui, Dawn.

— Est-ce qu'ils ressemblent à Bella ?

— Oui.

Ses pleurs redoublèrent.

— Allons, Dawn. Matt nous a appris autre chose dont nous devons discuter. Il vous aurait vue sur un forum sur Internet.

Le flot de larmes s'interrompit aussitôt.

— Matt m'a vue sur un forum. Je ne l'ai pas vu, moi.

— Mais vous alliez bien sur les forums ?

— Oui, mais pas du genre de ceux que vous avez mentionnés pendant le procès. Ça n'avait rien de sale ni de sexuel.

Sparkes marqua une pause.

— Pourquoi ne nous avez-vous pas révélé que vous visitiez les chat-rooms ?

— J'étais gênée, répondit Dawn en rougissant. Je n'en ai jamais parlé à personne parce que je croyais que les gens penseraient que j'allais y chercher des aventures sexuelles. Ce n'était pas le cas, inspecteur Sparkes. Je me sentais seule, c'est tout. C'était juste pour discuter. Je n'ai jamais rencontré personne dans la vraie vie. Franchement, je ne croyais pas que ça valait le coup d'être signalé.

Sparkes se pencha en avant sur la table de la cuisine pour lui tapoter la main.

— Parlicz-vous dc Bella sur les forums, Dawn ?

Elle le dévisagea, peinant à articuler.

— Non. Enfin, oui. Un peu. À d'autres filles. Mais je racontais seulement qu'elle n'avait pas voulu dormir, par exemple, ou les trucs marrants qu'elle avait faits. On ne faisait que bavarder.

— Mais d'autres personnes pouvaient suivre vos conversations, n'est-ce pas ?

Dawn parut sur le point de s'évanouir et Sparkes fit le tour de la table pour la rejoindre, il tira sa chaise en arrière et lui fit baisser la tête sur les genoux quelques instants. Quand elle se redressa, son teint était encore d'une pâleur cadavérique.

— Lui, vous voulez dire ? demanda-t-elle. Est-ce qu'il m'a vue parler de Bella ? C'est comme ça qu'il l'aurait trouvée ?

Les noms propres étaient inutiles, l'un comme l'autre savait à qui « lui » faisait référence.

— Nous ne pouvons pas en être sûrs, Dawn. Mais il faut que vous réfléchissiez, que vous essayiez de vous rappeler avec qui vous avez discuté en ligne. Nous allons analyser votre ordinateur, également.

Un bénévole vint poser une question à Dawn et, devant son visage en larmes, voulut repartir aussi sec dans le salon.

— Non, restez, je vous en prie, demanda Sparkes. Pourriez-vous veiller sur Dawn une minute ? Elle a reçu un choc et aurait sans doute besoin d'une bonne tasse de thé.

Il s'isola dehors pour téléphoner à Salmond.

Il emballa le vieil ordinateur esquinté de Dawn et le rapporta au QG pendant que son sergent prenait la déposition de la mère dévastée. Sparkes voulait participer à la traque à travers les sites. Il voulait être présent quand PapaOurs, ou quelle que soit l'allusion malsaine aux contes pour enfants que Taylor avait utilisée, sortirait.

L'atmosphère dans le labo était nauséabonde, mélange de vestiaire et de restes de pizzas, et les techniciens emportèrent d'un air las l'ordinateur pour en exploiter les données. Ils étaient soulagés de n'avoir à creuser, cette fois, que dans une fraction de l'activité du processeur mais cela prendrait tout de même du temps de sortir une liste des sites et des contacts.

Celle-ci, quand elle fut enfin dressée, contenait le flot habituel de noms imaginaires et grossiers, et Sparkes les examina rapidement pour retrouver les avatars connus de Taylor.

— Il a dû se servir d'un autre pseudo, dit-il à Fry.

— Nous connaissons toutes les identités qu'il a utilisées depuis son ordinateur, monsieur.

— Est-on certain qu'il n'en possédait qu'un seul ?

— On n'en a pas trouvé d'autres mais il se rendait dans au moins un cybercafé. Il est peut-être allé dans d'autres endroits lors de ses déplacements.

Le technicien poussa un soupir.

— Nous allons devoir éliminer tous ceux qu'on peut et ensuite réduire le champ des possibilités.

Sparkes s'empara de la liste et retourna voir Dawn Elliott.

Elle pleurait encore. Salmond lui tenait la main et lui parlait à voix basse.

— On continue, Dawn. Vous vous en sortez à merveille. Elle s'en sort à merveille, monsieur, répéta Salmond à l'intention de l'inspecteur principal.

Dawn leva les yeux sur Sparkes planté dans l'embrasure de la porte comme le jour de la disparition de Bella. Elle ressentit une étrange impression de déjà-vu.

— J'ai la liste des noms de ceux que vous avez rencontrés en ligne. Jetons-y un œil ensemble pour voir si vous vous rappelez quelque chose.

Le reste de la maison était plongé dans le silence. Les bénévoles étaient partis depuis longtemps, chassés par le sentiment d'échec et la détresse de Dawn.

Elle fit courir son doigt sur les noms de la liste, page après page.

— Je ne savais pas que j'avais parlé à autant de monde.

— Vous n'avez sans doute pas discuté avec toutes ces personnes, Dawn. Certains se contentent de rejoindre le forum, de dire bonjour puis de suivre les conversations sans y participer.

Elle marqua plusieurs pauses, où le pouls de Sparkes s'emballa, relatant à Salmond les menus détails qu'elle se rappelait.

— Mouette… Elle habitait à Brighton et voulait connaître le prix de l'immobilier ici. BillieJean était une grande fan de Michael Jackson ; elle ne parlait

que de lui. Rouquine100 recherchait le grand amour ;
je me demande si elle l'a trouvé.

Mais la plupart des conversations du forum restaient
quelconques et Dawn ne s'en souvenait guère.

Arrivée à BelInconnuTénébreux, elle s'arrêta.

— Lui, je m'en souviens. Ça m'a fait rire quand
j'ai vu son nom. Quel cliché ! Je crois qu'on s'est
envoyé un e-mail ou deux en dehors du forum. Rien
de romantique. Une fois où je n'avais pas le moral,
ç'a été sympa de lui parler, mais nous ne sommes pas
restés en contact.

Sparkes sortit de la pièce pour téléphoner à Fry.

— Cherchez BelInconnuTénébreux. Ça pourrait être
lui. Ils ont échangé des e-mails en dehors du forum.
Prévenez-moi par texto si vous trouvez quelque chose.

Au bout d'un long moment, son portable finit par
sonner. « Trouvé », disait simplement le message.

Un des membres de l'équipe médico-légale surveillait l'arrivée de Sparkes.

— Nous avons découvert la correspondance informatique entre Dawn Elliott et BelInconnuTénébreux.
Trois e-mails pour être exact, mais dans lesquels il est
fait mention de Bella.

Sparkes n'était pas du genre à brandir le poing dans
un geste victorieux mais, à cet instant, ça le déman-
geait.

— Prochaine étape : relier l'adresse e-mail à Taylor,
monsieur.

Ils étaient également en train de décortiquer la page
Facebook de Dawn. Il y avait des centaines de photos
de Bella publiées dessus, mais Dan Fry les aidait à

rechercher les images disponibles avant l'enlèvement et examinait les profils des amis à la recherche d'une trace de leur homme.

Observant l'équipe au travail, Sparkes se fit la réflexion qu'il s'agissait là de la version moderne du porte-à-porte.

Un technicien à la mine fatiguée vint le trouver plus tard dans la journée.

— Le problème, monsieur, c'est que Dawn Elliott n'avait activé aucune sécurité sur sa page Facebook avant la disparition de sa fille. Par conséquent, n'importe qui pouvait consulter son profil et ses photos sans même être ami avec elle.

— Bon sang ! Est-ce qu'on a vérifié quand même ?

— Bien sûr. Ni Glen Taylor ni aucun des pseudos de notre connaissance ne sont apparus. Ce qui est bizarre en revanche, c'est qu'on a trouvé Jane Taylor. Elle est amie du comité « Trouver Bella ».

— Jane. Vous êtes certain que c'est elle ?

— Tout à fait. La sécurité était activée à ce moment-là. Elle n'a pas seulement « aimé » la page, elle a posté quelques messages.

— Des messages ?

— Oui. Elle dit à Dawn qu'elle prie pour le retour de Bella, et elle a aussi envoyé un message pour ses quatre ans.

Sparkes était perplexe. Pourquoi diable Jane Taylor serait-elle amie Facebook avec le comité ?

— Sommes-nous certains qu'il s'agisse bien d'elle ? Et pas de quelqu'un qui aurait usurpé son identité ?

— L'adresse e-mail est celle qu'elle utilise et l'adresse IP correspond à sa zone à Londres. On ne peut pas en être sûrs à cent pour cent mais tout indique que c'est le cas.

Sparkes envisagea les différentes possibilités. Son mari pouvait très bien utiliser son adresse ; mais les messages remontaient à après l'enlèvement... À moins qu'il ait juste cherché à s'assurer d'avoir connaissance de tous les éléments sur l'enquête ?

— Beau boulot. Continuons à creuser, dit-il au technicien avant de refermer la porte de son bureau pour s'offrir le loisir de réfléchir.

Il lui fallait s'entretenir avec Glen et Jane. Séparément.

CHAPITRE 40

Vendredi 22 janvier 2010
La veuve

J'étais en train de laver quelques affaires dans le lavabo quand Bob Sparkes a frappé chez nous. J'ai rincé mes mains sous le jet du robinet et les ai secouées pour les sécher avant d'aller jusqu'à la porte. Je n'attendais aucune visite, mais Glen avait installé une petite caméra à l'entrée pour que nous puissions voir qui se trouvait sur notre seuil. « Comme ça, nous ne perdrons plus notre temps à ouvrir aux journalistes, Janie », avait-il affirmé en serrant la dernière vis.

Je n'aimais pas ça. Cette image déformée comme sur le dos d'une cuillère donnait à tout le monde une allure de criminel, même à sa mère. Il avait insisté malgré tout. J'ai scruté l'écran de contrôle et vu l'inspecteur principal Sparkes ; son nez prenait toute la place. J'ai appuyé sur le bouton d'interphone et demandé :

— Qui est-ce ?

Pourquoi lui faciliter la tâche ? Il a esquissé un semblant de sourire. Il n'était pas dupe mais il a répondu :

— Inspecteur principal Bob Sparkes, madame Taylor. Pouvons-nous discuter un instant ?

J'ai ouvert la porte et il était là, son visage revenu à la normale ; un beau visage, en fait.

— Je ne pensais pas vous revoir après l'accord d'indemnisation et tout le reste.

— Eh bien me voilà. Ça faisait longtemps. Comment vous portez-vous, tous les deux ? a-t-il demandé avec un culot monstre.

— Très bien, et pas grâce à vous. J'ai bien peur que Glen soit sorti, inspecteur. Peut-être devriez-vous appeler d'abord la prochaine fois, si vous voulez revenir.

— Non, c'est bon. Je souhaite seulement vous poser quelques questions.

— À moi ? Qu'est-ce que vous pourriez bien avoir à me demander ? Les poursuites contre Glen sont terminées.

— Je sais, je sais. Mais il y a une chose dont je dois discuter avec vous, Jane.

La familiarité que l'utilisation de mon prénom impliquait m'a prise de court ; je l'ai prié de s'essuyer les pieds.

En entrant, il s'est dirigé tout droit vers le salon, comme s'il faisait partie de la famille. Il s'est assis à sa place habituelle et je suis restée à la porte. Je n'étais pas à l'aise en sa compagnie. Il n'aurait pas dû être là. Ce n'était pas bien.

Il ne semblait pas plus perturbé que ça de venir nous déranger, nous harceler, alors que le tribunal avait mis un terme à toute cette mascarade. Soudain, la crainte m'a envahie. Sa présence donnait l'impression que tout recommençait. Les questions revenaient. Et j'avais peur. Peur qu'il ne trouve une nouvelle manœuvre pour nous traquer.

— Jane, j'aimerais savoir pourquoi vous suivez la page Facebook « Trouver Bella ».

Celle-là, je ne m'y attendais pas. Je ne savais pas quoi répondre. J'ai commencé à surfer sur Internet après l'inculpation et l'arrestation de Glen. Je voulais comprendre comment ça fonctionnait – me mettre à sa place, peut-être – alors j'ai acheté un petit ordinateur portable que le vendeur m'a aidée à installer, il m'a montré comment créer une adresse e-mail et un profil Facebook. J'ai mis du temps à me familiariser avec mais je me suis procuré un manuel pour débutants et j'avais du temps libre pour le potasser. Ça a occupé toutes mes soirées ; une bonne alternative à la télé. Je n'en ai pas parlé à Glen quand il se trouvait à Belmarsh, derrière les barreaux. J'avais peur qu'il croie que je cherchais à le coincer. Que je manquais de loyauté envers lui.

De toute façon, je ne m'en suis pas beaucoup servie et, à sa libération, il a été étonné mais pas en colère. J'imagine qu'il se passait trop de choses à côté pour que mes agissements aient la moindre importance.

Cependant, il ignorait certainement que je suivais la page « Trouver Bella » sur Facebook, et voilà que Bob Sparkes se pointait pour en faire tout un plat. C'était stupide de ma part ; « imprudent » dirait Glen s'il savait. C'est arrivé un soir après que j'ai vu Dawn aux infos. J'avais juste envie de participer à la campagne de recherches pour Bella, je voulais aider, parce que j'avais la conviction qu'elle était en vie.

Je ne pensais pas que la police me remarquerait au milieu des centaines d'autres noms, mais bien sûr, rien ne leur échappe. « Tu ne réfléchis pas, Jane », aurait dit Glen s'il avait été ici. J'aurais mieux fait de m'abstenir parce que ça allait donner du grain à moudre à la police qui examinerait de nouveau notre vie à la loupe. Glen risquait d'avoir encore des problèmes à cause de ça. L'inspecteur principal Sparkes m'observait, mais je songeais qu'il valait mieux me taire en prenant un air bête pour le laisser se débrouiller.

Alors il a continué.

— Vous êtes-vous enregistrée sur la campagne, Jane, ou quelqu'un s'est-il servi de votre identité ?

J'imaginais qu'il pensait à Glen.

— Comment le saurais-je, inspecteur Sparkes ?

Je devais garder mes distances. Pas de prénom. Où était Glen ? Il avait dit qu'il n'en avait que pour dix minutes. Enfin, j'ai entendu sa clé tourner dans la serrure.

— Nous sommes au salon, Glen ! L'inspecteur Sparkes est là.

Glen est arrivé, le manteau toujours sur le dos. Il a salué le policier d'un hochement de tête. Bob Sparkes s'est levé et s'est rendu dans le couloir pour lui parler seul à seul. Je me suis assise, pétrifiée à l'idée que la colère de Glen explose quand il saurait pour Facebook, mais personne n'a élevé la voix et j'ai entendu la porte se refermer.

— Il est parti, a annoncé Glen depuis l'entrée. Il n'aurait pas dû venir. Je lui ai signifié que c'était du harcèlement policier et il s'en est allé. Qu'est-ce qu'il t'a dit ?

— Rien. Il voulait savoir quand tu serais de retour.

C'était vrai, après tout.

Je suis montée à l'étage pour étendre mes collants rincés au-dessus de la baignoire, puis j'ai sorti mon ordinateur pour voir si je pouvais me supprimer de la page Facebook de Bella. Manœuvre inutile puisque la police m'avait déjà repérée, mais pas Glen. Je ne crois pas que l'inspecteur Sparkes le lui ait révélé. C'était sympa de sa part.

Je me doutais qu'il allait revenir, cependant.

Glen était en train de fourrager dans le frigo à la recherche d'un truc à mettre dans son sandwich quand je suis redescendue ; je l'ai gentiment poussé sur le côté pour m'en charger à sa place.

— Qu'est-ce qui te fait envie ? Du fromage ou du thon ?

— Du thon, s'il te plaît. On a des chips ?

J'ai préparé une assiette de laitue et de tomates. Il fallait qu'il mange plus de légumes. Il avait le teint terreux et il s'empâtait à rester assis tout le temps à la maison.

— Où es-tu allé ? lui ai-je demandé en déposant l'assiette devant lui. À l'instant ?

Glen a enfilé son masque, celui qu'il prend quand je l'agace.

— Je suis descendu jusqu'au kiosque à journaux, Jane. Arrête de me surveiller.

— Ça m'intéresse, c'est tout. Ton sandwich est bon ? Je peux avoir le journal pour le lire ?

— J'ai oublié de l'acheter. Maintenant, laisse-moi manger tranquille.

Je me suis éclipsée dans l'autre pièce en essayant de ne pas m'inquiéter, mais j'ai pensé que ça recommençait. Ses bêtises. Il s'était remis à disparaître sans raison. Il ne faisait rien à la maison, je l'aurais su. Mais il lui arrivait de sortir pendant une heure ou deux puis de revenir sans pouvoir me dire ce qu'il avait fait et de se mettre en colère si je posais trop de questions.

Je ne tenais pas vraiment à savoir mais j'en avais besoin. Pour être honnête, j'avais cru que c'était la raison de la venue de Bob Sparkes aujourd'hui. J'avais cru que Glen s'était à nouveau fait attraper sur un ordinateur.

J'essayais de toutes mes forces d'avoir confiance en lui mais, certains jours, j'avais beaucoup de mal. J'imaginais ce qui pourrait se passer. « Envisager le pire ne sert à rien », répétait mon père à ma mère quand elle se mettait dans tous ses états, mais c'était plus facile à dire qu'à faire. Surtout quand le pire était tout près, juste de l'autre côté de la porte.

Il fallait que je fasse quelque chose pour l'arrêter. Sinon, nous serions tous les deux perdus.

CHAPITRE 41

Vendredi 11 juin 2010
La veuve

Tom Payne me rappelle à l'hôtel pour m'informer que le contrat semble en règle mais qu'il s'inquiète de ce qu'ils vont écrire. Pas facile de lui parler alors que Kate se trouve dans la chambre avec moi, du coup je vais m'isoler dans la salle de bains.

— Les médias ne sont pas vos amis, Jane. Ils publieront l'histoire qui leur plaira. Il n'y a aucune clause de contrôle dans le contrat, par conséquent vous n'aurez aucun moyen de riposter s'ils déforment la vérité. Que vous soyez toute seule face à eux m'inquiète. Souhaitez-vous que je vienne ?

Je ne veux pas de Tom ici. Il voudra me faire changer d'avis et je sais ce que je fais. Je suis prête.

— Ça va, Tom, merci. Je vous raconterai comment ça s'est passé.

Dans la chambre, Kate agite de nouveau le contrat.

— Allez, Jane. Signez ce document et commençons l'interview.

Sa détermination et mon envie de rentrer chez moi me poussent à attraper les feuilles et à inscrire mon nom sur les pointillés. Kate sourit de toutes ses dents et ses épaules se relâchent ; elle s'assied dans l'un des fauteuils.

— Les formalités écartées, passons aux choses sérieuses, Jane, commence-t-elle en attrapant au fond de son sac un magnétophone qui a connu des jours meilleurs ; elle pose l'appareil juste devant moi. Ça ne vous ennuie pas que j'enregistre notre entretien ? Au cas où ma sténo fatiguerait, ajoute-t-elle avec un sourire.

J'acquiesce sans mot dire et essaie de trouver par où commencer mais c'est inutile ; Kate s'occupe de tout.

— Jane, quand avez-vous entendu parler pour la première fois de la disparition de Bella Elliott ?

Cette question me convient. Je repense à ce jour d'octobre 2006, je me trouvais dans la cuisine quand ils l'ont annoncé à la radio.

— J'étais au salon le matin. Mais j'avais l'après-midi de repos parce que j'avais travaillé le dimanche matin. Je vaquais à mes occupations, je rangeais, j'épluchais des pommes de terre pour le dîner. Glen est rentré brièvement prendre un thé et je me suis préparée pour mon cours de gym au centre sportif. Je venais juste de rentrer et j'allumais le four quand l'info est passée à la radio. On racontait que la police recherchait activement une petite fille qui avait disparu à Southampton. Une petite fille qui aurait été enlevée dans son jardin. J'en ai eu la chair de poule. Une toute petite fille, encore un bébé en fait. C'était insupportable à imaginer.

Le froid m'envahit à nouveau. Un frisson glacé me traverse à la pensée de ce petit visage, avec le pansement et les boucles. Kate paraît nerveuse alors je reprends la parole.

— Les journaux du lendemain ne parlaient que de ça. Ils étaient remplis de photos et de déclarations de sa grand-mère qui racontait quelle fillette adorable elle était. Ça m'a fendu le cœur, en toute sincérité. Au salon, nous en avons discuté. Tout le monde était bouleversé et aussi curieux ; vous savez comment sont les gens.

— Et Glen ? s'enquit Kate. Quelle a été sa réaction ?

— Il était abasourdi. Il avait livré un colis dans le Hampshire ce jour-là – mais vous le savez, bien sûr – et il n'arrêtait pas d'y penser. Nous adorions tous les deux les enfants. Nous étions bouleversés.

La vérité, c'est que nous n'avions pas beaucoup discuté de la disparition sinon pour noter la coïncidence de sa présence dans le Hampshire. Nous avions dîné sur le canapé tout en regardant les infos à la télé puis il était remonté à son ordinateur. Je me souviens d'avoir commenté : « J'espère qu'ils retrouveront cette petite Bella. » Et je ne me rappelle pas qu'il ait répondu quoi que ce soit. Sur le moment, je n'avais pas trouvé cela étrange : Glen, égal à lui-même.

— Puis la police est venue, reprend Kate en se penchant par-dessus son carnet pour me couver d'un regard intense. Ça a dû être affreux.

Je lui raconte que j'étais trop consternée pour parler et que je suis restée plantée dans le couloir pendant une heure après le départ des policiers, figée comme une statue.

— Aviez-vous des soupçons quant à son implication, Jane ?

J'avale une pleine gorgée de café et secoue la tête. J'attendais qu'elle me pose cette question – c'est celle que la police n'a cessé de me répéter – et j'ai préparé ma réponse.

— Comment aurais-je pu croire qu'il était impliqué dans une chose aussi horrible ? Il aimait les enfants. Nous les aimions tous les deux.

Mais pas de la même manière, au final.

Kate me dévisage ; j'ai encore dû me perdre dans mes pensées, j'imagine.

— Jane, à quoi pensez-vous ?

J'ai envie de lui répondre : « Au moment où Glen m'a confié qu'il avait vu Bella », mais impossible de lui faire une telle révélation. Cet aveu serait explosif.

— À rien en particulier, dis-je avant d'ajouter : Je me demande si je connaissais vraiment Glen.

— Comment ça, Jane ?

Alors je lui parle de l'expression sur le visage de Glen le jour de son arrestation.

— Il avait l'air absent. Pendant quelques secondes, je ne l'ai pas reconnu. Ça m'a fait peur.

Elle prend des notes, relève la tête pour me regarder dans les yeux. Elle ne m'interrompt pas pendant que je déballe sur les trucs porno. Elle griffonne à toute vitesse dans son calepin, acquiesce, m'incite à poursuivre, débordant de compassion et de compréhension. Pendant des années, je me suis sentie coupable des actions de Glen, convaincue que mon obsession maladive d'avoir un enfant l'avait contraint à commettre des horreurs, mais aujourd'hui il n'est plus là pour me jeter *ce* regard. J'ai le droit d'être blessée et en colère à cause de ce qu'il faisait dans notre chambre d'amis. Pendant que j'étais couchée dans notre lit de l'autre côté du couloir, il conviait cette crasse obscène sous notre toit.

— Quel genre d'hommes contemple de telles photos, Kate ? je lui demande.

Elle répond d'un haussement d'épaules marquant son impuissance et son incompréhension. Son homme, lui, ne mate pas les petits enfants en train de se faire violer. La veinarde.

— Il m'a dit que c'était pour de faux. Qu'il s'agissait de femmes déguisées en petites filles, mais ce n'était pas vrai. Pas toutes en tout cas. Selon la police, c'était réel. Glen prétendait que c'était une dépendance. Il ne pouvait pas s'en empêcher. Ça avait commencé avec du porno « normal ». Je ne suis même pas sûre de savoir ce que normal veut dire. Vous le savez ?

Elle secoue encore la tête.

— Non, Jane, je n'en sais rien. Des femmes nues, je suppose.

J'acquiesce ; c'est ce que je pensais moi aussi. Le genre de choses qu'on peut voir dans les magazines chez le marchand de journaux ou dans les films X.

— Mais ce n'était pas normal. Il n'arrêtait pas de trouver de nouveaux trucs, c'était plus fort que lui. Il tombait sur des photos par hasard, mais ce n'est pas possible de tomber dessus par hasard, pas vrai ?

Elle hausse les épaules puis secoue la tête.

— Il faut payer, lui dis-je. Il faut donner son numéro de carte de crédit, son nom, son adresse. Tout. On ne peut pas visiter ces sites par inadvertance. C'est un acte volontaire qui exige du temps et de la concentration – c'est ce que le témoin de la police a déclaré lors du procès. Et c'est ce que mon Glen a fait, nuit après nuit, à chercher des images de plus en plus horribles. De nouvelles photos et des vidéos, par centaines, d'après la police. Par centaines ! On ne croirait pas qu'il puisse y en avoir autant. Il m'a dit qu'il détestait ça mais que quelque chose en lui le forçait à en vouloir toujours plus, que c'était une maladie. Il ne pouvait pas s'en empêcher. Et il me tenait pour responsable.

Kate m'observe, désireuse que je poursuive, et je ne peux plus m'arrêter.

— Selon lui, je l'y avais poussé. Mais il m'a trahie. Il prétendait être un homme normal, qui allait au travail, buvait une bière avec ses copains et m'aidait à faire la vaisselle, mais il se transformait en monstre dans notre chambre d'amis tous les soirs. Il n'était plus Glen. Il était malade, pas moi. S'il pouvait faire ça, je crois qu'il était capable de faire n'importe quoi.

Je m'arrête, choquée par le son de ma propre voix. Et elle me dévisage. Elle cesse d'écrire, se penche en avant et pose sa main sur la mienne. Sa paume est chaude et sèche et je tourne la mienne pour la serrer.

— Je sais combien ce doit être difficile, Jane, dit-elle avec sincérité.

J'ai envie d'arrêter mais elle me presse une nouvelle fois la main.

— C'est un tel soulagement de pouvoir dire toutes ces choses.

Les larmes se mettent à couler. Elle me tend un mouchoir et je me mouche bruyamment. Je reprends tout en sanglotant.

— Je ne savais pas ce qu'il faisait. Vraiment, je ne le savais pas. Je serais partie si je l'avais su. Je ne serais pas restée avec un monstre pareil.

— Mais vous êtes restée, Jane, même après l'avoir découvert.

— Il le fallait. Il l'a expliqué de telle sorte que je ne distinguais plus le bien du mal. Tout était un complot de la police ou de la banque ou d'Internet. Et ensuite il m'a accusée. Il m'a fait croire que c'était ma faute. Il était si convaincant quand il me parlait. Il m'a obligée à le croire.

Et c'est la vérité. Mais il n'est plus là pour me forcer.

— Et Bella ? demande Kate comme je savais qu'elle le ferait. Qu'en est-il de Bella ? Est-ce qu'il l'a enlevée, Jane ?

Je suis allée trop loin pour reculer maintenant.

— Oui, dis-je. Je crois qu'il l'a enlevée.

Le silence s'abat sur la chambre et je ferme les paupières.

— Vous a-t-il avoué qu'il l'avait kidnappée ? Que croyez-vous qu'il ait fait avec elle, Jane ? Où l'a-t-il cachée ?

Ses questions fusent, fondent sur moi. Je n'arrive pas à réfléchir. Je ferais mieux de ne rien ajouter ou je risque de tout perdre.

— Je ne sais pas, Kate.

L'effort que je produis pour me taire et ne pas en raconter davantage envoie un frisson glacé dans mon corps et je serre mes bras autour de moi. Kate se lève de son siège et vient s'asseoir sur l'accoudoir de mon fauteuil pour m'enlacer. C'est agréable d'être tenue ainsi ; je retrouve la sensation que j'éprouvais quand

ma mère me prenait dans ses bras pour me réconforter. « Ne pleure pas, poussin », disait-elle en me
serrant contre elle pour que je me sente en sécurité.
Rien ne pouvait m'atteindre. Bien sûr, c'est différent
aujourd'hui. Kate Waters ne peut pas me protéger
contre ce qui vient, mais je reste quand même la tête
contre son cœur un instant.

Elle reprend d'une voix douce.

— Glen vous a-t-il confié quoi que ce soit au sujet
de Bella ? Avant sa mort ?

— Non, dis-je tout bas.

Un coup est frappé à la porte. Le code secret. Ce doit
être Mick. Elle marmonne entre ses dents et je sens
qu'elle hésite entre le rembarrer vertement ou le laisser
entrer. Elle retire son bras et hausse les sourcils, l'air de
dire « Foutus photographes », avant de se diriger vers
la porte. Leur conversation se déroule en murmures
virulents. Je saisis les mots : « Pas maintenant » mais
Mick ne repart pas. Il doit faire des photos « rapido »
parce que le directeur du service photo « pique sa
crise ». Je me lève et me rends dans la salle de bains
pour reprendre contenance avant qu'il n'entre.

Dans le miroir, je discerne mon visage rouge, mes
yeux bouffis.

— Quelle importance à quoi je ressemble ? dis-je
tout haut.

Une phrase que je me répète souvent – quasiment
chaque fois que je me regarde dans la glace ces derniers
temps. J'ai une tête épouvantable et rien n'y changera,
alors je fais couler un bain. Je n'entends pas ce qu'il se
passe dans l'autre pièce avant de refermer le robinet.
Kate est en train de crier, Mick aussi.

— Où est-elle ? hurle-t-il.

— Dans cette fichue salle de bains, qu'est-ce que tu crois ? Espèce de demeuré, on commençait juste à avancer et il a fallu que tu déboules !

Je suis étendue au milieu des bulles du bain de l'hôtel, à faire clapoter l'eau autour de moi, et je réfléchis. Je décide que je n'en dirai pas plus. Je me laisserai prendre en photo car je l'ai promis mais ensuite je rentre droit chez moi. Voilà, j'ai pris une décision toute seule. *Voilà, Glen. Va te faire voir !* Et je souris.

Je sors quinze minutes plus tard, la peau rosie par la chaleur du bain et les cheveux frisés par la vapeur. Kate et Mick sont assis dans la chambre, se tournant le dos sans se parler.

— Jane, dit Kate en se levant à la hâte. Vous allez bien ? Je m'inquiétais. Vous ne m'avez pas entendue vous appeler à travers la porte ?

J'ai un peu de peine pour elle, en réalité. Je dois la rendre folle mais il faut que je pense à moi.

Mick tente d'esquisser un sourire amical.

— Jane, vous avez une mine superbe ! ment-il. Vous voulez bien que je prenne quelques photos tant que la lumière est encore bonne ?

Je hoche la tête et cherche ma brosse à cheveux. Kate vient m'aider et me murmure :

— Désolée. Mais il faut le faire. Ça ne sera pas trop pénible, promis.

Et elle me presse le bras pour m'encourager.

Nous devons aller dehors pour plus de naturel, d'après Mick. *Plus de naturel par rapport à quoi ?*

ai-je envie de rétorquer, mais je n'en prends pas la peine. *Finissons-en que je rentre chez moi.*

Il me fait déambuler dans le jardin de l'hôtel, dans un sens puis dans l'autre, vers lui puis en m'éloignant.

— Regardez au loin, Jane, commande-t-il et j'obéis. Vous pourriez changer de tenue ? Je vais avoir besoin de différentes prises.

Je m'exécute sans mot dire, et retourne dans la chambre pour enfiler mon nouveau pull bleu et emprunter un collier à Kate avant de redescendre les escaliers. La réceptionniste doit se figurer que je suis une célébrité quelconque. J'imagine que je suis sur le point de le devenir, célèbre.

Quand Mick lui-même se lasse de me photographier appuyée contre un arbre, assise sur un banc, perchée sur une barrière, en train de marcher dans l'allée – « Ne souriez pas, Jane ! » –, nous rentrons tous les trois dans l'hôtel.

Kate doit s'attaquer à la rédaction de son article, et Mick doit transférer ses photos sur son ordinateur. Dans le couloir devant nos chambres, Kate me conseille de me détendre pendant deux petites heures et de ne pas hésiter à utiliser le room service. Une fois qu'elle s'est éclipsée dans sa chambre, je retourne dans la mienne et commence à tout emballer dans un sac plastique. Je ne sais pas si je peux garder les vêtements que le journal m'a achetés, mais je porte sur moi la plupart d'entre eux et je n'ai pas envie de me changer. Puis je me rassieds. L'espace d'un moment, je doute d'être capable de partir. C'est ridicule. Je suis une femme de presque quarante ans. Je peux faire ce que je veux. Je ramasse mes affaires et descends l'escalier. La réceptionniste est tout sourire, elle me prend encore pour une star, j'imagine. Je lui demande de m'appeler un taxi pour me conduire à la station de métro la plus proche et je m'installe dans un fauteuil face à la corbeille de pommes. J'en attrape une et mords dedans à pleines dents.

CHAPITRE 42

Vendredi 11 juin 2010
La journaliste

Kate s'installa au bureau imitation Regency et écarta le sous-main en faux cuir. Son ordinateur portable, qu'elle adorait et utilisait à outrance, se trouvait sur le lit où elle l'avait laissé le matin après avoir tapé ses notes en dégustant sa première tasse de café de la journée. Le cordon serpentait à la surface des draps blancs jusqu'à la prise derrière la table de chevet. Elle démêla le fil, le rebrancha, et retira sa veste avant de l'allumer. La voix de Jane Taylor résonnait dans sa tête où son article prenait déjà forme.

En ce qui concernait le processus d'écriture, elle préférait plonger tête la première plutôt que planifier avec soin. Dans sa vie en général aussi d'ailleurs. Certains de ses homologues reprenaient leurs calepins, notaient les citations d'un astérisque et soulignaient les points importants. Certains numérotaient même les paragraphes, comme s'ils craignaient de voir leurs notes disparaître ou de rompre le charme en commençant à écrire.

D'autres – les plus doués, admettait-elle en son for intérieur – rédigeaient l'histoire dans leur tête en buvant un café ou une bière avant de la jeter sur le papier en une seule et unique magnifique première version définitive. Elle faisait un mélange des deux, en fonction de ce qu'il se passait autour d'elle : elle en écrivait une partie dans sa tête au sortir de l'interview puis plongeait tout entière dedans sur son ordinateur, la laissait couler puis la révisait et l'annotait au fur et à mesure.

Fait étrange, même s'ils tapaient tous à l'ordinateur, les journalistes de sa génération continuaient d'évoquer leur métier comme s'ils gribouillaient toujours sur des bouts de feuilles et dictaient leur article, reclus dans des cabines téléphoniques empestant l'urine, à des dactylos sans cœur qui se plaignaient de la longueur de leur texte. Elle n'avait connu que sur la fin la période bénie de la presse londonienne mais elle avait adoré l'aspect brut du journalisme de l'époque. La salle de rédaction résonnait du brouhaha des journalistes au travail. Aujourd'hui, sa salle de rédaction était un open space, conçu pour une atmosphère étouffée et lissée. L'endroit tenait plus de la compagnie d'assurances que du journal national et, mis à nu par le silence, les personnages hauts en couleur et dissipés du bureau avaient disparu. C'était un monde tout en nuances de gris désormais.

Elle aurait dû contacter le rédacteur mais elle n'avait pas envie qu'il s'approprie déjà l'interview. Il allait sûrement vouloir s'y mettre d'emblée, et lui dire comment l'écrire alors qu'il ne disposerait que de quelques citations. Ensuite il gagnerait à grandes enjambées le bureau du rédac chef et lui annoncerait qu'il avait obtenu le scoop. C'était sa récompense – rarement rémunérée – pour tout ce qu'il devait se farcir. Elle comprenait, mais elle voulait savourer le moment ; elle avait obtenu une confession de Jane au sujet de Glen et de Bella. Ce n'était pas le grand déballage mais Jane avait avoué qu'elle soupçonnait son mari d'avoir enlevé l'enfant. C'était suffisant. Les premiers mots de la veuve. Kate commença à taper.

De temps en temps, elle relevait la tête pour réfléchir à la formulation d'une phrase et elle apercevait alors dans l'immense miroir accroché au-dessus du bureau le reflet d'une femme. On aurait dit une inconnue – la mine grave, concentrée sur un point au loin, et bizarrement plus jeune. Elle ne ressemblait ni à une mère ni à une épouse. Elle ressemblait à une journaliste.

Son téléphone sonna alors qu'elle achevait la partie consacrée aux citations choc ; elle décrocha tout de suite.

— Salut, Terry. Je viens de finir l'interview. J'ai une phrase géniale d'elle.

Quinze minutes plus tard, il rappela. Le journal avait octroyé trois pages intérieures à l'interview et prévoyait un complément le jour suivant. Tout ce qui incombait à Kate, c'était d'en terminer la rédaction.

— Deux mille cinq cents mots à l'intérieur, Kate. On n'a qu'à traiter leur mariage et tout ça dans la suite. Frappe fort en première page, OK ?

La femme sérieuse dans le miroir hocha la tête.

Elle se demanda ce que Jane Taylor était en train de faire dans la chambre voisine pendant qu'elle écrivait sur son compte. *Ce boulot est bizarre*, se dit-elle en entamant l'opération de chirurgie de précision sur son papier, coupant toutes les bonnes citations sur le mariage des Taylor pour les coller dans l'article complémentaire.

En dépit de ce que la plupart des gens croyaient, les hommes et les femmes ordinaires confrontés à une tragédie ou un drame qui avaient croisé le chemin de Kate se montraient très reconnaissants de l'attention qu'elle leur portait et de l'article qu'elle avait écrit sur eux. Les stars, les célébrités involontaires et autres détracteurs clamaient que tout le monde haïssait les médias parce que c'était leur cas, mais bon nombre des personnes que Kate avait interviewées gardaient le contact avec elle pendant des années. Elle faisait partie de leur vie, elle était liée à un événement crucial de leur parcours qui avait tout changé pour elles.

« Le temps que nous passons ensemble est vraiment intense et intime, avait-elle raconté à Steve quand ils avaient commencé à se fréquenter. Même si ce n'est que pour quelques heures. C'est comme rencontrer quelqu'un au cours d'un long voyage en train à qui tu racontes tout. Parce que tu le peux, parce qu'il s'agit d'un instant suspendu dans le temps. » Steve s'était moqué de son ton grave.

Ils s'étaient rencontrés chez des amis communs lors d'une *murder party* au nord de Londres et ils avaient sympathisé lorsqu'ils s'étaient tous les deux mis à rire au mauvais moment, contrariant au plus haut point leurs hôtes.

Dans le taxi qu'ils avaient partagé après la soirée, il s'était perché sur le siège d'appoint en face d'elle pour pouvoir l'admirer et, l'alcool aidant, ils avaient échangé des confidences.

Steve était étudiant en dernière année de médecine, il travaillait dans un service de cancérologie, et considérait le métier de journaliste comme une profession superficielle, confortable, ce qu'elle comprenait. C'était une idée fausse assez répandue ; elle tenta de lui expliquer en quoi le journalisme comptait tant pour elle. Puis elle attendit de voir si leur histoire d'amour se poursuivait ; alors, Steve découvrit les choses sous un autre angle.

Il assista aux appels à l'aube de correspondants bouleversés, aux nuits qu'elle passait à lire des comptes rendus de justice ou à ses longues heures d'attente derrière le volant à traquer une source pour un article. C'était du sérieux, comme le prouvait le nombre impressionnant de cartes qu'elle recevait à Noël, qui concurrençait celles envoyées au Dr Steve par ses patients reconnaissants. Les siennes étaient des vœux enjoués de la part de parents de victimes assassinées ou violées, de survivants d'accidents d'avion, de personnes kidnappées qui avaient été secourues et d'autres qui avaient eu gain de cause au tribunal. Tous ces messages étaient accrochés sur la guirlande qui décorait leur maison début décembre. Souvenirs de jours heureux.

Deux heures plus tard, Kate en était aux finitions : lisant et relisant, traquant les répétitions, changeant un mot ici ou là, tentant de considérer l'introduction d'un œil neuf. Elle disposait d'environ cinq minutes avant que Terry ne braille pour récupérer sa copie, et elle aurait dû l'envoyer sur-le-champ mais elle avait du mal à se séparer de l'histoire. Elle faisait traîner les choses quand elle se rendit compte tout à coup qu'elle n'avait pas évoqué une deuxième journée de travail avec Mick. Elle prit son téléphone pour en parler avec lui.

Il semblait complètement ailleurs quand il décrocha – sans doute allongé sur son lit, à mater un film pour adultes sur la chaîne payante.

— Mick, pardon de te déranger mais le bureau va sortir l'histoire sur deux jours. Je voulais juste vérifier que tu étais satisfait de ce que tu as pris.

Il ne l'était pas.

— Allons chercher Jane pour une autre séance photos, proposa-t-il.

Kate appela dans la chambre de Jane, prête à lancer d'un ton enjoué : « Nous avons juste besoin de photos supplémentaires. Ça ne prendra que quelques minutes », mais le téléphone sonna dans le vide. Kate l'entendait résonner à travers le mur de sa chambre.

— Allez, Jane, décrochez, marmonna-t-elle.

Elle renfila ses chaussures et, à pas feutrés, alla frapper à côté.

— Jane ! s'écria-t-elle, la bouche presque collée à la porte.

Mick sortit de sa chambre, l'appareil photo à la main.

— Elle ne répond pas. Qu'est-ce qu'elle fabrique, bon sang ? demanda Kate en frappant une nouvelle fois.

— Calme-toi. Elle est peut-être au spa ? Elle a adoré le massage, avança Mick.

Kate gagna l'ascenseur au pas de course, puis tourna les talons et revint à toute vitesse à sa chambre. Il fallait d'abord qu'elle envoie son article.

— Ça devrait occuper les patrons pendant qu'on la cherche, expliqua-t-elle à Mick.

L'esthéticienne du spa parfumé à l'ylang-ylang ne fut d'aucune aide. Elle baissa la tête, offrant une vue plongeante sur son chignon serré, pour consulter son écran, articulant les noms en silence. Pas de réservations pour Jane.

Mick partit fouiller le parc tandis que Kate continuait à appeler sur le portable de Jane toutes les deux minutes, l'angoisse lui nouant l'estomac à mesure qu'elle envisageait le pire ; un autre journal devait l'avoir trouvée et la lui avait chipée juste sous son nez. Qu'allait-elle dire à sa rédaction ? Comment le leur expliquerait-elle ?

Vingt minutes plus tard, tous deux se tenaient dans le hall de l'hôtel, scrutant l'extérieur à travers les portes vitrées, cherchant désespérément comment procéder ; c'est alors que la seconde réceptionniste revint de sa pause-café et lança de derrière son comptoir :

— Est-ce vous cherchez votre amie ?

— Oui, répondit Kate d'une voix rauque. Vous l'avez vue ?

— Elle a quitté notre établissement il y a deux ou trois heures. Je lui ai appelé un taxi pour la conduire à la station de métro.

Le téléphone de Kate sonna.

— C'est la rédaction, informa-t-elle Mick.

Celui-ci fit la grimace et décida de sortir se griller une cigarette.

— Bonjour, Terry, dit-elle sur un ton trop enthousiaste pour être naturel. Non, tout va bien… Enfin, à peu près. Écoute, on a un tout petit problème. Jane est partie. Elle a quitté l'hôtel pendant que j'écrivais. Je suis presque sûre qu'elle est rentrée chez elle mais on va aller voir… Je sais, je sais… Je suis désolée. Je t'appelle dès que j'ai des nouvelles… Comment trouves-tu l'article ?

CHAPITRE 43

Vendredi 11 juin 2010
La veuve

De retour chez moi, je trouve la maison petite et minable après les chandeliers et les moquettes épaisses et moelleuses. Je la traverse en silence, ouvrant les portes et allumant les lumières. Je me dis que je vais la vendre dès que possible. Glen est partout, comme une légère odeur persistante. Je n'entre pas dans la chambre d'amis. Elle est vide – nous avons jeté tout ce que la police n'avait pas emporté. « Nouveau départ », avait lancé Glen.

Dans le couloir, j'entends un bourdonnement et, pendant une minute, je n'arrive pas à comprendre d'où il provient. C'est mon portable. J'ai dû le mettre en mode silencieux tout à l'heure ; je fouille dans mon sac pour le trouver. Ce fichu appareil est tout au fond et je dois tout vider sur le tapis pour le récupérer. J'ai une dizaine d'appels en absence. Tous de Kate. J'attends qu'il cesse de vibrer puis, inspirant un grand coup, je rappelle. Elle décroche avant même que ça sonne.

— Jane, où êtes-vous ?

Elle n'a pas l'air d'aller bien. Sa voix est toute tendue et haut perchée.

— Chez moi, Kate. J'ai pris le train et je suis rentrée chez moi. Je croyais que vous aviez terminé et je voulais rentrer. Désolée. Je n'aurais pas dû, peut-être ?

— Je suis en chemin pour vous retrouver. Ne sortez pas de la maison. Nous serons là dans quarante minutes. Ne bougez pas jusqu'à ce que j'arrive. S'il vous plaît, ajoute-t-elle comme après réflexion.

Je mets la bouilloire à chauffer et me prépare du thé en attendant. Qu'est-ce qu'elle peut bien encore me vouloir ? Nous avons parlé pendant deux jours et ils ont pris des centaines de photos de moi. Elle tient son histoire. La veuve s'est exprimée.

Ça s'éternise et je commence à en avoir marre d'attendre. J'ai envie d'aller faire mes courses de la semaine. Nous n'avons presque plus rien. Je n'ai presque plus rien.

Enfin, j'entends frapper à la porte ; je saute sur mes pieds et vais ouvrir. Ce n'est pas Kate. C'est le type de la télé.

— Oh, madame Taylor ! Je suis tellement content de vous trouver chez vous ! s'exclame-t-il avec enthousiasme.

Je me demande qui l'a informé que j'étais chez moi. Je tourne la tête vers le pavillon de Mme Grange et repère du mouvement à la fenêtre.

— Puis-je m'entretenir avec vous un moment ? demande le type de la télé en faisant mine d'entrer.

À cet instant, j'aperçois Kate qui remonte l'allée à grandes enjambées, fonçant sur nous le visage tout rouge ; je ne dis pas un mot, j'attends la diatribe.

— Bonjour, Jane, lance-t-elle en passant devant M. Télé, puis elle m'entraîne à l'intérieur avec elle.

Le pauvre gars ne comprend pas ce qui lui arrive.

— Madame Taylor ! Jane ! s'écrie-t-il tandis que la porte se referme.

Kate et moi nous dévisageons, plantées dans le couloir. Je commence à lui expliquer que je croyais que c'était elle à la porte mais elle me coupe la parole.

— Jane, vous avez signé un contrat avec nous. Vous avez accepté de nous donner votre entière coopération et votre comportement met tout notre marché en péril. À quoi pensiez-vous, en vous éclipsant ainsi ?

Je n'arrive pas à croire qu'elle me parle sur ce ton. Comment ose-t-elle me gronder comme une enfant ? Sous mon propre toit ? Un barrage saute au fond de moi et je sens mon visage s'empourprer ; je ne peux pas m'en empêcher. Je ne pourrais jamais jouer au poker, se moquait Glen.

— Si c'est pour me dire des méchancetés, vous pouvez repartir tout de suite, je réponds, d'une voix un peu forte.

Mes paroles rebondissent contre les murs et je parie que M. Télé peut les entendre. Je continue :

— Je vais et je viens comme je l'entends et personne ne me dira le contraire. Je vous ai accordé votre fichue interview, j'ai posé pour toutes les photos que Mick souhaitait. J'ai fait tout ce que vous m'avez demandé. C'est terminé. Je ne vous appartiens pas sous prétexte que j'ai signé un bout de papier.

Kate me considère comme si je l'avais giflée. La petite Janie se rebiffe. Une surprise, à l'évidence.

— Jane, je suis navrée si j'ai été un peu brusque avec vous mais je me suis terriblement inquiétée quand vous avez disparu sans prévenir. Allez, retournons à l'hôtel encore une nuit, jusqu'à ce que l'article soit publié. Le monde entier sera à votre porte quand il va sortir.

— Vous m'avez dit que donner cette interview y mettrait un terme. Je reste ici.

Sur ces mots, je tourne les talons et repars dans la cuisine.

Elle m'emboîte le pas, sans plus rien dire maintenant. Elle réfléchit.

— D'accord. Je vais rester ici avec vous.

C'est la dernière chose dont j'ai besoin mais elle semble si triste que j'accepte.

— Rien que cette nuit et ensuite vous partez. J'ai besoin d'être seule.

Je vais m'asseoir aux toilettes pendant qu'elle téléphone à Mick et à son patron. J'entends tout ce qu'elle leur raconte.

— Personne d'autre ne l'a. Non, elle n'a parlé à personne mais elle refuse de retourner à l'hôtel, Terry. J'ai essayé ! Nom de Dieu, bien sûr que j'ai essayé de la convaincre, mais elle n'en démord pas. Elle ne veut pas d'un autre massage, Terry. Elle veut être chez elle. À part la kidnapper, je ne vois pas ce que je peux faire. Non, ce n'est pas une option. Écoute, ça va aller. Je vais m'assurer que personne ne l'approche.

Il y a une pause pendant laquelle j'imagine que Terry lui passe un savon au téléphone. Elle dit qu'elle n'a pas peur de lui, qu'il est très conciliant, en fait, mais je ne la crois pas. Je la vois se balancer d'avant en arrière et poser le poing contre le nœud qui lui tord le ventre quand il continue à crier au téléphone. Son sourire crispé révèle tout.

— Comment trouves-tu le papier ? demande-t-elle pour changer de sujet.

Elle parle de l'article. Je commence à comprendre son langage. Je monte à l'étage pour être tranquille.

Plus tard, elle me rejoint et toque doucement à la porte de ma chambre.

— Jane, je prépare du thé. Est-ce que vous en voulez ?

Nous voilà revenues à la case départ. C'est drôle comme les choses tournent en rond. Je la préviens qu'il n'y a pas de lait et elle propose qu'on nous fasse quelques courses.

— On fait une liste ? demande-t-elle à travers la porte.

Je vais m'asseoir dans le salon avec elle pendant qu'elle note ce qu'il nous faut.

— Qu'est-ce qui vous ferait plaisir pour le dîner ce soir ? demande-t-elle et j'ai envie de rire.

Comment est-il possible que nous soyons en train de discuter du menu du dîner – *bâtonnets de poisson ou poulet au curry ?* – comme si tout était normal ?

— Ça m'est égal, choisissez. Je n'ai pas très faim de toute façon.

Elle répond « d'accord » et inscrit pain, beurre, thé, café, produit vaisselle et bouteille de vin sur la liste.

— Je vais demander à Mick d'aller nous chercher tout ça, annonce-t-elle en attrapant son téléphone.

Elle lui lit à voix haute la liste qu'il semble noter à la vitesse d'un escargot car elle doit tout répéter deux fois. Sur la fin, elle commence à s'agiter et pousse un lourd soupir en raccrochant.

— Les hommes ! s'exclame-t-elle avec un rire forcé. Ils me désespèrent.

Je lui raconte que Glen n'allait jamais faire les courses tout seul, pas même avec une liste.

— Il détestait ça et il n'achetait jamais ce qu'il fallait. Il ne s'embêtait pas à lire les étiquettes alors il rentrait à la maison avec du jambon sans sel ou du décaféiné. Il prenait la moitié des ingrédients d'une recette et il en avait déjà marre ; il oubliait les tomates en conserve pour les spaghettis bolo ou la viande pour un ragoût. Il le faisait peut-être exprès, pour que je ne lui demande plus d'y retourner.

— Mon homme est pareil. C'est une corvée pour lui, ajoute Kate en retirant ses chaussures pour remuer ses orteils, comme si elle vivait là. Quelle ironie que Glen se soit fait renverser alors qu'il faisait des courses.

Voilà qu'elle l'appelle Glen. C'était toujours « votre mari » au début mais elle a l'impression de le connaître maintenant. Assez pour en parler avec familiarité. Elle se trompe.

— Ce n'était pas son habitude de m'accompagner, dis-je. Avant tout ça, il ne venait jamais avec moi. Il allait à l'entraînement de foot avec l'équipe du pub pendant que je faisais les grosses courses. Après son arrestation, il m'a accompagnée pour que je n'aie pas à affronter les gens toute seule. Il disait que c'était pour me protéger.

Mais au bout d'un moment, comme les gens ont cessé de médire, il a arrêté de venir avec moi. À mon avis, ils continuaient à penser du mal de nous, à le considérer comme un « tueur d'enfant », mais nous accuser en face avait perdu l'attrait de la nouveauté, j'imagine.

— Le jour de sa mort, il a insisté pour m'accompagner. C'est bizarre.

— Pourquoi a-t-il insisté ? demande Kate.

— Je crois qu'il voulait garder un œil sur moi.

— Pour quelle raison ? Vous aviez prévu de disparaître dans le supermarché ?

Je hausse les épaules.

— Les choses étaient un peu tendues cette semaine-là.

« Un peu tendues » est bien loin de la vérité. L'air était lourd de tensions et je n'arrivais plus à respirer. Je m'asseyais sur un tabouret dehors devant la porte de la cuisine pour essayer de reprendre mon souffle mais rien n'y faisait. Je suffoquais sous le poids de mes pensées. Je les repoussais sans cesse. Je fermais les yeux pour ne pas les affronter ; j'allumais la radio pour ne pas les entendre, mais elles étaient là, à portée de main, elles attendaient que je me relâche.

Le lundi précédant sa mort, il m'a apporté une tasse de thé au lit. Cela lui arrivait parfois. Il s'est assis au bord et m'a contemplée. Je dormais encore à moitié mais j'ai tassé les oreillers dans mon dos pour m'installer confortablement.

— Jane, a-t-il commencé d'une voix blanche – éteinte. Je ne vais pas bien.

— Que se passe-t-il ? Encore une migraine ? Il y a des cachets dans le placard de la salle de bains.

Il a secoué la tête.

— Non, je n'ai pas mal au crâne. Je me sens juste très fatigué. Je n'arrive pas à dormir.

Je le savais déjà. Je le sentais tourner et virer dans le lit et je l'entendais se lever au milieu de la nuit.

Il avait l'air épuisé. Vieux, en fait. Son teint était gris et des cernes noirs s'arrondissaient sous ses yeux. Pauvre Glen.

— Tu devrais peut-être aller voir le médecin.

Il a secoué la tête et a tourné le regard vers la porte.

— Je n'arrête pas de la voir quand je ferme les yeux, a-t-il dit.

— Qui ça ? ai-je demandé alors que je le savais pertinemment.

Bella.

CHAPITRE 44

Lundi 1er février 2010
L'inspecteur

Pendant que Fry et son équipe analysaient les données, Sparkes décida de s'intéresser de nouveau à la fourgonnette. Taylor effectuait des trajets réguliers sur la côte Sud et Sparkes entreprit de faire correspondre les dates et heures figurant sur les registres de la société de livraison avec les déclarations de Taylor, les informations routières et les caméras d'autoroutes. C'était la deuxième fois qu'il s'y collait et la tâche aurait dû être fastidieuse mais une énergie nouvelle l'animait désormais.

Il avait fait des demandes officielles auprès de la police métropolitaine, des commissariats du Surrey, du Sussex et du Kent, qui contrôlaient le réseau d'autoroutes et de voies potentiellement empruntées par son suspect, et chaque service avait promis de lancer une recherche sur la plaque d'immatriculation de Taylor aux dates proches du kidnapping. À présent, il n'avait plus qu'à attendre.

Pourtant, lorsqu'on le recontacta, ce ne fut pas au sujet de Taylor.

L'appel émanait de l'une de ses propres patrouilles de la route.

— Inspecteur principal Sparkes ? Pardon de vous déranger mais nous avons ramassé un certain Michael Doonan et un certain Lee Chambers à Fleet, l'aire de services sur l'autoroute qui part de Londres vers le sud-ouest. Les deux individus sont signalés comme témoins potentiels dans l'enquête sur Bella Elliott. Vous les connaissez ?

Sparkes déglutit avec difficulté.

— Oui, tous les deux. Nom de Dieu, on s'attendait à voir Chambers refaire surface quelque part, mais Mike Doonan ? Vous êtes sûr ? D'après nos informations, il est trop handicapé pour quitter son appartement.

— Eh bien il a réussi à se traîner jusqu'à l'aire de Fleet pour acheter des photos répugnantes, monsieur. Nous avons procédé à l'arrestation de cinq individus pour commerce illégal de contenu pornographique.

— Où les emmenez-vous ?

— Chez vous. On y sera dans trente minutes.

Sparkes s'assit à son bureau, tenta d'analyser cette information et ses implications. Doonan, et pas Taylor ? Frappé par l'insupportable doute d'avoir peut-être pourchassé le mauvais type pendant plus de trois ans, il se repassa mentalement l'entretien de Doonan dans son appartement, soupesant de nouveau chaque mot que le chauffeur avait prononcé. À côté de quoi était-il passé ?

Avait-il raté Bella ?

Les minutes s'égrenèrent sur l'horloge murale tandis qu'il se débattait avec sa peur et son besoin intense de savoir ; puis une voix de l'autre côté de sa porte l'arracha à sa paralysie. Il se leva d'un bond et dévala les escaliers jusqu'au labo médico-légal.

— Salmond, Fry, on nous amène Mike Doonan pour actes de pornographie extrême. Il achetait des photos à Lee Chambers sur l'aire de services Fleet.

Les deux policiers le considérèrent bouche bée.

— Quoi ? Le chauffeur avec le dos en vrac ? demanda Salmond.

— Pas aussi bloqué qu'il le prétend, apparemment, répliqua Sparkes. Examinons les images des caméras de surveillance de l'aire de Fleet le jour de l'enlèvement de Bella.

Les mines étaient graves tandis que les techniciens entamaient leur recherche sur le réseau informatique, et la tension grandissante chassa Sparkes dans le couloir. Il cherchait le numéro de Ian Matthews lorsque Salmond passa la tête par la porte.

— Monsieur, vous feriez bien de venir voir.

Sparkes s'installa devant l'écran où apparaissait une image granuleuse.

— C'est lui. Il est là, près du coffre de la voiture de Chambers, il regarde les magazines. Il se penche au-dessus. Le dos va mieux de toute évidence, commenta Salmond.

— Quel jour, Salmond ? S'y trouvait-il le jour de la disparition de Bella ?

Zara Salmond marqua une pause avant de répondre :

— Oui, c'est le jour où elle a été enlevée.

Sparkes bondit presque de son siège, mais son sergent leva une main en signe de réserve.

— Mais du coup, ça le disculpe.

— Comment ça ? Nous avons la présence de Doonan dans le périmètre de l'enlèvement, la preuve qu'il nous a menti sur ses faits et gestes ainsi que sur la gravité de son handicap, et son achat de pornographie sur le chemin du retour.

— Exact, mais cet enregistrement indique que sa transaction avec Chambers a eu lieu au moment où Bella était kidnappée. 15 h 02. Il ne peut pas l'avoir enlevée.

Sparkes ferma les paupières, priant pour que son visage ne trahisse pas son soulagement.

— Bravo, bien vu. On continue, dit-il sans rouvrir les yeux.

Revenu dans l'intimité de son bureau, il abattit son poing contre sa table de travail, puis sortit se promener afin de s'éclaircir un peu les idées.

À son retour, il repensa au premier jour d'enquête et à son pressentiment sur l'affaire. Ils avaient – lui surtout – toujours considéré l'enlèvement de Bella comme un crime opportuniste. Le ravisseur avait vu l'enfant et l'avait emmenée. Aucune autre théorie ne tenait. Rien ne reliait Dawn à Taylor et, une fois l'homme aux cheveux longs inventé par Stan Spencer écarté, la présence d'aucun autre individu suspect dans le quartier avant la disparition de Bella n'avait été rapportée. Aucun acte d'exhibitionnisme ni crime sexuel déclaré.

De plus, il n'y avait pas de schéma comportemental à suivre pour un prédateur. L'enfant allait et venait à la maternelle avec Dawn, mais pas tous les jours, et elle ne jouait à l'extérieur que de temps en temps. Si quelqu'un prévoyait de l'enlever, il aurait agi de nuit, quand il savait où elle se trouvait à un instant T. Personne ne se serait garé dans une rue résidentielle dans l'espoir qu'elle sorte peut-être jouer. On l'aurait repéré.

La police suivait la théorie selon laquelle l'enfant avait été enlevée dans un créneau aléatoire de vingt-cinq minutes. À l'époque, au vu des indices à disposition, ils avaient eu raison d'écarter l'enlèvement planifié.

Cependant, à tête reposée, trois ans et demi après les faits, Sparkes songea que, peut-être, ils étaient allés un peu vite en besogne en écartant cette piste et il fut saisi d'une envie soudaine de l'examiner plus en profondeur.

— Je vais à la salle de contrôle, prévint-il Salmond. Demander un service.

Russel Lynes, son ami le plus proche dans la police – ils s'étaient engagés en même temps – était de service.

— Salut, Russ. Café ?

Ils s'installèrent au réfectoire, et touillèrent le liquide brunâtre devant eux sans aucune intention de le boire.

— Comment ça va, Bob ?

— Bien. Reprendre le vrai boulot, ça change. Et avec cette nouvelle piste, j'ai un point sur lequel me concentrer.

— Mmm... Ça t'a rendu malade la dernière fois, Bob. Fais gaffe à toi.

— Bien sûr. Mais je n'étais pas malade, Russ. Juste fatigué. Écoute, je voudrais vérifier un élément que j'ai peut-être raté la première fois.

— C'est toi le patron. D'ailleurs, qu'est-ce que tu fiches ici à demander des faveurs ? Un membre de ton équipe pourrait s'en charger.

— Ils ont assez de boulot comme ça et ils ne s'en occuperaient peut-être que dans plusieurs semaines. Si tu me files un coup de main discrètement, je pourrai savoir dans un jour ou deux.

— D'accord. De quel genre de coup de main discret parle-t-on ? s'enquit Russell Lynes en repoussant le gobelet de café ; un peu de liquide fut renversé sur la table.

— Merci, mon pote. Je savais que je pouvais compter sur toi.

Les deux hommes allèrent s'asseoir dans le bureau de Sparkes où les attendait le tableau des livraisons de Taylor et reportèrent sur une carte les dates de ses visites à Southampton et dans les villes avoisinantes.

— Nous avons visionné toutes les images des caméras de surveillance autour du domicile de Dawn Elliott le jour de l'enlèvement, déclara Sparkes. Mais la seule fois où l'on voit la camionnette de Taylor c'est à l'adresse de livraison à Winchester et à l'échangeur entre la M3 et la M25. Je me suis abîmé les yeux à force de regarder mais impossible de placer ce fourgon sur la scène de crime.

Il se rappelait encore très bien le sentiment d'expectative chaque fois qu'ils téléchargeaient de nouvelles images, et la déception amère quand aucune camionnette bleue n'était repérée.

— Je voudrais examiner d'autres dates, dit-il. Celles où Taylor a effectué des livraisons dans le Hampshire. Rappelle-moi où se trouvent les caméras dans le secteur de Manor Road.

Lynes surligna en vert fluo les emplacements sur la carte – une station essence à deux rues de là avec une caméra qui filmait le parking pour attraper les fuyards ; un gros carrefour où une autre surveillait les automobilistes qui grillaient les feux ; et certains commerces, dont le marchand de journaux, avec des appareils bon marché qui servaient surtout à décourager les voleurs à l'étalage.

— Et il y a une caméra braquée sur le parvis de l'école maternelle de Bella, mais la petite ne s'y trouvait pas ce jour-là. Nous avons visionné les enregistrements mais rien trouvé d'intéressant.

— Bon, regardons encore. On a forcément raté quelque chose.

Quatre jours plus tard, lorsque le téléphone de Sparkes sonna, il sut dès qu'il entendit sa voix que Lynes avait du nouveau.

— J'arrive.

— Il est là, fit Lynes en montrant du doigt le véhicule qui traversait l'écran.

Sparkes plissa les yeux, la résolution était médiocre.

— Tu es sûr que c'est lui ?

— Ça correspond à la date et à l'heure d'une livraison à Fareham sur sa fiche de travail et les experts scientifiques ont extrait un numéro partiel de plaque d'immatriculation qui comprend trois chiffres correspondant au véhicule de Taylor, expliqua Lynes avant d'appuyer sur le bouton de lecture. Maintenant, regarde.

La fourgonnette s'arrêta juste dans le champ de la caméra, l'arrière tourné vers la maternelle. Comme si elles répondaient à un signal, Dawn et Bella apparurent au portail de l'école derrière la foule d'enfants et de parents, la mère bataillant avec la fermeture Éclair de sa fille qui serrait une grande feuille de papier dans ses mains. Toutes deux passèrent à côté de la camionnette et tournèrent à l'angle, empruntant leur chemin habituel. Quelques secondes à peine plus tard, la fourgonnette démarra et partit dans la même direction.

Sparkes n'avait aucun doute : il était en train de visionner le moment où Glen Taylor avait pris sa décision, et ses yeux se remplirent de larmes. Il marmonna qu'il allait chercher un calepin et se rendit dans son bureau pour avoir un peu d'intimité.

On est si proches du but, se dit-il. *Va pas tout foirer maintenant. Pas de précipitation ; fais tout comme il faut.*

Il contempla la photo de Taylor au mur qui lui souriait et lui renvoya son sourire.

— J'espère que tu n'as pas prévu de partir en vacances, Glen.

De retour au labo, il trouva Lynes qui écrivait sur son tableau blanc.

— Cet enregistrement date du jeudi 28 septembre, quatre jours avant l'enlèvement de Bella.

Sparkes ferma les paupières avant de se sentir le courage de prendre la parole.

— Il l'a prévu, Russ. Ce n'était pas un concours de circonstances. Il la surveillait. La camionnette a été repérée ailleurs ce jour-là ?

— Sur l'aire de services de Hook, il fait le plein avant de rentrer. Les heures correspondent.

— Finissons de traiter ces images pour en tirer le maximum. Ensuite j'irai rendre une petite visite à Glen Taylor, déclara Sparkes.

Les deux hommes se rassirent devant l'ordinateur tandis qu'un technicien faisait avancer et reculer les images de la camionnette, zoomant sur le pare-brise.

— C'est très flou mais nous avons la quasi-certitude qu'il s'agit d'un homme blanc aux cheveux bruns et courts. Ni lunettes ni barbe ou moustache, leur apprit le technicien.

Le visage derrière le pare-brise se figea à l'écran. Un ovale blanc avec deux taches sombres en guise d'yeux.

CHAPITRE 45

Lundi 2 octobre 2006
Le mari

La première fois que Glen Taylor avait vu Bella Elliott, c'était sur Facebook, après avoir rencontré Dawn (alias Madame Bonheur) sur un forum au cours de l'été. Elle parlait de sa fille à une bande d'inconnus et racontait une visite au zoo.

L'un de ses nouveaux amis lui demanda si elle avait pris une photo de Bella en balade, en compagnie des singes qu'elle avait adorés, par exemple. Glen suivait discrètement la discussion de loin et, lorsque Dawn invita tout le monde sur sa page Facebook, il avait regardé. Le profil n'était pas sécurisé et il avait parcouru toutes les photos de Dawn.

Lorsque celle de Bella était apparue à l'écran, il avait contemplé ce petit visage innocent et l'avait confié à sa mémoire pour le retrouver comme il l'entendait dans ses fantasmes les plus sombres. Bella avait rejoint sa galerie, mais elle n'y tenait pas la même place que les autres. Il se surprit à la chercher dans toutes les petites têtes blondes qu'il croisait dans la rue ou au parc où il déjeunait parfois quand il n'était pas sur la route.

C'était la première fois que ses fantasmes passaient de l'écran à la vie réelle et cela l'effrayait et l'excitait tout autant. Il avait envie de faire quelque chose. Il ne savait pas très bien quoi au début mais, au cours des longues heures passées derrière le volant, il commença à fomenter un plan afin de rencontrer Bella.

Madame Bonheur était la clé, aussi créa-t-il un nouvel avatar spécialement pour ses rencontres avec elle. L'Opération Gold lui avait enseigné l'importance de ne laisser aucune trace, alors il s'était arrêté au cybercafé près du dépôt après ses livraisons pour pénétrer le monde de Dawn. Il l'attirerait dans le sien.

Il se fit appeler BelInconnuTénébreux et approcha Madame Bonheur avec discrétion, se joignant aux groupes de discussions quand il savait qu'elle était sur le forum et ne participant que peu. Il ne voulait pas attirer l'attention sur lui alors il ne posait que quelques questions perspicaces de temps en temps, il la complimentait et il devint peu à peu l'un de ses interlocuteurs privilégiés. Madame Bonheur envoya son premier message instantané à BelInconnuTénébreux au bout de deux semaines.

Madame Bonheur : Salut, comment ça va ?

BelInconnuTénébreux : Bien ? Et toi ? Tu fais koi ?

Madame Bonheur : Suis coincée à la maison avec ma fille auj.

BelInconnuTénébreux : Y a pire. Elle a l'air mignonne.

Madame Bonheur : Elle l'est ! J'ai de la chance.

Il n'allait pas tous les jours sur le forum. Il ne pouvait pas, entre Jane et son travail, mais il réussit à maintenir le contact pendant un temps, grâce à un club discret où Mike Doonan l'avait emmené une fois, quand ils se parlaient encore et qu'ils visitaient les mêmes chat-rooms et forums. Avant que Glen ne mentionne au patron la gravité feinte de la maladie de Doonan. Il l'avait vu descendre d'un bond de sa camionnette devant Internet Inc., avec l'aisance d'un homme de la moitié de son âge et il avait pensé qu'il était de son devoir de dénoncer son mensonge. « C'est ce que toute personne sensée aurait fait », avait-il déclaré à Jane. Et elle avait approuvé.

C'est lors de ses visites au club qu'il avait appris les détails de la vie de Dawn. Il avait trouvé son véritable nom et la date d'anniversaire de Bella sur sa page Facebook ; il avait également découvert qu'elles habitaient à Southampton lors d'une discussion sur les restaurants adaptés aux enfants en bas âge. Dawn avait une préférence pour le McDo car « personne ne soupire quand les enfants pleurent – et puis c'est pas cher », et elle avait mentionné celui près de chez elle.

Il y passa un jour en allant livrer un colis dans le coin. *Juste pour voir*, se convainquit-il tandis qu'il retirait l'emballage du hamburger et observait les familles autour de lui.

En repartant, il fit un tour dans le quartier. Juste pour voir.

Il fallut du temps, mais Dawn finit par lâcher le nom de l'école maternelle alors qu'elle bavardait avec une autre maman, de cette manière insouciante qu'elle avait développée en ligne. Dawn envisageait chaque conversation comme un échange privé – à l'instar des passagers du bus qui téléphonaient et partageaient ainsi avec tout le monde le naufrage de leur mariage ou leurs problèmes de MST. Glen articula un grand « Oui » silencieux et serra cette information contre son cœur.

Plus tard, assis en face de Jane autour d'un mijoté de poulet, il l'interrogea sur sa journée.

— Lesley trouve que j'ai fait du beau travail sur les cheveux d'Eve aujourd'hui. Elle voulait un carré à la Keira Knightley avec des mèches rouges. Je savais que ça ne lui irait pas – elle ne ressemble pas du tout à Keira Knightley avec son visage tout rond – mais elle a adoré.

— Bravo, ma chérie.

— Je me demande ce que son mari a dit quand elle est rentrée chez elle. Tu veux le dernier morceau de poulet ? Prends-le, sinon je le jette.

— D'accord. Je ne sais pas pourquoi j'ai si faim. J'ai mangé un gros sandwich à midi pourtant. Mais ce plat est délicieux. Qu'est-ce qu'il y a à la télé ce soir ? *Top Gear*, non ? Dépêchons-nous de faire la vaisselle pour le regarder.

— Vas-y, toi, je m'occupe de débarrasser.

Il déposa un baiser sur sa tête en passant à côté d'elle debout devant l'évier. Tandis que ce dernier se remplissait d'eau chaude, elle alluma la bouilloire.

Ce ne fut qu'une fois installé devant le poste de télévision qu'il s'autorisa à repenser à cette nouvelle information et à l'examiner avec minutie. Il savait où trouver Dawn et Bella. Il pouvait s'y rendre et attendre devant l'école pour les suivre. Mais ensuite quoi ?

Qu'avait-il en tête ? Il refusait d'y songer ici, dans ce salon, avec son épouse pelotonnée sur le canapé.

Il y penserait quand il serait seul. Il trouverait quelque chose. Il voulait juste les voir.

Jeter un œil.

Il ne parlerait pas à Dawn. Il avait veillé à ce qu'elle ne sache pas à quoi il ressemblait mais il ne pouvait pas courir le risque de lui parler. Il devait la tenir à distance. La garder derrière l'écran.

Il dut attendre plusieurs semaines avant sa livraison suivante sur la côte Sud. C'était éreintant, de s'inquiéter de tous les détails de son fantasme tout en continuant à jouer son rôle de mari dévoué à la maison. Mais il ne fallait pas tout mélanger. Ne pas déraper.

Le jour de leur dix-septième anniversaire de mariage, il avait bichonné Jane avec un bouquet de fleurs et un dîner en ville. Mais il n'avait pas vraiment été présent, à table avec elle, dans leur restaurant italien préféré. Elle n'avait pas semblé le remarquer. Il l'espérait en tout cas.

L'anticipation lui tordait l'estomac tandis qu'il roulait sur l'autoroute. Il avait cherché sur Internet au club l'adresse de l'école maternelle. Il s'était garé dans la rue et avait observé.

Glen avait atteint l'école alors que les enfants commençaient à sortir de l'établissement, serrant dans une main des dessins confectionnés avec des pâtes peintes et leur mère de l'autre. Il craignait d'être arrivé trop tard mais il s'était quand même garé de telle sorte qu'il voyait les grilles dans son rétroviseur sans que personne ne distingue son visage.

Il avait failli les rater. Dawn paraissait plus âgée et moins apprêtée que sur ses photos Facebook, avec ses cheveux tirés en arrière et un vieux pull sur le dos. C'est Bella qu'il avait reconnue en premier. Elle sautillait sur le trottoir. Glen les avait suivies dans son rétro jusqu'à ce qu'elles dépassent sa camionnette et qu'il les voie en vrai pour la première fois. Il était suffisamment proche pour remarquer le maquillage qui avait coulé sous les yeux de Dawn et les reflets dorés dans les cheveux de Bella.

Elles avaient tourné au coin de la rue et il avait démarré le moteur. *Je veux juste savoir où elles habitent. C'est tout. Quel mal y a-t-il à ça ? Elles ne remarqueront même pas ma présence.*

Sur le chemin du retour, il s'était arrêté sur un sentier de ferme isolée, avait éteint son téléphone, et s'était masturbé. Il avait essayé de penser à Dawn mais elle s'échappait sans cesse de son fantasme. Après, il était resté immobile un moment, stupéfait par l'intensité de l'expérience et effrayé par l'homme qu'il se révélait être. Il s'était promis que cela ne se reproduirait plus jamais. Il cesserait d'aller sur le Net, de regarder du porno. C'était une maladie et il allait guérir.

Cependant, le 2 octobre, lorsqu'on lui confia une livraison à Winchester, il sut sans l'ombre d'un doute qu'il se rendrait de nouveau dans la rue de Bella.

Il alluma la radio pendant qu'il roulait, pour se changer les idées, mais tout ce à quoi il pensait, c'était à ces reflets dorés. *Je vais juste aller voir si elles sont là*, se dit-il. Mais lorsqu'il s'arrêta pour faire le plein sur l'autoroute, il en profita pour acheter un sac de couchage dans le coin des bonnes affaires, ainsi qu'un paquet de bonbons.

Il était tellement plongé dans son fantasme qu'il rata l'embranchement et dut rebrousser chemin jusqu'au garage. Il avait l'impression de se mouvoir dans un rêve lorsqu'il joua le chauffeur livreur pour le client, plaisantant et s'enquérant des affaires, son secret bien au chaud. Il était en route pour Manor Road et rien ne pouvait l'arrêter.

Le danger l'excitait. Glen Taylor, ancien employé de banque et mari dévoué, devinait la honte et la disgrâce qu'il risquait, mais BelInconnuTénébreux voulait s'en approcher, le toucher, s'y brûler les ailes.

— À la prochaine, Glen, lui lança l'un des gars du service des pièces détachées.

— Ouais. Salut ! répondit-il.

Il marcha jusqu'à sa camionnette et grimpa dedans. Il était encore temps de faire demi-tour, de rentrer à la maison et de redevenir lui-même. Mais il savait ce qu'il s'apprêtait à faire et mit son clignotant pour s'engager dans la voie.

Manor Road était déserte. Tous les habitants étaient partis travailler ou cloîtrés chez eux. Il roula au pas, comme s'il cherchait un numéro, jouant son rôle. Alors il la vit, debout derrière un muret, en train d'observer un chat gris qui se roulait dans la poussière sur le trottoir. Le temps ralentit et il arrêta la camionnette sans s'en rendre compte. Le bruit du moteur avait détourné l'attention de l'enfant et elle le regardait en lui souriant.

Il fut brusquement ramené dans le présent par une porte qui claqua derrière son fourgon, et dans le rétroviseur extérieur, il vit un vieil homme planté sur le seuil de sa maison. Glen démarra, tourna à gauche dans une rue perpendiculaire presque tout de suite, et fit le tour du pâté de maisons. Le vieux l'avait-il repéré ? Avait-il vu son visage ? Et si oui, qu'est-ce que ça faisait ? Il n'avait rien fait de mal. Il s'était juste garé.

Il savait pourtant qu'il devait y retourner. La petite fille l'attendait.

La camionnette repartit et se réengagea dans Manor Road ; Glen vérifia qu'il n'y avait personne. Les seuls êtres vivants étaient le chat et l'enfant, dans son jardin, qui lui faisait signe.

Il ne se souvenait pas être sorti de voiture et avoir marché jusqu'à elle. Il se rappelait l'avoir prise dans ses bras et serrée contre lui avant de revenir à la fourgonnette, de l'installer sur le siège passager et de boucler la ceinture.

Toute l'opération avait pris moins d'une minute et elle ne broncha pas une seule fois. Elle accepta la sucrerie et resta calmement assise tandis qu'il l'éloignait de Manor Road.

CHAPITRE 46

Vendredi 11 juin 2010
La veuve

Dawn continue de passer à la télé. Elle se plaît à répéter que Bella est en vie. Que ses ravisseurs l'ont enlevée parce qu'ils ne pouvaient pas avoir d'enfant et qu'ils en désiraient un plus que tout au monde. Qu'ils prennent soin d'elle, l'aiment et lui offrent une belle vie. Dawn s'est mariée – avec un des bénévoles de son comité, un homme plus âgé qui semble être tout le temps en train de la toucher. Elle a eu une autre petite fille. Où est la justice dans tout ça ? Elle serre son nouveau-né contre elle lorsqu'elle passe dans l'émission du matin, pour montrer quelle bonne mère elle est, mais je ne suis pas dupe.

Quand il était encore en vie, s'il se trouvait dans la pièce, Glen éteignait la télé, l'air de rien, feignant l'indifférence, puis il sortait. En son absence, je regardais. Et j'achetais les journaux et les magazines qui publiaient des articles sur Bella. J'adorais voir des photos et des vidéos d'elle. En train de jouer, de rire, d'ouvrir ses cadeaux de Noël, de babiller, les mots se bousculant dans sa bouche, de pousser son petit landau. Ma collection de journaux et de magazines dans lesquels Dawn s'est exprimée commence à être bien étoffée. Dawn a toujours aimé être au centre de l'attention, avoir son quart d'heure de gloire.

Et maintenant, c'est mon tour.

Quand Mick revient enfin, il apporte des sacs de courses et des plats chinois.

— On n'allait pas s'embêter à cuisiner, explique Kate en riant. J'ai pensé qu'on pouvait se faire plaisir.

De toute évidence, Mick aussi va rester chez moi, et j'essaie de me rappeler où j'ai rangé les draps et la couette pour le lit du canapé.

— Ne vous occupez pas de moi, Jane, dit-il avec son sourire d'adolescent. Je peux dormir par terre. Ça m'est égal.

Je hausse les épaules. J'en ai trop marre de toute cette histoire pour m'en soucier. Avant, j'aurais couru dans tous les sens pour préparer les lits, mettre des serviettes propres, changer le savon dans la salle de bains. Mais aujourd'hui, je n'ai pas envie de m'embêter. Je m'installe avec une assiette de nouilles parsemées de morceaux de poulet rouge brillant sur les genoux et je me demande si je vais avoir la force de soulever ma fourchette.

Kate et Mick s'asseyent sur le canapé en face de moi. Ils mangent leurs nouilles sans grand enthousiasme.

— C'est dégueu, finit par lâcher Mick.

— C'est toi qui as choisi, réplique Kate en observant mon assiette presque intacte. Désolée, Jane. Voulez-vous que je vous apporte autre chose ?

Je secoue la tête puis réponds :

— Juste une tasse de thé.

Mick demande si j'ai des conserves dans le placard et part se préparer des haricots avec du pain grillé. Je me lève, prête à aller me coucher, mais Kate allume la télé pour les infos et je me rassieds. On y évoque des soldats en Irak et je m'enfonce dans mon fauteuil.

Le sujet suivant, c'est moi. Je n'arrive pas à en croire mes yeux : c'est mon visage sur l'une des photos prises par Mick.

— Mick ! Magne-toi ! Ils passent tes photos à la télé ! crie Kate.

Il sort en courant de la cuisine et se laisse tomber lourdement sur le canapé.

— Enfin célèbre ! s'exclame-t-il avec un sourire tandis que le présentateur annonce dans un flot de paroles que j'ai accordé une interview exclusive au *Daily Post* dans laquelle je révèle que Glen était responsable de l'enlèvement de Bella.

J'ouvre la bouche pour dire quelque chose mais le sujet passe à Dawn, qui a pleuré toutes les larmes de son corps, ses yeux boursouflés pour preuve, à qui l'on demande ce qu'elle pense de l'interview.

« Cette femme est un monstre sans cœur. »

Il me faut une minute pour comprendre qu'elle parle de moi. Moi.

« Elle devait le savoir depuis le début, geint-elle. Elle devait savoir ce que son mari avait fait à mon pauvre bébé. »

Je me lève et me tourne vers Kate.

— Qu'avez-vous écrit ? je demande. Qu'avez-vous raconté pour faire de moi un monstre sans cœur ? Je vous faisais confiance, je vous ai tout dit.

Kate peine à me regarder dans les yeux mais elle m'assure que Dawn a « mal interprété ».

— Ce n'est pas ce que raconte mon article, insiste-t-elle. Il explique que vous êtes une autre victime de Glen, que vous n'avez compris que trop tard qu'il avait pu l'enlever.

Mick hoche la tête sans mot dire, lui apportant son soutien, mais je ne les crois pas. Je suis tellement furieuse que je quitte la pièce. Leur trahison m'est insupportable. Puis je reviens dans le salon.

— Partez maintenant. Fichez le camp ou j'appelle la police et je vous ferai renvoyer.

Le silence s'installe pendant que Kate évalue si elle peut me faire changer d'avis ou pas.

— Mais l'argent, Jane… commence-t-elle tandis que je les pousse, Mick et elle, dans le couloir.

Je lui coupe la parole :

— Gardez-le, dis-je en ouvrant la porte.

M. Télé est encore planté au bout de l'allée avec son équipe.

Lorsque Kate arrive au portail, il lui dit quelque chose mais elle est déjà collée au téléphone avec Terry, lui expliquant que tout est parti « en cacahuètes ». Je fais signe à l'équipe de tournage d'approcher. J'ai une déclaration à faire.

CHAPITRE 47

Vendredi 14 mai 2010
L'inspecteur

Les jours puis les semaines passèrent sans que soit prise la décision de procéder à l'arrestation de Taylor. Les nouvelles huiles n'avaient à l'évidence aucune envie de s'embourber sur le même chemin hasardeux que leurs prédécesseurs et défendaient leur inaction avec acharnement.

— Quelle preuve relie Taylor à ces nouvelles images de surveillance ? Ou au cybercafé ? avait demandé l'inspecteur divisionnaire Wellington après avoir visionné l'enregistrement. Nous disposons d'un numéro partiel de plaque minéralogique et des déclarations douteuses d'un vendeur de porno. L'identification du suspect n'est pas probante, en dehors de ce que vous soufflent vos tripes, Bob.

Sparkes avait été tenté de démissionner mais il ne pouvait pas abandonner Bella.

Ils étaient si près du but. L'équipe médico-légale travaillait sur la plaque d'immatriculation de la camionnette filmée par les caméras de surveillance pour tenter de récupérer un autre chiffre ou une lettre, et les experts essayaient de faire correspondre la formulation des e-mails de BelInconnuTénébreux à celle de PapaOurs. Il tenait presque Glen Taylor.

C'est pourquoi il reçut l'annonce de sa mort comme un coup de poing à l'estomac.

— Mort ?

Un officier de la police métropolitaine de sa connaissance l'avait appelé dès que la nouvelle était tombée dans la salle d'enquête.

— J'ai pensé que vous aimeriez le savoir sur-le-champ, Bob. Désolé.

Ce « désolé » porta le coup de grâce. Il raccrocha et se prit la tête entre les mains. Il n'y aurait plus d'aveu désormais, plus de moment de gloire. Bella ne serait jamais retrouvée.

Il releva brusquement la tête. *Jane*. Elle était libérée de son emprise maintenant ; elle pouvait parler, dire la vérité au sujet de cette journée.

Sparkes appela Salmond en criant et, quand elle apparut dans l'embrasure de la porte, il lui annonça d'une voix rauque :

— Glen Taylor est décédé. Renversé par un bus. Nous allons à Greenwich.

Salmond sembla sur le point de pleurer mais elle se ressaisit et se montra très efficace, toute à l'organisation frénétique.

Dans la voiture, Sparkes lui livra les détails. Elle connaissait ce dossier aussi bien que lui, mais les exprimer à voix haute lui permettait de les réviser.

— J'ai toujours pensé que Jane couvrait Glen. C'est une femme bien mais elle était complètement sous sa domination. Ils se sont mariés jeunes – c'était lui le plus intelligent, celui qui a fait des études et décroché un bon emploi, et elle était sa jolie petite épouse.

Salmond jeta un regard interrogateur à son patron.

— Jolie petite épouse ?

Il eut la décence de s'esclaffer.

— Ce que j'entends par là, c'est que Jane était extrêmement jeune quand ils se sont rencontrés ; il lui a fait perdre la tête avec son beau costume et ses espoirs de vie idéale. Elle n'a jamais eu l'occasion d'être elle-même.

— Je crois que ma mère était un peu comme ça, lui confia Salmond avant de mettre son clignotant pour quitter l'autoroute.

Vous non, en tout cas, songea Sparkes. Il avait rencontré son mari. Un type sympa qui avait la tête sur les épaules et ne cherchait pas à lui faire de l'ombre ni à la rabaisser.

— Il pourrait s'agir de *folie à deux*[1], monsieur, avança Salmond d'un air songeur. Comme Brady et Hindley, ou Fred et Rose West. J'ai étudié leurs cas pour une dissertation à la fac. Un couple partage un délire psychotique à cause de la puissante domination de l'un des deux. Ils finissent par croire les mêmes choses ; le bien-fondé de leurs actes, par exemple. Ils partagent un même système de valeurs qui n'est accepté par personne d'autre en dehors de leur partenariat ou de leur relation. Je ne sais pas si je l'explique comme il faut. Désolée.

---

1. En français dans le texte. *(N.d.T.)*

Bob Sparkes garda le silence quelques instants, retournant cette théorie dans sa tête.

— Mais si c'était bien une folie à deux, alors Jane a su et approuvé lorsque Glen a enlevé Bella.

— C'est déjà arrivé, comme je le disais, poursuivit Salmond sans quitter la route des yeux. Et quand on sépare le couple, celui qui était dominé peut rapidement cesser de prêter foi au délire psychotique. Il reprend ses esprits, en quelque sorte. Vous voyez ce que je veux dire ?

Pourtant, tout le temps où Glen se trouvait en prison, Jane Taylor n'avait pas une seule fois laissé tomber le masque. Était-il possible qu'il ait continué à exercer son contrôle sur elle à distance derrière les barreaux ?

— Je m'interrogeais sur la dissonance cognitive et l'amnésie sélective, se hasarda à dire Sparkes, un peu nerveux à l'idée de soumettre le fruit de ses lectures en psychologie médico-légale. Elle craignait peut-être de tout perdre en admettant la vérité ? J'ai lu qu'un traumatisme pouvait pousser le cerveau à supprimer des informations trop douloureuses ou stressantes. Alors elle pourrait avoir effacé tous les détails qui remettaient en cause sa foi en l'innocence de Glen.

— Mais peut-on réellement faire ça ? Se contraindre à croire que le noir est blanc ? s'enquit Salmond.

L'esprit humain est extrêmement puissant, pensa Sparkes, mais la banalité de cette sentence l'empêcha de la prononcer à voix haute.

— Je ne suis pas spécialiste, Zara. J'ai juste lu quelques ouvrages par curiosité. Nous devrions discuter avec une personne qui a fait des recherches sur le sujet.

C'était la première fois qu'il l'appelait Zara et il en ressentit une pointe de gêne. *C'est déplacé*, songea-t-il ;

il avait toujours appelé Ian Matthews par son nom de famille au boulot. Il se risqua à jeter un coup d'œil vers son sergent. Elle ne paraissait pas vexée le moins du monde ni même avoir remarqué son lapsus.

— De qui pourrions-nous nous rapprocher, monsieur ?

— Je connais une universitaire qui serait sans doute en mesure de nous guider. Le Dr Fleur Jones nous a déjà apporté son aide par le passé.

Il était soulagé et reconnaissant que Salmond ne réagisse pas mal à la mention de ce nom. Ce n'était pas la faute de Fleur Jones si les choses avaient tourné au vinaigre.

— Pourquoi ne pas l'appeler ? suggéra-t-elle. Avant qu'on arrive. Il faut qu'on sache quelle est la meilleure façon d'approcher Jane Taylor.

Salmond s'arrêta à la station-service suivante et composa le numéro.

Une heure plus tard, Sparkes franchissait les portes du service des urgences.

— Bonjour, Jane, dit-il en s'asseyant à côté d'elle sur un siège en plastique orange.

C'est à peine si elle bougea pour montrer qu'elle l'avait vu. Elle avait le teint pâle et les yeux endeuillés.

— Jane, répéta-t-il en lui prenant la main.

En dehors de la fois où il l'avait guidée jusqu'au véhicule de police, il n'y avait jamais eu de contact physique entre eux. Là, il ne put s'en empêcher ; elle semblait si vulnérable.

La main de Jane Taylor était glacée sous sa paume chaude, mais il ne la lâcha pas. Il continua à parler, d'une voix basse et pressante, résolu à saisir sa chance.

— Vous pouvez me le dire maintenant, Jane. Vous pouvez me révéler ce que Glen a fait de Bella, où il l'a mise. Les secrets n'ont plus lieu d'être désormais. C'était celui de Glen, pas le vôtre. Vous étiez sa victime, Jane. Vous et Bella.

La veuve détourna la tête et parut frissonner.

— Je vous en prie, Jane, dites-moi. Libérez-vous pour trouver la paix.

— Je ne sais rien au sujet de Bella, Bob, répondit-elle lentement, comme si elle s'adressait à un enfant.

Alors, elle retira sa main et se mit à pleurer. Sans bruit, les larmes roulaient sur ses joues, son menton, s'écrasaient sur ses genoux.

Sparkes resta assis, incapable de partir. Jane Taylor se leva et s'éloigna vers les toilettes.

Quand elle revint quinze minutes plus tard, elle tenait un mouchoir devant sa bouche. Elle se dirigea tout droit vers les portes vitrées des urgences et s'en alla.

La déception paralysait Sparkes.

— J'ai foiré notre dernière chance, marmonna-t-il à Salmond, qui avait pris la place de Jane. En beauté.

— Elle est sous le choc, monsieur. Elle n'a plus aucun repère. Laissons-lui le temps de se reprendre et de réfléchir calmement. Nous devrions lui rendre visite chez elle dans un jour ou deux.

— Demain, nous irons demain, décréta Sparkes en se levant.

Vingt-quatre heures plus tard, ils se trouvaient devant sa porte. Jane Taylor était vêtue de noir, paraissant vieillie de dix ans, et elle les attendait.

— Comment allez-vous, Jane ? s'enquit Sparkes.

Bien et mal. La mère de Glen est restée avec moi cette nuit, répondit-elle. Entrez.

Sparkes s'installa à côté d'elle sur le canapé, tourné de sorte à avoir son entière attention ; alors il commença à l'amadouer en douceur. Zara Salmond et le Dr Jones avaient reconsidéré la situation et toutes deux suggéré qu'il commence par un peu de flatterie, histoire de donner à Jane le sentiment d'être importante et responsable.

— Vous avez été d'un tel soutien pour Glen. Vous avez toujours été là pour lui.

Le compliment lui fit battre des paupières.

— J'étais son épouse et il comptait sur moi.

— Ça a dû être difficile pour vous parfois, Jane. Beaucoup de pression sur vos épaules.

— J'étais contente de le soutenir. Je savais qu'il ne l'avait pas fait, dit-elle, la répétition constante de sa réponse classique la vidant de son sens.

L'inspecteur Salmond se leva et entreprit d'examiner la pièce.

Pas de cartes de condoléances ? demanda t elle.

— Je n'en attends pas. Il n'y a que les courriers haineux habituels, répondit Jane.

— Où vont se tenir les funérailles ? demanda Sparkes.

La mère de Glen Taylor apparut à la porte ; elle avait de toute évidence suivi la conversation depuis le couloir.

— Au crématorium. Ce sera un service simple et intime, pour faire nos adieux. N'est-ce pas, Jane ?

Celle-ci acquiesça, perdue dans ses pensées.

— Vous croyez que la presse va venir ? demanda-t-elle. Je ne pense pas que je pourrai le supporter.

Mary Taylor se percha sur l'accoudoir du canapé à côté de sa belle-fille et lui caressa les cheveux.

— On s'en sortira, Janie. On s'en est sortis jusque-là. Peut-être qu'ils te ficheront la paix maintenant.

La remarque s'adressait tout autant aux deux inspecteurs qui envahissaient le salon qu'aux journalistes qui attendaient dehors.

— Ils ont commencé à frapper à la porte à 8 heures du matin. Je leur ai dit que Jane était trop bouleversée pour s'exprimer mais ça ne les empêche pas de revenir. Je crois qu'elle devrait s'installer chez moi quelque temps, mais elle veut rester ici.

— C'est ici que Glen se trouve, répliqua Jane, et Sparkes se leva pour partir.

CHAPITRE 48

Jeudi 27 mai 2010
La veuve

Les funérailles ont lieu si vite que j'ai laissé Mary choisir les cantiques et les lectures. Je n'arrivais pas à réfléchir correctement et je n'aurais pas su quoi prendre. Elle a fait dans le classique : « Amazing Grace » et « Dieu est mon berger » parce que tout le monde en connaît l'air – une chance vu que nous ne sommes que quinze à chanter dans la chapelle du crématorium.

Nous sommes allées voir Glen dans la chambre funéraire ; il était élégant dans le costume trois-pièces qu'il portait à la banque, avec la cravate bleu marine et or qu'il adorait. J'avais lavé et repassé sa plus belle chemise et elle était parfaite. Glen aurait été content. Bien sûr, ce n'était pas vraiment Glen dans le cercueil. Il n'était pas là, si vous voyez ce que je veux dire. Il ressemblait à un Glen en cire. Sa mère sanglotait et je me suis reculée, lui offrant un moment en tête à tête avec son petit garçon. Mes yeux étaient rivés sur ses mains aux ongles roses parfaitement polis ; des mains innocentes.

Mary et moi sommes parties des pompes funèbres pour aller au magasin John Lewis acheter des chapeaux.

— Le rayon est là-bas, nous a indiqué le vendeur, et nous nous sommes plantées devant une trentaine de chapeaux noirs, à essayer de nous imaginer à l'enterrement de Glen.

J'ai choisi une sorte de toque pourvue d'un petit voile en dentelle pour dissimuler mes yeux et Mary en a pris un avec un rebord. Ils coûtaient une fortune mais aucune de nous n'avait la force de s'en soucier. Nous sommes sorties dans la rue avec nos sacs à la main, perdues pendant un instant.

— Allez, Janie, rentrons à la maison et prenons le thé, a dit Mary.

Et c'est ce que nous avons fait.

Aujourd'hui, nous avons mis nos chapeaux devant le miroir du couloir avant de monter dans le taxi qui nous emmenait au crématorium. Mary et moi nous tenons lâchement la main, nous touchant juste. Le père de Glen contemple la bruine par la vitre.

— Il pleut toujours pour les enterrements, dit-il. Quelle journée affreuse.

C'est bizarre, les enterrements. Comme les mariages, je trouve. Un rassemblement de gens qu'on ne voit qu'à ces occasions, s'échangeant des nouvelles autour d'un buffet, ceux qui rient et ceux qui pleurent. Même ici, aux funérailles de Glen, j'entends un de ses vieux oncles pouffer discrètement avec quelqu'un. À notre arrivée, on nous guide dans la salle d'attente, mes parents et moi, ses parents et quelques membres de la famille Taylor. Je suis soulagée que personne ne soit venu, en fait.

Personne de la banque ou du salon. Ce monde n'est plus le nôtre.

Et puis Bob Sparkes apparaît, très respectueux en costume noir et cravate, il ressemble un peu à un employé des pompes funèbres. Il se tient à l'écart, en bordure du jardin du souvenir, feignant de lire les noms des défunts sur les plaques. Il n'a pas envoyé de fleurs, mais nous avions demandé aux gens de ne pas le faire. « Sans fleurs ni couronnes » nous a conseillé l'entrepreneur des pompes funèbres, si bien qu'il n'y a que ma couronne de lys et de lauriers. « Classe et classique », a approuvé la jeune fleuriste d'un ton presque enjoué – et Mary a commandé la confection du prénom de Glen en chrysanthèmes blancs. Il aurait détesté. « C'est d'un commun ! » l'entends-je presque s'exclamer, mais ça plaît à Mary et c'est le principal.

Je n'arrête pas de chercher Bob Sparkes du regard.

— Qui l'a invité ? demande Mary, furieuse.

— Ne t'inquiète pas de ça, chérie, l'arrête George en lui tapotant l'épaule. Ce n'est pas important aujourd'hui.

C'est le vicaire de l'église de Mary qui assure le service. Dans son éloge, il parle de Glen comme d'une vraie personne, et non comme de l'homme dépeint dans les journaux. Il n'arrête pas de me regarder, j'ai l'impression qu'il ne s'adresse qu'à moi. Je me cache derrière le voile de mon chapeau pendant qu'il pérore sur Glen, comme s'il le connaissait. Il évoque son club de foot et ses brillantes études, sa merveilleuse épouse

sur laquelle il pouvait s'appuyer dans les périodes difficiles. Une vague de murmures s'élève dans l'assistance
et je pose la tête sur l'épaule de mon père et baisse les
paupières quand son cercueil glisse en avant et que le
rideau se referme derrière lui. Parti.

Dehors, je cherche Bob Sparkes mais lui aussi s'en
est allé. Tout le monde veut m'embrasser et me serrer
dans ses bras, me dire combien j'ai été formidable. Je
parviens à esquisser un sourire et à rendre leur étreinte
aux gens, et ensuite c'est terminé. Nous avions envisagé un repas mais nous ne savions pas si les gens vien-
draient, et puis si l'on proposait à manger, il faudrait
discuter de Glen et quelqu'un finirait par mentionner
Bella.

Nous faisons dans la simplicité. Nous rentrons tous
les cinq chez moi et prenons le thé accompagné de
quelques sandwiches au jambon que Mary a confectionnés et mis au frigo. J'emballe mon chapeau dans
du papier de soie puis dans le sac John Lewis et le
glisse en haut de la penderie. Plus tard, la maison est
silencieuse pour la première fois depuis le décès de
Glen et j'enfile ma robe de chambre et erre de pièce
en pièce. La maison n'est pas très grande mais Glen
est présent dans chaque recoin et je m'attends sans
cesse à l'entendre me crier : « Janie, où as-tu rangé
le journal ?… Je pars travailler, chérie, à plus tard ! »

Au final, je me sers un verre que j'emporte dans mon
lit avec la pile de cartes et de lettres de la famille. J'ai
brûlé les courriers déplaisants sur le gaz.

Le lit paraît plus grand sans lui. Il ne dormait pas
toujours avec moi ; il lui arrivait d'aller sur le canapé en
bas quand il avait du mal à trouver le sommeil. « Je ne

voudrais pas t'empêcher de dormir, Jane », disait-il en attrapant son oreiller. Il ne voulait plus entrer dans la chambre d'amis, alors nous avions acheté un canapé convertible où il s'installait au milieu de la nuit. Nous gardions une couette derrière pendant la journée. Je ne sais pas si quelqu'un l'a remarquée.

CHAPITRE 49

Samedi 12 juin 2010
L'inspecteur

Après l'enterrement, Bob Sparkes avait lu les articles qui y étaient consacrés dans la presse et contemplé les clichés de Jane au crématorium et le gros plan du « Glen » écrit en fleurs. « COMMENT TE RETROUVER, MAINTENANT, BELLA ? » titraient les journaux, telle une provocation visant l'inspecteur.

Il tenta bien de se concentrer sur son boulot mais il finissait toujours le regard perdu dans le vide, démuni et incapable d'avancer. Il décida qu'il avait besoin d'un congé pour se ressaisir.

— Prenons la voiture et partons dans le Devon. Nous trouverons où loger une fois sur place, lança-t-il à Eileen le samedi matin.

Pendant qu'elle s'arrangeait avec les voisins pour veiller sur leur chat, il s'assit à table avec le courrier.

Eileen revint par la porte de derrière, les mains pleines de cosses de pois.

— Je les ai ramassés vite fait sinon ils seront passés quand on reviendra. Ce serait dommage de les gâcher.

À l'évidence, Eileen était résolue à ce que la vie suive son cours sous leur toit, même si lui était à l'arrêt dans sa tête. Il avait toujours tendance à trop réfléchir ; c'est ce qu'elle aimait chez lui. Les amies d'Eileen avaient dit de lui qu'il était profond. Ça lui plaisait. Cette profondeur. Mais maintenant, il n'y avait plus que de la noirceur.

— Bob, tu veux bien finir de les écosser pendant que je prépare la valise ? Combien de temps partons-nous ?

— Une semaine ? Qu'en penses-tu ? J'ai juste besoin de m'aérer la tête et de faire de longues promenades.

— C'est une merveilleuse idée.

Sparkes accomplissait sa tâche tel un automate : il faisait glisser son ongle le long de chaque cosse et poussait le pois dans une passoire tout en se débattant avec ses sentiments. Il avait laissé l'affaire prendre une dimension personnelle, il en avait conscience. Aucune autre enquête ne l'avait touché à ce point, ne l'avait fait fondre en larmes, n'avait mis sa carrière en péril. Il devrait peut-être retourner consulter la psy complètement allumée ? Il lâcha un rire, sec et cassant, qu'Eileen entendit : elle se précipita au rez-de-chaussée pour voir ce qu'il se passait.

Le trajet fut agréable : une chaude journée d'été avant les vacances scolaires avec une circulation fluide sur l'autoroute, ce dont Sparkes profita pour mettre de la distance entre lui et l'affaire aussi vite que possible. Eileen, assise tout près de lui, lui tapotait de temps à autre le genou ou lui pressait la main. Ils se sentaient

tous les deux jeunes et un peu enivrés par leur spon-
tanéité.

Eileen lui parla des enfants, l'informa des nouvelles
concernant sa famille comme s'il se réveillait juste
d'un coma.

— Sam pense se marier avec Pete l'été prochain.
Elle aimerait une cérémonie sur la plage.

— Sur la plage ? Pas à Margate, j'imagine. Enfin,
c'est comme elle veut. Elle a l'air d'être heureuse avec
Pete, non ?

— Très heureuse, Bob. C'est James qui m'inquiète.
Il travaille trop.

— Je me demande de qui il tient ça, commenta-t-il
en jetant un coup d'œil à sa femme pour observer sa
réaction.

Ils échangèrent un sourire et le nœud à l'estomac
qu'éprouvait Sparkes depuis des semaines – des mois
même – commença à se relâcher.

Quel sentiment formidable de pouvoir discuter de sa
propre vie plutôt que de celle des autres.

Ils décidèrent de s'arrêter à Exmouth pour avaler des
sandwiches au crabe. Ils y avaient emmené les enfants
pour des vacances d'été quand ils étaient petits et ils
y avaient passé de très bons moments. L'endroit était
tel que dans leur souvenir lorsqu'ils se garèrent : les
pompons bleus des hortensias, les drapeaux battant au
vent autour de la tour de l'horloge du jubilé, le cri des
mouettes, les tons pastel des cabines de plage. Ils mar-
chèrent le long de la promenade pour se dégourdir les
jambes et contempler la mer, avec l'impression d'être
revenus dans les années 1990.

— Viens, chérie. Allons-y. J'ai appelé le pub et réservé une chambre pour ce soir, dit-il avant de l'attirer à lui pour l'embrasser.

D'ici une heure, ils auraient atteint Dartmouth et le Slapton Sands où ils dégusteraient un repas de poisson.

Ils roulèrent vitres baissées avec le vent qui faisait voltiger leurs cheveux dans tous les sens.

— On aère pour chasser la méchanceté, lança Eileen, comme il s'y attendait.

Elle disait toujours ça. La remarque lui fit penser à Glen Taylor mais il ne pipa mot.

À l'auberge, ils s'affalèrent sur les bancs à l'extérieur, goûtant aux derniers rayons de soleil, et discutèrent de leur programme du lendemain matin.

— Levons-nous de bonne heure et allons nager, proposa-t-il.

— Au contraire. Faisons la grasse matinée et traînassons. Nous avons toute la semaine, Bob, rétorqua Eileen en riant de bonheur à l'idée d'une semaine entière rien que pour eux.

Ils montèrent tard dans leur chambre et, par habitude, Sparkes alluma la télévision pour regarder les dernières infos pendant qu'Eileen prenait une douche. L'interview filmée de Jane Taylor, assise dans son salon, fit se nouer son estomac et il rendossa son habit d'inspecteur.

— Eileen, chérie, il faut que j'y aille ! lui cria-t-il à travers la porte. C'est Jane Taylor. Elle affirme que Glen a enlevé Bella.

Eileen sortit de la salle de bains, enroulée dans une serviette, une autre en turban sur ses cheveux humides.

— Quoi ? Qu'est-ce que tu as dit ?

413

Puis elle remarqua les visages sur l'écran de télé et se laissa tomber sur le lit.

— Bon sang, Bob. Ça ne finira donc jamais ?

— Non, Eileen. Je suis désolé, mais ce ne sera pas terminé tant que je ne saurai pas ce qui est arrivé à cette petite fille. Jane est au courant et je dois l'interroger encore une fois. Tu peux être prête à partir dans un quart d'heure ?

Elle hocha la tête, défaisant la serviette sur ses cheveux pour les essuyer.

Le trajet de retour se déroula dans le silence. Eileen dormit pendant que Sparkes conduisait sur des routes désertes, allumant la radio toutes les heures pour surveiller s'il y avait du nouveau.

Quand il se gara devant chez eux, il dut secouer sa femme pour la réveiller. Ils se mirent au lit sans échanger un mot.

CHAPITRE 50

Dimanche 13 juin 2010
La journaliste

— La voilà ! Notre journaliste star ! cria le rédacteur en chef à travers la salle de rédaction lorsque Kate fit son entrée le lendemain matin. C'est une interview exclusive fantastique, Kate. Bien joué !

Ses collègues l'applaudirent et la félicitèrent pour son travail ; elle se sentit rougir et s'efforça au mieux de sourire sans paraître arrogante.

— Merci, Simon, dit-elle lorsqu'elle atteignit enfin son bureau et qu'elle put poser manteau et sac à main.

Le rédacteur Terry Deacon s'était déjà faufilé jusqu'à elle pour grappiller sa part de louanges.

— Qu'est-ce qu'on a pour le suivi alors, Kate ? Un autre scoop ? braille le rédac chef, exposant ses dents jaunies en triomphe.

Kate savait qu'il connaissait déjà la réponse car elle lui avait transmis l'article pendant la nuit mais Simon Pearson voulait assurer le spectacle devant ses employés. Les occasions de le faire étaient rares ces derniers temps – « Foutue politique d'un ennui mortel. Où sont les exclus ? » était son mantra – et aujourd'hui il allait en profiter au maximum.

— Nous avons l'angle du mariage sans enfant, intervint Terry. « Ou comment M. Tout-le-Monde est devenu un monstre. »

Simon se fendit d'un large sourire. Le titre était obscène, et transformait l'entretien poussé et intime qu'avait mené Kate en une affiche de cinéma racoleuse, mais elle aurait dû y être habituée. « Vendez-moi l'histoire » était un autre des mantras de Simon. Il aimait bien les mantras. La force et le rabâchage étaient ses méthodes de travail préférées, il ne tolérait aucune réflexion créatrice ni questionnement. « Simon a dit » plaisantaient ses collègues.

Le rédacteur en chef reconnaissait un bon titre quand il en écrivait un et, selon lui, un bon titre pouvait être réutilisé à l'infini. Toutes les semaines parfois, quand il en tenait un qu'il appréciait particulièrement, mais qui était tout aussi vite abandonné quand lui-même se rendait compte qu'il devenait le sujet de plaisanteries des journalistes rassemblés au pub. La question dans le titre – « Est-il l'homme le plus mauvais de Grande-Bretagne ? » – était un classique. On était couvert comme ça. On n'affirmait pas, on ne faisait que poser la question.

— J'ai de bonnes citations de la part de la veuve, déclara Kate en allumant son ordinateur.

— Des citations du tonnerre ! renchérit Terry, pour participer. On s'est tous démenés hier soir pour se mettre au parfum, et les magazines et la presse étrangère réclament déjà les photos. On ne parle que de ça dans les chaumières.

— Attention, Terry, tu trahis ton âge, répliqua Simon. Il n'y a plus de chaumières. C'est un village planétaire maintenant.

Le rédacteur esquissa un sourire à la réprimande de son chef, résolu à le prendre à la rigolade. Rien ne gâcherait la journée ; il avait apporté le sujet de l'année et il allait toucher l'augmentation qu'il méritait amplement, puis il emmènerait son épouse – ou peut-être sa maîtresse – dîner au Ritz.

Kate prenait déjà connaissance de ses e-mails, laissant les hommes à leur combat de coqs.

— Kate, comment est-elle ? Jane Taylor ?

Kate considéra son rédacteur en chef et discerna la curiosité sincère derrière les fanfaronnades. Il occupait l'un des postes les plus importants de l'industrie de la presse mais ce qu'il désirait au plus profond de lui c'était redevenir reporter, plonger dans une histoire, poser des questions, frapper aux portes, et envoyer son texte à la rédaction, pas seulement en entendre parler après la bataille.

— Elle est plus maligne qu'elle ne le laisse croire. Elle surjoue un peu le rôle de la petite épouse parfaite – tu sais, qui soutient son mari coûte que coûte – mais il se passe plein de trucs dans sa tête. C'est difficile pour elle car je pense qu'à un moment donné elle croyait sincèrement qu'il était innocent, mais quelque chose a changé. Quelque chose a changé dans leur relation.

Kate savait qu'elle aurait dû obtenir davantage ; elle aurait dû dévider toute l'histoire. Elle en voulait à Mick de les avoir interrompues mais, à sa décharge, il lui

417

fallait reconnaître qu'elle avait vu un voile tomber sur les yeux de Jane. Au fil de l'interview, elles s'étaient passé le relais, prenant le contrôle chacune leur tour, mais à la fin de l'entretien, aucun doute ne subsistait sur laquelle des deux femmes détenait le pouvoir. Kate n'était pas prête à l'admettre devant son public.

Les autres journalistes tendaient l'oreille à présent, et s'approchaient sur leur fauteuil à roulettes pour suivre la conversation.

— Est-ce qu'il l'a fait, Kate ? Et est-ce qu'elle savait ? s'enquit le responsable des affaires criminelles. C'est ce que tout le monde se demande.

— Oui et oui, répondit-elle. La question c'est : à quel moment l'a-t-elle su ? Sur le coup ou plus tard ? Je crois qu'elle est prise entre deux feux : ce qu'elle sait et ce qu'elle veut croire. C'est ça le problème.

Tous la dévisagèrent dans l'attente d'en apprendre davantage ; comme un fait exprès, le téléphone de Kate se mit à sonner, le nom de Bob Sparkes apparut sur l'écran.

— Désolée, il faut que je réponde, Simon. C'est le flic en charge de l'enquête. Il y aura peut-être un troisième épisode.

— Tenez-moi au courant, Kate, lança-t-il en gagnant d'un pas lourd son bureau.

Elle traversa les portes battantes et se dirigea vers les ascenseurs pour avoir un peu d'intimité.

— Bonjour, Bob. Je pensais bien avoir de vos nouvelles aujourd'hui.

Sparkes attendait déjà devant le journal, abrité de la pluie estivale sous le grand portique de l'immeuble.

— Venez prendre un café avec moi, Kate. Il faut qu'on parle.

Le petit café italien au bout du pâté de maisons, dans une ruelle un peu sale, était bondé, et la buée causée par l'activité intense du percolateur dégoulinait sur les vitres. Ils prirent place à une table loin du comptoir et se dévisagèrent pendant une minute.

— Félicitations, Kate. Vous êtes parvenue à lui en faire dire plus que moi.

La journaliste soutint son regard. Son compliment la désarmait, il lui donnait envie de lui avouer la vérité. Il était doué, elle devait le reconnaître.

— J'aurais dû obtenir davantage, Bob. Il y a encore des choses à découvrir, mais elle s'est arrêtée quand elle l'a choisi. Elle fait preuve d'une maîtrise incroyable. Effrayante, presque. Un instant, elle me tenait la main et pleurait littéralement sur mon épaule en évoquant le monstre qu'elle avait épousé, et l'instant d'après elle était de nouveau aux commandes. Elle ne pipait plus mot et rien ne la faisait changer d'avis.

Elle but une gorgée de café.

— Elle sait ce qu'il s'est passé, n'est-ce pas ?

Sparkes approuva d'un hochement de tête.

— Je le crois, en effet. Mais elle ne peut pas l'avouer et j'ignore pourquoi. Après tout, il est mort. Qu'a-t-elle à perdre ?

Kate secoua la tête.

— Quelque chose, de toute évidence.

— Je me suis souvent demandé si elle était impliquée, déclara Sparkes, surtout pour lui-même. Dans l'organisation, pourquoi pas ? L'idée était peut-être d'avoir un enfant à eux et quelque chose a dérapé ? C'est peut-être elle qui l'a incité à passer à l'acte.

Les yeux de Kate scintillaient de toutes ces possibilités.

— Nom de Dieu, Bob. Comment allez-vous la faire avouer ?

Comment, en effet ? songea-t-il.

— Quel est son talon d'Achille ? demanda Kate en jouant avec sa cuillère.

— Glen, répondit-il. Mais il n'est plus là.

— Ce sont les enfants, Bob. Voilà son point faible. Elle est obnubilée par les enfants. On en revenait toujours aux enfants lors de nos discussions. Elle voulait tout connaître de mes fils.

— Je sais. Vous devriez voir les albums remplis de photos de bébés qu'elle confectionnait.

— Des albums ?

— C'est confidentiel, Kate, la prévint Sparkes.

Elle décida de garder l'info pour plus tard et pencha machinalement la tête sur le côté. Soumise. *Vous pouvez avoir confiance en moi.*

Il n'était pas dupe.

— Je suis sérieux. Ça pourrait faire partie d'une enquête ultérieure.

— D'accord, d'accord, concéda-t-elle avec irritation. Que croyez-vous qu'elle va faire maintenant ?

— Si elle sait quelque chose, elle pourrait retourner vers l'enfant.

— Retourner vers Bella, répéta Kate. Où qu'elle se trouve.

Jane n'avait rien d'autre à penser désormais. Elle allait agir, il en avait la conviction.

— Est-ce que vous m'appellerez si vous apprenez quoi que ce soit ? demanda-t-il à Kate.

— Peut-être bien, le taquina-t-elle par automatisme.

Il rougit et, malgré elle, elle se réjouit de le voir réagir à son ton séducteur. Sparkes se sentit tout à coup dépassé.

— Kate, on ne joue pas, là, dit-il en tentant de ramener la conversation sur un plan professionnel. Restons en contact.

Ils se séparèrent dans la rue ; il tendit le bras pour lui serrer la main mais elle se pencha vers lui et lui planta un baiser sur la joue.

CHAPITRE 51

Vendredi 11 juin 2010
La veuve

Une fois l'équipe partie, je m'assieds en attendant
le JT du soir. M. Télé a assuré que ce serait l'information principale et il n'a pas menti. « La veuve dans
l'affaire Bella s'exprime pour la première fois » apparaît à l'écran et la musique d'accompagnement envahit
mon salon. Me voilà, à la télé. Ma déclaration ne dure
pas très longtemps, en fait : je ne sais rien à propos de
la disparition de Bella mais je soupçonne Glen d'avoir
été impliqué. Je dis très distinctement que je ne sais
rien avec certitude, qu'il ne m'a rien avoué, que les
journalistes ont déformé mes propos.

Je réponds à leurs questions avec calme, assise
sur mon canapé. Je reconnais qu'on m'a proposé de
l'argent mais que j'ai refusé d'être payée lorsque
j'ai découvert ce qu'avait publié le journal. S'ensuit
une déclaration cassante du *Post* accompagnée d'une
photo de Kate et Mick en train de quitter ma maison.
Et c'est tout.

J'attends que le téléphone se mette à sonner. D'abord, c'est Mary, la mère de Glen.

— Comment as-tu pu raconter de telles horreurs, Janie ?

— Vous le savez aussi bien que moi, Mary. Je vous en prie, ne faites pas comme si vous n'aviez pas de soupçons parce que je sais que si.

Elle se tait puis ajoute qu'elle me rappellera demain.

Ensuite, c'est Kate. Elle est en mode professionnel, m'annonçant que le journal va inclure ma déclaration télévisée dans l'article afin que « je puisse donner ma version de l'histoire ». Son culot me fait éclater de rire.

— Vous étiez censée écrire ma version de l'histoire dès le départ, dis-je. Vous mentez toujours à vos victimes ?

Elle ignore ma question et m'invite à l'appeler sur son portable quand je veux. Je raccroche sans dire au revoir.

Le journal est glissé dans la boîte aux lettres le lendemain matin. Comme je ne suis pas abonnée, je me demande si c'est Kate qui me l'envoie. Ou un voisin. La une clame en gros : « LA VEUVE RECONNAÎT LA CULPABILITÉ DU MEURTRIER DE BELLA » et je tremble tellement que je ne parviens pas à ouvrir le journal. Une photo de moi s'étale sur la première page, le regard au loin comme indiqué par Mick. Je le pose sur la table de la cuisine et j'attends.

Le téléphone sonne toute la matinée. Les journaux, la télé, la radio, la famille. Ma mère appelle, sanglotant à cause de la honte que j'ai apportée sur eux, et mon père hurle derrière elle qu'il m'avait prévenue de ne pas épouser Glen. C'est faux, mais je suppose qu'il regrette de ne pas l'avoir fait maintenant.

J'essaie de réconforter ma mère ; je lui assure qu'on a altéré mes propos, que le journal a tout déformé, mais ça ne suffit pas et à la fin elle raccroche.

Je suis épuisée, alors je débranche le téléphone et m'allonge sur mon lit. Je pense à Bella et à Glen. Et aux jours qui ont précédé sa mort.

Il s'inquiétait de ce que j'allais faire. « Vas-tu me quitter, Janie ? » demandait-il. Et je répondais : « Je vais me préparer un thé » et je le plantais là. Trop de pensées se bousculaient dans ma tête. La trahison. Les décisions. Les plans.

Et je ne lui ai plus adressé la parole sinon quand c'était absolument nécessaire. « Ta mère, au téléphone. » Le strict minimum.

On aurait dit un fantôme, à errer et à me suivre dans toute la maison. Je l'avais surpris en train de m'observer derrière son journal. Je le tenais, désormais. Il ignorait ce que sa Janie allait faire et ça lui fichait une trouille bleue.

Cette semaine-là, Glen ne m'a pas lâchée d'une semelle. Partout où j'allais, il venait. Il pensait peut-être que j'irais tout droit trouver Bob Sparkes. C'est parce qu'il ne me comprenait pas. Je n'allais rien dire à personne, mais ce n'était pas pour le protéger lui, tout de même !

Ce samedi-là, il était sur mes talons quand nous sommes sortis du Sainsbury's et je l'ai surpris en train de regarder une petite fille assise dans un chariot. Un simple regard, mais dans lequel j'ai vu quelque chose. Quelque chose de mort. Alors je l'ai poussé loin de l'enfant. Légèrement, et pourtant il a trébuché sur le bord du trottoir et vacillé sur la chaussée. Le bus est arrivé à ce moment-là. Tout s'est passé si vite et je me souviens de l'avoir vu étendu dans une petite flaque de sang et d'avoir songé : « Voilà. C'est fini ses bêtises. »

Est-ce que ça fait de moi une meurtrière ? Je m'observe dans le miroir, cherchant ce que révèlent mes yeux. Je ne crois pas. Glen s'en est tiré en douceur, en fait. Il aurait pu continuer à souffrir pendant des années, à se demander quand il serait démasqué. Les gens comme Glen ne peuvent pas s'en empêcher, il paraît, alors en réalité, je l'ai aidé.

Je vais vendre la maison au plus vite. Il va falloir subir l'enquête d'abord, mais d'après Tom Payne elle sera refermée aussitôt ouverte. Je dois juste dire au coroner que Glen a trébuché et ce sera terminé. Je vais pouvoir prendre mon nouveau départ.

Hier, j'ai appelé un agent immobilier pour savoir combien valait la maison. J'ai donné mon nom mais elle n'a pas tiqué – elle fera le rapprochement à un moment ou à un autre. Je lui ai dit que je voulais vendre rapidement et elle vient demain matin. Je me demande si le lien avec Glen va faire monter ou descendre le prix. Quelque pervers pourrait bien débourser un peu plus. On ne sait jamais.

Je réfléchis encore à ma destination, mais c'est sûr, je quitte Londres. Je vais chercher sur Internet des idées d'endroits où aller, à l'étranger ou pourquoi pas dans le Sud, vers le Hampshire. Pour être près de ma petite fille.

CHAPITRE 52

Jeudi 1ᵉʳ juillet 2010
La journaliste

Le coroner était bien connu des médias. Hugh Holden – avocat de petite taille, propre sur lui, qui affichait un penchant pour les nœuds papillons en soie colorés et entretenait avec un soin méticuleux sa moustache argentée – se plaisait à se considérer comme un personnage, l'épine occasionnelle dans le pied des autorités, et ne craignait nullement de rendre des verdicts controversés.

En temps normal, Kate appréciait ses enquêtes ainsi que l'excentricité de ses interrogatoires et son verbe fleuri, mais elle n'était pas d'humeur aujourd'hui. Elle redoutait qu'il ne s'agisse là de la dernière apparition publique de Jane Taylor. Elle n'aurait plus aucun besoin de se montrer et elle pourrait disparaître derrière la porte de sa maison pour toujours.

Sur les marches du tribunal, Mick attendait son arrivée en compagnie des autres photographes qui grouillaient.

— Salut, Kate ! cria-t-il par-dessus leurs têtes. On se voit après.

Elle pénétra dans le bâtiment avec le reste des journalistes et des badauds, et parvint à prendre place sur l'un des derniers sièges à l'avant réservés à la presse, face à la barre des témoins. Toutes ses pensées étaient tournées vers Jane et elle surveillait la porte dans l'attente de son entrée. Elle ne remarqua pas Zara Salmond qui se glissait à l'arrière de la salle d'audience avec les officiers de la police londonienne cités à témoigner. Sparkes l'avait envoyée à sa place. « Allez-y, Salmond. J'ai besoin de votre regard et de votre analyse sur sa prestation. Je ne vois pas clair en ce moment. »

Elle arriva juste à temps, quand le grincement des charnières de la porte annonça l'arrivée de la veuve. Jane Taylor était digne et maîtresse d'elle-même ; elle portait la même robe qu'aux funérailles de Glen.

Elle traversa d'un pas lent la salle d'audience accompagnée de son avocat et gagna sa place au premier rang. *Cette fouine de Tom Payne*, songea Kate en le saluant d'un geste du menton affable et en marmonnant :

— Bonjour, Tom.

Il leva la main pour la saluer et Jane se tourna pour voir à qui il s'adressait. Leurs regards se croisèrent et, l'espace d'un instant, Kate se dit qu'elle allait lui faire signe. Elle commença à esquisser un sourire mais Jane se détourna, indifférente.

Les autres témoins prirent leur temps pour s'installer, se serrant la main et s'étreignant dans les allées, mais au bout du compte tout le monde trouva sa place et se mit au garde-à-vous à l'entrée du coroner.

Les agents de la police judiciaire se présentèrent pour déclarer à la cour que le père du défunt avait identifié le corps comme étant celui de Glen George Taylor, puis le médecin légiste témoigna de son examen post mortem. Kate gardait le regard rivé sur Jane, enregistrait sa réaction aux détails sur l'autopsie de son mari. *Il avait pris un bon petit déjeuner, en tout cas*, se dit-elle quand le médecin légiste énuméra le contenu de son estomac. Aucune trace d'une quelconque maladie. Les contusions et les lacérations sur les bras et les cuisses étaient cohérentes avec la chute puis la collision avec le véhicule. La blessure fatale avait été portée à la tête. Fracture crânienne causée par l'impact avec le bus et le bitume, lésions cérébrales traumatiques. La mort avait été quasi instantanée.

Jane remonta son sac à main sur ses genoux et ouvrit avec ostentation un petit paquet de mouchoirs, elle en déplia un pour s'essuyer le coin de l'œil. *Elle ne pleure pas*, songea Kate. *Elle fait semblant.*

Vint ensuite le tour du chauffeur de bus. Ses larmes à lui étaient sincères quand il raconta comment l'homme était tombé en un éclair devant son pare-brise.

— Je ne l'ai pas vu du tout, alors je n'ai rien pu faire. Tout s'est passé si vite. J'ai freiné, mais c'était trop tard.

Un huissier l'aida à regagner sa place puis Jane fut appelée.

Elle offrit une performance policée – trop policée. À l'oreille de Kate, chaque mot qu'elle prononçait semblait avoir été répété devant le miroir. Le déroulement des courses fut donné en détail : les rayons qu'ils avaient parcourus, le moment où ils avaient franchi les

428

portes et étaient sortis sur Hugh Street. La discussion sur les céréales et le faux pas de Glen Taylor qui lui avait fait croiser la route du bus. Le tout débité d'une voix basse et grave.

Kate prit tout en note et releva les yeux pour saisir les expressions du visage ou la moindre émotion.

— Madame Taylor, pouvez-vous nous dire ce qui a fait trébucher votre mari ? La police a examiné le trottoir et n'a rien trouvé qui aurait pu lui faire perdre l'équilibre, demanda le coroner avec gentillesse.

— Je ne sais pas, monsieur. Il est tombé sous le bus juste là, devant moi. Je n'ai même pas eu le temps de crier. Il était mort, répondit-elle.

Elle récite par cœur, se dit Kate. *Elle utilise des phrases identiques.*

— Vous tenait-il la main ou le bras ? C'est ce que nous faisons avec ma compagne quand nous sortons, insista le coroner.

— Non. Enfin, peut-être. Je ne me souviens pas, répondit-elle, un peu moins sûre d'elle maintenant.

— Votre mari était-il distrait ce jour-là ? Était-il lui-même ?

— Distrait ? Comment ça ?

— Pas concentré sur ce qu'il faisait, madame Taylor.

— Il avait beaucoup de soucis en tête, répliqua Jane Taylor en lançant un regard vers le banc des journalistes. Mais je suis sûre que vous le savez.

— En effet, reconnut le coroner, ravi d'avoir soutiré quelque nouvelle information. Alors, dans quel état d'esprit se trouvait-il le matin en question ?

— Son état d'esprit ?

Ça ne se déroule pas comme Jane l'a prévu, songea Kate. Répéter les questions du coroner était un signe de stress évident. C'est ce qu'on faisait pour gagner du temps. La journaliste se pencha en avant pour être sûre de ne pas en rater une miette.

— Oui, son humeur, madame Taylor.

Jane Taylor ferma les paupières et parut osciller à la barre. Tom Payne et l'agent judiciaire se levèrent d'un bond pour la rattraper et l'asseoir sur une chaise tandis que le public bourdonnait d'inquiétude.

— Ça pourrait faire un bon titre, murmura le journaliste derrière Kate à son collègue. « La veuve du suspect s'évanouit. » C'est mieux que rien.

— Ce n'est pas encore fini, siffla-t-elle par-dessus son épaule.

Jane agrippa un verre d'eau et fixa le coroner.

— Vous vous sentez mieux, madame Taylor ? demanda-t-il.

— Oui, merci. Désolée. Je n'ai pas mangé ce matin et…

— C'est tout à fait compréhensible. Inutile de vous justifier. Maintenant, revenons-en à ma question.

Jane prit une profonde inspiration.

— Il n'avait pas très bien dormi, il ne dormait pas bien depuis longtemps, et il souffrait de terribles migraines.

Elle secoua la tête avant de poursuivre.

— Il disait qu'il n'allait pas bien mais il refusait d'aller voir le médecin. Il ne voulait pas en parler, je crois.

— Je vois. Et pourquoi ça, madame Taylor ?

Elle baissa les yeux sur ses genoux un moment, puis releva la tête.

— Parce qu'il disait qu'il n'arrêtait pas de rêver de Bella Elliott.

Hugh Holden soutint son regard et la salle retint son souffle tandis qu'il lui faisait signe de poursuivre.

— Il disait qu'elle était là quand il fermait les yeux. Ça le rendait malade. Et il voulait tout le temps être avec moi. Il me suivait dans la maison. Je ne savais pas quoi faire. Il n'allait pas bien.

Le coroner nota tout cela avec soin tandis que les journalistes à sa gauche griffonnaient avec vigueur.

— Compte tenu de son état d'esprit, madame Taylor, est-il possible que votre mari ait avancé devant ce bus de son plein gré ? demanda le coroner.

Tom Payne se leva pour contester la question mais Jane l'en empêcha d'un geste de la main.

— Je ne sais pas, monsieur. Il n'a jamais parlé de se suicider. Mais il n'allait pas bien.

Le coroner la remercia de son témoignage, lui présenta ses condoléances et prononça un verdict de mort accidentelle.

— Je vais passer aux infos ce soir, lança-t-il d'un ton enjoué à son huissier tandis que les journalistes sortaient les uns après les autres.

CHAPITRE 53

Jeudi 1er juillet 2010
L'inspecteur

Glen Taylor qui rêvait de Bella fit la une des bulletins d'informations à la radio tout l'après-midi et se plaça dans le peloton de tête au journal télévisé du soir. Pendant le relâchement estival – la période creuse, quand les politiciens sont en vacances, les écoles fermées et que le pays tourne au ralenti – tout ce qui ressemble de près ou de loin à de l'information est bon à prendre.

Sparkes avait eu le compte rendu détaillé de Salmond tout de suite après l'enquête judiciaire mais il lut tout de même les journaux, examinant chaque mot.

« Jane commence à craquer, Bob », avait affirmé Salmond entre deux halètements tandis qu'elle retournait à grands pas vers sa voiture. « J'ai essayé de lui parler après. Tous les journalistes étaient là – votre Kate Waters y compris – mais Jane n'a pas lâché un mot. Elle tient encore le coup, mais tout juste. »

Qu'elle ait défailli dans la salle d'audience devait être le signe qu'avec Glen sorti du tableau, le secret devenait trop lourd pour elle, pressentit Sparkes. « Elle le laisse filtrer de façon tout à fait contrôlée, comme lorsqu'on saignait les patients au Moyen Âge. On se débarrasse d'un mal à la fois », avait-il dit à Salmond.

Il regarda dans sa direction ; elle était maintenant assise devant son ordinateur et compulsait les communiqués de presse.

— Nous allons devoir l'attendre. Littéralement.

Le lendemain matin, à 5 heures tapantes, ils étaient en position, garés à l'abri des regards, à huit cents mètres du domicile de Jane Taylor, attendant l'appel de l'équipe de surveillance.

— Je sais que c'est un coup de dés, mais il faut le tenter. Elle va faire quelque chose, assura Sparkes à Salmond.

— Vous le sentez dans vos entrailles, monsieur ?

— Je ne suis pas sûr de savoir où sont mes entrailles, mais oui.

Douze heures plus tard, l'air dans la voiture était lourd de leur haleine et de l'odeur de mauvaise bouffe.

À 22 heures, ils avaient évoqué leurs vies en long et en large, les criminels qu'ils avaient appréhendés, les vacances ratées, les programmes télé de leur enfance, leurs plats préférés, les meilleurs films d'action et même les coucheries de bureau. Sparkes avait le sentiment d'être en mesure de réaliser un sans-faute dans un quiz sur Zara Salmond ; et tous deux furent secrètement soulagés lorsque l'équipe de surveillance les appela enfin pour leur annoncer que les lumières dans la maison venaient de s'éteindre.

Sparkes décréta que ce serait tout pour la journée. Ils logeraient dans l'hôtel bon marché au bas de la colline pour tenter de dormir un peu avant de reprendre leur veille. Une autre équipe assurerait le relais pour la nuit.

Son téléphone sonna à 4 heures du matin.

— Les lumières sont allumées, monsieur.

Il enfila ses vêtements à la hâte et appela Salmond en même temps.

— Monsieur, c'est vous ?

— Oui, oui. Elle est debout. On se retrouve en bas dans cinq minutes.

Pour une fois, Zara Salmond n'était pas tirée à quatre épingles : les cheveux ébouriffés et sans maquillage, elle l'attendait à la porte d'entrée.

— Quand on pense que j'ai dit à ma mère que je voulais devenir hôtesse de l'air.

— Dans ce cas, préparez-vous au décollage, répliqua-t-il avec un semblant de sourire.

Jane sortit de chez elle à la hâte, déclenchant l'éclairage extérieur, puis se tint sous le projecteur, balayant la rue du regard. Elle pressa le bouton d'ouverture automatique à distance de la voiture et le bip résonna sur les façades des maisons en face tandis qu'elle ouvrait la portière et se glissait derrière le volant. Elle portait encore sa robe d'enterrement.

À deux rues de là, Zara Salmond démarra le moteur et attendit les instructions de l'équipe. Sur le siège passager à côté d'elle, Sparkes était plongé dans ses pensées, une carte déployée sur les genoux.

— Elle vient de tourner sur l'A2, en direction de la M25, monsieur, brailla l'agent dans le fourgon banalisé.

Ils s'engagèrent dans la voie pour débuter leur filature.

— Je parie qu'elle descend dans le Hampshire, affirma Salmond en accélérant sur la quatre-voies.

— N'anticipons pas, répliqua Sparkes.

Il refrénait son espoir tandis qu'il suivait du doigt leur trajet sur la carte.

Le soleil commençait à pointer et à illuminer l'horizon mais le GPS n'était toujours pas passé au mode jour quand ils bifurquèrent sur la M3 en direction de Southampton. Leur convoi s'étalait avec régularité sur cinq kilomètres le long de l'autoroute, Sparkes et Salmond en queue pour ne pas être repérés.

— Elle a mis son clignotant pour tourner sur l'aire de services, monsieur, les informèrent les hommes dans le fourgon. Quelle est la position des autres véhicules ? Il faut qu'on se relaie ou elle va nous repérer.

— Entendu. Une voiture est en attente à la prochaine bretelle. Restez avec elle jusqu'à ce qu'elle reparte de l'aire de services et ils prendront la suite, répondit Sparkes.

Le fourgon banalisé s'engagea sur le parking et se glissa sur un stationnement à deux véhicules de la cible. L'un des agents sortit, se gratta le crâne, s'étira, puis emboîta le pas à Jane Taylor. Elle s'était rendue aux toilettes et l'agent fit la queue pour acheter un sandwich. Il feignit de comparer la qualité des repas proposés dans des couleurs flashy au-dessus du comptoir pendant qu'il attendait qu'elle réapparaisse. Elle ressortit rapidement, secouant les dernières gouttes d'eau de ses mains. L'officier mordit dans son double cheese-burger tandis qu'elle entrait dans la boutique et passait en revue les seaux de fleurs ; elle choisit un bouquet de roses roses et de lys blancs enveloppés dans du papier de soie fuchsia et de la cellophane. Elle les porta à son visage pour humer leur parfum tout en se dirigeant vers le comptoir de bonbons où elle s'empara d'un paquet coloré. Des Skittles, remarqua l'agent à l'autre bout de la boutique déserte. Puis elle fit la queue pour payer.

— Elle a acheté des fleurs et des bonbons, mon-sieur. Elle retourne à sa voiture. Nous allons la suivre jusque sur l'autoroute puis passer la main, rapporta-t-il.

Sparkes et Salmond échangèrent un regard.

— Elle se rend sur une tombe, dit-il la bouche sèche. Que nos hommes se tiennent prêts.

Cinq minutes plus tard, deux autres voitures lui filaient le train, se doublant chacune leur tour, trois véhicules derrière elle. Jane se maintenait à une vitesse de cent kilomètres heure. Une conductrice prudente. *Elle n'est sans doute pas habituée à conduire toute seule sur l'autoroute*, pensa Sparkes. *Je me demande si c'est la première fois qu'elle effectue ce trajet.*

Salmond et lui n'avaient pas échangé une parole depuis qu'ils étaient repartis de l'aire de services ; ils étaient concentrés sur le bourdonnement de la radio de la police. Mais à Winchester, en entendant que la voiture de Jane Taylor quittait l'autoroute et se dirigeait vers l'est, il l'invita à appuyer sur le champignon.

La circulation s'était intensifiée mais la voiture de Jane ne se trouvait qu'à un kilomètre et demi devant, un autre véhicule de la police pris en sandwich entre eux.

— Elle s'arrête, annonça l'officier. Des arbres sur la droite, un sentier, pas de portail. Je dois continuer ou elle va me repérer. Nous ferons demi-tour dès que possible. Elle est à vous.

— Doucement, Salmond, conseilla Sparkes. Doucement mais sûrement.

Ils faillirent rater sa voiture, dissimulée sur un sentier boueux, mais au dernier moment Sparkes remarqua l'éclat métallique.

— Elle est là, dit-il ; Salmond ralentit et fit demi-tour. Garez-vous de l'autre côté de la route. Il faut garder l'accès pour les autres véhicules.

Au moment où ils descendaient de voiture, une pluie fine se mit à tomber, ils allèrent chercher leur manteau dans le coffre.

— Elle a sans doute entendu la voiture, murmura Sparkes. Je ne sais pas si cette forêt est dense. Je pars devant et vous attendez les renforts. Je vous appelle au besoin.

Salmond hocha la tête, soudain émue.

Sparkes traversa la route à la hâte, se retourna et fit un geste de la main avant de disparaître entre les arbres.

La lumière du jour peinait encore à pénétrer le bois et il avança avec prudence. Il ne percevait aucun son en dehors de sa respiration et des corbeaux qui croassaient au-dessus de sa tête, dérangés par sa présence.

Tout à coup, un mouvement devant lui attira son attention. Un éclat blanc dans la pénombre. Il s'arrêta et attendit un instant d'être prêt. Il devait se ressaisir ; il se réjouit que Salmond ne soit pas à ses côtés pour le voir trembler comme un débutant sur le grand plongeoir. Il prit trois profondes inspirations puis fit quelques pas prudents en avant. Il craignait de trébucher sur elle. Il ne voulait pas l'effrayer.

Alors il la vit, par terre au pied d'un arbre. Elle était assise sur un manteau, les jambes sur le côté, dans la posture exacte qu'elle adopterait pour participer à un pique-nique. À côté d'elle, les fleurs attendaient dans leur papier de soie.

— C'est vous, Bob ?

Il s'immobilisa au son de sa voix.

— Oui, Jane.

— Il me semblait bien avoir entendu une voiture. Je savais que ce serait vous.

— Que faites-vous ici, Jane ?

— Janie. Je préfère que vous m'appeliez Janie, dit-elle toujours sans le regarder.

— Que faites-vous ici, Janie ?

— Je suis venue voir notre petite fille.

Sparkes s'accroupit, puis retira son manteau sur lequel il s'assit pour être près d'elle.

— Qui est votre petite fille, Janie ?

— Bella, bien sûr. Elle est ici. Glen l'a laissée ici.

CHAPITRE 54

Samedi 3 juillet 2010
La veuve

Je n'ai pas pu m'en empêcher. Il fallait que j'aille la retrouver. L'interview puis l'enquête judiciaire avaient déclenché quelque chose en moi, m'avaient poussée à réfléchir tout le temps, et même les cachets n'y pouvaient plus rien. Je croyais qu'avec le départ de Glen la paix reviendrait, mais non. J'y pensais sans arrêt. Je ne mangeais plus, ne dormais plus. Je savais que je devais aller la retrouver. Rien d'autre ne comptait.

Ce n'était pas ma première visite. Glen m'avait emmenée sur la tombe de Bella le lundi avant sa mort. Après s'être assis sur mon lit et m'avoir dit qu'il n'arrivait plus à dormir, il s'était mis à me raconter le jour où Bella avait disparu, recroquevillé de son côté du lit, le dos tourné vers moi pour que je ne voie pas son visage. Je n'avais pas bougé. Je craignais de rompre le charme et de l'arrêter. Alors j'avais écouté sans dire un mot.

Il avait raconté qu'il avait pris Bella dans ses bras parce que c'était ce qu'elle voulait. Il ne l'avait pas rêvé. Il savait qu'il avait laissé Bella toute seule en lisière d'un bois sur le chemin du retour et il savait qu'il avait fait quelque chose de terrible. Elle s'était endormie à l'arrière de la camionnette. Il avait un sac de couchage dedans. Il l'avait simplement soulevée, encore endormie, et l'avait déposée au pied d'un arbre pour qu'on la découvre. Il lui avait laissé des bonbons. Des Skittles. Il avait l'intention de prévenir la police mais dans l'affolement, il n'en avait rien fait.

Puis il s'était levé et avait quitté la chambre avant que je puisse prononcer un mot. J'étais restée allongée sans bouger comme pour arrêter le temps mais mon esprit filait à toute allure. Tout ce qui m'obsédait, c'était : « Pourquoi avait-il un sac de couchage dans sa camionnette ? Où l'a-t-il dégoté ? » Je ne pouvais pas m'autoriser à imaginer ce qui avait pu se passer à l'arrière de cette camionnette. À ce que mon mari avait fait.

Je voulais effacer sa confession de mon esprit et j'étais restée sous la douche, laissant l'eau dégouliner sur ma tête et emplir mes oreilles. Mais rien n'arrivait à stopper mes pensées.

J'étais descendue le retrouver dans la cuisine et lui avais dit que nous devions aller la voir. Glen m'avait considérée d'un regard vide puis avait répondu :

— Janie, je l'ai laissée là-bas il y a presque quatre ans.

Mais je n'avais pas accepté son refus.

— Nous devons y aller, avais-je insisté.

Nous montons en voiture et partons à la recherche de Bella. Je vérifie qu'on ne nous voit pas sortir mais les journalistes ne campent plus dans notre rue. J'ai déjà prévu, si l'on tombe sur l'un de nos voisins, de prétendre que nous allons faire des courses à Bluewater.

La circulation est dense et nous suivons en silence les panneaux pour la M25.

Nous empruntons le chemin que Glen a dû prendre ce jour-là de Winchester à Southampton et au retour. Les routes de campagne qu'il a suivies avec Bella à l'arrière de sa camionnette. Je l'imagine assise gaiement sur le plancher avec une pleine poignée de bonbons et je m'accroche à cette image de toutes mes forces. Je sais que ça ne s'est pas passé comme ça, en fait, mais je refuse d'y penser pour le moment.

Glen est livide et en sueur derrière le volant.

— C'est complètement idiot, Jane, dit-il.

Mais je sais qu'il souhaite revenir à cette journée. À ce qu'il s'est passé. Et je le laisse faire car je veux Bella.

Deux heures environ après avoir quitté la maison, il lâche :

— C'est ici.

L'endroit ressemble à tous les autres bosquets d'arbres que nous avons longés mais il s'y arrête quand même.

— Comment peux-tu en être sûr ?

— J'ai laissé une trace sur la barrière.

Et en effet, il y a une tache effacée d'huile de moteur sur le poteau de la clôture.

Il avait l'intention de revenir, me dis-je avant de repousser cette idée.

Glen conduit la voiture hors de la route pour ne pas être vu. Il a dû faire de même ce jour-là. Alors nous restons assis en silence. C'est moi qui fais le premier pas.

— Allez, dis-je.

Il détache sa ceinture. Il affiche à nouveau une expression absente, comme cette fois dans le couloir. Il ne ressemble plus à Glen, mais je n'ai pas peur. Il tremble mais je ne le touche pas pour le réconforter. Quand nous sortons de voiture, il me guide jusqu'à un arbre en bordure et pointe le doigt sur le sol.

— Là. C'est là que je l'ai posée.

— Menteur ! m'écrié-je et il a l'air choqué. Où ça ?

Ma voix perçante nous effraie tous les deux.

Il m'emmène plus profond dans le bois puis s'arrête. Je ne vois rien qui prouve qu'il y a eu quelqu'un ici avant mais je crois qu'il dit la vérité cette fois.

— Je l'ai posée ici, fait-il en tombant à genoux.

Je m'assieds à côté de lui sous l'arbre et l'oblige à tout me raconter encore une fois.

— Elle a levé les bras vers moi. Elle était si belle, Janie, et je me suis juste penché par-dessus le muret et je l'ai attrapée et mise dans la camionnette. Quand on s'est arrêtés, je l'ai serrée très fort contre moi et j'ai caressé ses cheveux. Au début, ça lui a plu. Elle riait. Et je l'ai embrassée sur la joue. Je lui ai donné un bonbon et elle a adoré. Après elle s'est endormie.

— Elle était morte, Glen. Pas endormie. Bella était morte.

Il se met à sangloter.

— Je ne sais pas pourquoi elle est morte. Je ne l'ai pas tuée. Je le saurais si je l'avais fait, non ?

— Oui, tu le saurais. Tu le sais.

Je n'entends plus que ses sanglots mais je crois que c'est sur lui-même qu'il pleure, pas sur l'enfant qu'il a assassinée.

— Je l'ai peut-être serrée trop fort, reprend-il. Je ne voulais pas. C'était comme un rêve, Janie. Ensuite, je l'ai recouverte avec le sac de couchage et des branches pour la protéger.

Je distingue un morceau de tissu bleu délavé, pris dans les racines de l'arbre. Nous sommes agenouillés près de la tombe de Bella et je caresse le sol, pour l'apaiser, lui faire savoir qu'elle est en sécurité maintenant.

— Tout va bien, mon bébé, dis-je et pendant une seconde Glen pense que je m'adresse à lui.

Je me relève et retourne à la voiture, le laissant revenir tout seul. Elle n'est pas fermée à clé ; une fois à l'intérieur, je trifouille le GPS et enregistre ce lieu sous « maison ». Je ne sais pas très bien pourquoi mais ça me paraît la chose à faire. Glen arrive et nous repartons sans échanger un mot. Je regarde par la vitre la campagne céder le pas à la banlieue et planifie mon avenir.

Glen avait commis un acte affreux mais je pouvais prendre soin de Bella, veiller sur elle et l'aimer. Je pouvais être sa maman pour l'éternité.

Et hier soir, j'ai pris ma décision : je me lèverais tôt et j'irais. Il ferait encore nuit si bien que personne ne me verrait partir. Je n'ai pas dormi finalement en attendant le moment du départ. J'avais peur – peur de conduire sur l'autoroute. Glen prenait toujours le volant quand on effectuait de longs trajets. C'était son domaine. Mais je l'ai fait. Pour elle.

Je me suis arrêtée sur l'aire de services car je voulais apporter des fleurs. Des petits boutons de roses roses pour elle. Ils lui plairaient. Petits, roses et jolis comme elle. Et des lys aussi pour sa tombe. Je ne savais pas trop si j'allais les y laisser. Peut-être que je les rapporterais à la maison avec moi pour pouvoir les regarder avec elle. J'ai aussi acheté des bonbons pour Bella. J'ai choisi des Skittles avant de me rendre compte dans la voiture que c'étaient ceux qu'avait pris Glen. Je les ai jetés par la vitre.

Le GPS m'y a menée directement. « Vous avez atteint votre destination. » C'était vrai. J'étais à la maison, d'après l'écran. J'ai ralenti un peu pour laisser la voiture derrière moi me doubler puis j'ai tourné sur le sentier. Le jour s'était levé mais il était encore tôt et il n'y avait personne alentour. J'ai marché entre les arbres et cherché Bella. J'avais calé le bout de chiffon jaune dont Glen se servait pour nettoyer le pare-brise près du tissu bleu sous la racine de l'arbre où il l'avait laissée et je croisais les doigts pour qu'il s'y trouve encore. Le bois n'était pas très grand et j'avais apporté une lampe torche au cas où. Il ne m'a pas fallu longtemps pour le trouver. Le chiffon était là, un peu détrempé par la pluie.

J'avais prévu dans ma tête ce que je ferais. J'allais dire une prière puis parler à Bella, mais au final, je me suis juste assise pour être auprès d'elle. J'ai étalé mon manteau et me suis installée à côté d'elle, je lui ai montré les fleurs. J'ignore combien de temps je suis restée comme ça avant de l'entendre. Je savais que ce serait lui qui me trouverait. *Le destin*, aurait dit ma mère.

Il était si doux quand il m'a parlé. Quand il m'a demandé ce que je faisais ici. Nous le savions tous les deux, bien sûr, mais il avait besoin de me l'entendre dire. Il en avait besoin à en crever. Alors je lui ai répondu :

— Je suis venue voir notre petite fille.

Il a cru que je voulais dire notre petite fille, à Glen et à moi, mais Bella nous appartient à Bob et à moi, en fait. Il l'aime autant que je l'aime. Glen ne l'a jamais aimée. Il voulait juste la prendre.

Nous sommes restés assis un moment, sans parler, puis Bob m'a révélé la véritable histoire. Celle que Glen ne pouvait pas me raconter. Il m'a dit que Glen avait trouvé Bella sur Internet et l'avait traquée. Que la police avait vu une vidéo de lui en train de suivre Dawn et Bella depuis l'école maternelle quatre jours avant qu'il ne l'enlève. Qu'il avait tout prévu depuis le début.

— Il a dit qu'il l'avait fait pour moi.

— Il ne l'a fait que pour lui, Jane.

— Il a dit que je l'avais forcé à le faire, parce que je voulais un bébé à tout prix. Que c'était ma faute. Il l'a fait parce qu'il m'aimait.

Bob m'a lancé un regard dur et a répété doucement :

— Glen l'a enlevée pour lui, Jane. Personne d'autre n'est responsable. Ni Dawn ni vous.

J'avais l'impression d'être sous l'eau et de ne rien entendre ni rien voir avec clarté. J'avais l'impression de me noyer. C'était comme si nous étions là depuis des heures quand Bob m'a aidée à me relever, qu'il a posé mon manteau sur mes épaules et a pris ma main pour m'emmener. Je me suis retournée et j'ai murmuré :

— Au revoir, ma chérie.

Puis nous avons avancé vers les lumières bleues qui clignotaient à travers les arbres.

J'ai vu les images de l'enterrement à la télé. Un petit cercueil blanc avec des boutons de roses roses sur le dessus. Des centaines de personnes sont venues des quatre coins du pays pour y assister mais moi je n'ai pas pu. Dawn a obtenu une injonction pour m'en empêcher. Nous avons déposé une demande au tribunal mais le juge a approuvé l'avis du psychiatre et déclaré que ce serait trop difficile à supporter pour moi.

J'étais quand même là-bas, cependant.

Bella sait que j'y étais, et c'est tout ce qui compte.

REMERCIEMENTS

Je remercie sœur Ursula de l'Institute of the Blessed Virgin Mary pour avoir allumé la lumière.

Et ceux qui ont aidé à remplacer l'ampoule : mes parents, David et Jeanne Thurlow ; ma sœur, Jo West ; ainsi que Rachael Bletchly, Carol Maloney, Jennifer Sherwood, Wendy Turner, Rick Lee et Jane McGuinn.

Les experts : l'ancien inspecteur divisionnaire Colin Sutton, pour m'avoir éclairée sur les questions policières, et John Carr, la source de tous les savoirs sur la sécurité infantile en ligne.

Ma merveilleuse agente : Madeleine Milburn ; les éditrices Danielle Perez et Frankie Gray, et toutes les équipes de Transworld et NAL/Penguin Random House pour leurs encouragements, leur patience et leur détermination à faire briller *La Veuve*.

Composition et mise en pages
Nord Compo à Villeneuve-d'Ascq

Imprimé en France par

MAURY IMPRIMEUR
à Malesherbes (Loiret)
en décembre 2018

Visitez le plus grand musée de l'imprimerie d'Europe

ami atelier-musée
de l'imprimerie
Malesherbes-France

N° d'impression : 232787
S28661/03